The Shakespeare Sisters

Livre 1

Les promesses de l'été

Titre de l'édition originale :
The Shakespeare Sisters
Summer's Lease

Première publication au Royaume-Uni en 2017, par PIATKUS
Collection de Little, Brown Book Group
Une société de Hachette UK

Ce livre est un ouvrage de fiction. Les noms, personnages, lieux et événements sont le produit de l'imagination de l'auteur ou utilisés de façon fictive. Toute ressemblance avec des faits réels, des lieux ou des personnages existants ou ayant existé serait totalement fortuite.

Édition en langue française :
Les promesses de l'été, The Shakespeare Sisters (Livre 1)
Photographie de couverture : © Zara's Gallery © Shutterstock
Design de couverture : Christophe Petit/Studio Hugo

Ouvrage dirigé par Isabelle Solal
Collection New Romance® créée par Hugues de Saint Vincent

34-36, rue La Pérouse
75116 - Paris
www.hugoetcie.fr

ISBN : 9782755640717
Dépôt légal : mars 2019
Imprimé en France par CPI Brodard et Taupin - N° d'impression : 3031880

NEW ROMANCE®

CARRIE ELKS

The Shakespeare Sisters

Livre 1

Les promesses de l'été

Traduit de l'anglais
par Sylvie Del Cotto

Hugo Roman

DU MÊME AUTEUR

The Shakespeare Sisters

Summer's Lease
Les promesses de l'été

By Virtue Fall
À la grâce de l'automne
parution avril 2019

A Winter's Tale
La magie de l'hiver
parution mai 2019

Absent in the Spring
La fantaisie du printemps
parution juin 2019

À mes amies qui sont comme mes sœurs.

1

« C'est un amour bien pauvre, celui que
l'on peut calculer »

Antoine et Cléopâtre (Acte I, Scène 1)

– Vous êtes renvoyée.

Cesca Shakespeare n'en était certes pas à son coup d'essai. Mais congédiée d'un ridicule bar à chats ? C'était le comble.

Le *Cleopatra's Cat Café* était en réalité un salon de thé raffiné alliant pâtisseries et passion féline. Concept d'autant plus saugrenu que les quadrupèdes prenaient un malin plaisir à semer leurs poils sur la nourriture. Pourtant, il affichait complet depuis deux semaines qu'elle travaillait là. Il ne désemplissait pas de touristes en extase, agrippés à leurs perches à selfies. Ils adoraient tenir les chats roulés en boule sur leurs genoux pendant qu'ils dégustaient leur lapsang souchong dans des tasses en porcelaine.

Les clients, pas les chats.

Les chatons, eux, préféraient laper le lait sur les pots peints à la main.

– Mais pourquoi ?

Si elle n'avait pas eu besoin de ce travail, ou du moins de payer son loyer, elle aurait ri au nez de sa responsable. Naviguer avec des plateaux de sandwiches sans trébucher sur les matous qui se mettaient sciemment en travers de son chemin, ce n'était pas le job de ses rêves. Elle s'affalait plus souvent qu'à son tour, renversant des assiettes entières de gâteaux sur une clientèle peu compatissante.

– Manifestement, vous n'êtes pas faite pour cet emploi, déclara Philomena, la patronne. Vous prétendez aimer les chats dans votre CV. Mais à ce que j'ai vu, vous criez sans cesse sur Tootsie, Simba et les autres. Sans parler de votre façon de rabrouer Mister Tibbles, comme à l'instant même. C'est impardonnable.

– Il a uriné sur un plateau rempli de tasses et de tartelettes, protesta Cesca.

– Si vous aviez ramassé ce plateau dès que je l'ai signalé, l'incident ne se serait pas produit. Nos chats sont très angoissés, ils ont besoin de marquer leur territoire. C'est votre rôle de leur fixer des limites. Il me semblait que vous aviez de l'expérience avec les chats de race rare, tel que Mister Tibbles.

Du coin de l'œil, Cesca le vit se dandiner dans sa direction. Mister Tibbles était un sphynx, une race sans poils qui donnait l'impression qu'il se baladait dans le café nu comme un ver.

– C'est exact. J'ai grandi entourée de chats...

Cesca ne termina pas sa phrase. Elle avait menti comme un arracheur de dents pour décrocher ce job. Non qu'il fût enviable. Mais le jour où elle avait vu l'annonce en vitrine, elle était désespérée. Assez pour se résoudre à côtoyer des chats qui crachent leur animosité, bien déterminés à faire de sa vie un enfer.

– Eh bien, ce poste ne vous convient pas. Des clients se sont plaints de la façon dont vous traitez les animaux. Vous ne pouvez pas les pousser de la table dès qu'ils font les fous.

– Je ne les ai pas poussés. Ils ont glissé quand j'ai essuyé la table. Et c'était mon tout premier jour. J'ignorais que les clients aimaient à ce point partager leurs en-cas.

– C'est bien là le problème, soupira Philomena. Les authentiques amis des chats n'y auraient pas réfléchi à deux fois. Clairement, vous fabulez.

Elle écarta ses cheveux de son visage moite de transpiration et poursuivit à voix basse.

– Aimez-vous les chats, au moins ?

Tiraillée entre sa franchise naturelle et ses finances dans le rouge, Cesca atermoya. Comme s'il sentait son conflit intérieur, Mister Tibbles slaloma entre ses jambes. Il leva vers elle ses yeux bleus larmoyants et les plissa d'un air de défi.

– Je... euh... pas particulièrement. Mais j'ai besoin de ce travail et je n'ai jamais rencontré le moindre problème avec les animaux. Petite, je passais tous mes week-ends à jouer avec le chien des voisins.

Philomena frémit d'horreur.

– Les amoureux des chiens ne sont pas les bienvenus ici, siffla-t-elle à la manière d'un chat. À présent, rassemblez vos affaires et déguerpissez avant que votre méchanceté ne perturbe Mister Tibbles.

– Pourrais-je néanmoins toucher ma paie ?

Il lui en coûtait de quémander. Le loyer de la semaine étant à régler sous peu, Cesca mit sa fierté dans sa poche. Trop souvent, elle avait dû inventer des excuses pour justifier les retards, voire les défauts de paiement. Pour vivre à Londres au jour le jour, il était impératif de s'endurcir.

Quel autre choix avait-elle ? À vingt-quatre ans, elle se sentait happée dans une spirale infernale pendant que ses amis asseyaient leur stabilité matérielle. Ils bûchaient à l'université ou décrochaient des postes grassement rémunérés, tandis que Cesca enchaînait les petits boulots. Brinquebalée comme une boule de flipper d'un emploi à un autre, elle ne restait jamais assez longtemps à la même place pour faire le point.

Résultat, elle était passée maître dans l'art de l'esquive. Depuis six ans, elle faisait mine d'être heureuse, d'apprécier sa vie de bohème et ses fréquents déménagements. Tant et si bien que ses amis se tordaient de rire quand elle perdait un petit boulot sans avenir ou relatait son dernier échec amoureux. Mais le soir, étendue dans son lit, tout en s'efforçant d'ignorer l'odeur de moisi qui imprégnait les murs, elle ne riait plus du tout. Son sourire de façade retombait. Dans ces moments-là, les monstres rampaient hors de leur tanière, dans le fond de sa tête, et lui chuchotaient à l'oreille qu'elle n'était qu'une ratée. Qu'elle ne ferait jamais rien de sa vie.

Qu'elle avait laissé passer sa chance.

– Prenez ça.

Philomena glissa une épaisse enveloppe dans sa main. Cesca parvint à entrevoir les coins enroulés des billets sous le rabat.

– Soyez gentille, ne me demandez pas de lettre de recommandation. Je ne trouverais rien d'agréable à dire sur vous, continua la responsable.

Cesca n'aurait même pas osé. Rares étaient ses anciens employeurs qui avaient consenti à vanter ses qualités. Ce qui était injuste, sachant qu'elle était d'une grande gentillesse. Elle n'était pas faite pour le monde du travail, voilà tout.

Elle fourra l'argent dans son sac, enfila sa veste d'été et la boutonna jusqu'en haut. On avait beau être en juin, la météo ne s'était pas mise au diapason. Un vent froid installé sur la ville fouettait les rues avec la hargne d'un fantôme vengeur.

– Au revoir.

Cesca traversa la cuisine en direction de la sortie de secours donnant sur une petite cour pavée, encombrée de poubelles et de cartons. Elle était sur le point d'ouvrir la porte quand Philomena brailla.

– Et refermez la porte derrière vous ! Il ne faut surtout pas que les chats s'échappent.

Résistant à l'envie de claquer la porte, Cesca sortit et inspira un bon coup. Ce qu'elle regretta immédiatement. Le fumet piquant de la litière usagée avait déjà assailli ses narines.

Peut-être que ce licenciement n'était pas la fin du monde, après tout.

Le vendredi après-midi, les rues de Londres se calaient sur un rythme singulier. Des hordes de touristes en vadrouille tamponnaient les travailleurs en costume qui filaient vers leur premier verre du week-end. Même les voitures semblaient plus bruyantes, les rugissements des moteurs plus puissants et les coups de klaxons plus irrités. Les artères débordaient de piétons fonçant bille en tête vers des gens à voir, des choses à faire. Rien qui ne les obligeait à être polis avec leurs semblables.

Cesca restait imperméable à l'agitation générale. Dans sa bulle, elle calculait son argent en zigzaguant dans la foule. L'expérience lui avait appris à faire bon usage de chaque centime. Elle improvisait comme personne des recettes de cuisine à base d'ingrédients improbables. Fut un temps où elle s'adonnait au glanage alimentaire. Elle fouillait dans les poubelles des supermarchés avec des gosses de riches pour qui se nourrir de sandwiches périmés depuis deux jours représentait un acte de rébellion. Ils jouaient à être pauvres, prenant autant de plaisir à vivre dans un squat que le commun des mortels à monter dans le grand huit, et à retenir son souffle avant de replonger tout en bas. Si pour eux c'était un choix, pour Cesca, c'était devenu un mode de vie.

À quel instant avait-elle pris conscience de sa dégringolade ? Difficile à dire. Mais au moment où elle avait touché le fond, c'était déjà trop tard. Trop fière pour demander de l'aide, elle redoutait de partager la réalité de son quotidien avec ses proches.

Une nuée de touristes japonais jouaient des coudes devant la bouche du métro. Refoulés de la zone d'accueil exiguë, ils se déversaient sur le trottoir. Cesca, trop fauchée pour prendre le métro, les contourna en leur jetant un regard envieux. Les billets dans son sac suffiraient à peine à couvrir son loyer hebdomadaire, et certainement pas à tenir jusqu'à la semaine suivante. Les privilèges tels que les transports en commun et les dîners à l'extérieur attendraient qu'elle ait dégoté un autre emploi ou touché ses indemnités de chômage. Ou qu'elle ait ravalé sa fierté et appelé à la rescousse.

La foule s'amenuisait à mesure qu'elle traversait la Tamise et s'enfonçait dans la partie miteuse de la ville où elle vivait en colocation. Les magasins, si lumineux et truffés de jolis articles au nord du fleuve, perdaient en salubrité de ce côté-ci. L'odeur des fruits blets et des abats de viande proposés sur les étals se mêlait à l'air pollué. Ce quartier de Londres était devenu le sien ces dernières années. Tout le séparait d'Hampstead, où elle avait passé son enfance et où son père habitait toujours. Grandir dans le nord de Londres, en tant qu'avant-dernière d'une fratrie de quatre sœurs, avait tout du conte de fées, comparé à sa vie actuelle.

Son enfance n'avait pas été idyllique pour autant. Le décès de sa mère, alors qu'elle n'avait que onze ans, avait grandement assombri sa jeunesse.

L'appartement que Cesca partageait avec une fille, Susie Latham, se trouvait au dernier étage d'un immeuble de guingois. Les murs en brique rouge avaient depuis longtemps viré au noir sous les couches de suie et de gaz d'échappement. Le vent et la pluie se chargeaient, en prime, d'éroder certaines parties. Le rez-de-chaussée hébergeait une vieille papeterie, le genre qui vend des cigarettes à l'unité aux mineurs de moins de seize ans. Elle enjamba un amoncellement de cannettes de soda et d'emballages alimentaires pour accéder à la porte de l'immeuble. D'un coup de pied, elle repoussa une pile de courriers jamais réclamés. À l'image de l'immeuble, l'escalier avait connu des jours meilleurs. Le revêtement en lambeaux attestait de la multitude de pieds ayant foulé les marches au fil des décennies.

Dans la salle de bains, Susie était occupée à coller ses faux cils à l'aide d'une pince à épiler miniature. Elle les appliquait un à un et pestait contre chaque cil qui retombait dans le lavabo bleu crasse. Entendant les pas de Cesca dans le couloir, elle releva les yeux et décocha un sourire bouche fermée.

–Ça baigne ?

Cesca hocha la tête. Elle habitait avec Susie depuis bientôt six mois. Cependant, leurs rapports s'en tenaient au stade de la courtoisie. Tout Londonien était confronté à cet étrange phénomène: d'un côté, un colocataire pouvait rester un parfait étranger et, de l'autre, des amitiés naissaient spontanément au coin de la rue. Cette situation mettait Cesca tellement mal à l'aise qu'elle vivait recluse dans la minuscule chambre qu'elle revendiquait comme son territoire.

–Dave a téléphoné cet après-midi. Il vient chercher le loyer demain. Tu as l'argent cette fois, j'espère ?

Susie apposa le dernier cil sur sa paupière droite.

–Naturellement.

–Tant mieux, ça caille trop pour se retrouver à la rue.

La tête inclinée sur le côté, Susie s'examina dans le miroir.

–Jamie passe à la maison ce soir, annonça-t-elle.

–Je croyais que vous aviez rompu.

–Il m'a suppliée de le reprendre. Tous les mêmes ! Il m'emmène d'abord danser et peut-être manger un morceau ensuite.

– Sa femme sera de la fête ? demanda lourdement Cesca.

– Non, justement ! Il m'a tout expliqué. En fait, il est décidé à divorcer, mais elle lui met des bâtons dans les roues. La pauvre fille n'a rien de mieux à faire.

Cesca leva les yeux au ciel.

– Tu penses rentrer vers quelle heure ?

Elle se rendit dans la cuisine et mit la bouilloire en marche. Dans le réfrigérateur, elle prit une briquette de lait terrée au fond de l'étagère. Elle la secoua et fit apparaître une substance jaunâtre à l'intérieur du carton plastifié. Fichu. Café noir, donc.

– Sûrement après minuit, cria Susie depuis la salle de bains. Tu seras couchée ?

C'était curieux que les gens posent invariablement les mauvaises questions. En vérité, Susie se contrefichait qu'elle dorme à son retour. La vraie question était : serait-elle enfermée dans sa chambre, comme d'habitude, et laisserait-elle la voie libre à Susie et à son homme marié de la semaine ?

– Je vais peut-être rendre visite à mon oncle Hugh, répondit Cesca d'une voix forte. Il m'a invitée à rester dormir chez lui. Ne m'attends pas.

Son parrain n'avait rien proposé de tel, même s'il l'accueillerait à bras ouverts. Hugh était un second père pour elle, et son confident depuis la disparition de sa mère.

– Ah ! fit Susie.

Tant d'émotions contenues dans deux petites lettres.

– Amuse-toi bien, ajouta-t-elle.

Le bilan était clair. Chômeuse, sans le sou, sa colocataire la préférait absente.

Avait-elle touché le fond ? C'était à espérer. Car si elle sombrait davantage, elle n'était pas sûre de parvenir à remonter la pente.

2

« L'amour est comme un enfant qui désire
tout ce qu'il peut obtenir »
Les deux gentilshommes de Vérone

– Ça ne me surprend guère.

Hugh pénétra dans le salon en tenant en équilibre un plateau chargé de tasses, de soucoupes et de biscuits.

– Je t'imagine mal t'épanouir entourée de chats. Tu n'as jamais été attirée par les animaux. Je me rappelle vous avoir emmenées au zoo, Kitty et toi. Vous poussiez des hurlements dès qu'un animal approchait de la clôture.

– Faux, se défendit Cesca. Kitty a peur de tout. Ça, je te l'accorde. Mais j'adorais aller au zoo. J'ai gardé des tas de bons souvenirs de nos visites au zoo avec toi.

Elle sourit à la pensée de sa sœur cadette, la plus jeune des quatre.

– Elle te passe le bonjour, à ce propos.

– Tiens donc, tu lui as parlé récemment ?

– Nous communiquons par Skype toutes les semaines. Sur ordre de Lucy.

Cesca leva les yeux au ciel.

– Cette chère Lucy vous mène à la baguette. C'est le rôle des aînées, me semble-t-il.

Il sourit avec tendresse.

– Je dirais même que ça prend des allures d'opération militaire, admit-elle. Kitty habitant à L.A. et Juliet dans le Maryland, Lucy et moi sommes les deux seules à vivre sur le même fuseau horaire. C'est aussi ardu de nous joindre toutes les quatre en même temps que de faire marcher des chats au pas.

Et encore. Lucy vivait à cinq cents kilomètres de là, à Édimbourg. Les sœurs Shakespeare étaient comme des fleurs dispersées aux quatre vents.

Hugh déposa le plateau sur la table basse polie. Légèrement penché, il inclina sa théière chinoise pour servir l'Earl Grey. Il offrit une tasse à Cesca et emporta l'autre dans sa bergère, devant la cheminée. Paupières baissées, il inhala l'arôme avant de goûter une minuscule gorgée.

– Un vrai régal.

Cesca but à son tour un peu de thé, en savourant son parfum discrètement floral. Comme dans bien des domaines, c'était Hugh qui l'avait éveillée aux subtilités du thé. Il l'avait obligée à se familiariser avec les innombrables variétés de feuilles à un âge où ses camarades s'abreuvaient de Coca. Suite à ses premières dégustations, elle s'était rapidement prise au jeu. En véritable passionnée, elle savait apprécier la finesse d'une feuille bien infusée et différencier le lapsang souchong du da hong pao les yeux fermés. Pour Hugh, le thé était un rituel, un instant à savourer. Il se hérissait à la vue d'un sachet plongé dans de l'eau chaude additionnée de lait.

Reposant sa tasse, Cesca s'enfonça dans le canapé et replia ses pieds sous ses fesses.

– J'aime tellement le thé qu'on aurait pu croire que j'aurais été à ma place dans un salon de thé.

– Ce sont deux choses différentes, ma chère, objecta Hugh. Autant qu'apprécier un bon steak et être employé dans un abattoir.

–Il se pourrait que ce soit ma prochaine casquette, bougonna Cesca. À la réflexion, on ne me prendrait même pas à l'essai. Vu mon parcours.

Rencognée dans le canapé, elle promena son regard sur l'élégant appartement de Hugh. Tout opposait le bâtiment en brique rouge du Mayfair à son lugubre logement, pourtant seulement à quelques petits kilomètres de distance. Par le style de vie, c'était un tout autre monde. La famille de Hugh disposait d'une vieille fortune, si bien que sa mère lui avait légué cette habitation quand il avait une vingtaine d'années. Les meubles faisaient également partie de l'héritage. Des sièges Régence ou de la période victorienne voisinaient avec des tables anciennes dont le bois, malgré son authenticité, brillait tant qu'elles paraissaient presque neuves. Même les murs exhibaient le patrimoine familial. Notamment le portrait de son arrière-arrière-grand-père, mort depuis belle lurette, qui les toisait du haut de la cheminée.

–Ça ne peut plus durer. Tu en es consciente ?

Elle tourna brusquement la tête vers Hugh.

–Qu'est-ce que tu veux dire ?

Son opiniâtreté pointait sous son air chagriné.

–Tu le sais très bien. Tu passes d'un emploi à un autre ces dernières années. Ça ne va pas. J'ai promis à ta mère de veiller sur toi. Je ne supporte pas de faire une entorse à mes promesses.

–Tu t'occupes de moi, réfuta Cesca. Tu es présent, tu écoutes mes jérémiades. La plupart des gens auraient baissé les bras.

Hugh remplit leurs tasses en tenant prudemment la théière.

–Tu as besoin d'un coup de pouce, pas d'une oreille attentive. Si j'étais américain, j'aurais déjà programmé un show de téléréalité et prévu l'intervention d'un coach de vie pour changer les choses.

Cesca sourit pour la première fois de la soirée.

– Tu détesterais intervenir dans un show et faire étalage de nos sentiments. Et me faire pleurer. Tout ce que tu aimes organiser, c'est des pièces de théâtre.

À son regard, Cesca sut qu'elle ne s'en tirerait pas à si bon compte.

– Ce devrait être ta priorité, à toi aussi. Tu as le théâtre dans le sang, mais tu fuis la scène depuis six longues années.

Sa gorge se serra.

– Je n'ai pas envie d'en parler.

– Dire que je me croyais flegmatique. Ne vois-tu pas que c'est la clé du problème ? Peut-être que si tu en parlais, si tu regardais les choses en face, ce serait déjà résolu. Au lieu de quoi, tu te fais renvoyer d'une ribambelle de petits boulots et tu gaspilles ton talent.

Malgré le thé, Cesca avait la bouche sèche.

– Tout le monde a des emmerdes. Je ne suis pas en reste de ce côté-là. J'ai eu ma chance, et je n'ai pas assez de talent pour bénéficier d'une seconde opportunité.

Hugh posa si brusquement sa tasse que du thé se renversa dans la soucoupe.

– Ne dis plus jamais ça ! Tu avais dix-huit ans. Tu avais le monde à tes pieds. Eh oui, les emmerdes arrivent, comme tu le formules si élégamment. Mais ça n'enlève rien à ton talent.

– Ma pièce a été un échec. Ils l'ont déprogrammée au bout d'une semaine. Les producteurs ont perdu une fortune.

La douleur restait cuisante après toutes ces années.

– Bon sang, Cesca, ce n'était pas ta faute. Ta pièce était bonne, tu le sais.

– Peu importe. Personne n'avait envie de la voir, le public s'est fait rembourser. C'est bien la preuve que j'aurais mieux fait de m'abstenir.

– S'ils ont demandé à être remboursés, c'est parce que l'acteur qui tenait le rôle principal a disparu. Et ça non plus, tu n'y étais pour rien.

D'accord, elle n'était pas responsable de son désistement. La faute incombait à Sam Carlton, un enfoiré talentueux et séduisant.

–J'aurais dû me douter que c'était trop beau pour être vrai. Enfin quoi, quel comédien s'évanouit dans la nature le lendemain de la soirée de presse ? Avant même la première représentation publique.

Hugh haussa les épaules.

–Je sais qu'il est parti au mauvais moment, mais ne le prends pas personnellement.

Les larmes aux yeux, elle frappa bruyamment la table du plat de la main.

–Évidemment, c'était personnel. Tout ce qui a trait à cette pièce est personnel. Je l'ai écrite avec mes tripes. Et il est parti d'un coup. Sans un mot. Il nous a laissés en plan la veille de la première. Alors, ne viens pas me dire que ce n'était pas personnel.

–Réfléchis avec ta tête, pas avec ton cœur.

Elle inspira profondément.

–Je sais. Tu dois me trouver stupide. Il n'y est pour rien si la doublure était nulle, ou si la pièce a été annulée. Mais regarde où il en est. Sa réussite me dégoûte. De mon côté, je... eh bien, je suis *moi*.

Elle s'adossa aux coussins et ferma les yeux. Les larmes s'accumulaient derrière ses paupières.

–Cette pièce était toute ma vie, reprit-elle d'une petite voix. Je l'ai écrite en hommage à maman. Elle était censée montrer au monde quelle femme merveilleuse elle était et combien elle nous manque.

–Il y aura d'autres pièces de théâtre. Tu as du talent.

–Ce n'est pas une affaire de talent, répliqua Cesca. Je n'ai pas réussi à aligner deux mots depuis ce jour.

Hugh fit la grimace.

–Tu as un don, Cesca. Ne le gâche pas.

–Tu crois que je n'ai pas essayé ?

Elle se remémora les journées passées devant son ordinateur. Devant l'écran noir qui lui renvoyait ses idées inabouties. Face à une montagne insurmontable plutôt qu'à une page blanche.

– Quand j'essaie d'écrire, c'est le vide. Ça me tue.

– De mémoire, Winston Churchill a dit que le succès, c'est d'aller d'échec en échec sans perdre son enthousiasme. Qu'est devenu ton enthousiasme ? demanda Hugh.

Cesca soupira.

– Concernant les échecs, je suis au point. C'est avec la réussite que j'éprouve des difficultés.

– Ce n'est pas dans un bar à chats que tu trouveras l'inspiration. Tous ces poils, ces buveurs de café ! Répugnant, fit-il remarquer en frissonnant.

Faisait-il allusion aux chats ou au café ? Selon lui, les deux se valaient, même s'il fulminait plus volontiers contre le café.

– Je ne la trouve nulle part, oncle Hugh. J'ai cherché partout, c'est fichu. Une seule conclusion s'impose : j'ai fait un carton, mais ça restera sans suite. En plus, c'était médiocre.

– Balivernes ! Bon sang, Cesca, tu as remporté un concours national à dix-huit ans, avec une pièce que les juges ont qualifiée de brillante. Personne n'obtient de tels éloges à moins de posséder un immense talent.

Elle ne souhaitait pas replonger dans ses souvenirs. Durant quelques mois, elle avait surfé sur une vague exaltante qui lui était revenue en boomerang en pleine figure. Cesca terminait le lycée quand elle avait postulé à ce concours, certaine que sa pièce atterrirait au bas de la pile. Mais devenue lauréate du Prix du jeune espoir du théâtre de l'année, elle avait été sélectionnée par des producteurs et son rêve s'était réalisé.

– Le talent ne suffit pas.

– Alors, tu abandonnes ?

– Je dois accepter que je ne suis pas faite pour écrire. Je continuerai à tester différents métiers jusqu'à ce que je tombe sur le bon.

– Rien ne marchera.

Hugh se leva et s'approcha de la cheminée. Il prit un cadre argenté. Cesca reconnut le portrait de sa mère. Debout sur la scène, après une première mémorable, elle tenait une brassée de roses contre sa poitrine.

– Regarde ta mère. Tu as le théâtre dans la peau, elle te l'a transmis. Ignore-le autant que tu voudras, c'est en toi. Ta mère était née pour devenir comédienne et elle a eu une carrière admirable. Tu es faite pour écrire, et ta première pièce était magnifique. Elle a été primée. Ne laisse pas les actes d'un bellâtre immature te priver d'exploiter ton potentiel.

Frappée par la justesse de ses conseils, elle eut du mal à retenir ses larmes. Des quatre sœurs, Cesca était la passionnée de théâtre, et ce depuis toute petite. C'était Cesca qui, en bas âge, réclamait d'observer le jeu de sa mère depuis les coulisses. Elle était devenue mordue de théâtre dès l'instant où elle avait senti le parfum du fard gras et l'odeur de renfermé des vieux costumes.

Je n'y arrive pas. Je t'assure que j'ai essayé. Mais j'entends des voix qui me répètent que je ne vaux rien, que je me leurre. Que c'est une bonne chose que Sam Carlton soit parti pour Hollywood parce que je ne suis pas douée pour écrire.

Hugh s'assit à côté d'elle. Ses genoux craquèrent en se pliant.

– Tu sais aussi bien que moi que c'est faux. Tu as juste besoin de t'accorder un peu de temps, de lâcher du lest. Il te faut un endroit où tu puisses réfléchir, respirer et laisser les mots venir à toi.

Elle rit.

– Compliqué à Londres.

Dans son quartier autant que chez elle, entre Susie et ses amoureux infidèles, ce n'était pas simple de respirer. Et encore moins de faire le tri dans ses pensées.

–Alors, échappe-toi de Londres.

Cesca lui sourit tendrement.

–Pour aller où? Je n'ai même pas de quoi payer le loyer de la semaine, je ne vois pas comment je m'offrirais des vacances.

–Je te donnerai l'argent.

Voilà qu'il remettait ça sur le tapis. Instinctivement, elle se crispa.

–Non. Non merci. Je sais que tu veux m'aider, mais je préfère me débrouiller seule.

–Et s'il y avait une autre possibilité? hasarda Hugh avec une soudaine roublardise. Et s'il existait une solution économique? Je t'avancerais les frais et tu me rembourserais.

–À moins que ce ne soit excessivement bon marché, je ne pourrai jamais te rembourser. Et pour citer mon homonyme: « Ne sois ni emprunteur ni prêteur. »

La référence à Shakespeare fit sourire Hugh.

–Soit. Je m'arrangerai pour que ça reste excessivement bon marché. En outre, tes écrits seront tellement prodigieux que tu t'acquitteras de tes dettes en très peu de temps.

Il s'adossa à son siège et, perdu dans ses pensées, il se frotta un instant le menton. Puis il redressa le dos et claqua des doigts.

–J'ai trouvé!

–Quoi?

Il ignora sa question.

–Ne bouge pas. J'ai un coup de fil à passer.

Il bondit sur ses pieds et posa sa tasse sur la table basse.

–Où veux-tu que j'aille? ironisa-t-elle tandis qu'il s'éclipsait dans la cuisine.

Il ressurgit cinq minutes plus tard avec un grand sourire.

– On dirait un chat qui a avalé un canari, plaisanta-t-elle en grimaçant.

Hugh s'esclaffa.

– Bon, je me suis entretenu avec un couple d'amis. J'ai ouï dire qu'ils avaient du mal à trouver quelqu'un de confiance pour garder leur villa en Italie.

Cesca haussa les sourcils.

– Comme c'est pratique !

– Ne me regarde pas comme ça, gronda Hugh. Je ne déforme pas la réalité. Je n'invente rien, c'est juste un heureux hasard. Le couple de gardiens, qui vit sur place, souhaite prendre quelques semaines de congé. Ils cherchent un remplaçant. Tu n'aurais pas grand-chose à faire, sinon t'assurer que tout va bien. Tu disposerais de tout ton temps pour écrire. En prime, ils paieraient ton billet d'avion et tu serais logée et nourrie gratuitement.

Elle n'en croyait pas un traître mot.

– Et où se trouve cette demeure qui a tant besoin de la vigilance d'une ratée complètement paumée ? demanda-t-elle.

– Au bord du lac de Côme, dans les environs du charmant petit village de Varenne. La Villa Palladino, où tu logerais, est dans leur famille depuis des siècles. J'y suis allé, c'est absolument splendide. Qui plus est, elle se trouve dans un coin isolé. Personne ne te dérangera. Tu pourras respirer le bon air du lac, faire de longues promenades et même t'étendre sur la plage si tu le souhaites.

Il s'arrêta un instant et lui jeta un coup d'œil.

– Et écrire, éventuellement.

Elle était déchirée à un point presque douloureux. Une partie d'elle aspirait à bondir de joie, à laisser éclater son excitation et remercier son sauveur. L'autre partie, aux commandes de sa vie depuis six ans, lui susurrait que c'était trop beau pour être vrai, qu'elle ne méritait pas ce genre d'aubaine. Elle s'était tant préparée à la chute qu'une fois de plus, elle ne pouvait que faire faux bond à son parrain.

–Je suis incapable de garder un emploi, murmura Cesca. Qu'est-ce qui te fait croire que je serai à la hauteur ?

–Évidemment, tu en es capable. Il n'y a rien d'autre à faire qu'écrire et clarifier tes pensées. C'est ce que tu aurais dû faire depuis longtemps, juste après l'annulation de ta pièce. J'aurais dû t'y pousser. Au lieu de ça, tu t'es engagée sur une pente glissante et tu dégringoles à une telle vitesse que personne ne peut te rattraper.

C'était tellement vrai que Cesca ne tenta pas de se défendre.

–Admettons que j'accepte, dit-elle, encore sur la réserve. Il me resterait deux ou trois points à régler. Un passeport, des vêtements. Et, surtout, trouver un sujet d'écriture.

Hugh afficha un sourire radieux.

–C'est la partie facile. Je t'arrangerai ça en deux coups de cuillère à pot. En revanche, te convaincre me paraît plus épineux.

–Tu aurais une photo de la maison ? Elle est grande ?

Hugh haussa les épaules et détourna le regard.

–Moyenne, je dirais. Je ne l'ai pas photographiée, ce couple préserve sa vie privée. Sache qu'elle compte suffisamment de chambres pour que tu ne tombes pas sur les gardiens tant qu'ils seront sur place. Mais elle n'est pas vaste au point que tu te sentes perdue après leur départ.

La sentant réticente, il posa la main sur son bras.

–Essaie, au moins. Fais-le pour moi, pour ton père. Fais-le pour ta mère au besoin, mais prends cet avion et va en Italie. Si une fois là-bas, ça te déplaît, je trouverai un arrangement avec mes amis.

–Je ne sais pas...

–Cesse de réfléchir et accepte, la pressa Hugh. Considère que tu as touché le fond et que c'est ta chance de remonter la pente.

Il avait raison, elle le savait. C'était fou d'avoir aussi peu à perdre. Dans la vie, tout un chacun est un jour amené à choisir entre accepter sa vie telle qu'elle est et prendre son destin en main, en se fixant une direction.

Assise dans ce confortable appartement londonien, Cesca s'aperçut que son heure avait sonné.

Pouvait-elle l'ignorer ? Si elle déclinait, supporterait-elle de regretter son choix ?

Stop. Elle avait eu son lot de regrets.

– C'est d'accord, déclara-t-elle, arrachant un soupir de soulagement à son oncle. J'irai en Italie, je garderai cette villa et je m'appliquerai à prendre un nouveau départ.

Réaction rarissime, Hugh l'enlaça. Cesca l'étreignit malgré sa stupéfaction. Il était si mince qu'elle sentit ses côtes.

– Sage décision. Je suis fier de toi, murmura-t-il.

Touchée, elle fut gagnée par la nostalgie. Elle aussi était fière d'elle-même, autrefois. Si seulement elle pouvait renouer avec ce sentiment.

– Quand pars-tu ? s'enquit son père en la regardant par-dessus le bord de sa tasse.

– Demain, l'informa Cesca. Je décolle d'Heathrow dans la matinée.

Elle parcourut la cuisine du regard. Les murs miteux, la peinture écaillée qui se détachait du plâtre. L'évier rempli de vaisselle sale. De la folie pure. La maison vide valait une fortune, mais Oliver, plus intéressé par l'étude des insectes que par la décoration d'intérieur, la négligeait depuis si longtemps.

L'anxiété lui vrilla l'estomac à l'idée de laisser son père à Londres. Bien que resté bel homme, au bout de la table, il lui paraissait plus menu que dans ses souvenirs. Plus âgé.

– Tu as prévenu tes sœurs de ton départ ?

– Je leur en ai parlé ce matin. Sur Skype.

– Cette sorte de téléphone qui fait aussi vidéo ? demanda Oliver en secouant la tête. C'est incroyable que vous réussissiez à vous voir alors que vous êtes toutes par monts et par vaux.

Elle sourit tendrement. Jamais elle ne s'habituerait à leur absence dans cette cuisine. Cette pièce était une manne de souvenirs. Elle revoyait Lucy se démener pour préparer leur lunch box, Juliet peindre sur la vieille table, Kitty scotchée à l'ancienne télévision trônant sur le plan de travail. La cuisine était si silencieuse désormais. Quand elle était enfant, cette maison débordait de vie. Les sœurs Shakespeare étaient énergiques et bruyantes. Seuls demeuraient les fantômes du passé.

De surcroît, elle pouvait presque retrouver sa mère dans cette pièce. Tirée à quatre épingles, elle se penchait pour les embrasser chacune leur tour avant de se rendre au théâtre. Elle sentait délicieusement bon, comme un bouquet de fleurs. Parfois, quand un parfum similaire lui parvenait aux narines, tous les souvenirs rejaillissaient.

– Ça ira sans moi ? demanda-t-elle à son père.

– Bien sûr. J'ai mon travail pour occuper mes journées. Et puis Hugh m'a invité à dîner. Oh, et Lucy compte descendre d'Édimbourg, je ne sais plus quand.

Heureusement que Lucy était là. L'aînée des quatre sœurs chapeautait la famille d'une main de maître.

– J'essaierai de te téléphoner, suggéra-t-elle.

Il refusa d'un geste.

– Je ne décrocherai probablement pas. Et je n'ai toujours pas réussi à faire fonctionner le répondeur. Envoie-moi plutôt une carte postale.

– Comme tu voudras.

Il replongea dans ses mots croisés et tapota sa bouche avec son stylo. Elle avait reperdu son attention.

– Papa, tu prendras soin de toi, hein ? Nourris-toi correctement, insista-t-elle, consciente de l'ironie de ses conseils.

Ôtant son stylo de sa bouche, il griffonna quelques lettres.

– Je mange équilibré. Cela dit, je ne mangerai peut-être pas aussi bien que toi. La cuisine italienne est succulente.

Pourquoi vas-tu là-bas, à propos ? demanda-t-il en relevant les yeux.

Elle soupira.

– Je te l'ai dit. Je vais garder une propriété. Et essayer de me remettre à l'écriture.

Pour la première fois, elle piqua sa curiosité.

– Une pièce de théâtre ?

– Si possible. Je crains d'être un peu rouillée.

Un doux euphémisme.

– En voilà, une excellente nouvelle. Ta mère serait tellement fière de toi si elle était encore de ce monde. Elle a toujours rêvé qu'une de ses filles marche sur ses pas.

Cesca baissa les yeux.

– Je sais. Mais ça m'étonnerait qu'elle soit fière de moi. J'ai déçu tout le monde.

– Absolument pas, s'offusqua Oliver. Toutes les quatre, vous vous en sortez très bien. Ça n'a pas été facile pour vous après que Milly...

Les larmes aux yeux, il laissa sa phrase en suspens.

– Enfin... quoi qu'il en soit, fais de ton mieux. Que peut-on faire de plus ?

Un court instant, elle s'attendit à ce qu'il lui ouvre son cœur. Mais il se referma instantanément sous ses yeux. Il se remit à remplir sa grille de mots croisés pendant qu'elle terminait sa tasse de thé.

Toutefois, sa remarque était pertinente. Donner le meilleur d'elle-même, c'était le maximum qu'elle puisse faire. Mais si ça ne suffisait pas ?

3

« Quand j'étais chez moi, j'étais bien mieux;
mais il faut que les voyageurs soient contents de tout »

Comme il vous plaira

Un soleil de plomb frappait les baies vitrées de l'aéroport comme pour l'accueillir en Italie. Réchauffée par ses rayons, elle se demandait quel groupe suivre tout en tentant de décrypter les panneaux indicateurs. Tout sonnait mieux en italien. Les mots *Imbarchi, Attenzione et Partenza* roucoulaient comme des appels à la suavité. Malheureusement, elle n'en comprenait aucun. Et elle resta au point mort après avoir feuilleté son guide en quête d'un plan de l'aéroport. Ce n'est qu'à la seconde lecture qu'elle remarqua les traductions anglaises sous chaque direction. Étourdie, elle ?

Le temps qu'elle localise la zone de livraison des bagages, le sien était le dernier sur le tapis. Une valise élimée en cuir rouge abandonnée à son triste sort et qui tournait en rond. Cesca la souleva et la déposa sur un chariot en jurant contre ce modèle trop ancien pour posséder des poignées et des roulettes comme tout bagage récent.

L'estomac noué, elle se mêla à la cohue du hall des arrivées. Dans la masse de gens attendant leurs proches, des chauffeurs brandissaient des noms griffonnés sur des écriteaux rudimentaires. L'aéroport de Milan était l'un des plus fréquentés d'Italie. En plus de la métropole, il desservait les lacs prisés par les touristes. Perdue dans la foule compacte, elle regarda autour d'elle en songeant à appeler Hugh d'un téléphone public.

– Mademoiselle Shakespeare ? demanda une voix grave à sa gauche.

Elle se retourna vers un homme de grande taille.

À première vue, il avait une trentaine d'années. Et pas du tout l'air égaré. Ce qui était en soi un petit miracle.

– C'est bien moi, répondit-elle en souriant.

– Je suis Alessandro. Voici ma femme, Gabriella. Nous sommes là pour vous conduire à la Villa Palladino.

Une petite brune s'avança, sourire aux lèvres.

– Gabi. Appelez-le Sandro. Je suis si contente que vous soyez là.

Elle serra si fort Cesca dans ses bras qu'elle lui coupa le souffle. Pour un petit gabarit, Gabi ne manquait pas de vigueur.

– Ravie de vous rencontrer, répliqua Cesca. Vous parlez anglais, c'est formidable. Mon italien est consternant, je suis désolée.

Gabi écarta ses excuses d'un geste.

– Pas de souci. Vous apprendrez très vite durant votre séjour. Autour du lac, nous maîtrisons presque tous l'anglais. C'est notre seconde langue.

– Tout de même, je dois faire des efforts. Quand on est à Rome... et *tutti quanti.*

Gabi fronça les sourcils.

– Nous ne sommes pas à Rome. C'est Milan ici.

Cesca rit. Gabi devait la croire folle.

– Non, c'est un vieux proverbe. À Rome, fais comme les Romains. Autrement dit, il faut vivre selon les règles du pays où l'on se trouve.

–D'accord avec vous, approuva Sandro en poussant le chariot de Cesca. Nous vous accordons quelques jours pour parler couramment italien.

Avec bonne humeur, Gabi lui donna une tape sur le bras.

–Arrête. Elle nous rend service. Sois sympa avec elle.

Elle prit Cesca par la main et l'entraîna à la suite de Sandro vers la sortie.

–Je suis vraiment soulagée que vous soyez là. Vous n'imaginez pas ce que ça représente pour nous. La sœur de Sandro accouche à la fin du mois et elle n'a personne pour l'aider. Elle et Sandro sont orphelins, vous savez. Nous allons à Florence pour prendre soin d'elle, mais la villa ne peut pas rester inoccupée.

Cesca avait rarement rencontré quelqu'un qui se dévoile autant dès les premières minutes. Toutefois, Gabi avait quelque chose de candide, d'attachant, si bien qu'elle se joignit à la conversation.

–Un bébé, c'est merveilleux! dit-elle, cueillie par l'air milanais à la sortie de l'aéroport. C'est une fille ou un garçon?

–Un garçon, affirma Sandro en même temps que Gabi répondait: « Une fille. »

Cesca éclata de rire.

–C'est un garçon et il s'appellera comme moi, déclara fièrement Sandro.

–Nous ne connaissons pas le sexe du bébé, murmura Gabi à Cesca. Mais la sœur de Sandro pense comme moi que c'est une fille.

–Elle pourra l'appeler Alessandra. C'est presque aussi bien, proposa Cesca.

Ils atteignirent la voiture, une charmante Fiat 500 vintage, bleu clair et garnie de chromes. Sandro se démena pour faire entrer sa valise dans le coffre étroit.

–J'ai peur que ce soit trop serré. C'est une bonne voiture, très efficace, mais l'espace est riquiqui, expliqua-t-il.

Cesca haussa les épaules.

–Pas grave. Je ne suis pas bien épaisse.

Elle baissa les yeux vers sa silhouette menue. Comme Gabi, elle était svelte avec la taille fine et dépassait de peu le mètre cinquante. Plus jeune, elle se sentait naine à côté de ses sœurs.

Le trajet jusqu'à Varenne durait une bonne heure. À la sortie de Milan, ils prirent l'autoroute de l'Est, dépassèrent de luxuriants espaces verts et des chantiers d'un brun poussiéreux. À l'occasion, ils traversaient de jolis petits villages, dotés de vieux édifices élevés et de jardins verdoyants. Gabi entretenait la conversation sans interruption dans un anglais quasi parfait. Elle raconta à Cesca l'histoire de la région, louant la beauté de Varenne et de la villa qu'elle adorait. À l'approche des montagnes entourant le lac de Côme, Cesca brûlait d'impatience de découvrir les lieux décrits par Gabi. Le nez contre la vitre, elle admirait les falaises boisées et le lac scintillant à leurs pieds en se demandant ce que ça faisait d'ouvrir tous les matins les yeux sur un panorama aussi splendide.

Elle le saurait bientôt.

–Bien entendu, la maison est extrêmement bien entretenue. Le *signor* et la *signora* Carlton y séjournent tous les ans et font procéder à de fréquentes rénovations. Mais la *signora* Carlton tient aussi à préserver l'histoire des lieux. Le résultat est de très bon goût.

–Qui ? demanda Cesca confuse.

–Les propriétaires, *il signor* et *la signora* Carlton, répondit patiemment Gabi. Nos employeurs.

–Je croyais que la villa appartenait à une vieille famille italienne. Hugh, mon parrain, m'a expliqué qu'elle était dans la famille depuis plusieurs générations.

–Tout à fait, dit Gabi. La *signora* Carlton était une Palladino avant de se marier. Elle a grandi dans cette demeure. Leur histoire d'amour est un véritable conte de fées. Elle était étudiante à New York, et lui producteur à Broadway. Ils sont tombés amoureux et se sont mariés dans le mois qui a suivi. Ils ont eu trois beaux enfants.

– Vraiment ? fit Cesca d'un filet de voix. Comment s'appellent-ils ?

Cesca sentit monter en elle un mauvais pressentiment.

– Sam est le fils aîné. Vous avez sûrement entendu parler de lui. C'est un acteur très connu. Ensuite, leurs deux filles, Sienna et Isabella. Sienna à seize ans, et Izzy dix-huit.

– Sam Carlton, répéta Cesca au bord de l'asphyxie. Je vois vaguement de qui il s'agit. On le surestime, à mon avis.

Elle allait tuer Hugh.

Gabi la regarda de travers.

– Il est très sympathique en plus d'être talentueux. Il trouve toujours du temps à nous accorder quand il séjourne ici.

– On ne peut pas dire qu'on le voie beaucoup, intervint Sandro, le regard rivé sur la route. Sa carrière d'acteur l'accapare. Maintenant, Gabi est obligée de l'idolâtrer de loin.

– Je ne l'idolâtre pas, gronda Gabi. Je le trouve bon acteur, c'est tout.

– Bel acteur, nuança Sandro avec un sourire espiègle. Je sais très bien ce que tu as en tête.

En italien, Gabi déversa un flot de paroles incompréhensibles pour Cesca. Ses phrases pétaradaient comme des tirs de mitraillette. Cesca se renfonça dans la banquette et laissa Sandro et Gabi se chamailler. Les intonations chantantes de la langue italienne ressortaient aussi bien dans leur dispute.

Elle ferma les yeux et offrit son visage au soleil de l'après-midi. Sitôt qu'ils arriveraient, elle trouverait un moyen de contacter Hugh en vue d'organiser son retour. Il était exclu qu'elle passe une seule nuit sous le toit des Carlton. De plus, elle devait rentrer à Londres pour communiquer le fond de sa pensée à Hugh, en face.

Elle vérifia l'heure à sa montre. Elle n'avait atterri à Milan que depuis deux heures et elle projetait déjà de rebrousser chemin. Si ça n'avait tenu qu'à elle, Cesca aurait embarqué dans le premier avion pour Londres.

Ce voyage s'avérait mémorable.

Quand la Fiat eut franchi les portails, Cesca resta en admiration devant la somptueuse Villa Palladino. La propriété était entourée de hauts murs en stuc blanc. Des bougainvilliers se déployaient à cheval sur les parois comme s'ils essayaient de s'échapper vers la route. Leur évasion était freinée par les portails en fer forgé qui ouvraient sur une longue allée bordée de cyprès. Les gracieux conifères vacillaient doucement dans le vent, semblant danser sur une mélodie silencieuse.

C'était magnifique. Cesca ressentit une pointe de regret à l'idée qu'elle ne profiterait pas de cette splendide retraite. Mais, bien vite, l'identité des propriétaires lui revint à l'esprit. Puis de leur fils. Alors, sa détermination grimpa en flèche.

–Je pourrais utiliser le téléphone ? Mon forfait ne couvre pas l'Europe.

Modifier son abonnement coûtait trop cher. C'est pourquoi elle avait prévu de descendre à pied au village une fois par semaine, en espérant trouver un cybercafé ou un téléphone public. De cette façon, elle contrôlerait ses dépenses.

Sandro secoua la tête.

–Je crains que non. La *signora* Carlton exige que sa famille vive coupée du monde quand ils viennent ici. Pas de téléphone fixe, pas de wifi, et on capte à peine sur la propriété.

Il sortit son téléphone de sa poche.

–Il faut descendre à Varenne pour avoir du réseau. Je vous le prête.

– Merci, mais gardez-le. Si je dois me rendre en ville, autant que je téléphone d'une cabine.

Ainsi les mots bien sentis qu'elle réservait à son parrain resteraient privés.

– Ça me surprend que la propriété ne dispose d'aucune connexion, connaissant les responsabilités de Monsieur Carlton, reprit-elle.

Foster Carlton, le père de Sam, dirigeait le Théâtre national de Londres depuis de nombreuses années. La nomination de l'impétueux Américain à ce poste prestigieux avait secoué le monde du spectacle mais, sous sa direction, le théâtre allait de succès en succès.

– C'est pour cela que sa femme tient tant à s'isoler du monde extérieur. Elle est connue pour jeter son téléphone dans le lac s'il ne l'éteint pas. Elle est aussi colérique que lui, ajouta Gabi en souriant.

Cesca en eut la bouche sèche.

– Je descendrai en ville cet après-midi, dit-elle à Gabi. J'ai besoin de téléphoner.

Et de réserver un billet d'avion. Et de trouver un moyen de le payer.

– Très bien, acquiesça Gabi, souriante. Descendons tous ensemble. Je vous ferai visiter les environs.

L'intérieur de la résidence était aussi ravissant que l'extérieur. Le parquet chaleureux faisait écho aux murs d'un beige très clair. Dans ces pièces, le plafond rehaussé de poutres foncées, les plantes vertes luxuriantes et l'élégant mobilier reflétaient un sens aiguisé de l'esthétique. Gabi guida Cesca de pièce en pièce en bavardant sans discontinuer. Sans reprendre son souffle, elle évoqua le service d'entretien, de jardinage et même l'emplacement des fusibles en cas de panne.

Séduite par la villa, Cesca l'écoutait d'une oreille distraite. La beauté des lieux contrastait en tout point avec son taudis à la moquette fatiguée et aux meubles dépareillés. Comme par magie, elle en était partie dans la matinée pour se retrouver dans ce cadre envoûtant avec son unique bagage. Qu'elle ne puisse pas rester ressemblait à une cruelle plaisanterie. Comment ne pas se sentir inspiré par cette somptueuse résidence ?

À l'entrée du salon, Cesca constata que Gabi avait gardé le meilleur pour la fin. Les plafonds voûtés et les portes-fenêtres cintrées ouvrant sur le jardin la séduisirent aussitôt. Mais le plus saisissant, c'était la vue. Derrière la terrasse pavée bordée d'arbustes parfaitement taillés, la pelouse impeccable descendait en pente douce. Les parterres de fleurs, enrichis de géraniums et de pélargoniums à foison, ajoutaient de ravissantes touches colorées. Un chemin sinueux partant de la pelouse bifurquait vers un labyrinthe de haies de buis, puis conduisait au lac miroitant. La petite plage nichée entre le jardin et le lac décrite par Hugh n'était pas visible de la terrasse. Rien que de penser au sable réchauffé par le soleil, elle se sentit exaltée.

– C'est magnifique, chuchota-t-elle pour elle-même autant que pour Gabi.

– Oui, vraiment, approuva Gabi. Sandro et moi sommes particulièrement chanceux de travailler ici. Nous sommes très reconnaissants d'avoir des employeurs aussi charmants que les Carlton. Ils sont extrêmement conciliants, en particulier au sujet de la sœur de Sandro.

Elle poursuivit à voix basse.

– La plupart des employeurs ne nous auraient pas laissés partir en plein été. Eux ont eu la bonté de nous trouver un ange, vous, pour nous permettre d'aider la sœur de Sandro.

C'était presque impossible d'ignorer ses crampes d'estomac. Cesca essaya néanmoins de se rassurer. Les Carlton trouveraient aisément quelqu'un d'autre pour garder la maison. Vivre aux frais de la princesse au bord du lac de Côme, qui ne sauterait pas sur un emploi aussi peu fastidieux ?

– C'est compliqué pour les Carlton depuis que leur fils est célèbre, reprit Gabi. Il n'y a qu'ici qu'ils peuvent se voir sans être agressés par les paparazzis. Ils accordent tant d'importance à leur tranquillité qu'ils ne font pas confiance au premier venu. Raison de plus pour se féliciter de votre présence. Un ami proche vous a recommandée à eux, à ce qu'ils m'ont dit ? C'est précieux pour eux que vous ne soyez pas attirée par leur célébrité.

Détachant son regard du panorama, Cesca s'obligea à sourire. D'ici peu, elle aurait disparu et cela ne la concernerait plus.

Au fond d'elle, cela ne l'empêchait pas d'éprouver de la culpabilité.

– Tu m'as menti.

Son ton était hargneux, mais c'était plus fort qu'elle. La tête appuyée contre la vitre de la cabine téléphonique, Cesca attendait impatiemment la réponse de Hugh. Cet appel lui coûtait une petite fortune.

– J'ai omis une partie de la vérité, pour ton bien. Pour que tu affrontes ton passé et tout le toutim. Tu aurais rejeté l'offre sans réfléchir si j'avais précisé l'identité des propriétaires.

– Bien entendu que j'aurais refusé. Et maintenant, je me retrouve dans une situation inconfortable. Tu sais pourquoi le couple de gardiens prend des congés ? Pour aider la sœur du mari qui va bientôt accoucher. Ce n'est pas tout. Ils me prennent pour l'ange de la Providence qui aurait volé à leur secours.

Le rire de Hugh donna envie à Cesca de balancer le téléphone. Elle l'aurait fait s'il n'avait pas été relié à un boîtier d'un autre temps.

– C'est parce que tu *es* un ange. Tu ne peux pas faire confiance au destin et attendre de voir où ça te mène ? Ou vois les choses autrement. Dis-toi que les Carlton ont une dette envers toi parce que leur fils t'a lâchée. Considère cela comme des représailles.

–Hugh ! Je ne vois pas comment je pourrais demeurer dans cette maison. Imagine que je doive leur parler ! Ou pire. Qu'ils s'installent chez eux durant mon séjour.

–Ils passent l'été à Paris, il me semblait te l'avoir dit. Foster a été invité à monter une pièce, ils n'auront pas la liberté de descendre en Italie. C'est pourquoi ils ont besoin d'un gardien.

–Personne ne viendra ? demanda Cesca sur un ton méfiant.

–Personne, confirma Hugh. Lucia et les filles restent avec lui tout l'été. Et leur fils tourne un film à L.A.

Cesca remarqua avec quel soin il évitait d'appeler Sam par son prénom.

–N'empêche, je ne peux pas rester. Tu dois le leur annoncer. Quand j'aurai raccroché, j'irai réserver mon vol de retour dans un cybercafé.

Un silence. Cesca scruta la place à travers les parois vitrées de la cabine. Assis à la table d'un café, Gabi et Sandro papotaient avec une serveuse. Un nouvel accès de culpabilité la submergea.

–Et si je te garantissais qu'il n'y aura pas de visiteurs ? Tu as vu, la propriété est totalement isolée. Magnifique, qui plus est. Parfaite pour toi, ma chérie, reprit Hugh.

–Ce serait parfait. Si une autre famille en était propriétaire.

Cesca ajouta « ingrate » à la liste de ses défauts.

–Ces gens ne t'ont rien fait. Pas plus Foster que Lucia. Et il se pourrait que ce soit l'endroit idéal pour enterrer tes démons. Tu peux respirer, écrire, découvrir par toi-même qu'il y a du bon et du mauvais en toutes choses. Que c'est une simple question de perspective.

Du bout de la place, Gabi croisa son regard et agita frénétiquement la main, un grand sourire fendant son visage. Cesca la connaissait à peine, mais elles s'étaient bien entendues d'entrée de jeu. Un peu comme deux sœurs.

Non qu'elle ait besoin d'une sœur de plus. Et voilà qu'elle s'apprêtait à réduire ses projets à néant.

Atroce, comme sensation.

Hugh la sentit fléchir et abattit sa carte maîtresse.

– Donne-toi une semaine avant d'arrêter ta décision. Fais-le pour moi. Réfléchis à tête reposée et rappelle-moi vendredi. Je réserverai ton billet d'avion à ce moment-là si c'est toujours ton souhait.

– Ça laissera le temps aux Carlton de me remplacer ?

Hugh soupira.

– Tu ne seras pas remplacée. Si tu jettes l'éponge, les gardiens seront contraints d'annuler leurs vacances. Ils ont été autorisés à partir uniquement parce que j'ai proposé cette solution à la dernière minute. Désolé, mais c'est la vérité. Offre-toi une chance de bien réfléchir. La nuit porte conseil.

Elle se retrouvait entre le marteau et l'enclume, aucun doute là-dessus. Son malaise croissait à vue d'œil. Cesca coula un regard vers la place, coincée entre l'envie de déverser sa rage sur Hugh et de raccrocher pour prendre un café avec ses nouveaux amis. Le soleil déclinait lentement dans le ciel et projetait une lueur orangée sur les pavés. Par-dessus tout, elle aurait aimé jouer les touristes pendant quelques heures.

Pouvait-elle rester ici pour Gabi et Sandro ? Au risque de vivre dans un état d'anxiété permanent ?

Elle inspira un bon coup et ferma les yeux. Elle ne pouvait pas ruiner leurs projets, pas après l'accueil adorable qu'ils lui avaient réservé.

– D'accord, je reste, annonça-t-elle, consciente de sortir graduellement de sa zone de confort depuis sa soirée chez Hugh. Mais pour ta gouverne, je maudirai ton nom toutes les nuits. Il se pourrait même que je confectionne une poupée vaudoue à ton effigie.

Il rit de plus belle.

– Je t'informerai de la moindre douleur. Cesca, tu as fait le bon choix. Tu es plus forte que tu ne le penses. Donne-toi juste une chance. Tu seras agréablement surprise.

Cesca haussa les épaules, même s'il ne la voyait pas. Il existait pire endroit sur terre qu'une paisible villa au bord du lac de Côme et pire situation que de disposer librement de ladite maison pour l'été. Si une dépression nerveuse lui pendait au nez, autant qu'elle craque avec élégance.

Ce serait déjà un excellent sujet d'écriture pour le retour.

4

« Ne rien avoir, rien qu'il ne puisse perdre »

Henri VI, Tome 3

Bien calé dans son siège, Sam Carlton se frotta le visage. Sa barbe de trois jours lui irrita la paume des mains. Il ne s'était pas rasé depuis que le premier journaliste l'avait contacté. Sur le moment, ça ne lui avait pas paru nécessaire.

Il se décida à réagir.

–Ça m'échappe. Pour quelle raison vendrait-elle son histoire ?

Bras croisés, Charles Dewitt observait Sam, la tête inclinée sur le côté. Ils se connaissaient depuis six ans, depuis que Sam avait été adressé à Dewitt Artist Agency, sitôt installé à Hollywood. Comme il arrivait en plus avec une proposition de rôle, Charles s'était empressé de l'inscrire dans son fichier, de le signer comme acteur. Dès lors, la carrière de Sam avait explosé. Son rôle remarqué dans la saga *Summer Breeze* avait rapidement débouché sur une succession de rôles principaux.

–Pour faire sa pub, répondit Charles en haussant les épaules, tout le monde cherche à susciter l'intérêt des médias, même Serena Sloane. Elle sort un film prochainement, elle a besoin de faire parler d'elle.

Sam sentait l'agitation s'emparer de lui.

–Mais cet article est un tissu de mensonges. J'ignorais qu'elle était mariée. Elle m'a assuré que c'était fini. Elle me présente comme un enfoiré de salopard adultère.

Le titre à lui seul donnait la nausée. *Serena Sloane : Le beau gosse d'Hollywood est un démon (du sexe). Et j'ai adoré ça !*

–On ne peut pas étouffer les rumeurs ? suggéra Sam. Riposter, l'attaquer en justice ou je ne sais quoi ? Je devrais peut-être consulter mon attachée de presse.

–J'ai mis Melissa sur le coup. Mais explique-moi pourquoi tu voudrais la faire taire.

La bouche de Sam s'affaissa.

–Parce que c'est salement embarrassant. Tous ces ragots sur nous deux. La moitié est fausse, en plus. Quant à l'autre, j'aimerais autant qu'elle reste privée. Tu sais qu'on me surnomme « le marteau-piqueur » désormais ? Sérieusement ? On n'entend plus que ça sur TMZ.

Charles tordit la bouche sur le côté.

–Le marteau-piqueur ? Plutôt flatteur, si tu vois ce que je veux dire.

Sam ferma les yeux et se pinça l'arête du nez.

–C'est totalement exagéré. Je ne suis sorti qu'une poignée de fois avec Serena, et à ma connaissance, elle était célibataire. Nous étions plus amis qu'autre chose. Cet article est un tissu de mensonges.

Il soupira. Ses tempes commençaient à bourdonner. Un contrecoup de sa nuit blanche. Au lieu de dormir, il avait passé la nuit à éplucher les sites Internet, recherchant son propre nom sur Google, tout cela pour saisir l'ampleur de la catastrophe. Tout ce que Charles lui déconseillait.

–Quelle partie veux-tu réfuter ? demanda l'agent. Celle où elle te qualifie de bête de sexe ou celle où elle te décrit en « sergent instructeur » ?

Sam leva les yeux au ciel.

– Je devrais me sentir flatté ? L'article entier me fait honte.

Charles haussa son sourcil gris argenté. De vingt ans l'aîné de Sam, l'agent chevronné avait tout vu à Hollywood. Plus rien ne l'impressionnait. Contrairement à Sam qui n'était qu'un jeune débutant.

– Tu savais pourtant qu'elle était mariée. Ce n'est un secret pour personne.

– Tu n'es pas censé prendre ma défense ? Pour moi, ils étaient séparés. Je ne peux plus mettre le nez dehors sans qu'on se moque de moi. Impossible d'y échapper. Attends un peu que mes parents l'apprennent. Bon Dieu, je ne veux pas imaginer la tête qu'ils feront.

– Ça finira par se tasser. D'ici une semaine ou deux, une autre célébrité commettra une idiotie et ce sera de l'histoire ancienne.

– Tu m'es décidément d'un grand secours !

Charles haussa les épaules.

– Que veux-tu que je te dise ? Je suis ton agent. De mon point de vue, toute publicité est bonne à prendre. Tu dois encaisser quelques taquineries, et alors ? Ça te sera bénéfique à long terme.

Sam soupira bruyamment.

– Tu as lu l'article ? Il est atrocement explicite, elle déballe *tout*. Tu en penserais quoi, si la taille de ton pénis était rendue publique ? Ce torchon comporte des détails que personne n'a besoin de connaître, surtout pas ma famille.

– Les passages plus indécents ? Ils s'en remettront. Avise-les de ne pas le lire.

Sam secoua la tête.

– Pas question que je leur en parle !

L'idée lui glaçait le sang. Sa mère se déchaînerait probablement sur lui en jouant de son accent italien théâtral. Elle fustigerait son insouciance, sa liaison avec une femme qui ne le méritait pas.

Son père, c'était une autre paire de manches. Non qu'il vît en lui une figure paternelle. Foster Carlton tolérait mal l'insouciance. Quoi qu'il fasse, rien ne lui valait l'estime de son père. Et les derniers potins ne l'inciteraient pas à revoir son jugement.

– Écoute, Sam. Je comprends que tu sois déstabilisé. Mais essaie de voir les choses autrement. Ces derniers temps, tu répètes sans cesse que tu détestes les rôles qu'on te propose, que tu aspires à casser ton image de gentil garçon. Prends-le comme une occasion de la modifier. Exploite-la à fond. Montre-toi sous ton vrai jour, sois franc. Offre une autre facette de ta personnalité au grand public. Je te garantis qu'après ça, on te proposera des rôles plus denses.

– Sinon ma carrière mourra d'une mort lente et misérable.

– Aucun risque. Tu es trop talentueux pour ça. On n'est pas nominé aux Oscars sans avoir un truc spécial. Et toi, Sam, tu l'as. C'est un don, tu le sais aussi bien que moi. Le moment est venu de le cultiver différemment.

Curieusement, Charles ne paraissait pas perturbé par la tournure des événements. Sam l'observait en s'interrogeant sur sa désinvolture. Après tout, il avait construit la carrière de Sam sur son image de gentil garçon. Même si Sam se plaignait effectivement de n'incarner que des personnages lisses.

– Tu étais au courant ? demanda Sam avec méfiance. Tu es bien trop calme. Le journaliste t'a mis dans la confidence ?

Charles haussa les épaules.

– C'est la première fois que je vois ce magazine.

Sa réponse ne dissipa pas ses craintes.

– Tu savais, c'est ça ? Forcément. C'est toi qui m'as présenté Serena.

Ils s'étaient rencontrés six mois plus tôt, lors d'une soirée organisée par Charles dans sa résidence de Beverly

Hills. D'emblée, ils s'étaient bien entendus. Si bien que Sam avait invité Serena chez lui, et tout le monde connaissait la suite. Ou plutôt, tout le monde à L.A. l'apprendrait par les gros titres. Une autre pensée lui vint à l'esprit.

– Tu savais qu'elle était toujours mariée ?

– Évidemment. C'est ma cliente. Qui suis-je pour juger, hein ?

– Tu aurais pu me prévenir ! s'indigna Sam. Me laisser le choix. Avant que ma tête ne soit placardée sur tous les kiosques à journaux. Tu te doutais que ça se retournerait contre moi. Que j'apparaîtrais comme l'ordure de l'histoire.

– Tu dramatises, répliqua Charles. Tu vas gagner en crédibilité, en consistance. Tu es en train de te broder une réputation de tombeur. Les filles vont se jeter à tes pieds et les garçons voudront tous être vus avec toi. Sam Carlton « le marteau-piqueur ». Ça en jette, non ?

Il prenait les choses tellement à la légère que Sam sentit son dos se raidir.

– Serena t'a informé qu'elle vendait son histoire ?

Pour la première fois, Charles eut l'air mal à l'aise. Il s'agita sur sa chaise en évitant le regard de Sam.

– Je ne suis pas autorisé à parler de mes autres clients. Tu le sais, Sam.

– Donc, tu savais. Et tu m'as laissé dans l'ignorance.

Sam déglutit pour atténuer le goût amer dans sa bouche.

– N'en fais pas tout un plat. J'étais sûr que tu t'en tirerais à bon compte. Ça va booster ta carrière, Sam. Encore plus à la parution du prochain numéro. L'anecdote sur ton père, c'est de la dynamite.

Sam se figea à la mention de son père.

– Quoi ?

Il secoua la tête, essayant de ralentir l'afflux de sang dans ses oreilles.

– Quel rapport avec mon père ?

Charles ignora son expression abasourdie.

–Ta carrière prend un nouveau virage, Sam. D'abord, nous te montrons comme un dieu du sexe, et ensuite ta facette plus tendre. Les femmes vont s'évanouir devant toi, le mec fauché qu'elles désirent toutes.

Sam étouffait.

–Elle t'a raconté que j'étais fauché ? Pour quelle raison ?

Il s'adossa à son siège et frappa le bureau du plat de la main.

–Qu'est-elle encore allée te raconter, bordel ?

–Tout s'éclaire, continua Charles. Je n'arrivais pas à comprendre pourquoi tu refusais d'évoquer ton père et de te servir de ses relations. Maintenant je sais... Mince, tu aurais dû me le dire plus tôt. Il n'y a rien de tel qu'un scandale pour propulser ta carrière.

Pour Sam, c'était une gageure de garder la tête froide. Il n'aurait jamais cru Charles capable de retourner ses secrets contre lui.

–Je lui ai confié des histoires de famille. C'était confidentiel. Personne d'autre ne devait savoir.

Charles souriait en toute inconscience.

–Les femmes seront toujours les femmes. Elles couchent avec toi, claquent ton blé et, au moment critique, elles te portent un coup bas. Demande à mes trois ex-femmes.

Une veine pulsa dans son cou à la pensée de sa célèbre famille éclatée.

–Elle avait promis de garder le secret.

Sam inspira, mais une boule dans sa gorge bloquait le passage de l'air.

–L'horreur. L'affaire de sexe, c'était déjà corsé, mais ça...

–Tu réagis de manière excessive, gronda Charles. Écoute, ce sera excellent pour toi, comme pour Serena. Tu m'as demandé de travailler sur ton image. C'est chose faite. Détends-toi. Et profites-en.

–Depuis combien de temps es-tu au parfum ?

Sam prit le mors aux dents. Rien ne pouvait plus l'arrêter.

–Où veux-tu en venir ?

Il aurait dû se douter que ça se terminerait mal. En six années à Hollywood, il avait appris à surveiller ses arrières. Mais Serena était une actrice connue et, sans trop savoir pourquoi, Sam pensait qu'il existait un code d'honneur dans la profession. Ils s'étaient vus quelquefois et avaient fini au lit deux ou trois fois. Du point de vue de Sam, ils étaient bons amis. Du moins l'avaient-ils été.

–Tu m'as piégé ?

Charles eut l'air surpris.

–D'où vient cette méfiance ?

Sam sentait la montée d'adrénaline affluer dans son corps.

–C'est un peu trop commode. Quelques jours avant ta fête, nous avions réfléchi à la manière de décrocher des rôles différents. Plus profonds. Je me souviens que tu m'avais recommandé de me débarrasser de mon image trop lisse.

Plus Sam parlait, plus son hypothèse lui semblait plausible.

–Je n'en reviens pas. Tu as tout manigancé. C'est ça ?

Charles sourit.

–Allons, Sam...

Sam bondit sur ses pieds.

–Réponds : tu m'as piégé ? Je savais que cette ville était pourrie, mais j'ignorais que toi aussi tu l'étais.

Charles leva les mains pour signaler qu'il capitulait.

—Très bien ! Oui, j'ai suggéré à Serena que tu apprécierais probablement de passer du temps avec elle. Que cela profiterait à vos deux carrières. Elle a grand besoin de publicité, et toi, tu essaies de redéfinir ta personnalité. Pourquoi ne pas utiliser cela à votre avantage à tous les deux ?

–Comment as-tu osé monter un coup pareil sans me consulter ? Rien ne t'autorise à prendre ces décisions sans mon accord.

–Ça fonctionne comme ça dans cette ville. Je suis ton agent, Sam. Et par de nombreux aspects, je suis également ton manager. Pour se réorienter, il faut en passer par des choix difficiles. Je n'étais pas sûr que tu aies la niaque. Je t'ai fait une faveur. Quand les propositions pleuvront, tu rangeras vite fait ton puritanisme au placard.

Charles n'était pas sérieux? Sam était peut-être las d'incarner les gentils, mais de là à apprécier un coup fourré. Non. La véritable info du jour était certainement la disgrâce de Sam Carlton.

– Fumier. Tu es censé travailler pour moi. Je rétribue assez généreusement ce privilège. Je t'ai fait confiance, Charles. Et tu m'as entubé.

– Bien au contraire! J'ai relancé ta carrière. Un petit scandale juteux, c'est le sésame du box-office.

La migraine de Sam lui martelait les tempes, au point que sa tête semblait sur le point d'exploser. Débattre avec Charles était vain. Son sourire et son attitude prouvaient qu'il était fier de lui.

– Ce n'est pas la carrière à laquelle j'aspire, déclara Sam. Et ce n'est pas la carrière que j'aurai. Mon avocat se rapprochera de toi. Si cet article sur ma famille est publié, je vous attaquerai en justice, Serena et toi, et vous perdrez tout.

Il se leva.

– Pour ma part, cette conversation est terminée. De même que notre collaboration.

Il jeta le magazine sur le bureau en désordre.

– Tu es viré.

Au volant de sa Lexus Hybride, Sam sema les paparazzis à l'entrée du quartier résidentiel protégé. L'agent de sécurité, habitué à la caravane de journalistes constamment sur ses talons, releva la barrière en lui faisant signe de passer. Sam n'était pas le seul locataire à susciter l'intérêt des médias. Ce quartier sélect, sous protection permanente, abritait une pléiade de gens riches et célèbres.

Sam entra dans l'appartement qu'il partageait avec un ami acteur, Will Allen. Il lança ses clés sur la desserte en marbre et se dirigea vers la cuisine. Ouvrant le réfrigérateur, il prit une bière dans le freezer tristement vide. Quand la porte se referma, il entrevit son reflet dans la porte chromée. Il recula et ferma les yeux, paupières serrées.

Il ne supportait plus de se regarder. De voir ce visage pourtant source de gloire et de richesse. Mais depuis qu'il s'affichait dans la presse people, papier et numérique, son image l'écœurait.

Il s'effondra sur le canapé et tourna son regard vers la baie vitrée. La vue saisissante au-delà du balcon métallique. Les collines d'Hollywood dans toute leur splendeur. En se penchant à gauche, il pouvait apercevoir le « D » blanc final des lettres Hollywood.

L'écriteau lui parut terne.

La rasade de bière l'irrita un peu plus. Ainsi que les clignements de la veilleuse rouge du répondeur et les vibrations de son portable dans sa poche. Sa vie était connectée de toutes parts. Même avec la meilleure volonté du monde, il n'échapperait pas à la curiosité des journalistes. Quant aux révélations de Serena au sujet de son père...

– Salut ! Déjà rentré ? Tu ne passes pas la journée en cellule de crise ?

Will lança sa veste sur le dossier du fauteuil club. Il se baissa pour se déchausser.

– Alors ? Ton agent a eu une illumination ?

– Non, répondit sobrement Sam.

Il n'avait pas l'énergie de ressasser leur entrevue. Will le connaissait suffisamment bien pour ne pas insister. Sam se confierait en temps voulu.

Tous deux s'étaient rencontrés lors de leur premier jour à RADA[1]. Agacé d'avoir été admis au cours d'art dramatique en raison de l'influence de son père, Sam était resté en

1. Royal Academy of Dramatic Art. Fondée en 1904, c'est une des plus prestigieuses écoles d'art dramatique. En dernière année, les étudiants donnent une représentation devant des metteurs en scène et des directeurs de casting triés sur le volet. (NdT, ainsi que pour les notes suivantes)

retrait. Un peu en spectateur d'un groupe d'extravertis. Le professeur leur avait demandé de se mettre dans la peau d'oiseaux incapables de voler, observant avec envie des congénères en plein vol.

– C'est du délire, s'était plainte une voix grave à la gauche de Sam. Je pensais faire le saule pleureur aujourd'hui. Je me suis entraîné toute la semaine à agiter les bras.

Suite au premier cours de théâtre, ils s'étaient rapidement liés d'amitié. Ensemble, ils avaient franchi les étapes jusqu'en dernière année, où ils se disputaient les premiers rôles. L'un comme l'autre, ils avaient interprété leur pièce phare, entourés d'admirateurs, bien que Will fût davantage promis à la réussite. Aussi avaient-ils été surpris que Sam perce en premier.

– Tes... euh... parents ont téléphoné ce matin.

Will marchait sur des œufs. Il savait mieux que personne que Sam était brouillé avec Foster.

– Ils ont laissé un message sur le répondeur, ajouta-t-il.

Ses parents. Penser à eux lui nouait l'estomac. Il maudissait Charles et Serena Sloane, deux traîtres qui l'avaient poignardé dans le dos.

Sam darda un regard vers le téléphone.

– Parmi cent autres. C'est sans importance. Je ne rappelle jamais Foster de toute façon.

– Ce n'était pas ton père. C'était ta mère. Izzy aussi a téléphoné juste après.

Sam râla. Ses sœurs le vénéraient autant qu'il les adorait. Son seul vœu était qu'elles n'aient jamais vent des ragots lancés par Serena Sloane. Ses révélations déchireraient sa famille.

– Je ne peux pas leur parler. Pas en ce moment. J'ai besoin de me remettre les idées d'aplomb. Je n'arrive même pas à m'écouter penser ici, avec cette cohorte de paparazzis. Je ne peux pas franchir le portail sans qu'on me colle au train.

Will grimaça.

– C'est clair. Ces sangsues se pressaient autour du portail quand je suis arrivé. Certains m'ont hurlé des questions au visage.

Sam se pencha vers lui.

– Tu leur as dit quelque chose ?

Son regard glissa vers son ami.

– *Nada.* Tu sais bien que je ne te ferais jamais ça. Il n'y a pas grand-chose à raconter de toute façon. Tu es sorti avec elle deux ou trois fois, vous avez couché ensemble. Fin de l'histoire.

– Sa version est tout autre. Tu sais qu'on me surnomme le « marteau-piqueur » maintenant ? Je passe pour un chaud lapin.

Il s'abstint de développer. C'était trop personnel, trop douloureux.

Will rit en secouant la tête.

– Eh mec, ça aurait pu être pire. Elle aurait pu te présenter comme un mauvais coup.

Sam ne souriait pas.

– J'aurais préféré qu'elle la boucle.

– Trop tard. Elle savoure son quart d'heure de célébrité à l'heure qu'il est. Il ne te reste plus qu'à t'en accommoder. Sinon, tu peux toujours aller te cacher dans une grotte. Tu es à Hollywood, mec. Tu es célèbre. Ça fait partie du jeu.

Bien malgré lui, Sam entendit l'écho des paroles de son agent dans la bouche de Will.

– Une bonne planque. Exactement ce qu'il me faut.

– Tu ne réussiras jamais à te cacher. Pour les paparazzis, Sam Carlton, acteur nommé aux Oscars, est une cible légitime.

Sam se passa la main sur le visage.

– Je hais cette maudite ville. Qu'est devenue la fabrique à rêves ? C'est un véritable cauchemar.

– Tu exagères. Tu sais comment ça marche dans le milieu. Nous vendons notre âme au diable en échange d'un instant de célébrité. Ça en vaut la peine, non? fit Will avec un grand sourire.

–Je n'en suis plus si sûr, admit Sam. Tout ce que je sais, c'est que je ne peux pas rester les bras croisés pendant que le grand public lit ces insanités sur mon compte. J'ai besoin de changer d'air.

Will fronça les sourcils.

–Pour aller où? Les paparazzis te fileront où que tu ailles. Et ne te figure pas que ce sera mieux à Londres.

Sam frissonna.

–Non, pas à Londres. Pourquoi pas l'Italie? murmura-t-il en retournant l'idée dans sa tête. À Varenne. La villa se trouve loin de tout.

Will haussa les sourcils. Étudiants, ils passaient leurs étés avec la famille de Sam à la Villa Palladino.

Le jour, ils lézardaient au bord de la piscine et, le soir, ils vagabondaient dans le village à la recherche d'une bonne table arrosée de bons vins.

–C'est une idée. Mais ta famille n'y réside pas en ce moment? Je croyais que tu préférais les éviter.

Sam secoua la tête.

–Pas cette année. Foster prépare une pièce à Paris, et ma mère et mes sœurs passent l'été avec lui. Ils ont confié la villa aux bons soins de Sandro et Gabi. Tu sais comme moi qu'ils me laisseraient tranquille.

Will ne semblait guère convaincu.

–Que ferais-tu de tes journées? Le lac de Côme est connu pour attirer les célébrités. Les paparazzis te mitrailleront dès que tu mettras le pied dehors.

–Alors, je ne sortirai pas, riposta Sam. Gabi et Sandro feront les courses, et je pourrai me remettre les idées en place au calme. En solitaire. Je reviendrai quand je me sentirai d'attaque.

Son projet prenait forme dans son esprit. Quelques semaines au vert, et les potins seraient vite oubliés.

–Tu vas t'ennuyer comme un rat mort, l'avertit Will.

–Je deviens fou ici. Au moins là-bas, je craquerai en savourant du bon vin et des bons petits plats.

–Ah, la nourriture, les filles, sourit Will. Mon pote, je t'aurais bien accompagné si je ne m'étais pas engagé sur ce film.

Sam hocha distraitement la tête. Il organisait déjà son départ pour Milan. Un mois ou deux en Italie, loin des feux de l'actualité. Le temps de méditer, de comprendre comment il avait pu en arriver là.

L'occasion de creuser une distance de plusieurs milliers de kilomètres entre Serena Sloane et lui.

Il comptait bien lui mettre des bâtons dans les roues. Mais si jamais cette garce s'entêtait à calomnier sa famille, il pourrait faire profil bas en Italie. Le temps que ça se tasse. Décidément, ce séjour ne présentait que des avantages.

5

« Je souhaite que nous devenions, l'un pour l'autre, encore plus étrangers que nous ne sommes »

Comme il vous plaira

– Je crois que tout y est.

La mine déconfite, Sandro s'acharnait à fermer le coffre de la Fiat 500 qui ne cessait de s'ouvrir en rebondissant sur les valises. Il les renfonça dans le coffre et essaya encore une fois en appuyant de tout son poids.

– Vous êtes sûrs que vous ne partez que quelques semaines ?

Cesca se mordit la lèvre pour se retenir de sourire. La main en visière, elle tourna son regard vers Gabi qui fourrageait dans son sac.

Gabi releva les yeux.

– Sûre et certaine. Nous avons promis à la *signora* Carlton de rentrer dans un mois grand maximum. Le temps d'aider la pauvre sœur de Sandro à se rétablir de l'accouchement et à prendre ses marques chez elle, avec le bébé.

Elle s'immobilisa un instant. Exaspérée, elle agita les mains.

– Sandro, mon téléphone est introuvable. Il n'est pas dans mon sac.

Calmement, Sandro se pencha pour saisir sa femme par la taille. Il sortit son téléphone de la poche de sa jupe et le lui tendit sans un mot. Il l'embrassa sur le front en murmurant des mots doux en italien.

En deux semaines, Cesca s'était rapidement liée d'amitié avec les Martinelli. La journée, ils lui détaillaient le fonctionnement de la propriété et l'accompagnaient dans sa découverte du village. Là, ils indiquaient les meilleures adresses pour déguster un café ou une glace et énuméraient les personnes à contacter en cas d'urgence. Leurs soirées, plus calmes, se déroulaient autour de plats de pâtes accompagnés de vin rouge. Les rires fusaient autour de la table. Cesca avait rapidement adopté le rythme local si bien qu'elle commençait à se sentir chez elle à la Villa Palladino.

Sa vie à Londres était si différente qu'elle n'en revenait pas.

– Restons en contact, promit Gabi en tenant le visage de Cesca entre ses mains pour l'embrasser sur les deux joues. Je te contacterai par mail, c'est le plus simple. N'oublie pas de passer au cybercafé deux fois par semaine.

– Et tu as tous mes numéros de téléphone en cas de pépin, ajouta Sandro. N'hésite pas, de jour comme de nuit. Prends la vieille voiture dans le garage si tu as besoin de descendre téléphoner.

Cesca fit la grimace.

– Je ne conduirai pas. J'arrive à peine à tenir ma gauche à Londres, alors ici, j'aurai un accident à coup sûr. J'emprunterai plutôt ton vieux vélo.

Gabi n'était pas rassurée pour autant.

– Ça ira, la tranquillisa Cesca. Vous m'avez montré tout ce qu'il y a à savoir, et je vous appellerai au moindre doute. Le personnel d'entretien intervient un jour sur deux, et les jardiniers trois fois par semaine. Je ne manquerai pas d'interlocuteurs si jamais j'ai des questions.

Sandro ouvrit la portière de Gabi. Le soleil projetait des lueurs chatoyantes sur la carrosserie bleue.

– Ma chérie, ne tardons pas si tu veux arriver avant la nuit.

Gabi regarda Cesca avec appréhension.

– Si tu es sûre...

Cesca l'étreignit comme cela ne lui arrivait jamais. Les bras noués autour de son buste, elle serra Gabi contre sa poitrine sans trop savoir qui elle cherchait à réconforter.

– Donne des nouvelles, *cara mia.*

– Sans faute. Nous nous reverrons à votre retour de Florence. Vous me montrerez toutes les photos du bébé, j'espère.

Gabi retrouva le sourire.

– Volontiers. Mais tu t'en lasseras avant moi. Merci encore, tu nous as sauvé la vie.

Poussant son amie italienne toute menue dans la voiture, Cesca se garda de préciser qu'eux aussi lui sauvaient la vie.

Cesca franchit les majestueuses baies vitrées du salon et sortit sur la terrasse donnant sur le lac. La soirée était d'une douceur agréable. Dans la main droite, elle tenait un verre de vin rouge et, dans l'autre, un carnet et un stylo.

Elle posa ses affaires sur une petite table, près du canapé. Son verre à la main, elle en inhala l'arôme. À Varenne, elle était tombée amoureuse du vin de Sassicaia. Un cépage suave en bouche qui ne manquait pas de corps. En l'absence de Gabi et de Sandro, elle devrait veiller à modérer sa consommation. Tous les soirs, à eux trois, ils vidaient une bouteille entière.

Le soleil couchant sur le lac était d'une beauté sans pareille. Peu avant que l'astre ne disparaisse, le ciel se teintait de violet et d'orange. Dans la pénombre, les silhouettes des bateaux oscillaient sur l'étendue aquatique. Leurs mâts aux voilures repliées pour la nuit pointaient librement vers les cieux. Cesca but une gorgée de vin et le savoura les yeux fermés. L'arrière-goût fruité s'attarda sur sa langue.

Ici, tout paraissait si différent. Deux semaines plus tôt, elle vivait encore dans le froid et le vent. À Londres, des paysages comme celui-ci dépassaient presque l'imagination. Non que sa vie ait changé du tout au tout. Mais force était de constater que le vieil adage disait vrai : changer d'activité est aussi bénéfique que se reposer. Grâce à cette parenthèse au soleil, elle portait un regard neuf sur la vie. Prendre du recul la requinquait.

Elle étendit les jambes et posa les pieds sur un tabouret bas. C'était curieux comme les liens se créaient plus naturellement à l'étranger que dans son pays d'origine. Au bout de deux semaines, elle connaissait mieux les Martinelli que Susie après cinq mois de colocation. Probablement pour la même raison, les amours de vacances marquaient davantage que les histoires vécues chez soi. Comme si le superflu s'évaporait au soleil, le sens profond des relations se révélait.

En outre, elle avait un peu écrit. Rien d'abouti. Juste quelques lignes, mais c'était toujours des phrases couchées sur le papier. Cela lui procurait un sentiment d'accomplissement indescriptible.

Elle avançait à tout petits pas. Néanmoins elle progressait, et cela en dépit de ses jambes flageolantes. Ses dernières réalisations commençaient à dater, aussi en était-elle reconnaissante.

Le soleil disparut derrière les montagnes de la Grigna et le ciel s'assombrit. Les lampes solaires disséminées dans la végétation s'activèrent, leurs minuscules ampoules évoquaient des lucioles au repos dans les feuillages. Cesca alluma une bougie. Blottie dans le canapé, elle plaça son carnet dans le halo de la flamme. Ainsi installée, elle griffonna jusqu'à ce que ses paupières tombent de sommeil.

Elle se serait endormie sur la terrasse, sous la caresse du vent rafraîchissant, si les choses s'étaient passées différemment. Au lieu de quoi, à l'instant où elle bâilla à s'en décrocher la mâchoire, un coup de klaxon retentit au portail. Il déchira l'air si subitement qu'elle se redressa d'un bond.

De quoi s'agissait-il à une heure aussi tardive ?

Malgré la chaleur du soir, la chair de poule parcourut sa peau. Elle contourna la villa dans le noir. L'obscurité, si attrayante pendant qu'elle admirait le paysage, lui sembla plus menaçante que jamais. D'un pas timide, elle rejoignit la grande allée. Le clair de lune délavait le paysage, rendant les arbres noirs et la cour d'un inquiétant gris-violet. Le gravier crissait sous les semelles en caoutchouc de ses tongs, tandis que de petits cailloux se coinçaient entre ses orteils. Elle les remua fébrilement pour déloger les intrus.

Au détour du chemin, deux phares l'aveuglèrent. Elle se figea tout net. Pour la première fois, l'isolement de la Villa Palladino lui apparut plus comme un fléau que comme une bénédiction. Elle eut le sentiment aigu d'être coupée du monde. Pas de téléphone, pas d'Internet, aucune sorte de connexion. Cela faisait d'elle une cible idéale.

– Gabi ? cria quelqu'un derrière le portail. C'est toi ? Je sonne depuis un bon bout de temps. Tu peux m'ouvrir ?

– Je ne suis pas Gabi, répondit Cesca, secouant la tête devant l'absurdité de la méprise. Je ne sais pas comment débloquer le portail. Il se ferme automatiquement la nuit. Il ne s'ouvrira pas avant demain matin.

Elle se tenait à une vingtaine de mètres du portail. Derrière les faisceaux des phares, elle discerna la forme d'une voiture et d'une personne debout à côté. Un homme, d'après sa voix.

– Je ne vais pas poireauter toute la nuit devant le portail. Pour commencer, je meurs de faim. En plus, j'ai fait un voyage interminable. J'aimerais juste me coucher. Soyez sympa. Ouvrez-moi. D'accord ?

Il voulait passer la nuit dans la villa ? Stupéfaite, elle songea à rebrousser chemin.

– Eh bien, vous ne pouvez pas entrer sans l'autorisation des propriétaires, brailla-t-elle. Personne ne m'a avertie de l'arrivée d'un visiteur.

– Où sont Gabi et Sandro ? Eux me laisseront entrer.

De peur de dévoiler qu'elle était seule, Cesca tergiversait. Pourquoi s'entêtait-il ? De quel droit surgissait-il sans prévenir en pleine nuit en exigeant l'accès à une propriété privée ? L'agacement l'emporta sur l'angoisse. Peu importe qui était ce type, elle ne comptait pas se laisser embobiner.

– Ils se sont absentés, ils ne peuvent pas vous ouvrir.

Une infime trace de jubilation perçait dans sa voix. Non qu'elle en fût fière.

Il soupira lourdement.

– Vous devez me faire entrer, trésor. L'interrupteur automatique du portail se trouve derrière le poteau. Tapez le code, quel que soit celui du moment. Ensuite, vous devriez réussir à décoincer le portail.

Surprise, Cesca recula.

– Comment le savez-vous ?

– Parce que j'habite ici.

Elle accusa le coup. Dans ses petits souliers, elle fut submergée par l'embarras.

– Monsieur Carlton ?

Pas étonnant que son accent combine des intonations anglaises et américaines. Le producteur new-yorkais avait passé assez de temps à Londres pour adopter quelques inflexions britanniques.

– Bingo. Alors, pourriez-vous m'ouvrir avant que je meure de soif ?

Sa voix s'adoucit comme s'il souriait.

– Tout de suite !

Cesca se précipita vers le portail. La contrition lui donnait des ailes. Qu'allait-il penser d'elle ? Comment avait-elle pu s'entêter à le laisser à la porte de chez lui ? Bien qu'elle n'ait jamais rencontré Foster Carlton, sa réputation le précédait dans le milieu du théâtre. Ses accès de colère étaient légendaires. Peu complaisant, il avait déjà dû étiqueter Cesca comme la dernière des idiotes.

Elle se glissa derrière le pilier du portail pour accéder au boîtier de contrôle. Sandro lui avait décrit son utilisation en cas d'urgence. Les doigts tremblants, elle appuya sur les touches du clavier.

– Je suis en train de désactiver la sécurité. Je m'excuse pour ce malentendu, Monsieur Carlton.

Sa gêne était telle qu'elle se trompa de code. Une sonnerie stridente signala son erreur. Elle inspira profondément pour retrouver son calme et composa soigneusement les bons chiffres. Le mécanisme s'enclencha, faisant grincer le portail métallique sur ses gonds. À peine s'entrouvrit-il que Cesca tourna la tête vers le maître des lieux qui se faufilait entre les battants d'un pas lourd.

– Monsieur Carlton...

La fin de sa phrase lui échappa sitôt qu'il pénétra dans le faisceau des phares. Ce n'était pas l'homme corpulent d'âge mûr apparu dans *Variety* et quantité de revues people. À sa place s'imposa un jeune homme d'environ vingt cinq ans, à la mâchoire carrée et aux cheveux châtain foncé. Atrocement familier. Un habitué de ses rêves, ou plutôt de ses cauchemars, depuis six ans. Encore plus beau que dans ses souvenirs, pour couronner le tout.

– Sam ?

Son nom lui échappa. Elle faillit cracher pour évacuer le mauvais goût qu'il laissa aussitôt dans sa bouche.

– Que fais-tu ici ? demanda Cesca.

Il sourit, l'air à la fois perplexe et intrigué.

– Ce que je fais ici ? Je suis chez moi. La vraie question est qui êtes-vous ?

6

« Advienne que pourra. Le temps et les heures s'écoulent à travers la pire des journées »

Macbeth (Acte I, Scène 3)

La fatigue s'abattit sur lui en un instant. Parti la veille, Sam avait pris un premier avion pour Heathrow, puis un second pour Milan. Il avait accompli la première partie du voyage avec les journalistes à ses trousses. Ils l'avaient traqué dans tout l'aéroport, le mitraillant et le bombardant de questions. Le temps qu'il franchisse les contrôles de sécurité, avant d'embarquer pour l'Italie, toute énergie l'avait quitté. À tel point qu'il s'inquiétait de mal supporter le même cirque à l'arrivée. Toutefois, il s'était débrouillé pour quitter l'aéroport incognito. Un peu par chance et un peu grâce à l'heure tardive.

Son assistante personnelle avait veillé à ce qu'une voiture de location l'attende à l'arrivée. Une petite Ferrari nerveuse qui relia Milan à Varenne en un battement de cils. Pied au plancher, Sam avait profité de la circulation fluide, revigorante pour qui subit les embouteillages qui engorgent constamment L.A. D'excellente humeur, il était arrivé au portail et avait composé le code de sécurité. Le système lui refusant l'accès, il avait sonné énergiquement, sans plus de succès. Aussi en avait-il été réduit à klaxonner pour attirer l'attention.

Et voilà qu'après toutes ces péripéties, il se retrouvait face au regard accusateur d'une inconnue, comme s'il avait commis quelque monstruosité.

–Tu… (La fille hésitait, sourcils froncés.) Vous ne me reconnaissez pas ?

Elle semblait offensée.

Il l'examina de la tête aux pieds dans l'espoir de la voir plus précisément à la lueur du clair de lune et des phares. Petite, environ un mètre cinquante, des cheveux blonds noués sur le sommet de la tête. Vêtue d'une courte jupe légère et d'un débardeur étriqué. Une peau dorée et lisse. Son physique était peut-être admirable, mais son visage tordu par la colère manquait de charme.

Quelle mouche l'avait piquée ?

–Pourquoi ? Je suis censé vous connaître ? C'est la première fois que je vous vois. Je viens passer quelques jours dans la maison de mes parents, loin de tout. Je ne m'étais pas préparé à être accueilli par un fan-club.

Son grand sourire se voulait apaisant.

–Même si mes admiratrices sont toujours les bienvenues, évidemment, s'empressa-t-il d'ajouter.

–Toujours aussi imbu de vous-même, riposta-t-elle avec un petit rire. On m'avait promis que vous ne viendriez pas de l'été. On m'avait formellement garanti que vous étiez à Hollywood. Sinon, je ne serais pas là.

Sam plissa les yeux. Ce n'était pas la réaction qu'il escomptait, et encore moins ce à quoi il était habitué. En général, les femmes qu'ils croisaient se montraient intéressées ou un minimum amicales.

–Je ne comprends rien à ce que vous racontez. Ce n'est pas de l'arrogance, je ne demande qu'à me reposer chez moi.

Si vous tenez à me reprocher d'exister, pourquoi pas, mais pourrions-nous reporter ça à demain ?

Du coin de l'œil, il la vit serrer les poings. Pour la première fois depuis qu'il se trouvait sur le sol italien, une vague d'angoisse l'assaillit. Et s'il s'agissait d'une admiratrice psychotique égarée dans des fantasmes morbides, qu'il aurait mise en rogne par mégarde ?

Qu'arrivait-il à la gent féminine cette semaine ? Celles qui ne le trahissaient pas le persécutaient. L'enfer !

– Vous n'êtes pas du genre à vous débiner en laissant les autres se dépêtrer, peut-être ? Ou à prendre le large sans une explication ?

Le dos de Sam se raidit. Avait-elle eu vent de ses déboires avec Serena Sloane ? Bon sang, où qu'il aille, cette sale histoire le rattrapait.

– Qui êtes-vous ? répéta-t-il. Comment vous appelez-vous ?

Elle croisa les bras.

– Pourquoi je vous répondrais ? De toute évidence, ce que je suis vous indiffère. Je ne suis qu'une figurante dans le grand film de la vie de Sam Carlton, pas vrai ?

Les mains sur les hanches, il la dévisagea. Elle était anglaise. De Londres, comme en attestait son accent. Une vingtaine d'années, bien que le faible éclairage ne permette pas plus de précision. De près, sa peau hâlée était mouchetée de taches de rousseur réparties en une séduisante bande en travers de son nez et de ses joues. Une fille jolie, saine. Même attirante, si l'on omettait son côté complètement barjot.

– Vous aurais-je contrariée à mon insu, d'une manière ou d'une autre ?

Il dégaina son plus beau sourire pour la toute dernière fois. En espérant que la troisième soit la bonne.

Raté.

Exaspérée, elle écarta les bras.

– Pour qui vous me prenez ? Pour une timbrée qui s'énerve sur tous les inconnus qui poussent ce portail, peut-être ?

Sam se mordit les lèvres pour ravaler une réplique agressive.

– C'est exactement l'image que vous donnez.

– Vous ne vous souvenez vraiment pas de moi ?

Il l'examina minutieusement en espérant avoir un déclic. À dire vrai, elle ne lui était pas totalement inconnue. Mais il avait beau sonder sa mémoire, il n'arrivait pas à la resituer. Auraient-ils suivi les mêmes cours de théâtre ? Aurait-elle été figurante sur l'un de ses films ? Pas la moindre idée.

– Je rencontre beaucoup de monde et j'ai une mauvaise mémoire des visages. Je suis désolé, vous ne me dites rien.

– Classique, fit-elle en levant les yeux au ciel. Un type fout votre vie en l'air et oublie jusqu'à votre existence.

Vlan.

Il redressa aussitôt la tête. Personne ne l'avait jamais regardé avec autant de haine.

– J'aurais foutu votre vie en l'air ? demanda-t-il, incrédule. Curieusement, je n'en ai aucun souvenir. Un psychotique mémorise pourtant ses coups bas, non ?

Se pouvait-il qu'on lui ait tendu un piège ? Il chercha autour de lui des signes de la présence de complices ou de caméras. Peut-être qu'elle aussi comptait vendre son histoire.

Cesca cligna rapidement des paupières.

– Incroyable. Je ne sais pas ce qui est pire. Que quelqu'un bousille ma vie ou qu'il occulte tout. Dans un cas comme dans l'autre, vous êtes une ordure, Sam Carlton. Je regrette de vous avoir ouvert le portail.

L'incongruité de la situation n'échappait pas à Sam. À tel point qu'il avait l'impression d'avoir atterri dans un asile de fous.

– Comment vous appelez-vous ? Et n'hésitez surtout pas à m'expliquer ce que j'ai fait pour vous irriter. Car je n'en ai pas la moindre idée.

– Je m'appelle Cesca Shakespeare.

Elle marqua une pause comme pour le laisser digérer sa réponse.

– Il y a très, très longtemps, j'ai écrit une pièce de théâtre. Tout le monde affirmait que c'était une bonne pièce. Même le crétin qui avait accepté d'interpréter le premier rôle. Mais ensuite, ledit crétin s'est volatilisé, ma pièce a été retirée de l'affiche et ma vie a viré au drame.

La colère froissait ses traits.

– C'est la version courte. Si vous avez quelques jours devant vous, je vous livrerai la version intégrale. Avec tous les détails glauques.

Tout lui revint d'un coup.

– C'est vous qui avez écrit *Hors de l'ombre* ?

Son unique projet théâtral, qui avait capoté après l'avant-première réservée à la presse.

– Vous êtes *cette* Cesca Shakespeare ?

Eh bien, elle avait changé. L'auteure de cette pièce-là n'était qu'une jeune fille. En revanche, la créature indignée déversant sa haine sur lui n'était plus une gamine.

C'était une femme à tous points de vue.

– Il en existe beaucoup, selon vous ? Ou bien vous anéantissez toutes les Cesca Shakespeare qui croisent votre route ? Une dans chaque ville, probablement.

– Ne soyez pas sotte.

Il regretta immédiatement sa réplique.

– Ne me traitez pas de sotte, pas après ce que vous m'avez fait.

– Écoutez, je ne sais pas quoi dire. Je voyage depuis plus de vingt-quatre heures. J'aimerais me doucher et faire un somme. Discutons-en demain.

Elle écarquilla les yeux.

– Vous comptez toujours dormir ici ?

Sam eut un rire embarrassé.

– Euh, oui. Où suis-je censé dormir sinon chez moi ?

– Le plus loin possible de moi. Ou pourquoi pas dans votre voiture ? Avec une couverture ou je ne sais quoi.

– Dans la voiture ? Sûrement pas. La maison est vaste. Je m'enfermerai directement dans ma chambre, vous ne me verrez pas. Nous déciderons quoi faire demain matin.

– Il n'y a rien à discuter. Vous déguerpissez.

Bon sang, elle avait le don de l'exaspérer.

– Vous plaisantez ? Je suis ici chez moi, j'occupe cette villa comme je l'entends. À ce propos, que faites-vous ici ? Où sont Gabi et Sandro ?

– En vacances. Je garde la maison en leur absence. Ils sont partis chez la sœur de Sandro qui est sur le point d'accoucher. Vos parents m'ont engagée pour assurer l'intérim. Et tant que je loge ici, vous n'êtes pas le bienvenu.

Il laissa échapper un long soupir. Ses parents n'avaient pas réfléchi en la recrutant ?

– Vous n'êtes pas en position de force. Je m'installe chez moi.

– Alors, je dormirai dans la voiture, s'écria-t-elle. De toute façon, vous avez déjà bousillé ma vie entière. Une nuit de plus ou de moins, je ne suis plus à ça près.

Il sentit le feu lui monter aux joues.

– Hors de question ! Vous ne dormirez pas dans la voiture. Nom de Dieu, allez vous coucher et j'en ferai autant. Rien qu'une nuit.

Après quoi, elle pourrait ficher le camp et le laisser jouir de sa paisible retraite sans craindre de se réveiller avec un couteau planté dans le dos.

Dans une tension croissante, Cesca le fixait en silence. Elle tourna les talons et libéra toute sa rage dans une expiration.

– Ça m'est égal. Mais n'oubliez pas que vos parents m'ont chargée de veiller sur leur maison. C'est exactement ce que j'ai l'intention de faire. De ce fait, vous débarrasserez le plancher au réveil.

Sur ces mots, elle remonta l'allée en se déhanchant. Sam regagna sa voiture en proie à une terrible envie d'écraser l'accélérateur pour lui foncer dessus.

Il n'avait jamais eu autant de mal à se contrôler.

Cesca pourtant ne décolérait pas. Elle voyait rouge quand elle pénétra dans la cuisine, s'empara de la bouilloire et la remplit au robinet. Rien ne valait un chocolat chaud pour remédier à certains maux même si, dans ce cas précis, elle doutait de trouver du réconfort dans une tasse. Elle avait besoin de s'occuper pour chasser l'envie de lui écraser son poing sur sa bouche sensuelle aux dents parfaites. C'était une façon comme une autre de refouler son agressivité.

– Ta réaction est irrationnelle, se marmonna-t-elle. Calme-toi.

Elle entendit la voiture s'arrêter, le moteur s'éteindre, la portière claquer après qu'il en fut sorti. Puis ses pas dans l'allée. Le claquement des semelles sur les dalles en marbre. Le sentant se rapprocher, ses épaules se crispèrent.

– Savez-vous si mon lit est fait ?

Elle dut serrer les dents pour ravaler son amertume. Refusant obstinément de le regarder, elle reposa la bouilloire sur son socle et l'alluma.

– Aucune idée. J'ignore quelle est votre chambre.

Une idée se forma dans son esprit, si répugnante qu'elle en eut la chair de poule. Et si elle s'était installée dans sa chambre sans le savoir ?

– La bleue, au dernier étage.

Par bonheur, la sienne était décorée dans un camaïeu de blancs cassés.

– Elle n'est pas prête.

Cesca s'entêtait à lui tourner le dos.

– Sauriez-vous où Gabi range les draps ?

Elle fit volte-face. Les yeux ronds, lèvres pincées.

– Quel âge avez-vous ? Douze ans ? Vous séjournez ici depuis toujours et vous ne savez pas où trouver les draps ?

Irrationnelle ou pas, une fureur bien réelle déferlait en elle. Son explosion de colère laissa Sam bouche bée.

Comme projetée six années en arrière, Cesca redevenait la jeune fille de dix-huit ans, pleine d'inspiration, captivée par le bel acteur auditionnant sur scène. Quand Sam avait interprété Daniel Cramer, il n'avait plus été question d'attribuer le rôle à un autre comédien. Toute l'équipe présente dans la salle était tombée d'accord. Sam était Daniel.

Peut-être était-ce là son plus grand drame. Le talent de Sam Carlton justifiait sa célébrité. Il avait pris d'assaut et conquis Hollywood pendant que Cesca perdait tous ses petits boulots. En cet instant, son air innocent lui tapait sur les nerfs.

Qui plus est, il valait mieux pour lui qu'il cesse de battre des cils. Sans quoi elle les arracherait un à un à la pince à épiler.

– Je ne sais pas ce qui vous prend, déclara Sam en secouant la tête. J'ai essayé d'être sympa, conciliant, mais vous vous bornez à déverser votre rage sur moi. D'accord, j'ai renoncé à jouer votre pièce de théâtre. Ça remonte à six ans, bon sang ! Tournez la page.

Rien n'était plus difficile à entendre. Tourner la page. Chaque syllabe la frappait durement. Face à son insensibilité, son corps entier se contractait.

– Tourner la page ? Sérieusement ? Vous m'avez fait faux bond et ma pièce a été annulée. J'avais dix-huit ans, j'avais travaillé dur sur cette pièce, et l'on me répétait que c'était une chance inespérée. Tout à coup, vous avez disparu et je suis devenue persona non grata dans le milieu. Savez-vous ce que ça fait d'être mise au ban de tout avant même d'avoir dix-neuf ans ?

– Les choses ne se passent pas toujours comme on l'espère. Si c'est pour vous la pire épreuve de vie, vous avez grandi dans un cocon. Zut alors, je suis constamment rejeté et je ne pleurniche pas. Ça ne vous a jamais traversé l'esprit que vous faisiez toute une montagne d'un rien ? Que vous reportiez sur moi la responsabilité de vos lacunes ?

– Mes lacunes ? Vous mettez en doute mes capacités maintenant ?

Elle se demanda si son joli visage était couvert par l'assurance en cas d'accident. Son poing douloureusement serré aspirait à se défouler. Lui briser la mâchoire lui ferait un bien fou.

Non, c'était trop. Même si son esprit réclamait vengeance.

Sam leva les yeux au ciel.

– Ne déformez pas mes paroles. J'ai seulement voulu dire que, dans ce métier, tout le monde essuie des refus. Si vos récentes pièces n'ont pas marché, je n'y suis pour rien.

– Je n'ai pas écrit d'autres pièces.

Sam fronça les sourcils.

– Comment ça ?

Cesca était partagée entre l'envie de lui cracher la vérité au visage et sa difficulté à admettre la réalité. Par prudence, elle se garda de lui fournir de nouveaux arguments qu'il retournerait contre elle.

– Rien, répliqua-t-elle.

Une unique syllabe emplie de fiel.

Il secoua la tête.

– C'est facile de m'accuser à tort et de clore le sujet dès que j'essaie de comprendre.

– Je fais ce que je veux.

Elle se comportait en enfant capricieuse.

Cette conversation ne se déroulait pas comme prévu. Ces dernières années, elle avait souvent imaginé leur confrontation. Ses attaques chargées d'une colère justifiée et vengeresse. Dans ses sombres rêveries, pas une seule fois elle n'avait imaginé qu'il contrerait ses accusations en quelques mots désinvoltes.

Où étaient les excuses de Sam ? Ses représailles à elle ? Elle méritait assurément mieux que ça.

– Bien entendu, répondit Sam. Et fort heureusement, je ne suis pas obligé de vous écouter. Je vais donc monter me coucher, et à mon réveil, nous organiserons votre départ. Vous êtes on ne peut plus claire, vous ne m'appréciez pas. L'un comme l'autre, nous ne souhaitons pas vivre sous le même toit. Maintenant que je suis ici, vous décampez.

– Sans rire ? J'ai été employée par vos parents. Vous n'êtes pas en droit de me chasser.

Pourquoi faudrait-il que ce soit elle qui cède ? Il l'avait déjà anéantie une fois, il ne l'emporterait pas une seconde fois. Jamais de la vie. Malgré toute l'aversion que Sam Carter lui inspirait, elle ne quitterait pas cette villa. Question de fierté. Une fierté toute fraîche qui venait tout juste de renaître.

– Je leur téléphonerai demain matin. Peut-être feront-ils revenir Gabi et Sandro. Manifestement, nous sommes infichus de cohabiter. Vous trouverez sans mal un nouveau pied-à-terre.

Cesca sentit se dresser les petits cheveux dans sa nuque.

– Ne vous avisez pas de faire rentrer Gabi et Sandro. Ils ont bien mérité leurs vacances, et il serait injuste qu'elles soient écourtées à cause de quelqu'un comme vous.

– Quelqu'un comme moi ?

Il haussa les sourcils, tentant clairement de réprimer un sourire.

– Précisément. Le genre qui pense que tout lui est dû. Tellement égocentrique qu'il ne se rend pas compte que les autres ont également des besoins. Comme assister une sœur ou trouver un havre de paix loin de Londres.

– C'est l'hôpital qui se fout de la charité. Écoutez-vous parler ! Tout tourne autour de vous. J'ai fichu votre vie en l'air, je vous rappelle.

Cesca prit une profonde inspiration sans parvenir à ralentir les pensées qui s'entrechoquaient dans son esprit.

–Comment l'oublier? Et arrêtez de changer de sujet. Je reste ici. J'ai été engagée pour garder cette maison et je tiendrai mes engagements jusqu'au bout. Rentrez à Hollywood et fichez-moi la paix.

–Je ne retournerai pas à Hollywood.

–Et je ne rentrerai pas à Londres.

Sam la fixa un instant sans piper mot. Sa main se refermait et se rouvrait autour de ses clés, le porte-clés de l'agence de location niché dans sa paume.

–Nous voilà dans une impasse. En toute franchise, j'en ai assez de me chamailler avec vous. Je vais me coucher. En espérant que vous serez plus raisonnable demain.

Sur ce, il quitta la cuisine et récupéra ses bagages dans l'entrée.

Le bel acteur, insensé et insupportable, avait encore tout gâché. Tandis qu'il s'éloignait, elle lui tira la langue et décida de monter dans sa chambre.

Demain, elle devrait prendre une décision.

7

« La meilleure composante de la valeur,
c'est la prudence »

Henri IV, Première partie

Le serveur posa délicatement une tasse de café fumant à côté de l'ordinateur de Cesca. Elle le remercia d'un sourire, puis porta la tasse à ses lèvres, en respirant son doux arôme. Le jour de son arrivée à Varenne, Gabi lui avait expliqué que les Italiens ne consommaient les cappuccinos qu'au petit déjeuner. Les touristes qui en dégustaient en journée les faisaient bien rire.

Elle avala une gorgée et se félicita d'avoir commandé une double dose de café. Elle n'avait pas fermé l'œil de la nuit. Le manque de sommeil commençait à se faire sentir. Elle s'était levée un peu avant sept heures, sans bruit, de peur de réveiller Sam. Elle préférait s'éclipser avant qu'il se lève pour échapper à une nouvelle dispute.

L'ordinateur du cybercafé démarrait lentement. Cesca but son café en contemplant la place pavée par la fenêtre. Tout autour de l'espace circulaire, les bâtisses arboraient leurs coquettes façades aux tons pastel. Leurs balcons en fer forgé noir étaient garnis de fleurs. L'impressionnante église Saint-Jean-Baptiste se dressait dans le fond, derrière les rangées d'immenses arbres noueux. Le soleil se levait sur son toit, baignant la place de lumière et rebondissant sur les pavés rafraîchis par les employés du café à l'ouverture.

Elle saisit la souris et cliqua sur son compte d'utilisateur. Ses nouveaux messages se chargèrent : les habituels mails commerciaux proposant produits et services, plus quelques spams ayant échappé au filtre. Parmi eux, un message de sa sœur Juliet s'enquérant de son séjour à Varenne. Cesca le parcourut. Juliet vivait dans le Maryland avec son mari, Thomas, et leur fille Poppy. Cesca fronça le nez. Les sœurs Shakespeare appréciaient peu leur beau-frère malgré la fulgurance de l'histoire d'amour du couple.

Amusée, elle découvrit les dernières aventures de Poppy relatées par sa sœur. La petite fille de six ans était le portrait craché de Juliet, en plus maladroit. Cette fois, en apprenant à faire du vélo, elle était passée par-dessus le guidon. Par chance, elle ne s'était relevée qu'avec quelques égratignures.

Le mal du pays la gagna soudain. Même si ses sœurs vivaient aux quatre coins du monde, à Londres, elle se sentait plus proche d'elles. Enfants, elles formaient une équipe soudée et prenaient soin les unes des autres. Les sœurs Shakespeare contre le monde entier.

Désormais, elle était la seule Londonienne de la fratrie. Et malgré leurs échanges réguliers, ce n'était plus comme autrefois. Ses trois sœurs avaient fait leur vie. Kitty s'était expatriée à L.A. et Juliet avait ouvert une boutique de fleurs. Lucy était la plus stable des quatre. Avocate de renom, elle s'était établie dans la belle ville d'Édimbourg.

Cesca ouvrit une nouvelle fenêtre dans l'intention d'écrire à son oncle. Elle avait failli lui téléphoner, mais il était fort probable qu'elle s'emporte et le blesse involontairement. Ou qu'il influence sa décision en y mettant les formes. Au bout du compte, il l'amènerait à penser que c'était elle le cœur du problème. Ces options n'étant pas souhaitables, elle sélectionna son adresse et déplaça le curseur dans le corps du texte. Puis elle chercha ses mots.

Devait-elle exiger un billet de retour ? Cesca fit la grimace en se rappelant qu'elle serait à la rue si elle regagnait Londres. Au moment de partir, elle avait jugé bon de résilier sa colocation avec Susie. Par conséquent, si elle rentrait, elle serait contrainte de s'installer chez son père, ne serait-ce que temporairement. C'était tout simplement inenvisageable. Son père était agréable à vivre, dans le genre distrait, mais même lui remarquerait bientôt qu'elle filait un mauvais coton. Qu'elle était incapable de s'accrocher à un emploi ou de couvrir les dépenses courantes, comme la nourriture et le loyer. Décidément, elle ne pouvait pas rentrer dans ces conditions.

Quelles étaient les autres possibilités ? Ses sœurs ou Hugh l'hébergeraient certainement, mais elle n'était plus une enfant. Elle devait voler de ses propres ailes. Prendre ses propres décisions. Réintégrer Londres ou rester en Italie. Elle ne pouvait pas se permettre de quitter la Villa Palladino. Avec quel argent descendrait-elle dans l'un des hôtels hors de prix du lac de Côme ?

Un vrai casse-tête. Cesca avait l'impression de devoir choisir entre la peste et le choléra. Soit elle rentrait penaude à Londres, soit elle restait à Varenne et s'accommodait de la présence de son ennemi juré tout en s'efforçant d'écrire une pièce, alors qu'elle n'avait pas aligné deux mots en six ans.

Le café commençait à se remplir. Un mélange de touristes et de locaux occupaient peu à peu les tables bancales en vitrine. Toutefois, Varenne n'était pas touché par le tourisme de masse. Le lac de Côme était connu pour ses visiteurs fortunés. Les riches et célèbres louaient ou possédaient les résidences sur les rives du lac et envahissaient le village en été. L'opulence se manifestait dans les tenues vestimentaires et les lunettes de soleil griffées. Au teint buriné des passants pour qui se dorer la pilule était un art de vivre.

– La place est prise ?

Se retournant, Cesca découvrit un homme de grande taille. Brun, la mâchoire carrée. Croyant qu'il s'agissait de Sam, elle s'apprêtait à l'envoyer paître quand elle s'aperçut de son erreur.

– Non, allez-y, répondit-elle en désignant la chaise en face d'elle.

Elle éteignit l'écran de l'ordinateur et rapprocha son carnet pour libérer de l'espace.

– Ne rangez pas vos affaires pour moi. Je viens juste boire un petit café, dit-il en souriant.

Un Italien, se réjouit-elle. Malgré son excellente prononciation, elle perçut un léger accent. Croisant son regard, elle admira sa peau hâlée, sa barbe de trois jours encadrant des lèvres ourlées et ses pommettes saillantes.

– J'ai terminé, protesta Cesca, surprise par sa réaction. J'allais demander l'addition.

– Ne partez pas. Permettez-moi de vous offrir un café. Tenez-moi compagnie.

Ses manières étaient aussi sophistiquées que son apparence. Il portait un pantalon noir et une chemise blanche dont le col ouvert révélait un torse quasi imberbe.

– Euh...

Cesca hésitait. Elle avait bien discuté avec quelques étrangers durant son séjour, mais jamais avec un homme aussi séduisant.

– Si je vous confiais que je vous ai déjà vue dans le coin, ça vous rassurerait ?

Il se pencha vers elle comme pour partager un secret.

– Je loge dans la villa à côté de la vôtre. Quand je vous ai aperçue ici, j'ai décrété qu'il était temps de faire connaissance.

Le fait qu'ils soient voisins la tranquillisa quelque peu.

– J'ignorais que cette maison était occupée. Je n'ai vu personne sur la plage.

– Je suis arrivé la semaine dernière, et j'ai passé tout mon temps à explorer la région. Je l'ai louée pour l'été. Envie de changer d'air. D'oublier le travail pendant quelque temps, ou au moins d'essayer. J'avoue que j'ai déjà organisé des rendez-vous professionnels ici. On me reproche souvent d'être un bourreau de travail.

Cesca sourit. Elle se demanda comment il réagirait s'il savait que, contrairement à lui, elle était inapte à garder une place plus d'une semaine.

– Vous avez réellement besoin de lever le pied !

– J'en oublie de me présenter. Gatto. Cristiano Gatto. Je viens de Rome.

Il lui tendit la main.

– Cesca. De Londres, répondit-elle en lui serrant la main. Que faites-vous à Rome ?

– Cesca. C'est un très joli prénom, embraya-t-il sans se départir de son sourire. Je travaille dans la restauration. Je possède plusieurs restaurants dans la capitale.

Elle se sentit arrondir les yeux. Il était préférable qu'elle taise sa courte expérience dans la restauration, qui se résumait à batailler contre des chats.

– Vous avez réussi à vous échapper, à ce que je vois.

Il baissa les yeux.

– Ça n'a pas été facile. J'ai du mal à lâcher prise. Mais maintenant que j'ai rencontré ma charmante voisine, je suis heureux de m'être forcé à m'arrêter.

Un beau parleur. Très séduisant, pour ne rien gâcher. Elle ne put s'empêcher de sourire.

– Moi aussi, je suis contente de faire votre connaissance, Cristiano. C'est une chance que vous vous soyez obligé à prendre des vacances.

Le serveur prit leur commande et revint avec deux tasses de café. Cristiano évoqua ses restaurants, Rome, puis questionna Cesca sur sa présence à Varenne.

– Dites-moi, Cesca. Que faites-vous ici toute seule? Vos amis sont restés à la villa?

– Je ne suis pas venue avec des amis.

Elle secoua la tête. Consciente d'être une femme seule en terre étrangère, elle devait se montrer prudente.

– Je suis ici pour raison professionnelle.

– Pas de petit ami non plus?

Ses yeux pétillaient. À moins que ce ne fût le reflet du soleil?

Ce brun au charme typiquement italien était résolument séduisant. Dragueur aussi. Si bien qu'il était presque impossible de ne pas flirter avec lui.

– Pas en ce moment, admit-elle en souriant. Je suis tout de même tombée amoureuse de votre magnifique pays. Je me sens très chanceuse d'être ici.

– Une belle fille dans un beau pays. La combinaison idéale. Je me réjouis d'avoir trouvé le courage de vous aborder, reprit-il sur le ton de la confidence.

Elle éclata de rire. Il n'était pas du genre à se laisser intimider par une inconnue. Cependant, elle accepta son compliment en souriant. Ça faisait bien longtemps qu'un garçon ne l'avait pas séduite, et ce n'était pas pour lui déplaire.

Le temps qu'ils dégustent leurs cafés, Cesca avait retrouvé sa bonne humeur. Lorsqu'elle voulut se charger de l'addition, Cristiano insista pour l'inviter. Il secoua également la tête avec véhémence quand elle voulut partager.

– C'était un plaisir de discuter avec vous, Cesca. Nous pourrions prendre un verre dans la semaine? Ou bien je vous verrai peut-être sur la plage.

Cesca fut tentée, plus qu'elle n'était prête à l'admettre. Et tandis qu'elle acceptait, elle s'aperçut que sa décision était prise. Elle resterait à Varenne. En aucun cas elle ne laisserait Sam Carlton l'expulser de la Villa Palladino. Il l'avait déjà trop fait souffrir. Si Sam tenait à se battre, elle se défendrait.

Cette fois, il n'en ressortirait pas gagnant.

La maison était étrangement silencieuse quand Sam se réveilla. La villa, où il avait passé la plupart des étés de son enfance, lui était agréablement familière. Il y régnait généralement un brouhaha continu. Mais ce matin-là, un grand silence l'accueillit. Les grognements de son ventre lui signalèrent que son organisme était resté à l'heure américaine. Il s'était peu alimenté depuis deux jours.

Il émergea de sa chambre en short et tee-shirt. Pieds nus, il se rapprocha du palier en tendant l'oreille. La tête inclinée sur le côté, sourcils froncés, il n'entendit que le chant des oiseaux dans le jardin. Avec un peu de chance, Cesca dormait encore.

– C'est quoi, son problème, de toute façon ? murmura-t-il.

Il ouvrit le réfrigérateur et prit une brique de jus de fruits presque vide. Dénué de scrupule, il but directement au goulot. Il reposa la bouteille sur le plan de travail et inspecta les réserves. Il trouva des fruits et des barquettes de viande crue. Et, sans surprise, des tomates bien rouges ainsi que des pâtes fraîches.

Rien à grignoter. Pas de bière non plus. Il était un peu tôt, mais un peu plus tard, il aurait probablement envie d'en boire une. Il était impératif qu'il fasse des courses. Gabi et Sandro savaient ce qu'il aimait boire et manger. Ils connaissaient toutes les habitudes des Carlton ! Bien entendu, ils n'avaient pas rempli les réserves étant donné qu'il avait débarqué à l'improviste.

En râlant, il se passa la main dans les cheveux. En d'autres occasions, il aurait fait un saut à l'épicerie. Au pire, il aurait cherché du réseau dans Varenne et ordonné à son assistante personnelle à Hollywood d'arranger une livraison. Mais chaque pas hors de la propriété risquait d'attirer l'attention. Et ça, ce serait contre-productif.

Le soir, éventuellement, il pouvait essayer de sortir en misant sur l'obscurité pour passer inaperçu. Et croiser les doigts. Mais ses récentes épreuves l'avaient refroidi. Le mieux était de limiter le nombre de personnes sachant où le trouver. Téléphoner à son assistante mettrait la puce à l'oreille à son ancien agent, et probablement à ses parents. Ce serait presque aussi catastrophique que si les paparazzis le découvraient au détour d'un chemin.

La porte d'entrée claqua. Sam releva la tête et s'écarta du réfrigérateur. Des pas de plus en plus distincts résonnèrent sur le carrelage. Puis Cesca apparut.

– Je constate que vous êtes toujours là, lança-t-elle.

– Je suis chez moi, aux dernières nouvelles.

– Chez vos parents.

– C'est du pareil au même.

Pourquoi faisait-elle systématiquement ressortir ses mauvais côtés ? Il réagissait comme un enfant capricieux se chamaillant au jardin public.

– Et où irais-je ? Je suis ici dans le but de faire profil bas, de me reposer dans un coin tranquille sans être poursuivi par les paparazzis. Je me vois mal parader dans Varenne.

– J'aurais cru que vous retourneriez chez vous.

– Je suis chez moi. Au moins pour les deux mois à venir. Je ne bougerai pas d'ici.

– Moi non plus.

Sam soupira. Comme la veille, leur conversation tournait en rond. Cette fille était têtue comme une mule.

– Écoutez, vous ne m'aimez pas. J'ai compris. Et là, je ne vous porte pas dans mon cœur, moi non plus. De mon point de vue, deux options s'offrent à nous : vous déménagez, ou nous restons tous deux ici à nous pourrir l'existence.

Elle serrait les lèvres en une ligne fine. Pour le peu qu'il connaissait d'elle, il devina qu'elle se préparait à l'affronter. Pris de frustration, il soupira.

– Pas question que je parte. J'ai été embauchée et j'ai l'intention de m'acquitter au mieux de la tâche qui m'a été confiée. De toute façon, même sans cet engagement, je n'ai pas les moyens de m'installer ailleurs. Pas sans un emploi.

– Je pourrais payer...

– Ne vous avisez pas de marchander mon départ, s'insurgea-t-elle. Je ne veux pas de votre argent. Tout ce que je veux, c'est que vous disparaissiez afin que je puisse faire mon travail. Ainsi je pourrai recommencer à vivre comme si vous n'existiez pas.

C'était donc ça. Ils retombaient inlassablement dans la même impasse. En réalité, elle les happait de manière encore plus inéluctable que la veille. Pour une douce évasion, c'était fichu.

Il secoua la tête, sujet à un mauvais pressentiment. C'était plus fort que lui, il sentait que la fin s'annonçait dramatique. Et que lui seul finirait en larmes.

– Bon, alors nous restons tous les deux.

– On dirait bien.

Elle croisa les bras.

– Pour cohabiter, il faut établir des règles de base.

Il pressentait qu'il allait bien s'amuser.

– Par exemple ?

– Ne pas vous approcher de moi sans y avoir été invité. Vous ne serez jamais invité.

– Accepté.

Elle jeta un regard vers le désordre accumulé sur le plan de travail.

– Nettoyer derrière vous. Et accomplir votre part des tâches ménagères.

Elle posa un regard appuyé sur le carton vide de jus de fruits.

– Si vous finissez, vous remplacez.

– Impossible.

– Qu'est-ce qui est impossible ? Ranger votre fouillis ? J'imagine ! Quelqu'un comme vous a des larbins qui s'en chargent à sa place.

– Ne soyez pas ridicule. Je suis parfaitement capable de ranger. En revanche, je ne peux pas sortir faire les courses.

– Pourquoi ça ? s'enquit Cesca.

– Parce que je suis célèbre. On me reconnaît dans la rue. Je tiens à rester discret, vous comprenez ? Je suis ici pour échapper à la presse people, aux potins et aux fouines de paparazzis, pas pour les convier à partager mes vacances. Je ne sortirai pas de la propriété, et personne ne doit savoir que je suis ici.

Cesca se mordit la lèvre.

– Personne ne sait que vous êtes ici ?

– Pourquoi ? Vous prévoyez de m'assassiner et de dissimuler mon cadavre dans la cave ? (Sam rit nerveusement.) Mon ami Will est dans la confidence. Il est le seul à savoir. Alors, je crains que vous ne deviez annuler votre ignoble projet de meurtre.

– J'ai bien mieux. Un moyen de pression, se réjouit-elle. Si vous enfreignez les règles, j'informerai les médias de votre présence.

– Vous n'oseriez... À quoi ça vous avancerait ?

L'exaspération embrasait ses joues.

Elle se pencha et rétorqua d'une voix sifflante.

– Si vous respectez notre marché, et ne m'importunez pas, je ferai comme si vous n'existiez pas. De cette façon, nous réussirons peut-être à cohabiter sans nous entre-tuer.

Sam n'était pas sûr qu'ils y parviennent.

– Et si je vous disais que nous avons tous deux quelque chose à y perdre ? Moi aussi, j'ai un moyen de pression sur vous. Si vous signalez ma présence à qui que ce soit, je demande à mes parents de vous renvoyer. Vous vous retrouverez au chômage et sans un rond.

Sous sa peau bronzée, le visage de Cesca pâlit.

– Vous n'oseriez pas.

Il sourit.

– Vous voulez parier ?

Elle secoua la tête. Les yeux dans le vague, elle déglutit. Elle ramena son attention sur lui et le regarda bien en face.

– Très bien. Marché conclu.

– Une dernière chose...

– Encore ? s'étonna-t-elle.

– Si je vous donne de l'argent, pourriez-vous remplir régulièrement le réfrigérateur ?

Elle le regarda fixement comme si elle réfléchissait. En signe de concession, Sam s'empara de la brique vide et la jeta dans la poubelle des emballages non sans l'avoir prudemment compactée. Cesca l'observait d'un air indéchiffrable. Désormais elle prenait soin de dissimuler ses émotions.

– S'il vous plaît ?

Il eut recours à son ton le plus touchant dans l'espoir de clore définitivement le débat.

Elle déglutit, faisant palpiter son cou gracile. Sa poitrine se souleva lorsqu'elle respira profondément.

– D'accord.

8

« Que d'amantes insensées s'adonnent
à la jalousie furieuse »

La comédie des erreurs

Partout où elle posait son regard, Cesca voyait Sam. Pas l'enjôleur en personne. Oh non, il avait la sagesse de se faire discret. Mais son image souriante envahissait les murs. D'innombrables photographies retraçaient le passage du garçonnet décoiffé au grand sourire à l'adolescent gauche. Puis venait l'homme, avec sa mâchoire carrée, ses dents blanches et sa frange barrant savamment son front. Comment avait-elle pu passer à côté ? Il avait fallu que Sam soit à Varenne pour qu'elle remarque ses portraits, pourtant dispersés sur les guéridons et accrochés aux murs bien avant qu'il n'apparaisse.

Et maintenant, elle avait l'impression qu'ils la provoquaient. Lui susurraient qu'il était chez lui et pouvait l'expulser à sa guise. Sale type arrogant !

Une petite semaine après son arrivée, elle le supportait toujours aussi mal. Dès qu'ils s'adressaient la parole, la conversation s'envenimait au point de les laisser essoufflés. C'était épuisant.

Elle soupira et rassembla son carnet de notes et son chapeau de soleil. À quoi bon rester cloîtrée alors qu'elle disposait d'une plage privée ? Il était un peu plus de onze heures. Son ombre courte la suivit sur la terrasse, ses sandales claquèrent sur les pavés du sentier. Un peu plus loin, elle entendit les jardiniers bavarder en italien à un rythme soutenu. Leurs voix fortes transperçaient le silence relatif du jardin. Elle tendit l'oreille en souriant, bien en peine de saisir le sens de leurs propos. Ce qui ne l'empêchait pas d'être émue par la beauté de la langue. Sans doute les jardiniers étaient-ils âgés et trapus, mais cela ne se devinait pas à leurs voix profondes, rauques et mélodieuses. Bercée par leurs intonations chantantes, Cesca approcha d'eux.

–*Buona mattina, signorina,* lança le plus âgé.

En pantalon noir et tee-shirt gris, son ventre rebondi ressortait au-dessus de sa ceinture. Son visage était basané par la vie au grand air, ses joues piquetées de saleté à force de retourner la terre. Cesca agita la main, regrettant de ne pas avoir mémorisé son nom. Sandro lui avait présenté chaque employé le deuxième jour de son séjour, expliquant que les jardiniers intervenaient trois fois par semaine. Comme des sauterelles, ils déferlaient en nuée sur le domaine et faisaient place nette en l'espace de quelques heures.

–Où allez-vous comme ça ?

Elle remarqua alors que le second homme n'était autre que Sam. Sans attendre de réponse, il se retourna et reprit sa discussion avec le jardinier. Il maîtrisait l'italien aussi naturellement que sa langue maternelle. Mais sa voix était si différente, plus grave, presque gutturale. Et bien que toutes les fibres de son corps l'aient exhortée à l'ignorer, cela le rendait encore plus attirant.

–Je descends à la plage. Je retournerai peut-être au village dans la journée. Parce que je le peux.

Elle fronça le nez à son intention. Il la rendait inévitablement puérile.

– Vous pourriez me rapporter quelques bricoles ? demanda-t-il prudemment. J'ai presque épuisé mes réserves.

Elle pinça les lèvres. Elle fut tentée de l'envoyer sur les roses. C'était plus fort qu'elle, elle faisait l'enfant avec lui.

– J'ai dit que je le ferais, non ? répondit-elle. Préparez une liste. Je la récupérerai dans la cuisine en sortant.

Ainsi, elle respectait sa part du marché bien que cela l'ait enchantée autant que de se planter des cure-dents dans les yeux.

Elle traversa les jardins paysagers et déboucha dans une zone plus sauvage, plantée d'arbustes, où elle emprunta l'escalier descendant sur la plage. Éblouie par les reflets du soleil sur le lac, elle plaça sa main en visière. La plage, petite mais charmante, était couverte d'infimes gravillons scintillants qui disparaissaient dans l'eau. Les Carlton avaient construit une petite terrasse abritée, dotée de transats et de tables pour profiter confortablement de la vue sur le lac. C'est là que Cesca s'installa pour ébaucher le plan de sa pièce de théâtre. Bien qu'elle n'ait pas encore commencé à rédiger les scènes, elle avait déjà bien avancé. La semaine précédente, elle avait réussi à élaborer le squelette de son intrigue. Dans les grandes lignes, une histoire encore sans vraie consistance. Mais c'était un grand pas pour elle qui n'avait rien écrit depuis des années.

Adossée, elle imagina la vie d'un enfant sur ce domaine, ses étés à jouer dans l'eau sous un soleil de plomb, entouré par sa famille et ses amis. D'après les photos, Sam avait deux jeunes sœurs, qui le regardaient avec adoration sur presque tous les clichés. Elle devina qu'elles le suivaient partout avec une admiration partagée, galopant jusqu'à la plage en maillot de bain, traînant des seaux et des pelles à leur suite et réclamant que Sam les jette dans l'eau une dernière fois.

Il semblait avoir cet effet sur les femmes. Sur la plupart, en tout cas.

Sa gorge se noua. C'était son premier voyage à l'étranger. Elle et ses sœurs avaient passé toutes les vacances scolaires dans leur maison d'Hampstead, cavalant de la bibliothèque au jardin. À l'occasion, elles pique-niquaient sur la lande. Toute considération financière mise à part, leur père aurait rechigné à l'idée de voyager avec quatre enfants. Cesca ne pouvait lui en vouloir. Les quatre sœurs avaient le diable au corps, chacune à leur façon.

À la pensée de la vie facile de Sam, un accès de jalousie la traversa de part en part et redressa son dos aussi fermement qu'une barre de métal. Le mieux était de canaliser ce sentiment et de l'injecter dans ses écrits. Plus facile à dire qu'à faire, d'autant que l'objet de sa jalousie dormait sous le même toit qu'elle. Sa nervosité persisterait-elle jusqu'à la fin de leur cohabitation ?

– Nos chemins se recroisent enfin !

Cristiano Gatto se tenait derrière la clôture séparant la plage des Carlton de celle des voisins. Accoudé à la barrière en bois, il avait retroussé les manches de sa chemise blanche qui révélaient ses bras bronzés ainsi qu'un bracelet massif en argent. Son sourire chaleureux exhibait ses dents si blanches qu'elles luisaient presque au soleil. Son apparition suffit à la faire sourire.

Communiquer avec Gatto lui venait naturellement. Il était comme un rayon de soleil, candide et amical.

– Vous n'avez pas l'air prêt à prendre un bain de soleil, cria Cesca.

Elle se leva et noua son paréo autour de sa taille, gênée d'être à moitié nue devant un homme entièrement habillé. Le bikini, c'était parfait si tout le monde portait la même tenue. Autrement, il était aisé de se sentir comme une Bunny Girl de *Playboy* dans une maison pleine d'hommes en veste d'intérieur, genre Hugh Hefner.

– Je poursuis mon exploration. (Cristiano vérifia l'heure à sa montre.) J'ai un rendez-vous d'affaires cet après-midi, mais entre temps j'ai eu envie de découvrir la plage. Elle est magnifique.

Il ne la quittait pas des yeux. Sa voix, ses intonations provoquèrent chez elle un agréable frisson qui envahit son dos.

– Elle est encore plus belle le soir, renchérit-elle. Quand les lumières des bateaux s'allument et se réfléchissent sur le lac. C'est si paisible, juste de s'asseoir là et d'admirer la vue.

Il sourit de plus belle.

– C'est tentant. Dites-moi, Cesca, comment se fait-il qu'une fille comme vous soit seule ici ? Dans une maison assez vaste pour accueillir une grande famille ?

Le compliment fit rosir ses joues.

– En vérité, je ne suis pas en vacances. Je garde la maison pour l'été. C'est mon travail.

Cristiano pencha la tête sur le côté.

– Donc nous sommes deux en vacances actives ? Un point commun de plus. Peut-être qu'à la fin de l'une de nos journées bien remplies, nous pourrions nous retrouver ici, partager un verre de vin, nous détendre et échanger sur nos métiers respectifs.

Sa gorge se serra. Elle n'était pas sûre que sa façon de gérer les jardiniers ou d'épousseter la bibliothèque l'intéresse. Son poste manquait quelque peu d'enjeux stratégiques.

– Ce serait sympa.

Il refit son sourire naturel.

– Le rendez-vous est pris. J'apporterai le vin rouge. Venez comme vous êtes, belle demoiselle. Vendredi à vingt heures, ça vous convient ?

– Ce vendredi ?

Elle le regarda, surprise. Il était donc sérieux ?

– Pourquoi pas ? Sans vouloir vous forcer, bien sûr.

– Non, non. Vendredi, vingt heures. C'est parfait, accepta-t-elle, le souffle court. J'apporterai quelque chose à grignoter. Sinon je serai pompette et je parlerai trop.

Des rides d'expression se creusèrent autour de ses yeux.

– Dommage, j'aimerais voir ça.

Elle s'empourpra un peu plus.

– C'est parce que vous ne m'avez jamais vue éméchée. Sans pain et fromage, je débiterai des fariboles toute la soirée.

– Débiter des fariboles ? Je ne connaissais pas cette expression.

– Ça signifie que je ne dis que des bêtises si je bois du vin le ventre vide, expliqua Cesca. Croyez-moi, ça ne vous plairait guère.

– Croyez-moi, ça me plairait beaucoup.

Bien qu'il fût resté derrière la barrière, elle le sentit plus proche. À tel point qu'une vague de chaleur l'envahit.

– Je suis impatient de vous entendre, comment dites-vous ? Débiter des fariboles ? Je dois vous laisser, mes rendez-vous barbants m'appellent. Le temps va me sembler long jusqu'à vendredi. *Ciao, Bella.*

Il prit congé sur un clin d'œil. Il se dirigea vers les marches de sa villa, ses chaussures en cuir noir ciré crissaient sur le sable rocailleux. Cesca le suivit du regard, le feu aux joues et essoufflée, en se demandant à quoi elle venait de consentir.

Ça ne lui ressemblait pas. Mais il était vrai qu'elle avait beaucoup changé en quelques semaines. La serveuse slalomant entre les chats était devenue une fille que de sublimes Italiens invitaient à prendre un verre au soleil couchant. Ses sœurs ne l'auraient pas reconnue. À vrai dire, elle-même se reconnaissait à peine.

Et c'était plutôt agréable.

Le front pressé contre la vitre fraîche, Sam laissa son regard se perdre dans le ciel bleu éblouissant. Il ferma les yeux un instant. Sous le soleil, ses paupières viraient à l'orange. Il soupira. Rien ne se déroulait comme prévu.

En fuyant Hollywood, il pensait trouver la paix en Italie. La villa lui apparaissait comme un phare guidant ses pas. Il avait omis de réfléchir à ce qu'il ferait une fois sur place, dans cette maison chargée d'histoire mais coupée du monde, avec pour seule compagnie son cafard et une fille déjantée.

S'il regardait les choses en face, elle aussi l'avait abandonné.

Il était parvenu à coincer Carlito, leur fidèle jardinier, pour le questionner sur un moyen de joindre Gabi et Sandro. Malheureusement, Carlito avait confirmé les dires de Cesca. La sœur de Sandro devait accoucher prochainement. Même au plus mal, Sam ne pouvait pas les obliger à rentrer. Ils étaient trop loyaux envers sa famille pour qu'il leur fasse un coup pareil. Ils étaient des amis autant que des employés, toujours heureux de le voir, enclins à veiller à son confort. Il ne pouvait pas les arracher à leur famille.

Une douce brise remontant du lac lui apporta l'écho d'une conversation. L'équipe de Carlito étant partie depuis une demi-heure, il n'y avait pas âme qui vive sur la propriété, à l'exception de Sam. Pour étrange qu'elle fût, il ne croyait pas Cesca capable de rire sans raison. À moins qu'elle n'ait perdu toute emprise sur le peu de raison qui lui restait. Il rouvrit les yeux, cilla rapidement, encore peu accoutumé à l'éclat du soleil. Quand sa vue s'ajusta à la luminosité, il discerna sa silhouette au loin, debout sur la petite plage au bord du lac. Face à quelque chose, ou quelqu'un, elle agitait énergiquement les mains.

De l'autre côté de la clôture, il distingua un homme accoudé à la rambarde en bois. De sa place derrière la fenêtre, il lui était impossible de déterminer son âge ou son physique. Il plissa néanmoins les yeux. Les lèvres sèches, il scruta l'inconnu sans obtenir mieux que la forme générale de ses vêtements.

Sa première pensée fut qu'il était démasqué. Son cœur s'emballa tandis qu'il persistait à l'examiner. Un coup de vent souleva la jupe de Cesca, révélant son corps doré en bikini. Malgré la distance, il fut surpris par la souplesse de son corps élancé. Il se demanda comment elle était de près.

Visiblement, leur conservation touchait à sa fin. Elle pivota, le pied gauche levé comme pour s'éloigner. Le tissu fendu sur sa cuisse indiquait qu'elle portait un paréo pudiquement noué à la taille. Une pointe de jalousie lui vrilla l'estomac. Elle était libre de ses mouvements. Elle pouvait aller où bon lui semblait sans que des millions d'yeux décortiquent ses faits et gestes. S'il était descendu sur la plage, des bateaux se seraient massés dans la baie, des photographes se contorsionnant au-dessus de l'eau pour le capturer au téléobjectif. Mais Cesca pouvait se balader à moitié nue en toute insouciance.

Ça l'agaçait qu'elle le fasse devant un inconnu.

Sam en avait assez vu. Il quitta son poste d'observation pour regagner la bibliothèque. En temps normal, c'était le domaine de son père. Quand la famille était réunie, Foster s'enfermait dans cette pièce pour lire des scénarios de pièces de théâtre et feuilleter des ouvrages. Au centre de la pièce aux murs tapissés de livres, deux fauteuils Chesterfield se faisaient face de part et d'autre d'une vieille table basse en bois. Dans l'angle, le bureau de Foster équipé d'un ordinateur, généralement ordonné, était jonché de feuilles et de manuels. Sam ouvrit celui de Stanislavski. Rapidement absorbé dans la lecture du célèbre comédien, il n'entendit pas la porte s'ouvrir.

– Que faites-vous ici ?

Cesca surgit dans la bibliothèque, le cou tendu comme si elle surprenait un cambrioleur. En passant à côté de lui, son bras se cogna contre celui de Sam quand elle déposa son carnet sur le bureau.

Sam reposa le livre à sa place.

– J'habite ici, au cas où vous l'auriez oublié.

Elle soupira.

–C'est reparti. Je voulais dire, que faites-vous dans la bibliothèque? Je l'utilise depuis que je suis ici. J'aimerais pouvoir écrire en paix, si ça ne vous dérange pas. C'est déjà assez difficile de surmonter mes problèmes de page blanche. Je n'ai pas besoin que vous me découragiez en restant là.

Sam fronça les sourcils.

–En quoi ma présence vous décourage-t-elle?

Cesca leva les yeux au ciel.

–Le simple fait que vous existiez me rappelle que l'univers me hait. J'aimerais pouvoir avancer sur ma pièce sans ce rappel constant.

Son sens de la tragédie l'amusait. Il sentit ses lèvres se retrousser quand elle poussa un autre soupir. À coup sûr, il la trouvait intéressante parce qu'il s'ennuyait.

–Avec qui discutiez-vous sur la plage? s'enquit-il.

Stupéfaite, elle haussa les sourcils.

–Comment ça?

Elle serra les bras autour de sa taille. Elle faisait souvent ce geste défensif, mais cette fois, il attira son attention sur sa silhouette. Elle était toujours en bikini et paréo rose et noir. Il s'interdit de contempler le galbe de ses seins rehaussé par son soutien-gorge et son ventre ferme qui disparaissait sous le tissu noué.

Il ignorait pourquoi ses atouts le prenaient de court. Des formes généreuses sur un corps souple, qu'il eut étrangement envie de toucher.

–Mes yeux sont plus haut, observa Cesca en désignant son visage. Pour communiquer, je vous suggère de ne pas vous adresser à ma poitrine.

–Vous changez de sujet?

–Nous avions un sujet de conversation? le provoqua Cesca.

–L'homme avec qui vous parliez sur la plage. Je vous ai demandé qui c'est, et vous n'avez pas répondu.

– Je ne suis pas tenue de vous répondre.

À son tour, Sam soupira.

– Je sais, mais je suis ici dans un but précis. J'ai besoin de vivre au calme, loin des fans et des journalistes. Je veux savoir qui c'est et s'il sait que je suis ici.

Le visage de Cesca exprima de l'aversion.

– Quel égocentrique ! Pourquoi Cristiano s'intéresserait-il à vous ? Vous n'avez jamais envisagé de consulter un psy ?

Sam se garda de répliquer qu'il suivait une thérapie depuis plusieurs années.

– Il s'appelle Cristiano ?

Curieusement, il n'appréciait pas que Cesca et cet homme s'appellent déjà par leurs prénoms.

– Oui. Si vous voulez tout savoir. Cristiano Gatto. Il loue la maison d'à côté pour l'été. Il est restaurateur à Rome.

– Vous en avez appris beaucoup sur son compte en quelques minutes.

Sam savait qu'il prenait des risques en trahissant son intérêt envers elle.

Elle secoua la tête.

– Pour l'amour du ciel ! Je lui avais déjà parlé, au café.

Il plissa les yeux.

– Et pour ce que ça vaut, je n'ai pas cité votre nom. Vous n'êtes pas si intéressant que ça.

Sam fit semblant d'être vexé. Il nota son agacement avec un amusement pervers.

– Je sors, annonça-t-elle. Vous savez, je descends au village pour me balader et faire du lèche-vitrines. Peut-être que je prendrai une glace et lécherai des sorbets jusqu'à trembler de froid.

Elle le narguait maintenant.

– Avec un peu de chance, je me prendrai en photo.

– Je n'ai pas besoin d'une photo de vous. Vous apparaîtriez la nuit dans mes cauchemars.

Elle lui tira la langue, le visage plissé par le mépris.

– N'oubliez pas mes courses. J'ai posé la liste dans la cuisine.

Sans mot dire, Cesca roula des yeux. Preuve qu'il l'avait profondément irritée. Comme deux gamins se cherchant des noises dans le bac à sable, ils ne reculaient devant rien pour prendre le dessus.

Il eut été logique qu'il déteste leur petit jeu, mais une partie de lui raffolait de leurs frictions incessantes. Il se sentait vivant quand les yeux de Cesca lançaient des flammes à cause de lui. Parce qu'il s'ennuyait, rien de plus. Sitôt rentré à Hollywood, il l'oublierait.

En attendant, titiller Cesca demeurait son passe-temps favori.

Énervée, Cesca le regarda sortir de la bibliothèque, les gencives douloureuses tant elle serrait les dents. Vraiment insupportable, ce type. À croire qu'un scientifique avait mis au point le parfait cocktail de sarcasme et de sens de la repartie pour la faire sortir de ses gonds. Au terme de longues expériences et de perfectionnements, il avait conçu Sam Carlton. *Sa bête noire*. Quelle chance n'avait-elle pas !

Desserrant les poings, elle remua les doigts pour relancer la circulation dans ses mains engourdies. C'était pour le moins étrange qu'au sortir d'une période noire, elle se sente plus vivante que jamais, précisément en le revoyant.

Ça lui faisait un bien fou.

9

« L'amour ne voit pas avec les yeux mais avec l'âme ;
et voilà pourquoi l'ailé Cupidon
est peint aveugle »

Le songe d'une nuit d'été

Le marché comptait parmi ses endroits préférés de Varenne. Cesca s'émerveillait devant les produits de charcuterie suspendus à des cordes et les piles de fromages si élevées qu'elle arrivait à peine à attraper celui du haut. Contrairement à Londres, où faire les courses consistait à faire durer le maigre contenu de son porte-monnaie rongé aux mites, en Italie, Cesca laissait son estomac guider ses achats. Elle remplit son panier de prosciutto et de pancetta, de pâtes de toutes les formes et de toutes les couleurs. Puis elle ajouta des fromages enveloppés dans du papier ciré blanc : du parmesan sec, du gorgonzola à pâte molle et du casoretta à pâte demi-dure que Gabi et Sandro lui avaient fait goûter. Elle termina par une miche de pain enfarinée encore tiède, accompagnement idéal du fromage pour leur soirée sur la plage. Tout cela serait arrosé par le vin de Cristiano. Songer au pique-nique fit gargouiller son ventre.

Elle sortit la liste de courses de Sam de sa poche et la défroissa. Elle se mit en quête de ses produits en les sélectionnant avec moins de soin. Il n'avait besoin que de bière, de produits de toilette, de chips et de biscuits. En passant devant le kiosque à journaux, elle fut tentée de lui rapporter un magazine pour tuer l'ennui. Puis elle se ravisa et décréta qu'elle ne lui achèterait rien qu'il n'ait spécifiquement sollicité.

Les petites attentions, c'était le chemin le plus sûr vers la folie.

Le retour s'avéra moins insouciant que l'aller. Peut-être à cause du poids des sacs remplis d'articles pour Sam et pour elle. L'effort musculaire lui donnait des crampes. Ou bien était-ce à cause de la chaleur de l'après-midi, du soleil à son zénith qui lui brûlait la nuque et recouvrait son cou de gouttes de sueur. Toujours est-il qu'elle arriva devant le portail à bout de souffle. Elle tapa le code d'accès, si exténuée qu'elle avait hâte de se détendre.

Par chance, elle ne tomba pas sur Sam. Elle déposa tranquillement ses provisions dans la cuisine et les rangea dans l'imposant réfrigérateur en inox dans le coin de la pièce. Elle prit une cannette givrée dans le fond d'une étagère et la pressa sur son front pour se rafraîchir avant de se servir un verre de soda. L'emportant au salon, elle s'enfonça dans le canapé. Écrasée par la fatigue, elle s'assoupit.

Les muscles encore endoloris, elle fut sortie de sa torpeur par un bruit. Elle cligna des yeux pour rouvrir ses paupières lourdes. Le soir pointait, des traînées bleu foncé et roses zébraient le ciel tandis que le soleil poursuivait sa plongée dans le lac. Les lumières des maisons clignotaient sur l'eau.

Quelqu'un s'éclaircit la voix. Battant des cils, elle vit bouger une ombre dans un coin de la pièce. Son cœur piqua un sprint.

– Sam ?

– Vous êtes débordée, dites-moi. Je féliciterai mes parents d'avoir dégoté une telle bosseuse.

– Vous savez quoi ? Vous êtes aussi charmant que le prétendent les magazines à potins. Ce charisme, c'est naturel chez vous ?

Son visage s'affaissa. Dans la pénombre, il ressembla soudain au petit garçon des portraits encadrés aux murs. Perdu, ou plein d'espoir, une expression indéfinissable.

– Qu'avez-vous lu sur moi ? demanda-t-il d'un filet de voix. Qu'est-ce qu'ils racontent en ce moment ?

Un léger tremblement dans sa voix le rendait presque humain.

– J'ai l'air d'une fille qui a passé l'après-midi à fureter sur Google en quête d'infos sur vous ? Franchement, j'ai mieux à faire que dévorer les ragots sur votre compte. Même s'ils sont sûrement très flatteurs.

– Les ragots ne sont jamais flatteurs, contesta-t-il calmement. Ils sont altérés, embarrassants et blessants.

Cueillie à froid, Cesca le regardait fixement. Se pouvait-il qu'il cache une part de vulnérabilité ? Qu'une faille laisse entrevoir sa sensibilité sous sa cuirasse ?

– D'accord avec vous, admit-elle lentement, sans réussir à croire qu'ils puissent s'accorder sur un point. Ils m'ont apporté mon lot de souffrances.

En particulier après la déprogrammation de sa pièce. Tant de gens avaient assisté à sa chute précipitée avec un plaisir malsain.

– Moi aussi. (Sam se racla la gorge.) Au fait, merci pour les courses. C'est exactement ce dont j'avais besoin.

Décontenancée par son ton dénué d'ironie, elle battit des paupières. Cesca ne savait plus sur quel pied danser.

Heureusement pour elle, Sam poursuivit sans remarquer que sa gentillesse la laissait sans voix.

– Je me demandais si vous accepteriez de dîner avec moi. Nous pourrions préparer des pâtes, ouvrir une bouteille de vin de mes parents. Je vous laisserai même faire la vaisselle si vous insistez.

Un petit sourire se dessina sur son visage.

Bigre. Il était résolument séduisant quand il souriait. Une fois de plus, elle comprit pourquoi son visage s'affichait en couverture des magazines, sur des posters et sur l'Instagram d'une myriade d'adolescentes.

– Du vin, bonne idée... Minute, quelle heure est-il ? J'ai un rendez-vous.

Elle chercha en vain une horloge autour d'elle. Sam retourna son poignet pour vérifier sa montre.

– Un peu plus de vingt heures.

– Je suis en retard !

Paniquée, elle se redressa. Elle devait rejoindre Cristiano à vingt heures sur la plage, avec un plateau de fromage et du pain tranché. Rien n'était prêt. Avec la meilleure volonté du monde, il lui faudrait au moins dix minutes pour atteindre la plage. L'attendrait-il ? Pas sûr. Elle connaissait trop peu les us et coutumes locaux pour évaluer la marge de retard acceptable.

Elle passa devant Sam en trombe. Il recula d'un bond.

– Oh là !

Il tendit la main vers elle. Probablement pour garder l'équilibre, supposa-t-elle. Mais au lieu de se retenir, il l'attrapa par le bras et l'attira contre lui.

Alarmée, Cesca posa les mains sur son torse pour le repousser. Alors, elle sentit la chaleur de sa peau sous les paumes de ses mains et le rythme régulier de son cœur sous ses côtes. Effarée, elle eut un bref moment d'hésitation.

– Je dois y aller, répéta-t-elle, sans savoir qui elle essayait de convaincre.

Les mains de Sam glissèrent vers ses poignets. Elle tenta de lui échapper, mais il la retint plus fermement.

– Où allez-vous ?

Ce contact fortuit lui asséchait la gorge. Elle s'expliquait mal pourquoi il l'affectait autant.

–Je dîne sur la plage avec Cristiano. Nous avons... rendez-vous.

Sam la lâcha et s'écarta. Quand elle releva les yeux vers lui, il n'y avait plus l'ombre d'un sourire sur son visage impassible.

–Vous feriez bien de vous dépêcher. J'ai à faire de toute façon.

Il tourna les talons et s'éloigna.

Cesca le regarda traverser le salon en se massant le poignet qu'il tenait serré un instant plus tôt. Sourcils froncés, elle se demanda pourquoi elle se sentait totalement désorientée.

–Qu'est-ce qui vient de se passer au juste?

Elle secoua la tête alors que la porte de la bibliothèque claquait.

Sam se mit en tête de trouver du réseau. Le bras tendu, les yeux rivés aux barres de réception de son iPhone, il escaladait la colline derrière la villa en direction du point culminant du domaine. Une semaine sans pouvoir téléphoner ou, pire encore, sans se connecter à Internet, c'était trop. Il était plus conscient que jamais de dépendre de ce gadget en plastique et métal qu'il trimballait partout.

Il avait besoin de savoir si le pire s'était produit. Avant son départ, son avocat lui avait assuré qu'il avait la situation bien en main. Mais Serena était fuyante et ses talents de menteuse n'étaient plus à prouver. Il n'avait pas confiance en elle pour deux sous.

Si seulement il s'en était rendu compte plus tôt!

Cette partie du jardin était envahie par la végétation. À l'ombre des taillis et des arbres hauts, il poursuivit son ascension en suivant le chemin de terre. Au sommet, une barre de témoin commença à clignoter. Il retint son souffle et attendit que l'appareil se connecte au réseau.

Il se laissa tomber sur un rocher et, assis, il admira le lac. Il avait oublié la beauté du panorama à cette altitude. Autrefois, il tenait la vieille maison familiale pour une chose acquise car, comme tout enfant, jouer dans l'eau était son seul souci. Mais maintenant qu'il résidait dans une ville bétonnée et artificielle, l'Italie agissait comme un baume sur son âme.

Ce cadre lui paraissait réel.

Des éclaboussures attirèrent son attention vers le lac. Il faisait trop sombre pour discerner nettement la plage privée. Il savait que Cesca s'y trouvait, avec Machin Chose. Il envisagea de descendre vérifier si tout allait bien. Mais il n'était pas prêt à signaler sa présence, même à un voisin avide de passer du temps avec la gardienne de sa maison. Il était préférable qu'il reste là, à l'abri des regards.

Sam avait appris très tôt à s'adapter à toutes les situations, tel un caméléon. Moitié italien, moitié américain, il avait grandi à Londres en ne se sentant nulle part à sa place. Ses rapports avec son père n'étaient pas faits pour l'aider. Personnage truculent, Foster s'exprimait d'une voix forte qui acculait son entourage au silence, son charisme aspirant tout comme un trou noir. Plus jeune, Sam ne reculait devant rien pour attirer son attention. Il accumulait les félicitations de ses professeurs, les diplômes de natation et les bulletins scolaires irréprochables. Mais rien n'impressionnait jamais son père, du moins rien qui soit à la portée de Sam.

Dans les bons jours, Sam admettait à contrecœur que son succès venait principalement de son problème avec son père ou avec « sa famille originelle », pour reprendre les termes de son psy. Toutefois, six ans après qu'il eut découvert la vérité sur Foster, le besoin de gagner son respect demeurait. Toutes les louanges suscitées par son jeu d'acteur, les nominations au SAG[2], les succès critiques, rien ne remplaçait son aspiration la plus secrète.

2. SAG: syndicat américain qui récompense acteurs et figurants, tous genres confondus.

Son téléphone se relia au réseau et émit toutes sortes de sons discontinus. Les rafales de bips entrecoupèrent les dizaines de messages qui se chargèrent d'un coup. Après sept jours sans connexion, un déluge d'applis s'actualisaient pendant que les sms et les mails, la messagerie instantanée et Twitter exigeaient son attention. La gorge serrée, il consulta l'écran, le doigt flottant au-dessus de l'écran. Par quoi commencer ? Les mails seraient longs, probablement rageurs, les messages vocaux trop pénibles à écouter. Les textos, bien que plus courts, lui donneraient sûrement envie de jeter son téléphone aux ordures. Son instinct l'incitait immanquablement à faire l'autruche.

Il éteignit son téléphone sans consulter ses messages et le glissa dans la poche de son short. Il n'était pas encore prêt à les lire. Il ne voulait pas savoir si l'histoire avait été divulguée. Il se releva et se dégourdit les jambes pour étirer ses muscles qui protestèrent contre ses brusques mouvements. Il se passa la main dans les cheveux et reporta son regard vers le lac, son esprit le bombardant de questions.

Combien de temps resterait-il ici ? Aucune idée.

Comment réagirait-il à la trahison de Serena Sloane ? Aucune idée.

S'il se cachait de sa famille, pourquoi se réfugier ici ? La question était d'autant plus valable que son passé le rattrapait, sous la forme d'une petite boule de feu qui s'acharnait à rendre sa vie inconfortable. Ses lèvres frémirent. Clairement, Cesca lui mettait les nerfs en pelote. Mais quelque chose en elle l'amusait, et l'attirait aussi. La montée d'adrénaline qui l'inondait après leurs chicaneries lui rappelait qu'il était vivant.

Il prit appui sur un tronc d'arbre et entama sa descente vers la villa. Il zigzagua entre les rochers et les racines, ses chaussures soulevant la poussière dans son sillage. À l'approche du jardin paysager, des voix lui parvinrent du lac. Le vent diffusait en écho des rires et des bribes de conversation.

La proximité d'un inconnu le dérangeait. Il devait en parler à Cesca, éventuellement lui interdire de revoir le voisin. Sans compter que les Carlton la rétribuaient. Elle devait se plier à ses requêtes, pour peu qu'il les transmette.

De nouvelles éclaboussures, plus fortes, suivies du tintement d'un petit rire. Dans un accès de colère inattendu, Sam serra les poings.

Il avait deux mots à lui dire.

10

« Nous sommes de l'étoffe
dont sont faits les rêves »

La tempête

– Je vous montre, expliqua Cesca.

Elle ramassa un galet plat sur la plage. Enroulant son bras devant sa poitrine, elle tint fermement la pierre puis déroula son bras d'un geste sec. Le galet rebondit à la surface de l'eau six, sept, huit fois.

Abasourdi, Cristiano choisit un caillou et tenta d'imiter son lancer. Le galet coula à pic dans une gerbe d'eau. Cesca fut prise d'un fou rire.

– Pas la peine de se moquer !

Malgré son ton crispé, il ne pouvait cacher l'amusement qui transaraissait dans ses yeux.

– Je croyais que les filles étaient moins bonnes que les garçons aux ricochets. Ma démonstration, c'est le monde à l'envers, plaisanta-t-elle.

– Vous mettez ma virilité en doute ? ironisa Cristiano.

Le vin et le fromage lui donnaient des couleurs. Ils avaient tous deux forcé sur la bouteille, tant et si bien que Cesca avait le tournis dès qu'elle se penchait.

Elle secoua la tête pour juguler une nouvelle montée d'ivresse.

– Pas du tout. Juste votre capacité à faire des ricochets. Personne ne vous a appris à lancer des cailloux quand vous étiez petit ?

– J'ai grandi en ville, les occasions de faire des ronds dans l'eau étaient rares, raconta-t-il en prenant une mèche de cheveux de Cesca entre ses doigts.

Étrangement, son geste la troubla, mais d'une façon inconfortable. Elle frotta ses pieds chaussés de sandales sur le sable, projetant de petits gravillons.

Elle rit, surtout pour dissimuler son embarras.

– Moi aussi, j'ai grandi en ville. Mais l'apprentissage des ricochets est un rite de passage. J'ai l'impression que vous avez sauté une étape importante de votre développement.

Quand elle s'écarta, ses cheveux glissèrent entre les doigts de Cristiano. Elle le sentit se renfrogner, mais ne parvint pas à croiser son regard. Cesca n'était pas faite pour badiner, même après quelques verres de vin rouge. Quand un homme s'intéressait à elle, elle devenait maladroite comme si ses intentions lui échappaient.

– Vous avez un très beau rire, chuchota-t-il.

Bien qu'il gardât ses distances, une onde de chaleur afflua dans ses veines. Qui pouvait rester insensible à ces compliments ?

– Vous avez forcé sur le vin.

Il retrouva le sourire.

– Pas vraiment. Vous avez du mal à accepter les compliments, on dirait ? J'ai déjà remarqué ça chez les Anglaises. À croire qu'on vous élève dans une mauvaise image de vous-mêmes.

Elle médita sur ses propos, la tête inclinée sur le côté.

– Les Italiennes sont élevées différemment ?

À son tour, il partit d'un rire grave.

– En tant qu'homme, je manque d'expérience. Mais ma sœur a toujours été couverte de compliments et d'amour.

Dans ce pays, les filles apprennent dès leur plus jeune âge que la beauté n'est pas une question de taille, de morphologie ou de couleur de cheveux. Toutes les femmes sont vénérées en Italie, pas critiquées.

Il s'exprimait avec douceur, en la regardant intensément. Cesca sentit son cœur cogner dans sa poitrine.

– En voilà, une merveilleuse éducation !

– J'ai appris très jeune à témoigner du respect et de l'adoration aux femmes. Ça commence avec nos mères, bien sûr. Et plus tard, nous apprenons à apprécier la féminité qui nous entoure. Ça m'attriste que certaines femmes n'aient pas conscience de leur beauté et de leur pouvoir. En particulier, une femme aussi charmante que vous.

Était-il possible d'être séduite uniquement par des mots ? Cesca n'en était pas sûre. Les frissons qui parcouraient son dos étaient probablement causés par l'alcool. De même que les pétillements qui couraient sur sa peau comme si on l'arrosait de soda.

Elle reprit d'une voix éraillée.

– C'est gentil.

Elle ne pouvait pas faire mieux. Toute sa vie durant, elle avait rejeté les compliments, aussi ne pouvait-elle pas changer en un soir.

Il lui sourit avec douceur.

– Ce n'est qu'un début. Si nous sommes amenés à nous revoir, vous apprendrez à accepter d'être souvent complimentée. Une fille comme vous le mérite.

Ses yeux bleus la transperçaient et, de nouveau, elle se sentit pétrie d'embarras. Il lui proposa un verre de vin, qu'elle accepta volontiers, histoire d'avoir autre chose à faire que cacher ses joues empourprées.

– Changeons de sujet, proposa-t-il en remarquant sa gêne. Racontez-moi pourquoi vous êtes en Italie. Vous avez parlé de vacances studieuses.

Il lui prit la main et l'aida à se rasseoir sur les galets. Il s'installa à côté d'elle et tendit les pieds de façon à toucher le clapotis du ressac. Cesca étira également les jambes mais les siennes étant plus courtes, ses pieds aux ongles vernis en rose n'atteignaient pas l'eau.

– On m'a proposé du travail. Les propriétaires de la villa, les Carlton, sont des amis de mon parrain.

– C'est gentil de leur part de vous offrir du travail. Vous les connaissez depuis longtemps ?

– Je ne les ai jamais vus. Hugh, mon parrain, travaille dans le monde du spectacle comme Monsieur Carlton. Ils évoluent dans les mêmes cercles depuis des années. Quand j'ai perdu mon emploi, Hugh m'a suggéré ce poste. Il trouvait que j'avais besoin de m'éloigner de Londres.

– À cause du mauvais temps ? demanda Cristiano.

Sa question l'amusa.

– Non, pas en raison de la météo. En réalité, il faisait assez beau quand j'en suis partie. Seulement, j'ai traversé une période difficile et il pensait qu'une pause me requinquerait.

C'était peu dire. Une période difficile, c'était un résumé peu fidèle des six dernières années.

L'inquiétude adoucit son visage.

– Désolé de l'entendre. Si ce n'est pas indiscret, puis-je vous demander quel genre de difficultés vous avez rencontrées ?

Cesca était mitigée. Elle n'abordait pas ce sujet avec le premier venu.

– J'étais auteure, dit-elle finalement, d'une petite voix. Mais un malheureux événement a provoqué une sorte de blocage. Je suis tombée bien bas, je déprimais et je n'arrivais pas à me reprendre en main.

S'il s'était agi d'un premier rendez-vous amoureux, et pas d'une conversation avec un séduisant voisin en vacances, elle aurait probablement tourné ses problèmes en dérision, feint d'être en paix avec son passé.

Par bonheur, ce n'était pas un vrai rencard.

–J'avais bien senti une fragilité en vous.

Il se rapprocha. Elle huma les notes boisées de son eau de toilette.

–Un petit air égaré qui donne envie d'en savoir plus sur vous, reprit-il. C'est très attirant.

Il se tenait assez près pour que son haleine effleure sa joue. Son cœur cessa presque de battre. Elle était comme clouée au sol. Allait-il l'embrasser ? Plus important, en avait-elle envie ? À son crédit, il était particulièrement séduisant et ne craignait pas de révéler son attirance. Cela étant, il manquait quelque chose, sans qu'elle sache quoi précisément.

–Je peux vous embrasser ?

Ses mots caressèrent sa peau. La main sur sa joue, il glissa les doigts autour de sa nuque. Quand leurs lèvres se frôlèrent, elle s'aperçut que c'était davantage une déclaration d'intention qu'une question.

Cesca ferma les yeux. La main de Cristiano l'attira vers lui, ses lèvres pressant fermement sa bouche. Elle attendit l'habituelle onde de chaleur, les papillons dans le ventre, le besoin désespéré de l'embrasser en retour. Et patienta encore un peu.

Sans grand succès.

Sentant ses lèvres se pincer, il s'écarta et ôta sa main de sa nuque. Sourcils froncés, il la regarda fixement. Sa bouche était colorée par son rouge à lèvres et le vin.

–C'était trop ? Trop rapide ? Je suis désolé, j'ai cru que vous en aviez envie, se justifia-t-il, inquiet.

Elle secoua la tête, déconcertée par sa propre réaction.

–Non... enfin, oui. Je ne sais pas. Désolée, j'ai été prise de court.

À quoi s'attendait-il ? À ce qu'elle se jette à son cou ?

–C'est sans importance. Vous avez besoin de temps, je peux le comprendre. Les meilleures choses arrivent à point nommé.

Malgré cela, l'embarras ne la quittait pas. Elle se surprit à se relever, ses pieds dérapèrent sur les gravillons.

– Je suis juste fatiguée. La journée a été longue, j'ai besoin de dormir.

Sans se départir de son sourire, Cristiano se leva également.

– Naturellement. Je vous raccompagne à la villa ?

Alertée, elle redouta la réaction de Sam si elle ressurgissait avec Cristiano.

– Merci, mais je me débrouillerai seule. C'est un peu loin pour vous.

Il fronça les sourcils.

– J'habite à côté.

– Je vous assure, ça ira. Les propriétaires sont des gens secrets. Ils n'aiment pas que des inconnus pénètrent sur leur propriété.

Devant son expression, elle s'empressa de nuancer.

– Non que vous soyez un inconnu. Pas pour moi en tout cas. Mais eux ne vous connaissent pas et j'ai promis de protéger la maison.

Cristiano eut un petit rire.

– Ne vous en faites pas, j'ai compris. Ici, les gens préservent farouchement leur vie privée. Ça se conçoit. En revanche, j'aimerais vous demander une faveur. Acceptez-vous de me revoir bientôt ? Dînez avec moi. J'aimerais essayer quelques restaurants de la région.

Cesca laissa échapper une longue expiration.

– Ça me ferait plaisir.

Il sourit largement.

– Formidable. Laissez-moi le temps de m'organiser, je vous tiens au courant.

Cesca acquiesça de la tête.

– Bonne nuit, Cristiano.

Elle longea la plage privée jusqu'à la clôture de séparation et posa le pied sur le barreau inférieur pour l'enjamber.

Lorsqu'elle retomba à plat ventre de l'autre côté de la barrière, elle prit pleinement conscience de son état d'ébriété avancé.

Sam avait oublié combien il aimait lire. Pour la première fois depuis des années, il lisait autre chose qu'un scénario, un contrat ou l'un de ces abominables magazines. Cela lui procurait un plaisir intense. C'était le but de son séjour, après tout. Retrouver la solitude, de l'espace, le temps de respirer, de méditer, d'être lui-même, détaché des attentes d'Hollywood.

Les yeux fermés, il posa sur son torse le vieil exemplaire en cuir relié de *Chambre avec vue,* la poussière échappée de ses pages lui picota les narines. L'air tiède du soir entrait par la fenêtre entrouverte et le caressait avec la douceur d'une amoureuse. Depuis bien longtemps, il n'avait plus le loisir de s'assoupir dans le calme, sans le brouhaha de L.A. ou le bourdonnement de ses pensées interrompant constamment ses rêves. Durant quelques minutes, il fut gagné par un sentiment proche de la sérénité.

Les voix l'accablant de reproches s'étaient tues dans sa tête. Même la plus vive, celle de Foster, garda le silence. Et pendant une heure bienheureuse, il dormit profondément. Le corps relâché, il rêvait dans le fauteuil de la bibliothèque.

Un fracas le tira du sommeil. Tous ses circuits se réactivèrent d'un seul coup. Quand il se redressa, le livre tomba sur le sol pendant qu'il s'interrogeait sur l'origine du bruit.

La bibliothèque était plongée dans l'obscurité. Il avait probablement éteint la lampe juste avant de s'endormir, si bien que seules quelques lointaines lumières brillant sur la rive opposée du lac combattaient la pénombre. Il cligna plusieurs fois des yeux, ajustant ses pupilles à la faible luminosité. Un raclement se fit entendre dans le vestibule comme si un chat griffait le mur sur toute sa longueur.

Foster détestait les chats, aussi n'y en avait-il pas. Il n'était pas homme à vivre en harmonie avec la nature.

Les grattements reprirent, résonnèrent dans la bibliothèque. Sam s'étira et pencha la tête sur le côté. Ça ressemblait nettement à un animal.

La bête progressait dans le couloir. Et apparut dans l'embrasure de la porte, enveloppée dans la pénombre légèrement percée par le halo jaune d'une lampe du salon. Agenouillée devant lui, les genoux et les pieds nus, Cesca se démenait pour ramasser le contenu de la desserte qui, suite à sa chute, gisait de travers sur le carrelage.

– Besoin d'aide ? demanda-t-il sèchement.

Les joues rougies, Cesca écarquilla les yeux. Elle se mordit la lèvre et fit non de la tête sans cesser d'essayer d'arranger les dégâts. Ses mains fauchaient le sol en ratant les papiers et les stylos comme un bambin qui n'aurait pas encore développé sa motricité fine.

Sam s'agenouilla à côté d'elle et lui prit les feuilles des mains.

– Il est tard. Vous rangerez ça demain, quand il fera jour, dit-il.

Il ne savait pas vraiment pourquoi il faisait preuve de clémence après leurs récents conflits. Peut-être parce que ses mains tremblaient ou qu'elle avait le souffle court.

– Tout va bien ? s'enquit-il avec une vive inquiétude.

Il s'étonnait que Cesca ne réplique pas avec sa désobligeance habituelle.

– Vous êtes souffrante ?

Il lui prit le bras, à la recherche de marques sur son corps. Si la table était retombée sur elle, elle était certainement blessée.

Cesca posa sur lui des yeux vitreux. Elle fronça les sourcils pour tenter de distinguer clairement son visage. Quand elle essaya de se redresser, elle bascula en avant. Les bras tendus, elle s'affala sur lui. Elle était d'une force étonnante pour un petit gabarit si bien qu'il chancela sous le choc. D'instinct, elle l'enlaça. Les mains dans son dos, il la retint pour leur éviter de s'affaler.

Elle s'immobilisa un court instant. Sa poitrine se souleva contre son torse. Dans son cou, son souffle caressait sa peau. Encore un peu, et ses douces lèvres se presseraient contre lui.

Elle repoussa son torse et chercha à retrouver son équilibre. Baissant les yeux, il constata qu'elle semblait aussi stupéfaite que lui.

– Lâchez-moi, articula-t-elle.

Comme à bout de forces, elle renonça à se débattre et s'effondra contre sa poitrine.

– C'est vous qui me tenez, fit-il remarquer sans dissimuler son amusement. Vous n'avez de cesse de vous jeter dans mes bras. Au sens propre.

S'avisant de sa situation délicate, sa colère céda le pas à une sorte de joie malsaine.

– Vous êtes saoule, pas vrai ?

Elle recommença à s'agiter entre ses bras. Cette fois, elle se débrouilla pour planter son coude dans ses côtes. Saisi par la douleur, il la lâcha instinctivement pour se tenir le torse. Si bien que Cesca retomba à genoux.

– Flûte, grommela-t-elle sous ses cheveux qui recouvraient son visage.

À travers le voile de sa chevelure blonde, il entrevit ses yeux brillants, ses joues vermillon.

– Vous m'avez fait tomber, abruti !

Un rire vibra dans le fond de sa gorge. L'absurdité de la situation lui fit oublier ses côtes douloureuses. Sa position comique, étalée sur le sol, détonnait avec son air féroce d'animal pris au piège.

– Vous vous moquez de moi ? gronda-t-elle d'une voix empâtée. Je ne vois pas ce qu'il y a de drôle.

La scène était pourtant cocasse. Sam, retiré du monde dans la maison de ses parents, s'appliquait à dominer la petite boule de feu qui l'exécrait ouvertement. Comme dans un drame shakespearien dont Sam serait le héros déchu, il était contraint d'affronter son ennemi juré, incarné par Cesca Shakespeare, la jolie et furieuse dramaturge incapable d'écrire.

Il ne reconnut pas le rire qui jaillit de ses lèvres. La tête penchée, il s'efforça de s'en expliquer la nature. Au bout d'une minute de réflexion, il trouva la réponse : il n'avait pas ri d'aussi bon cœur depuis une éternité.

Auparavant, il s'esclaffait à tout bout de champ. Sans que des attentes, des jugements ou des révélations ne musellent sa gaieté. Bien sûr, il lui était arrivé de rire au cours des six dernières années. Il était acteur tout de même. Mais contrairement à Varenne, à L.A., chaque sourire devait rester mesuré.

En cet instant, Sam redevint le garçonnet qui évoluait jadis entre ces murs. Il n'était plus le Sam adulte qui avait tout raté à force de se plier aux attentes d'autrui.

– Si, c'est amusant, parvint-il à riposter entre deux éclats de rire. Même carrément hilarant.

Le coin de la bouche de Cesca se retroussa. Un infime mouvement qui attira néanmoins l'attention de Sam. Il voyait bien qu'elle luttait pour dompter son amusement. Et perdait lentement la bataille.

Puis elle pouffa, elle aussi. Un gloussement entrecoupé de hoquets secoua son buste. Elle s'effondra sur le sol, ses fesses heurtèrent le carrelage, ses mains hâlées camouflèrent son visage.

– C'est de votre faute, tout ça, bredouilla-t-elle. Saloperie de beau mec envahisseur ! Espèce d'empêcheur de tourner en rond !

Même ses insultes maladroites étaient amusantes à leur façon. Elle roulait des yeux. Sa poitrine se soulevait et s'abaissait à chaque fou rire, ses bras battaient l'air sitôt qu'elle essayait de se remettre debout.

Il n'avait pas manqué de remarquer le petit adjectif au milieu de sa tirade. Beau. Non sans sagesse, il ne releva pas. Pour l'instant. Il le remisa dans un coin de sa tête pour le ressortir en temps voulu.

Cesca dérapa en se redressant, l'ivresse chahutant son sens de l'équilibre. Sam la rattrapa sans réfléchir. Cette fois, elle se laissa faire. Échouant à échapper à son étreinte, elle se pressa lourdement contre lui.

– Je vous accompagne dans votre chambre, murmura-t-il, son rire disparaissant aussi subitement qu'il était venu. Le mieux est de cuver en dormant.

Cesca ne protesta pas. Appuyée sur lui, elle se laissa guider dans l'escalier. Il dut marquer quelques pauses tant la stabilité lui faisait défaut. Arrivé sur le palier, il soupira de soulagement et la fit entrer dans sa chambre où elle s'écroula sur le grand lit. Elle parut endormie avant même de s'allonger. Sam resta planté là, à se demander s'il devait la laisser tout habillée ou lui enlever sa jupe et son débardeur pour plus de confort.

Il hésitait. Cesca ne pouvait déjà pas le piffer. Si au réveil elle se découvrait en sous-vêtements, qui pouvait prédire la violence de sa réaction ? Il n'avait pas besoin d'aggraver son cas.

Même inconsciente, Cesca respirait les complications.

Il rabattit les couvertures sur son corps entièrement vêtu et s'autorisa un dernier regard sur son visage. La quiétude remplaçait la dérision qui marquait d'ordinaire ses traits en sa présence, et sa physionomie s'en trouvait profondément changée. Pour la première fois, il retrouva un peu de la jeune fille de dix-huit ans dont il ne gardait qu'un vague souvenir. Celle dont le visage s'éclairait dès qu'elle faisait référence à sa pièce de théâtre. Ce souvenir lui vrilla la poitrine. Un curieux goût de regrets se répandit sur sa langue de telle sorte qu'il dut déglutir pour le dissiper.

C'était lui, le responsable ? Lui qui l'avait privée de sa joie, de ses espoirs et de son grand rêve ? Cette pensée l'assombrit aussi sûrement qu'un gros nuage. Pas étonnant qu'elle l'abomine autant.

Il sortit de sa chambre et enfila le couloir jusqu'à la sienne. Tandis qu'il se préparait à se coucher, il repoussa le besoin pressant de s'affronter dans le miroir, de sermonner l'homme qui lui rendait son regard. Il n'était qu'un raté, purement et simplement. Un anti-Midas. La nécessité de se racheter s'imposa à lui. Mais que diable pouvait-il faire pour elle ?

Il ne jugea pas utile de creuser l'idée de la sauver. Il n'était même pas capable de se venir en aide.

11

« Le monde entier est un théâtre, et les hommes
et femmes n'en sont que les acteurs »

Comme il vous plaira

Oh. Mon. Dieu.

Plus jamais elle ne toucherait à une goutte d'alcool. Même pas une lichette du vin rouge au goût divin que les Carlton conservaient dans le cellier. Dans sa tête, les tambourinements lui donnaient l'impression qu'une équipe de minuscules ouvriers lui défonçaient le crâne à coups de pioche, cognant tant et tant qu'elle en avait les larmes aux yeux.

Quant à la nausée, elle frôlait la limite du supportable. Le fromage et le vin consommés durant la soirée semblaient conjuguer leurs forces, se mélangeant dans son estomac pour composer un cocktail maléfique. La tête sur l'oreiller, elle ferma les yeux pour se protéger de la lumière matinale tout en déplorant d'avoir laissé Cristiano déboucher la dernière bouteille.

Elle humecta ses lèvres sèches et essaya de se rappeler ce qui s'était passé une fois qu'elle avait quitté la plage. Se forçant à entrouvrir la paupière gauche, elle en vit juste assez pour conclure qu'elle avait au moins retrouvé le chemin de sa chambre. Seule, par chance.

Ouaip. Elle tirait un trait sur la boisson.

Cela étant, elle buvait très rarement à Londres. Faute d'argent. Et quand elle en avait un peu, elle était plus tentée par les boîtes de thé et les barres chocolatées que par le rayon des spiritueux. Même avec Gabi et Alessandro, elle ne dépassait pas le tiers d'une bouteille de vin. Les premières semaines, sa consommation était restée modérée et régulière.

Manifestement, elle était passée à la vitesse supérieure.

Elle bascula sur le côté et posa la main sur son ventre dans l'espoir d'apaiser la douleur. Son abdomen était dur et distendu, ses muscles endoloris par des crampes constantes. Cesca inspira profondément tout en se repassant sa soirée. Elle se souvenait de s'être affalée dans le sable, avant de remonter à la maison. S'était-elle couchée directement ou attardée au rez-de-chaussée ? Oh non ! Sam ne l'avait pas vue dans cet état, si ?

Son entrevue avec Sam ressurgit lentement des profondeurs de sa mémoire, chaque image plus embarrassante que la précédente. S'était-elle effectivement jetée à son cou ? À plusieurs reprises ? Pitié, pas le salopard arrogant !

Si elle avait pu lâcher son ventre, elle aurait enfoui son visage entre ses mains. A fortiori lorsqu'elle le revit la portant dans l'escalier et la mettant au lit. Avec précaution, elle souleva les couvertures et s'inspecta. Constatant qu'elle était entièrement habillée, elle soupira de soulagement. Au moins lui restait-il un brin de dignité, même si ce n'était qu'une maigre consolation.

Dans le couloir, le bourdonnement de l'interphone retentit. Cesca se figea. C'était jour de ménage, elle devait ouvrir à l'équipe d'entretien venue mener son opération de nettoyage éclair. À la seule force de sa volonté, elle se repoussa du lit et se leva en se retenant de se plier en deux de douleur. Elle s'appuya au mur blanchi à la chaux et, les yeux fermés, prit quelques inspirations haletantes.

Elle pouvait y arriver. Juste descendre l'escalier et appuyer sur le bouton d'ouverture du portail. Les employés connaissaient les lieux, elle pouvait les laisser s'affairer seuls. Elle sortit en traînant les pieds, veillant à ne pas faire de gestes brusques, de peur de vomir.

Le plus délicat était de négocier les marches. Elle les descendit lentement, ne s'arrêtant qu'une fois pour reprendre l'équilibre et ravaler sa douleur. Le temps qu'elle atteigne le boîtier de sécurité du couloir, elle était presque en possession de ses moyens.

– Oui ? fit-elle dans l'interphone d'une voix cassée.

En réponse, elle entendit du charabia en italien et vit la camionnette de nettoyage sur l'écran de contrôle. Assez pour autoriser l'accès à la propriété. Après quoi elle se laissa retomber sur une chaise, la tête dans les mains.

– J'ai pensé que ça vous ferait du bien.

Debout devant elle, Sam lui tendait un verre d'eau. Dans son autre main, une boîte d'antalgiques. Il lui donna le verre et prépara deux cachets. Prise au dépourvu, Cesca ne put qu'accepter et gober les cachets un par un.

– Merci ?

Ça sonnait plus comme une question. Si elle avait eu toute sa tête, elle l'aurait sondé ou accusé de vouloir l'empoisonner. À la place, elle ressentit une onde de chaleur dans sa poitrine, qui sembla endiguer les remous dans son estomac.

– Ça arrive à tout le monde, reprit Sam en récupérant le verre vide. Recouchez-vous. Vous avez mauvaise mine.

– Merci.

Dès qu'elle irait mieux, elle relancerait son sens de la repartie.

– Pas de quoi. Ce n'était pas un compliment.

– Je m'en doute. Je sais que j'ai une tête à faire peur. Je l'ai bien cherché. C'est entièrement de ma faute.

Sam plissa le nez.

– Mais non. C'est plutôt la faute du vin.

– Eh oui, il a sauté tout seul du goulot à ma bouche.

Malgré sa migraine, elle sentit un petit sourire étirer ses lèvres.

– Maudit chianti, il n'en fait qu'à sa tête. Une vraie substance dangereuse, ça devrait être prohibé.

– Bizarre, vous ne me traitez pas de haut. Après tout, vous ne m'aimez pas beaucoup et vous êtes en droit de me reprocher d'avoir trop bu et de travailler avec la gueule de bois.

– Ce ne serait pas équitable. J'attendrai que vous soyez rétablie pour vous culpabiliser.

– C'est très galant de votre part.

Son sourire la désarçonna.

– J'ai pour ambition de plaire. Maintenant, remontez vous coucher. Vous avez mauvaise mine et vous empestez.

– Peux pas. L'équipe d'entretien est là. Je dois la superviser.

– Je m'en occupe. Filez au lit.

Si elle n'avait pas eu la migraine, elle aurait volontiers plissé les yeux.

– Pourquoi êtes-vous aussi gentil ?

Sam soupira.

– Écoutez, je sais que nous sommes partis du mauvais pied et que nous ne nous entendrons jamais, mais le fait est que, pendant les prochaines semaines, nous allons devoir trouver le moyen de cohabiter. Vous n'êtes pas en forme et je ne suis pas débordé. C'est normal que je prenne la relève. Alors, faites-moi plaisir, remontez dans votre chambre. Ça passera mieux en dormant.

– À charge de revanche. Si je m'en remets un jour, j'essaierai de me faire pardonner.

Il fit un petit sourire, préférant ne pas rebondir sur sa proposition.

– Allez, ouste ! Si vous n'avez pas réapparu d'ici ce soir, je frapperai à votre porte. Sinon, reposez-vous, douchez-vous et arrangez-vous un peu.

– Bien, chef.

Si elle ne s'était pas sentie aussi molle qu'une poupée désarticulée, elle aurait fait une révérence. Au lieu de quoi elle employa le peu d'énergie qu'elle possédait pour remonter l'escalier jusqu'à sa chambre.

Quand elle se sentirait mieux, elle analyserait les intentions de Sam. Ses raisons de se montrer aussi arrangeant. Mais dans l'immédiat, elle lui en était reconnaissante et se contrefichait du pourquoi et du comment.

Cesca se leva pour la seconde fois en début d'après-midi. Elle se glissa sous le jet de la douche à effet pluie et dénoua ses muscles engourdis sous l'eau chaude. Un léger mal de tête persistait, mais la nausée avait disparu, remplacée par une faim lancinante. Elle l'ignora, le temps de s'habiller, se coiffer et se maquiller discrètement. En s'examinant dans le miroir, elle fut surprise par sa bonne mine en dépit des abus de la veille.

Elle s'était laissée aller. Une fois de plus. Elle en revenait toujours au même point. Comme à Londres, elle avait eu la faiblesse de négliger ses bonnes résolutions. Il fallait que ça cesse. Elle croyait pourtant avoir repris le dessus. C'était le but de sa venue en Italie, après tout. Pour autant que son séjour ait été compromis par l'arrivée de Sam, cela ne justifiait pas qu'elle s'écarte de ses projets.

C'est ainsi qu'elle s'enferma dans la paisible bibliothèque. Assise devant l'ordinateur, elle considérait l'écran vide. Le curseur intermittent la raillait, ou bien il espérait qu'elle intervienne.

Naguère, écrire lui venait naturellement. Ses doigts se déplaçaient presque instinctivement sur le clavier et composaient des textes sans qu'elle ait besoin de réfléchir. Comme un pianiste qui jouerait à l'oreille, elle laissait le geste parler pour elle.

Désormais, c'était comme si elle n'avait plus l'oreille musicale.

Elle consulta ses notes manuscrites. L'ébauche de ses personnages et les intrigues dans les grandes lignes. Tout y était, attendant aussi patiemment que le curseur. Le squelette étant dessiné, elle n'avait plus qu'à lui donner corps.

– Et si c'était nul ? se murmura-t-elle.

Là n'était pas la question. Au contraire, elle craignait que ce soit trop bon. Et si c'était la meilleure pièce qu'elle ait jamais écrite ? Supporterait-elle de la perdre aussi, de voir son dur labeur bafoué, comme par le passé ?

Son regard tomba sur une photographie de Sam, au mur de la bibliothèque. Encadré par ses deux jeunes sœurs, il riait. Magnifique, évidemment. Instinctivement, elle se prépara à ce que l'aigreur l'inonde. Mais elle ne ressentit que de la paix.

Sam n'avait jamais été à blâmer. Ou pas totalement. En son for intérieur, elle l'avait toujours su. Il était courant que des pièces soient déprogrammées, c'était un risque à prendre dans le monde du spectacle. La seule personne qui l'empêchait d'écrire, c'était elle-même. Et cela durait depuis six ans.

Les yeux fermés, elle inspira profondément. Les battements de son cœur accélérèrent. Alors, les paupières bien serrées, elle laissa ses doigts survoler les touches, les enfoncer à un rythme uniquement connu d'elle. Puis, sans expulser son souffle, elle rouvrit lentement les yeux et découvrit les mots inscrits sur l'écran.

ACTE 1

SCÈNE 1

S'ouvre dans une maison mal tenue mais opulente. Quatre sœurs sont assises dans la cuisine, en tenue de deuil.

La respiration difficile, elle enchaîna avec les premières répliques. Au fil du dialogue, les quatre sœurs s'animaient, les répliques gonflant leurs poumons à la façon d'une bouffée d'oxygène. Rapidement, ses doigts se mirent à voleter d'une touche à l'autre à l'image d'une musicienne entamant un crescendo tandis que la partie endormie de son cerveau reprenait ses droits.

Plus forte que la faim et les derniers effets secondaires de ses excès, elle tapait avec opiniâtreté, ne s'interrompant que pour consigner des idées sur le bloc-notes. Quand elle butait sur un passage, elle continuait d'écrire, probablement des futilités qu'elle supprimerait à la première relecture. Le processus créatif, le geste qui consistait à retranscrire des mots en tapant sur le clavier, tout en assistant à la naissance du texte, voilà qui était exaltant. Et même addictif.

Cesca était euphorique. À croire qu'on l'avait transportée de la charmante demeure de Varenne à Londres, dans un vieux théâtre poussiéreux, décoré d'immenses rideaux rouges et de sièges en velours élimé. Émerveillée, elle assistait aux interactions entre ses personnages qui s'asticotaient ou tombaient amoureux.

Tandis que le jour s'essoufflait et que le crépuscule déroulait son tapis de couleurs dans le ciel, elle poursuivait, fatiguée et inspirée. Si elle avait pris du recul, elle aurait été ébahie par les changements qui s'étaient opérés en quelques heures. Par la conclusion admirable de cette journée qui avait si mal démarré. Mais elle était bien trop absorbée pour cela.

Sam prit congé des employés de ménage à l'heure du déjeuner. D'une efficacité redoutable, ils avaient briqué les sols et épousseté les meubles. Certaines le reconnurent, deux jeunes filles qui papotèrent tranquillement dans un coin jusqu'à ce que leur responsable les renvoie à la tâche avec perte et fracas. Sam s'appliqua à les ignorer.

Pour habitué qu'il fût à ce que des fans spéculent sur son compte, dans ce cas précis, il avait un nœud à l'estomac tant il s'inquiétait que sa relation avec Serena Sloane soit publiée. Par chance, Cesca ne parlait pas italien. La dernière chose dont il avait besoin, c'était qu'elle découvre les détails sordides de sa liaison adultère. Sans quoi elle ne le raterait pas au tournant.

Pendant que les employés décapaient et ciraient l'intérieur, et que les jardiniers taillaient et désherbaient l'extérieur, Sam attrapa son exemplaire de E.M. Forster et sortit dans le jardin. Allongé au soleil, il se plongea dans le quotidien du début du xxe siècle.

Naturellement, ses pensées dérivèrent vers Cesca et sa réaction à son égard. Bien qu'ils fussent en Italie pour des raisons différentes, ils se retrouvaient par hasard dans la même maison et étaient amenés à souvent entrer en contact. Tels deux colocataires sur leurs gardes, ils se déplaceraient sur la pointe des pieds jusqu'à la fin de l'été.

Et ensuite ? Sam n'en savait trop rien. Sa seule certitude était qu'il se cachait là pour l'instant. Ensuite, sa stratégie restait à établir. Il ne pouvait qu'espérer ne plus faire les gros titres à la rentrée, et se concentrerait sur sa carrière au lieu d'esquiver les paparazzis. Ce n'était pas trop demander, si ? Juste qu'on le laisse bosser tranquille. Il étouffa la voix dans sa tête, celle qui ressemblait étrangement à son agent récemment remercié. Elle lui répétait que le monde du cinéma ne fonctionnait pas de cette façon. Au fond de lui, il connaissait la réalité. Un bon jeu d'acteur ne garantissait pas de faire des entrées, même s'il le déplorait. En revanche, la publicité, si. Les ragots faisaient accourir le public au cinéma et s'il se montrait, il était certain que les foules se pressaient pour voir sa tête.

Il était las de ce jeu, surtout depuis qu'il avait été trahi.

Un peu après quatre heures, il retourna à l'intérieur et prit une cannette glacée dans le réfrigérateur. Il la vida d'un trait puis monta vérifier que Cesca ne s'était pas étouffée dans son vomi ou éteinte dans son sommeil. En poussant la porte de sa chambre, il eut la surprise de trouver son lit vide, ses draps en boule au pied du lit. La tête inclinée, il chercha à percevoir le bruit de la douche. Silence.

Donc elle s'était levée. Il ne l'avait pas vue en traversant le salon et le couloir, pas plus dans la cuisine, mais il était peu probable qu'elle soit suffisamment sur pied pour sortir. À moins que quelqu'un ne l'ait aidée. Il repensa au locataire de la maison voisine, celui qui l'avait fait rire puis picoler. Son ventre se contracta. Pourvu qu'elle n'ait pas disparu avec lui, surtout après qu'il l'avait si mal traitée.

Il redescendit pour contrôler toutes les pièces. Il fit chou blanc. Il se gratta la tête, prêt à pousser jusqu'à la plage pour s'assurer qu'elle n'était pas avec le voisin, quand du bruit lui parvint du bureau de son père. La porte était entrouverte. Il jeta un œil par l'entrebâillement et libéra un léger souffle. Cesca était là, postée devant l'ordinateur. Ses lunettes de vue glissant sur son nez, elle tapait furieusement sur le clavier. Elle affichait une expression lointaine, comme si ses pensées l'entraînaient à des milliers de kilomètres. Elle était si concentrée sur ses écrits qu'elle ne remarqua pas Sam.

De son côté, il en profita pour l'observer. Elle ne ressemblait plus à la fille souffrante et débraillée ni à la femme furieuse de leur première rencontre, cette fameuse nuit au portail. Cette Cesca était tout autre. Plus posée et plus douce à la fois. Même le soleil semblait le confirmer, diffusant un halo de lumière autour de ses cheveux blonds alors qu'elle était à l'œuvre.

Son énergie et sa ferveur sautaient aux yeux. Elle était comme un aimant. Son ardeur le subjuguait comme si leurs pôles magnétiques s'étaient inversés de façon à s'attirer. Sam agrippa le montant de la porte sans trop savoir s'il voulait garder l'équilibre ou s'empêcher d'entrer. Pour rien au monde il ne l'aurait dérangée. Elle était trop immergée dans ce monde inconnu qu'elle était parvenue à créer, si bien qu'une partie de lui aspirait à vivre une émotion aussi intense. Elle lui rappelait ses expériences d'acteur, quand son personnage prenait vie en lui. Comme devant un papillon émergeant de sa chrysalide, il n'avait plus qu'à se mettre en retrait, admirer et s'interroger sur les origines de la magie.

Cesca s'arrêta un instant et tapota sa bouche avec un stylo. Sam retint son souffle de peur d'être découvert ou de couper court à son inspiration, ainsi qu'elle lui reprochait de l'avoir fait autrefois. Son texte la captivait tant et si bien qu'il mourait d'envie de savoir de quoi il retournait. Elle interrompit sa pause méditative et se remit à écrire tandis que, sans bruit, Sam faisait demi-tour et s'éloignait, l'esprit accaparé par la fille installée au bureau de son père.

Il connaissait le mot de passe de l'ordinateur. La date d'anniversaire de sa mère suivie de « Varenne ». Un code simple que personne n'oubliait. Plus tard dans la soirée il l'utiliserait peut-être et s'il ouvrait malencontreusement le fichier de Cesca, ce serait une sacrée coïncidence.

Du moins se retrancha-t-il derrière ce mensonge.

12

« Dormir, peut-être rêver ! »
Hamlet

Cesca ne ferma pas l'œil de la nuit. Sa pièce de théâtre occupait toutes ses pensées. Dès qu'elle fermait les yeux, elle entendait parler ses personnages, les voyait bouger, et sa voix intérieure s'empressait de les diriger jusqu'à ce que le calme revienne. Elle avait oublié cet aspect de l'écriture. L'impossibilité de se déconnecter, les personnages qui réclamaient son attention sans se soucier qu'elle soit éreintée. Sinon elle se serait munie d'un carnet pour noter toutes les idées qui surgissaient pendant la nuit. Elle ne disposait que d'un verre d'eau et d'un roman d'amour corné qu'elle essayait de lire depuis son arrivée en Italie.

Chaque fois qu'un des personnages s'exprimait, elle croyait entendre les voix de ses sœurs. Elle réintégrait temporairement sa maison d'Hampstead pleine de courants d'air, où les sœurs cavalaient dans les couloirs emplis de l'écho de leurs voix, se plaignant bruyamment de ne pas arriver à mettre la main sur leurs devoirs scolaires ou leur rouge à lèvres préféré.

La nostalgie lui laissait un goût métallique dans la bouche. Ses trois sœurs, vivre entourée de sa famille, autant de choses qui lui manquaient en permanence. Quoique Lucy et Juliet aient quitté le foyer depuis des années, rapidement suivies par Cesca, elle aurait tant voulu retourner dans la cuisine et faire chauffer de l'eau pour le thé.

Peut-être était-ce pour cela que les voix criaient si fort dans sa tête.

Que faire, à part descendre chercher son bloc-notes ? Elle quitta son lit et passa un peignoir pour couvrir ses membres nus. Par ce temps, il valait mieux dormir en short et débardeur. Elle noua la ceinture, sortit de sa chambre et foula le sol carrelé, les pieds nus. La villa était plongée dans un étrange silence, plus intense que d'ordinaire. Dans l'escalier, alors que ses yeux s'adaptaient à l'obscurité, Cesca enroula les bras autour de son torse.

Une faible lumière jaune éclairant la bibliothèque nimbait le contour de la porte fermée. Devant l'entrée, Cesca s'arrêta. Interdite, elle pencha la tête sur le côté et tendit l'oreille. Sam était encore debout ? L'appréhension fit palpiter son cœur. Certaine que personne n'utiliserait l'ordinateur, elle avait omis de protéger son fichier par un mot de passe. Encore récemment, elle vivait seule dans cette maison.

Elle imaginait mal Sam s'intéresser à sa pièce. Après tout, il avait témoigné si peu d'égards pour la précédente qu'il l'avait abandonnée le soir de la première. Il était trop égocentrique pour se soucier du travail des autres, trop impliqué dans sa carrière au cinéma. Aucune chance pour que les écrits d'une inconnue londonienne piquent sa curiosité.

Elle inspira profondément. Il suffisait qu'elle entre, attrape son carnet et vérifie, l'air de rien, ce qu'il trafiquait. Il surfait probablement sur le Net sans but précis ou se googlisait.

Dans un regain d'assurance, elle poussa la porte et entra. Et s'immobilisa dans l'entrée. Sam était installé au bureau en bas de pyjama, son torse nu auréolé par le clair de lune. C'était une gageure d'ignorer son torse sculpté et ses biceps qui se tendaient au rythme de ses doigts tapant sur le clavier. Cesca ne put que le contempler, la bouche sèche, incapable de détacher son regard de lui.

Par principe, elle n'avait visionné aucun de ses films, et quand il répétait pour sa pièce, il restait entièrement habillé. À Varenne, elle ne l'avait vu qu'en tee-shirt ou en chemise. Comment aurait-elle pu imaginer que ses vêtements recouvraient de tels... atouts.

Mince, sa perfection physique ne connaissait donc aucune limite ?

Quand il releva les yeux, Cesca détourna rapidement le regard en triturant son peignoir pour s'occuper les mains.

– Je viens chercher mon carnet.

Il se trouvait juste là, sur le bureau, à côté de lui. Elle n'avait qu'à avancer encore un peu pour le récupérer, mais pour une raison étrange, ses muscles refusaient de lui obéir.

Sam éteignit l'écran. Son imagination lui jouait des tours ou un air coupable voilait son visage ?

– Vous n'arrivez pas à dormir vous non plus ? demanda-t-il.

Croisant son regard, elle nota la chaleur sur son visage, à l'endroit éclairé par la lampe de bureau, ainsi que la douceur de son regard. Son air arrogant si familier avait disparu.

– Pas vraiment. Je dors mal en général. Je m'endors facilement, mais je me réveille au milieu de la nuit et je pense à plein de choses. Comme si quelqu'un oubliait de me débrancher.

Pourquoi lui racontait-elle ça ?

– Je me disais que si je jetais mes pensées dans mon carnet, mon esprit s'apaiserait et je pourrais me rendormir.

Sam hocha la tête.

– Bonne idée. Mon psy m'a suggéré de garder un carnet et un stylo sur ma table de nuit.

Qu'est-ce qui la surprenait le plus ? Qu'il suive une thérapie ou qu'il se confie ? Pas très britannique, comme attitude. Mais Sam ne l'était pas entièrement.

– Vous avez suivi son conseil ?

– Pendant un moment. Mais ça va maintenant.

– C'est une bonne chose.

– La plupart du temps.

Sam ébaucha un sourire. Leur conversation la mettait mal à l'aise et l'attendrissait en même temps.

– Je n'ai jamais consulté, poursuivit-elle. Des proches m'ont recommandé de voir un psy quand j'ai perdu ma mère. Mais ça ne me disait rien qui vaille. Ensuite, quand la pièce a été annulée, je l'ai de nouveau envisagé, mais je manquais d'argent.

Le sourire de Sam s'évanouit et son expression coupable reparut.

– Ce n'est pas pris en charge par l'assurance maladie ?

Elle secoua la tête.

– Je n'étais pas suffisamment atteinte. Mon parrain a proposé de couvrir les frais, mais il n'a pas réussi à me convaincre. Je pensais m'en sortir seule.

– Vous avez fait ce qu'il fallait, à ce que je vois, affirma Sam.

– Sûrement, dit-elle, préférant ne pas s'appesantir. Je ferais bien de retourner me coucher.

Pour autant qu'elle ait envie de rester, de le questionner sur sa thérapie et sur ce qu'il avait eu besoin de partager avec un psy, il était préférable de s'en tenir là. À chacune de leurs discussions, elle remettait en doute les convictions qu'elle nourrissait depuis six ans. Sam Carlton était un sale type qui ne s'intéressait qu'à lui-même.

– Sage décision. Je ne vais pas tarder à monter moi aussi.

Elle le sentait presque se replier sur lui-même.

Cesca hocha la tête, puis se retourna.

–N'oubliez pas votre carnet, dit-il en le lui tendant.

–J'ai besoin de mon stylo aussi.

–Bien sûr.

Sam le prit sur le bureau et lui remit le tout. Quand elle s'en saisit, il les retint très brièvement. Deux petits centimètres séparaient leurs doigts. La main de Sam, nettement plus grande que la sienne, était sillonnée par des tendons noueux bandés sous sa peau. Elle repoussa le souvenir de l'instant où il l'avait rattrapée et serrée contre lui.

–Bonne nuit, Sam.

–Faites de beaux rêves.

–Si seulement.

Sam ralluma l'écran. Il n'avait lu que la moitié du scénario, mais c'était ensorcelant, suffisamment pour qu'il ait hâte de poursuivre. Le dossier contenait trente pages, remplies de dialogues élégants et d'indications scéniques menant à la conclusion du premier acte.

Bien entendu, il avait lu de nombreuses pièces de théâtre et même joué dans quelques-unes à l'école d'art dramatique. Depuis six ans, il avait souvent deux scénarios de film à étudier en parallèle, des propositions à considérer, des choix à faire. Il savait reconnaître une bonne histoire, une qui donne envie de découvrir la suite et de décrocher le premier rôle. La première pièce de Cesca était de cette trempe. Le rôle de Daniel l'avait accroché dès la première scène et il avait été fou de joie d'être choisi pour l'incarner.

C'était avant la révélation de Foster. Tristement, le reste appartenait à son histoire compliquée.

La pièce était bonne. Excellente. Une solide dramaturgie pleine d'émotion, enrichie de dialogues presque parfaits. Certaines indications scéniques étaient à peaufiner, et quelques passages à corriger, mais en dehors de ça, son talent était flagrant. Comment avait-elle pu le museler pendant six ans ? Peu d'auteurs étaient capables de livrer un premier jet aussi abouti. À Hollywood, la phase d'écriture de la plupart des scénarios prenait des mois, voire des années, même si elle impliquait toute une équipe de scénaristes. Pas une seule personne. Sam expira lentement en se demandant si, ainsi qu'elle le prétendait, son blocage était dû à ses décisions inconsidérées.

Son regard fut attiré par une photographie de la fratrie dans un cadre argenté. Il jouait avec ses sœurs sur la plage privée, riant à gorge déployée pendant que leur mère ressortait des flots. Il ne gardait qu'un vague souvenir de ce moment. Une journée au bord du lac, en compagnie de leur mère et de sa meilleure amie. Pour une raison qui lui échappait, Sam avait décidé de jeter sa mère à l'eau, pour rire. Devenu adolescent, il était assez fort pour la porter.

Toutefois ce n'était pas cet instant qui restait gravé dans sa mémoire. C'était la suite. Ce souvenir le crispa et il le repoussa hors de son esprit. Il ne voulait pas repenser à ça maintenant.

Il saisit la souris, surligna une indication scénique maladroite et la corrigea. Le suivi des modifications consignait ses interventions, mais ce n'était pas grave. Il enregistrerait sa version dans un nouveau dossier. Elle ne saurait jamais qu'il l'avait lu. Sauf si elle le souhaitait.

Il avait beau être paumé, il maîtrisait les ingrédients d'un texte agréable à lire, et grâce à ses infimes corrections, la pièce de Cesca serait quasi parfaite.

L'aider à la perfectionner était peut-être sa façon de faire pénitence.

13

« La dame proteste trop »
Hamlet

– C'est une petite fille, s'exclama joyeusement Gabi dans le combiné. Elle est tellement belle, Cesca. On dirait une petite poupée. Ses dix orteils parfaits et ses dix petits doigts à croquer. Elle est magnifique, de la tête aux pieds.

Dans la cabine, Cesca sourit en regardant le village à travers la vitre sale et rayée. Après sa gueule de bois de la veille, elle avait décidé de sortir tôt et de se promener jusqu'à la place pour se rafraîchir les idées. Cela lui donna l'occasion de passer son appel hebdomadaire à Gabi ainsi qu'elle l'avait promis, et de répondre aux courriels de sa famille.

Autre facteur décisif, elle avait besoin de prendre ses distances avec Sam. Ce qu'elle n'aurait jamais admis. Depuis qu'il avait mentionné sa thérapie, elle était déconcertée. Elle éprouvait le même inconfort que si on lui avait chapardé sa couverture en plein hiver et qu'elle grelottait sur un matelas trop dur. Au point qu'elle doive se rouler en boule.

– C'est merveilleux. Félicitations à vous tous. Je suis heureuse pour vous.

La naissance de la nièce de Sandro faisait office d'antidote contre ses récentes angoisses. Égoïstement, cela situait le retour de Gabi et Sandro deux semaines plus tard, mettant un terme à la promiscuité étouffante dans laquelle elle vivait avec Sam Carlton.

– Comment elle s'appelle ?

– Vittoria, comme la mère de Sandro. Un joli prénom pour une jolie petite fille.

– Elle dort bien ?

– Pas du tout, s'enthousiasma Gabi. Nous nous levons par roulement la nuit. Je m'occupe d'elle à partir de deux heures du matin, jusqu'à dix heures.

– Et ça te plaît ?

– C'est un pur bonheur de câliner un bébé ! Surtout un bébé aussi beau que Vittoria. (Gabi souffla béatement.) Assez parlé de mes bonnes nouvelles. Raconte-moi comment ça se passe à la villa.

Par quoi commencer ?

– Eh bien, Sam Carlton a débarqué sans prévenir.

– Sam est là ? s'écria Gabi d'une voix suraiguë. Mon Dieu, personne ne nous a prévenus. Oh Cesca, nous allons devoir rentrer tout de suite. Il a besoin de nos services.

Qui ne s'empressait pas de combler tous ses désirs sur cette terre ? Hormis Cesca, bien entendu. Qu'avait-il d'aussi spécial ?

Elle revit son visage au clair de lune et leva les yeux au ciel. Cesca non plus n'était pas blindée contre son charme.

– Il va très bien, il n'a pas besoin qu'on s'occupe de lui. Je lui fais ses courses et il tient à rester seul, au calme. Il a même supervisé les employés de ménage à ma place hier.

Elle entendit presque le sourire de Gabi percer dans sa voix.

– C'est vraiment un garçon adorable. Toujours gentil, serviable.

– Mouais.

–Tu es sûre que ce ne serait pas mieux qu'on rentre ? Quand Madame Carlton a accepté que nous prenions des vacances, elle n'a pas précisé que Sam viendrait à Varenne.

–Je ne pense pas qu'elle soit au courant, répliqua Cesca. Il veut garder sa présence secrète. J'ai cru comprendre qu'il avait besoin de se couper du monde pendant un petit moment.

–C'est compréhensible après les attaques qu'il a subies.

–Quelles attaques ?

–Je ne suis pas portée sur les potins, mais ça ne doit pas être facile pour lui d'être suivi par les photographes en permanence. Et les mensonges qu'ils inventent sur lui, c'est horrible.

–Quels mensonges ?

Elle plaqua le combiné contre son oreille.

La réponse de Gabi fut noyée par les pleurs du bébé.

–Je suis désolée, Cesca, le bébé vient de se réveiller. Je dois la changer. Tu peux me rappeler un autre jour ?

Les hurlements perçants firent grimacer Cesca. Elle dut hausser la voix pour se faire entendre.

–D'accord. Je te rappelle vendredi. Prends soin de toi et essaie de dormir un peu.

–J'y veillerai.

Gabi prit congé sur le même ton absurde débordant de félicité.

Cesca raccrocha et appuya la tête contre la vitre en remâchant les mots de Gabi.

À quelles calomnies faisait-elle référence ? Elle songea à retourner au cybercafé pour consulter Google, mais c'était minable. Ayant souffert des ragots à son heure, elle savait combien ils étaient blessants.

Quoi qu'il en soit, elle ne lui ferait pas l'honneur d'enquêter sur lui. D'autant que ça ne l'intéressait pas tant que ça. Et s'il l'apprenait, cela ne le rendrait que plus suffisant, si toutefois c'était possible.

Secouant la tête, elle tira sur la porte de la cabine. Il ne restait que quelques semaines jusqu'au retour de Gabi et Sandro. Elle tiendrait jusque-là, non ?

Cesca dut attendre l'après-midi pour se retirer dans la bibliothèque. Elle démarra l'ordinateur et assouplit ses doigts avant de se mettre à l'œuvre. Elle rangea son carnet à côté d'elle, son papier blanc couvert de gribouillis déchiffrables par elle seule mais qui contenait des dialogues et des indications pour la scène suivante.

En rentrant du village, elle n'avait pas croisé Sam. Le lave-vaisselle rempli attestait qu'il avait pris son petit déjeuner. Donc il était réveillé. Cesca supposa qu'il satisfaisait sa frénésie de lecture dans le jardin. C'était facile de se perdre dans la végétation luxuriante, entre les arbres, à l'abri des regards.

En ouvrant son dossier, elle fut frappée par les marques rouges soulignant ses phrases. Dans la marge gauche du document, des changements avaient été effectués et des commentaires s'affichaient à droite dans des bulles de dialogue. Des mots en gras remplaçaient des passages effacés, les phrases surlignées pour attirer l'attention.

Le suivi des modifications était activé. Ces changements n'étaient pas de son fait.

L'estomac noué, elle fixait l'écran. Elle se sentait violée, dépouillée de quelque chose de précieux au point de lui bloquer la respiration.

Bientôt, l'indignation la submergea. Son corps entier se tendit sous l'explosion de colère qui jaillit du tréfonds de son être, remontant jusqu'à son visage qui vira au rouge.

Comment osait-il ? Car le suspect était tout désigné. Une seule personne pouvait se croire habilitée à ouvrir un document personnel et à non seulement le lire mais aussi à le commenter. Elle regrettait de ne pas l'avoir protégé ou enregistré ailleurs que dans les documents de l'ordinateur. Mais enfin quoi ? Quel ego n'avait-il pas pour présumer qu'elle le laisserait s'immiscer dans ses pensées les plus intimes ?

En pétard, Cesca enfonça le bouton de veille. Un voile rouge semblait l'envelopper, embrouillant ses pensées et l'amenant à tout percevoir à travers le filtre de sa fureur. Elle sortit en trombe, déterminée à le trouver pour exprimer le fond de sa pensée. Quitte à être renvoyée.

Il n'était ni dans sa chambre ni au salon. Nulle part dans la villa. Elle ouvrit à toute volée la baie vitrée et déboula sur la terrasse. Elle scruta les environs en se demandant de quel côté le chercher.

– Sam ? cria-t-elle, ses lèvres adoptant un rictus amer. Où êtes-vous ?

Elle se moquait que personne ne doive savoir qu'il était là. Cela lui importait peu que tout le voisinage l'entende. Son besoin d'intimité était le cadet de ses soucis.

Pas de réponse. Soit il ne l'entendait pas, soit il l'ignorait. Cela ne la surprendrait pas.

Énervée, elle expira lourdement et prit la direction des arbres. Ça lui ressemblait bien de s'évertuer à lui compliquer l'existence.

– Sam ? Je dois vous parler.

Elle grimpa sur la colline et se dirigea vers le point culminant. Pour une propriété bâtie sur une falaise, la pente était étonnamment raide. L'exercice combiné à la chaleur de l'après-midi la mit en nage. Des filets de sueur parcouraient sa poitrine.

Elle l'étranglerait aussitôt qu'elle le trouverait. Il valait mieux pour eux qu'elle abrège leurs souffrances. Une petite pression autour du cou et hop ! il disparaîtrait. Personne ne lui en tiendrait rigueur.

– Sam ?

Elle hurlait, frustrée d'échouer à le trouver pour vider son sac.

– Nom d'un chien ! Montrez-vous !

Droit devant elle, le bruissement des feuillages signala sa présence. Sam surgit de la végétation en se frottant le visage. Les sourcils froncés, il paraissait confus.

– Un problème ? Vous êtes blessée ? s'enquit-il.

Blessée ? Mortellement, à cause de lui.

– J'ai un gros problème. Énorme, même.

Bouche bée, il la dévisageait, les yeux écarquillés comme pour la décrypter.

– Qu'est-ce qui vous arrive ? Je peux vous aider ?

Il tendit la main vers elle, se massant le front de l'autre. Elle recula pour esquiver son geste.

– Ne me touchez pas.

– Nous revoilà à la case départ.

– Au stade où je me rends compte que vous n'êtes qu'un fumier ? Que vous agissez en maître du monde ?

Sam cligna des yeux.

– Je ne comprends pas de quoi vous parlez. J'ai passé la matinée ici, à lire. Je n'ai rien fait de mal.

Il lui sourit comme s'il ne doutait pas de l'avoir convaincue.

– Mon œil ! Vous êtes intervenu sur ma pièce, enfoiré. Comment avez-vous pu ? Vous ne m'avez pas fait assez de mal la première fois ? Ou bien vous vous ennuyez tellement que vous bousillez la vie des autres pour vous distraire ?

Un dégradé d'émotions traversa son visage. La compréhension puis la stupéfaction et, enfin, la honte ou quelque chose d'approchant.

– Comment le savez-vous ? demanda-t-il, renfrogné.

– Tous vos commentaires s'affichent.

Il se frotta le visage.

– Je les ai pourtant enregistrés à part. Vous n'auriez pas dû les voir.

Elle écarquilla les yeux.

– C'est ça, votre excuse ? vociféra-t-elle. Je les ai vus, donc c'est de ma faute ? Et vous n'y êtes pour rien alors que vous avez tripatouillé mon texte ?

Il secoua la tête.

– Ce n'est pas ce que j'ai voulu dire. Simplement, vous n'auriez pas dû les voir.

Cesca leva les yeux au ciel.

– C'est une de vos vengeances ? Vous essayez encore de vous débarrasser de moi ? Vous n'avez que peu d'estime pour mon travail si vous voulez me briser une seconde fois.

– Vous réagissez de manière irrationnelle.

Exaspérée, sa voix dérapa dans les aigus.

– Je ne suis pas irrationnelle. C'est votre comportement qui est merdique.

Il plissa les yeux. Sa mâchoire tremblotait nerveusement.

– Je ne suis pas merdique.

– Vous êtes intervenu sur ma pièce. Vous avez raturé la moitié de mon texte.

– Il est très bon. J'ai juste voulu l'améliorer un peu, se défendit-il d'une petite voix.

– Je me fiche de ce que vous en pensez, s'égosilla-t-elle. Vos commentaires, je m'en balance. Fichez-moi la paix, c'est tout ce que je demande.

Il l'examinait, la bouche tordue par un rictus.

– Vous avez terminé ? siffla-t-il entre ses dents.

Elle n'avait pas tout déballé, tant s'en faut, mais elle commençait à avoir le tournis. Non qu'elle fût soulagée ou qu'elle ait eu l'impression d'avoir obtenu gain de cause. Maintenant qu'elle s'était défoulée, contre toute attente, elle ne se sentait pas plus légère. Il était plus probable que ses étourdissements provenaient de la randonnée en pleine chaleur.

– Oui.

Il la jaugeait à la façon d'un animal prêt à bondir. Elle se prépara à l'attaque en retenant son souffle. Loin de cracher feu et flamme, il se maîtrisa froidement.

– Alors, moi aussi.

14

« Il est inutile de vouloir la suivre
dans cet accès de courroux »

Le songe d'une nuit d'été

Sam regagna la villa en un temps record. Si vite qu'il ne se souvenait pas du trajet, de ses marmonnements solitaires ou de ses poings se serrant et se desserrant. Le besoin de se défouler sur un objet devenait compulsif, comme s'il espérait évacuer son indignation par la violence.

Avait-elle vu juste ? Il véhiculait réellement cette image de lui ? Certes, il ne faisait pas l'unanimité. Les acteurs promis à la gloire ne plaisaient jamais à tout le monde. Mais pour l'essentiel, il suscitait facilement l'amour et l'admiration. À l'exclusion de son père, évidemment.

Le ressentiment de Cesca fit rejaillir Foster dans son esprit. Ces deux-là avaient en commun de s'abominer. Mais ses critiques à elle renfermaient peut-être une part de vérité. Était-il aussi minable qu'elle l'affirmait ?

Sam s'engouffra dans sa salle de bains et aspergea son visage brûlant d'eau froide. Il avait eu tort de se réfugier à Varenne. Encore plus d'être resté alors qu'elle ne pouvait pas le piffer.

Les yeux plissés, il inspecta son reflet dans le miroir au-dessus du lavabo. Ses cheveux bruns ondulés, hérités de sa mère de même que ses yeux bleu clair et son nez aquilin. Il devait son teint mat à Mère Nature, mais le reste de son visage provenait forcément de son père. Ses pommettes hautes et ses lèvres charnues tellement encensées par ses admiratrices, son menton carré qui s'ombrait d'une barbe naissante sitôt qu'il se rasait. Un faciès adulé par les foules, mais haï par ceux qui comptaient pour lui. Il supportait à peine de se regarder.

Quand elle l'avait bravé, le visage empourpré, il avait été pris d'un besoin impérieux de la toucher. De l'enlacer. D'effacer le chagrin dans ses yeux. D'après son psy, la colère n'était rien d'autre qu'une souffrance en lutte contre elle-même. Le cas échéant, cela signifiait qu'il était la source de sa tristesse. Cette idée lui serrait le cœur.

Le souvenir de la jeune fille d'autrefois se précisait de jour en jour. Elle arrivait tous les matins au théâtre en sautillant presque d'excitation. Décortiquait pour lui les motivations du personnage de la pièce, Daniel, développait chaque scène et l'encourageait sans retenue à exprimer toutes les émotions dont il était capable.

Il n'aimait pas l'état dans lequel ces images le plongeaient. Il redevenait le gamin d'avant, un écorché vif tout en vulnérabilité. Ses relations étaient pareilles à des bombes à retardement et ce n'était qu'une question de temps avant que celle-ci n'explose. Il n'avait pas besoin d'une amie, et sans doute pas de son attirance pour elle. Juste de se faire oublier, le temps que les conséquences de son dernier impair s'estompent.

Aussi longtemps qu'il le faudrait.

Pendant une heure entière, Cesca erra sans but dans le parc de la villa, sa peau nue grillée par le soleil. Dans la précipitation, elle avait fait l'impasse sur l'écran solaire.

Aussi sentait-elle déjà les effets cuisants du soleil. Non qu'elle s'en soucie. Qu'était un petit coup de soleil comparé à tout le reste ? Au pire, la brûlure la détournerait du sentiment de culpabilité qui la tenaillait depuis qu'elle s'était violemment emportée contre Sam.

Elle était allée trop loin. Et pas qu'un peu. Elle était sortie de ses gonds, et ses mots avaient dépassé sa pensée. Elle avait honte des propos qu'elle avait prononcés. Dans le fond, Cesca n'était pas quelqu'un de méchant. Dans la mesure du possible, elle s'efforçait de rester amicale et respectueuse avec tout un chacun. Mais quelque chose dans le comportement de Sam l'avait de nouveau courroucée, la renvoyant à ces jours maudits où son univers s'était effondré.

Elle arriva à la villa, tenaillée par les remords. Elle se servit un verre d'eau et se dirigea vers la bibliothèque sans s'inquiéter des picotements sur sa peau exposée à la morsure du soleil.

L'ordinateur était resté en veille. Au bas de l'écran noir, le voyant clignotait. Elle le relança, ranimant la première page de sa pièce.

Les corrections de Sam lui rappelèrent ses cours d'anglais. Tous les trimestres, le professeur distribuait les textes à étudier, de vieux ouvrages écornés partagés par les étudiants de la faculté depuis des lustres. Certains livres étaient plus vieux que Cesca. Néanmoins, un frisson lui parcourait l'échine quand elle les ouvrait, car elle savait qu'elle y découvrirait davantage que le texte imprimé.

Chaque élève laissait un petit bout de lui-même à l'intérieur. Pas uniquement en page de garde, dans l'ex-libris à signer et à remplir avec son nom, sa classe et l'année scolaire. Le livre renfermait aussi les notes illicites consignées au stylo ou au crayon, révélant son avis sur tel passage ou sur l'ouvrage dans sa globalité. Selon le lecteur, ce n'était jamais le même livre, chacun apportant son point de vue personnel sur le monde.

Et là, devant son texte augmenté du point de vue de Sam, une émotion similaire affluait dans ses veines.

À chaque commentaire qu'elle relisait, la honte grandissait en elle. Honte de sa réaction, de ses reproches, de l'effroi de Sam avant qu'il ne reparte seul vers la villa. Parce que ses suggestions étaient pertinentes. Et même excellentes. Il voyait les choses d'un œil si différent du sien. Ses annotations étoffaient les personnages, les rendaient plus réels. Et tous les écueils qu'elle avait rencontrés en bâtissant sa pièce fondaient lentement.

Elle avait craint qu'il ne soit trop critique, peut-être cruel. En réalité, il était bienveillant, succinct et tapait dans le mille à coup sûr. Sans chercher à masquer son enthousiasme, il l'incitait à aborder son texte sous un autre angle. Plus clair. Plus efficace, elle devait bien l'admettre. Elle se liquéfiait à tel point qu'arrivée au dernier commentaire, sa lèvre tremblotait.

C'est brillant. Il faut écrire plus souvent. C'est l'un des meilleurs scripts que j'ai lus depuis longtemps.
Pourtant, j'en lis beaucoup.

Elle plaqua sa main tremblante sur sa bouche. Elle ne se souvenait pas de s'être jamais sentie aussi honteuse. Elle l'avait accusé de la briser, de gâcher sa vie quand, de son côté, il la couvrait d'éloges. Pas étonnant qu'il l'ait regardée comme une harpie déchaînée. Elle était pareille à un lion qui décline le rameau d'olivier pour dévorer la colombe au petit déjeuner.

– Je suis désolée, chuchota-t-elle dans ses mains. Je suis tellement désolée, Sam.

Que faire maintenant ? Cesca n'aurait su dire. Elle savait seulement qu'elle avait semé la pagaille et devait faire amende honorable.

Sam ne quitta pas sa chambre de l'après-midi. Le soir, l'estomac de Cesca grogna pour lui rappeler qu'elle n'avait rien avalé de la journée. Elle décida de cuisiner pour deux. Elle choisit de la pancetta et des champignons sauvages et les versa dans une poêle en fonte qu'elle mit à chauffer. Pendant qu'elle faisait sauter les aliments qui répandaient leur délicieux arôme dans la cuisine, elle fit bouillir de l'eau pour les pâtes et regarda l'eau bouillonner tout en jetant des regards à gauche, guettant le passage de Sam.

Ces derniers soirs, il avait surgi dès qu'elle se mettait aux fourneaux. L'eau à la bouche, il la regardait préparer une sauce rapide pour les tagliatelles fraîches ou dérouler avec doigté de la pâte à pizza puis l'accommoder avec un assortiment d'ingrédients. Mais pas ce soir. Ce soir, il ne donnait pas signe de vie. Même quand elle versa du vin dans la poêle et le fit réduire en le mélangeant à la crème.

Il y en avait assez pour deux. Plus qu'assez, mais d'après ses observations, Sam avait bon appétit. Elle déposa les assiettes garnies de pâtes sur la table en bois de la cuisine, servit deux verres d'eau glacée et prépara les couverts. Puis elle sortit dans le hall et se dirigea vers l'escalier.

– Sam ? cria-t-elle d'une voix mal assurée.

Elle avait peur de paraître irritée, comme dans le jardin. Peut-être qu'il répondrait si elle adoptait un ton plus doux, plus attrayant.

– Vous avez faim ?

Toujours pas de réponse. Cesca tendit la main vers la rampe et s'arrêta, la main dans le vide. Devait-elle monter, vérifier s'il allait bien ? Peut-être qu'il préférait rester seul et qu'elle se fasse plus discrète. Ce serait compréhensible.

– J'ai préparé des pâtes. Il y en a assez pour nous deux. Vous dînez avec moi ?

Elle patienta un instant. Dans le couloir silencieux, seuls résonnaient sa respiration et le vrombissement de l'air conditionné qui tempérait péniblement la chaleur locale.

– Bon, je les rangerai au frigo, dit-elle, autant à elle-même qu'à lui. Servez-vous si vous avez faim.

Les épaules basses, elle retourna dans la cuisine. Elle s'attabla en s'appliquant à oublier la chaise vide en face d'elle et l'assiette qui resterait intacte. Cesca comprenait mal pourquoi leur altercation –ou plutôt son coup de gueule – et la réaction de Sam la perturbaient autant. Quelques semaines plus tôt, elle se serait réjouie de cet état de fait, d'avoir terrassé le prodige. N'était-ce pas son vœu le plus cher ? D'avoir une chance de dire ses quatre vérités à Sam Carlton ? Le problème était qu'elle n'en retirait aucune satisfaction. Elle ne se sentait pas plus vengée que sujette à toutes les émotions escomptées. Au lieu de ça, elle se sentait mal, coupable et clairement dégoûtée d'elle-même.

Il était évident que Sam ne descendrait pas. Et qu'il la détestait outre mesure. Rien de ce qu'elle dirait n'arrangerait les choses.

Dans des moments pareils, il ne lui restait plus que l'écriture.

15

« Mais, Mademoiselle, apprenez à vous connaître vous-même ; mettez-vous à genoux »

Comme il vous plaira

Sam dormait dans cette chambre quand il était enfant. Exception faite de quelques rafraîchissements, elle avait très peu changé. Les murs étaient restés bleu clair, le grand lit deux-places recouvert du même boutis brodé et le mobilier rassemblait des antiquités qui se trouvaient dans la famille Palladino depuis plusieurs siècles. Des meubles robustes et rustiques, mais d'un grand raffinement esthétique. Comme tout dans la maison maternelle, il les traitait avec égard.

Tout, sauf la personne en charge de l'intendance domestique, logée dans la chambre sous ses pieds.

Fille unique, la mère de Sam, Lucia, avait hérité de la propriété suite à la soudaine disparition de ses parents, décédés dans un accident de voiture. À cette époque, Sam n'était encore qu'un bébé et ils vivaient à New York où Foster était un producteur de théâtre prometteur. Dès lors, tous les étés, Lucia emmenait sa famille chez elle, passer les vacances à gambader au soleil. Avec le temps, la Villa Palladino était devenue son point d'ancrage même s'il y venait le moins possible ces dernières années. C'était là, sans téléphone et sans wi-fi, qu'il se sentait le plus lui-même. Le Sam d'avant Hollywood qui adorait lire, se divertir, passer du temps en famille. Le Sam qui échouait à satisfaire son père, sans comprendre pourquoi.

Il s'allongea sur son lit, le matelas grinça sous son poids. C'était ironique qu'en venant en Italie pour fuir ses problèmes, il se soit débrouillé pour s'en créer de nouveaux. Il valait mieux rentrer à L.A., affronter les démons qu'il s'infligeait à lui-même et oublier l'existence de Cesca Shakespeare. Or, cela aussi représentait un défi. Même quand il fermait les yeux, elle s'imposait, le défiait du regard, sa colère et sa rancœur la rendaient quelque part encore plus belle.

Parce qu'elle était belle. C'était indéniable. Mais, par-dessus tout, elle était talentueuse, volontaire, et défendait ses opinions. Son côté tout-fou l'attirait et lui donnait envie de mieux la connaître. Pour cette raison, il s'était concentré sur sa pièce de théâtre. Son intelligence exposée noir sur blanc, dans les dialogues entre ses personnages si soigneusement conçus, lui avait ouvert les yeux. Offert un aperçu de la femme cachée sous une apparente sévérité. La veille au soir, pendant qu'il lisait et annotait ses écrits, il avait eu l'impression de suivre un dialogue entre eux deux, bien que ni l'un ni l'autre n'ait prononcé un mot.

Cela dit, elle n'avait pas voulu de cet échange. Et l'avait même explicitement rejeté. Il avait vécu son refus comme un coup de poing dans l'estomac, net et rapide. Sa fierté en avait pris un coup, évidemment, mais il se serait volontiers roulé en boule.

Parce qu'il l'appréciait. Oh, et puis zut, il l'aimait plus que bien. Depuis le premier soir, quand elle s'était emportée au portail, Cesca n'avait cessé de l'intriguer, plus qu'aucune fille avant elle. À cause de son franc-parler, de sa perspicacité et de la facilité avec laquelle elle s'immisçait dans sa conscience.

Il l'aimait vraiment bien, et cela ajoutait à son malaise.

Son estomac affamé lui enjoignit de quitter son lit. Les crampes dues au jeûne l'obligèrent à mettre un pied devant l'autre et à sortir de sa chambre. Sam avait perdu le sens du temps, son téléphone était déchargé et il ne portait pas de montre. Mais à l'immobilité ambiante, il devina qu'il était minuit passé.

En passant devant la chambre de Cesca, il fut tenté d'ouvrir la porte. De jeter un œil à la fille couchée là, ses cheveux étalés sur l'oreiller, pelotonnée comme la nuit où il l'avait portée dans son lit. Son ventre vide se noua au souvenir de sa peau douce, de son souffle sur sa joue. Déjà ce soir-là, son prétendu élan protecteur n'expliquait pas tout. La véritable raison était plus profonde.

Dans la cuisine, une assiette pleine l'attendait dans le réfrigérateur, comme convenu. Il la huma avant de la placer dans le micro-ondes et souleva le film alimentaire pour laisser l'air circuler. N'importe quel homme aurait dégusté les pâtes tout juste cuisinées, assis en face de la jolie Cesca, et fait la causette jusqu'à ce qu'il réussisse à lui arracher un sourire. Peut-être lui aurait-il servi un verre de vin pour la mettre de bonne humeur, la séduisant avec force anecdotes jusqu'à ce que les martèlements de son cœur se reflètent dans ses yeux focalisés sur lui. Il se serait sans doute rapproché un peu, juste assez pour sentir la chaleur irradier de son corps. Le bras posé contre le sien, il aurait attendu que leurs doigts s'entremêlent.

Sam était un séducteur chevronné. Il avait courtisé des femmes dont il ne gardait qu'un vague souvenir. Mais Cesca, il ne voulait pas la charmer ou lui seriner des mots doux insignifiants.

Le micro-ondes tinta et Sam récupéra son assiette. Il enroula les pâtes nappées de sauce crémeuse autour de sa fourchette. Étant restée au froid pendant des heures, la sauce avait un peu épaissi, mais le fumet était divin. Il prit une bière dans la porte du réfrigérateur, la décapsula et but une longue gorgée. Après des heures sans rien avaler, le liquide apaisa ses lèvres irritées.

Il avait vidé la moitié de son assiette quand un bruit se fit entendre. Affamé, il le remarqua à peine, mais quand il reprit son souffle, le vrombissement mécanique pénétra sa conscience et fut assimilé par son cerveau.

Pourtant familier, ce bruit détonnait au milieu de la nuit. Il lui fallut un moment pour reconnaître la vieille imprimante de son père qui crachotait laborieusement des feuilles. Installée dans le bureau depuis longtemps, Foster l'avait apportée dans l'idée de travailler à domicile, jusqu'au jour où Lucia lui avait fait la morale, arguant que les vacances étaient faites pour se détendre.

Sam termina son repas, débarrassa la table, puis se rendit dans le couloir où il s'arrêta un instant. La bibliothèque se trouvait pile en face, à quatre mètres de lui. Toutefois il hésitait, dans l'attente d'un signe.

Elle était derrière la porte en chêne sculpté. Seulement séparé d'elle par l'air et le panneau de bois, Sam tenta de deviner son état d'esprit du moment. Cesca lui avait préparé à dîner et mis son assiette de côté. Sans l'empoisonner, a priori. Pourtant cela ne collait pas avec sa réaction, dans la journée, ou avec ses propos aussi agressifs que du vitriol. Ce souvenir l'empêcha de réduire la distance entre eux. Le retint d'agir autrement qu'en restant planté dans le vestibule. Car il se sentait attiré vers elle, malgré la rancœur qu'elle lui témoignait. Comme un gosse grattant sa croûte, il ne pouvait pas s'empêcher de chercher à la voir. De lui répéter à quel point il aimait sa pièce et qu'il était profondément désolé de l'avoir offensée.

Mais ses pieds refusaient de bouger. Il resta immobile pendant des minutes interminables, espérant un miracle. Alors qu'il se résignait à remonter dans sa chambre et à dormir pour évincer ses idées insensées, la porte de la bibliothèque s'entrouvrit. Cesca apparut et se figea instantanément en le voyant. Elle tenait un paquet de feuilles dans les mains, des pages blanches A4 imprimées en noir et blanc. Bouche bée, elle fronça les sourcils en le regardant dans les yeux sans que ni l'un ni l'autre ne prononce un seul mot.

Puis la pile de feuilles lui tomba des mains. Elles s'éparpillèrent sur le carrelage beige et marron bientôt recouvert de blanc.

Sans réfléchir, Sam accourut à ses pieds.

Elle ne s'attendait pas à le trouver là. Voilà pourquoi son cœur s'emballait. Ça et le fait qu'elle ait lâché son manuscrit. Il ne fallait rien y voir d'autre. Une simple réaction de surprise.

–Oh merde, souffla-t-elle. En plus, la cartouche d'encre est vide. Je ne peux même pas en imprimer un nouveau jeu.

En riant doucement, Sam saisit l'ampleur du fouillis. Il ramassa les feuilles et les vérifia avec curiosité.

–Elles ne sont pas numérotées, observa-t-il.

–Quoi ?

La voix de Sam la prit au dépourvu. Une voix cassée, comme s'il n'avait pas parlé depuis des jours.

–Les pages ne sont pas numérotées. Comment allons-nous faire pour les classer dans l'ordre ?

Cesca cligna des yeux.

–Je ne sais pas. (Elle secoua la tête.) J'ai oublié d'insérer les numéros de page. Il y a une bonne centaine de feuilles.

–Mais les actes et les scènes sont bien numérotés ?

Cesca eut l'impression de se réveiller. Ses pensées embrumées se clarifièrent.

–Bien sûr.

–Nous n'avons plus qu'à tout lire. C'est le seul moyen de les remettre en ordre. Je ramasse tout en vrac. Installons-nous dans la bibliothèque pour les étaler par terre.

– Ça va aller, j'y arriverai seule, protesta Cesca en se baissant pour aider Sam. C'est de ma faute.

– J'aimerais vous aider.

Cela lui cloua le bec. Cesca ne trouva rien à redire. Elle hocha la tête et s'écarta pendant que Sam récupérait les dernières feuilles. Après quoi il les tassa en une pile nette, les glissa sous son bras et tendit la main à Cesca.

Muette, elle l'accepta. Le laissa enrouler ses doigts autour de sa main. La hisser jusqu'à ce que ses jambes se tendent et qu'ils se retrouvent debout, un peu trop près l'un de l'autre.

– Merci, dit-elle, le souffle court.

Elle le remercia d'un petit sourire. Il lui renvoya un franc sourire et la scruta intensément.

Il ne lui lâchait pas la main.

Pour une raison inconnue, un frisson remonta le long de son échine. Une pulsation électrique qui ne cessait de la parcourir et mettait ses sens en émoi. Un cadeau infusé par impulsions.

– C'est excellent, vous savez.

Elle lécha ses lèvres sèches. Était-il possible qu'elle l'ait agressé verbalement dans la journée ? Et maintenant, elle était sans voix, incapable de convoquer son sens de la repartie si affûté.

– Vous trouvez ?

– Vous le savez sûrement. On ne peut pas écrire une pièce comme celle-ci sans savoir qu'elle touchera les gens. C'est fabuleux.

Ça faisait longtemps qu'on ne l'avait pas félicitée pour son travail.

– Ce n'est qu'une première ébauche. Enfin, une seconde si l'on compte vos changements, dit-elle d'une petite voix.

– Mes changements ?

Sam l'entraîna dans la bibliothèque, sa grande main enveloppait toujours la sienne. Il ne la lâcha qu'une fois sur le grand tapis, au milieu de la pièce, avant de s'agenouiller.

Il déposa les feuilles sur le sol. Sans qu'il l'y ait invitée, Cesca s'accroupit à côté de lui, sa peau picotant encore de son contact. Rouge de la tête aux pieds malgré le ventilateur qui tournoyait au plafond.

–Vos suggestions... sont pertinentes. Je les ai intégrées, poursuivit-elle en chuchotant presque.

–Mais vous les détestiez. Mes annotations vous ont exaspérée.

Incapable de le regarder, elle garda les yeux baissés.

–Je ne les avais pas lues avant de partir à votre recherche. J'aurais dû, je suis désolée. Je regrette de m'être emportée.

Sans le voir, elle sut que Sam était perplexe. Elle le sentit aux modulations de sa respiration, à sa façon de bouger quand il se décala vers elle. Mais surtout à l'air condensé entre eux, crépitant comme des flammes.

–Vous n'avez rien à vous reprocher, protesta-t-il. Je n'aurais pas dû lire votre pièce. C'est aussi grave que de lire le journal intime de quelqu'un ou je ne sais quoi. Je suis désolé si je vous ai contrariée, j'ai mal agi.

–Je sais que vous n'aviez pas de mauvaises intentions.

Sam secoua lentement la tête.

–Non, mais je vous ai néanmoins blessée. Ça m'arrive souvent, et voyons les choses en face, ce n'est pas la première fois que je me comporte comme un salaud avec vous. Ça ne se reproduira plus.

Elle aspira sa lèvre entre ses dents et la mordilla.

–Je ne suis pas toute blanche. Je ne vous ai pas laissé vous expliquer. J'ai juste piqué ma crise. Une vraie harpie. On a dû m'entendre dans toute la région.

–Vous n'avez dit que la vérité. Il fallait que ça sorte. C'est bien, non?

–Pas vraiment.

Elle en était convaincue. Pour preuve de son erreur, son estomac se nouait.

–J'aurais mieux fait de vous écouter jusqu'au bout et d'expliquer calmement pourquoi je me suis sentie violée. Au lieu de ça, je vous ai attaqué sans vous donner une chance de vous exprimer.

–Peut-être que je ne la méritais pas.

Elle cilla rapidement.

–Tout le monde a le droit d'être entendu, non ?

À son tour, Sam baissa les yeux vers la pile de papier, le front plissé.

–Quand j'ai lu votre pièce hier soir, j'avais l'impression de vous entendre. J'avais envie de connaître ces personnages, la suite de leurs aventures. Ils me semblaient réels.

Des picotements dans la gorge, Cesca riposta d'une voix rauque.

–Sûrement parce qu'ils le sont pour moi. Je me suis inspirée de ma famille.

–Comme votre précédente pièce ? s'enquit Sam.

Le cœur de Cessa s'arrêta de battre un court instant.

–Vous vous en souvenez ?

–À l'époque, j'avais fait le rapprochement avec votre mère. Le milieu du théâtre était accablé par sa disparition. Les quatre sœurs, ce sont les vôtres ?

Il posa sur elle ses yeux brillants qui reflétaient l'éclat atténué de la lampe de bureau.

–Mes sœurs et moi, oui.

–Leur histoire est déchirante. Je suis désolé que vous ayez traversé toutes ces épreuves. J'ai hâte de les voir connaître des jours meilleurs. Enfin, si vous acceptez que je lise la suite.

Le sourire de Sam n'affecta pas ses yeux. En réalité, il atteignit à peine ses lèvres. Cesca eut envie de toucher son visage, d'effacer sa tristesse. De chasser son chagrin afin que le sien disparaisse aussi. Le contraste avec sa rage de l'après-midi était frappant. Alors qu'un peu plus tôt, elle l'aurait aisément étranglé, elle n'aspirait plus qu'à le réconforter.

–Bien évidemment, vous pouvez la lire. Ça me ferait plaisir. Toutes vos suggestions, vos corrections m'ont été d'un grand secours. (Elle se mordilla la lèvre.) J'aurais dû les feuilleter avant de sortir de mes gonds.

–Arrêtez de vous excuser. Si quelqu'un devrait être désolé, c'est plutôt moi.

Il lui prit la main. Elle commençait à s'accoutumer au contact de sa peau.

–Je suis désolé, profondément navré d'avoir piétiné vos rêves. De vous avoir fait du mal. Si je pouvais tout recommencer, je changerais tout. (Il libéra une longue expiration.) Votre mère vous manque beaucoup, j'imagine.

Une boule se forma dans la gorge de Cesca.

–Énormément, murmura-t-elle.

–C'était sûrement difficile de la perdre aussi jeune.

Elle essuya ses larmes naissantes d'un revers de la main.

–Très.

Elle aurait aimé développer, mais les mots se coinçaient dans sa gorge.

–Quand la pièce a été interrompue, vous avez eu l'impression de la perdre une seconde fois. Je me trompe ?

Les larmes affluèrent. Elle essaya de réprimer ses émotions.

–C'est exactement ce que j'ai ressenti, chuchota-t-elle. Personne ne l'avait jamais décrite avec autant de justesse. Mais oui, écrire ma pièce était cathartique, et la voir jouée dépassait mes rêves les plus fous. Quand tout est parti de travers, ça a bien failli me tuer.

–J'ai été le dernier des salauds.

–Vous aviez sûrement vos raisons.

–Je le croyais... j'étais... (Il la regarda.) Elles m'ont semblé importantes sur le moment.

–Et maintenant ? Elles le sont toujours ?

Son expression changea. Son regard se voila et se perdit derrière son épaule. Elle eut envie de lisser les rides creusées par l'inquiétude.

– C'est barbant, rétorqua-t-il, la voix brisée. Des histoires de famille.

– Mais comme vous l'avez dit, ça vous a paru essentiel sur le moment.

Le ventre de Cesca se serra. Quelque chose dans ses yeux embués de larmes l'effarouchait.

– Autrefois, oui, murmura-t-il.

Il expira longuement puis se frotta les yeux avant de reprendre.

– Mais c'est assommant. Pas de quoi écrire une pièce.

Il s'obstinait à éviter de la regarder.

– Ça n'a pas l'air si insignifiant, contra-t-elle doucement. Vous savez, ça fait du bien de parler.

Sam se bornait à garder les yeux baissés, le corps aussi figé qu'une statue. Sa mâchoire vibrait comme s'il grinçait des dents. Quand il se résigna à relever les yeux, son expression n'exprimait aucune émotion.

– Il n'y a rien de spécial à raconter, déclara-t-il. De toute manière, je ne suis pas du genre à faire étalage de mes chagrins. À moins qu'ils ne soient stipulés dans un scénario.

Sa réplique lui fit l'effet d'une gifle.

– J'essayais juste d'être sympa. Je ne m'intéresse pas à vous autant que vous l'imaginez, répliqua-t-elle d'un ton brusque.

– De quoi ? D'où ça sort ? fit-il, renfrogné.

Elle était vexée qu'il retourne sa compassion contre elle. Adhérait-il réellement au battage médiatique dont il faisait l'objet ? Après tout, pourquoi en aurait-il douté ? Il était splendide, sa carrière était couronnée de succès et il réalisait toutes ses ambitions. Pourquoi se soucierait-il de ce qu'elle pensait ?

Elle haussa les épaules.

– De vous. Regardez-vous : vous êtes la perfection personnifiée. Vous avez tout. Le physique, la carrière, plus d'argent qu'il n'en faut. Vous êtes né avec une cuillère en argent dans la bouche.

Il plissa les yeux.

–Vous ne savez rien de moi, se rebiffa-t-il.

–Je sais ce que tout le monde sait. Difficile de faire autrement. Vous apparaissez dans tous les magazines.

–Et vous croyez tout ce que ces torchons racontent? réagit-il, serrant et desserrant les poings. Vous croyez tout ce que vous lisez? Eh bien, grandissez un peu, Cesca. Vous ne savez rien sur moi. Rien du tout.

Furieux, il guettait sa réaction. Elle ouvrit et referma la bouche par trois fois, échouant misérablement à trouver les mots justes.

Elle se retrancha derrière trois petits mots.

–Je suis désolée, hasarda-t-elle.

Il cligna des yeux. Derrière ses cils épais, il paraissait aussi perdu qu'elle.

–Je n'aurais jamais dû dire ça, reprit-elle, gagnée par l'envie de se gifler. Je sais que les journaux mentent, je ne l'ai que trop souvent constaté. Ça doit être horrible d'en être la cible et de savoir que les gens vous jugent. Je ferais mieux de la boucler.

L'irritation disparut de ses traits.

–Aucune importance.

–Au contraire. Merci de le prendre aussi bien.

–J'ai ma part de responsabilité. Vous vouliez m'aider. Seulement... (Il réfléchit en se frottant le visage.) J'ai appris que parler n'est pas toujours d'un grand secours.

–Bon.

Elle ne savait pas quoi ajouter.

Il lui fit son célèbre sourire. Naturel, séduisant et surfait.

–Assez de disputes pour aujourd'hui, déclara-t-il. Et si nous nous occupions plutôt de votre pièce? Vu ce qui nous attend, nous en aurons pour la nuit.

Il rassembla les feuilles. Cette fois, son sourire était sincère.

Elle avait envie de le mettre au pied du mur. Quand il l'avait laissée entrevoir sa fragilité, elle s'était sentie attirée par lui. Mais le moment était passé, et clairement, il n'était pas d'humeur à se confier.

– D'accord.

Elle ravala la kyrielle de questions qui l'assaillaient, reconnaissante qu'ils aient trouvé un terrain d'entente.

Ils auraient tout le loisir de discuter un autre jour. Mais ce soir, elle avait besoin de travailler sur sa pièce.

16

« Il a tout dévoré, les plats et l'invitée. »

Henry IV, Première partie

La tâche accomplie, ils parvenaient à peine à garder les yeux ouverts. Cesca regarda Sam à la dérobée, qui étouffait un bâillement.

– On s'y est mal pris, fit-elle remarquer. Ç'aurait été plus rapide de tout imprimer de nouveau. En plus, j'aurais pu intégrer les numéros de page.

Sam pouffa, la fatigue le rendait presque euphorique.

– Si vous n'aviez pas vidé la cartouche, ç'aurait été une excellente idée. Mais à moins que vous ne souhaitiez attendre une semaine qu'elle soit remplacée, nous n'avions pas le choix. Encore mieux. Vous auriez pu la lire sur l'écran. Nous aurions réorganisé les pages en moitié moins de temps.

– Je suis vraiment bête. Désolée.

– Faut pas.

En vérité, il ne se rappelait pas s'être autant amusé. Déclamer les répliques en adoptant différents d'accents. Grimper dans les aigus avec une horrible voix de fausset pour lire les dialogues féminins. Ses pitreries avaient égayé

Cesca, et l'entendre rire l'émerveillait, en particulier après leur embarrassante confrontation.

– Vous êtes vanné. Vous êtes tout cerné.

– Vous aussi, répliqua-t-il.

Elle fit mine d'être froissée.

– C'est pas très gentil.

– Ce qui est bon pour l'un est bon pour l'autre.

– En l'occurrence, ce n'est bon pour personne, nota Cesca d'une voix apaisée qui cachait mal son amusement.

– C'est-à-dire ?

– Je m'embrouille, s'esclaffa-t-elle. Je crois que je délire. Je ferais bien d'aller dormir.

– Moi aussi.

Sam n'en avait pas envie. Quelque chose avait changé entre eux et cela tenait du miracle. Quel était ce dicton à propos de la frontière séparant l'amour et la haine ? Non, ce n'est pas de l'amour, se reprit Sam. De l'amitié. Voilà ce qui croissait dans cette pièce, une sorte de timide camaraderie qu'il refusait de perdre. Comme s'ils avançaient l'un vers l'autre à petits pas, essayant d'effacer les dernières traces de colère et de déception.

Cela ne signifiait rien de plus.

Pour autant, il n'était pas obligé de se confier ou de dévoiler tous ses secrets. Il saurait gérer.

Quand ils bâillèrent à s'en décrocher la mâchoire, ils se retirèrent. Il souhaita bonne nuit à Cesca d'une petite voix, puis elle s'enferma dans sa chambre.

Il dormait debout, si bien qu'à peine allongé, il sombra dans l'inconscience. Il dut dormir paisiblement car au réveil, alors que le soleil de la fin de matinée perçait les rideaux, il n'avait pas changé de position. Il bondit presque sur ses pieds, enfilant le premier short venu et un tee-shirt récemment repassé. Il omit d'arranger ses cheveux en bataille.

Cesca était déjà levée. Il l'entendait taper énergiquement sur le clavier. À un rythme cadencé qui s'interrompait occasionnellement, assez longtemps pour qu'il l'imagine buvant un peu d'eau ou griffonnant dans son carnet, toujours à portée de main. Sam surgit dans la cuisine et prépara la cafetière. C'était rare qu'il puisse démarrer la journée sans sa dose de caféine. La cafetière commençait à siffler quand la porte de la bibliothèque s'ouvrit sur Cesca. Dès qu'elle le vit appuyé contre le plan de travail, elle sourit et Sam se détendit automatiquement.

Ainsi, elle ne le détestait plus. Tant mieux. Il avait l'intention de faire en sorte que cela dure.

–Bonjour.

Il lui sourit.

–La journée est déjà bien entamée, le taquina Cesca. L'un de nous est debout depuis des heures, a géré les affaires courantes de la maison et distribué les ordres aux jardiniers. Et bossé sur une pièce de théâtre.

Il aimait son ton léger, assez pour l'imiter.

–Vous êtes payée pour accomplir certaines de ces tâches, me semble-t-il.

–Pas par vous.

–C'est pas faux.

–D'ailleurs, il y a quelque chose que vous pourriez faire pour moi.

Cesca s'approcha pour attraper deux tasses sur l'étagère, derrière lui. Sam s'écarta pour la laisser passer, mais le bras de Cesca frôla son torse. Électrisé, il dut se raccrocher au comptoir.

–En plus de vous préparer un café ?

Elle lui tendit les tasses.

–En plus de ça, bien sûr. J'ai bouclé le deuxième acte. Enfin, le premier jet. Vous auriez le temps d'y jeter un œil plus tard ? (Elle sourit anxieusement.) Il n'y a pas d'urgence. Mais j'aimerais beaucoup avoir votre avis. Une partie du dialogue m'a donné du fil à retordre.

–Avec grand plaisir.

Elle battit des cils comme si le soleil l'aveuglait.

– Sérieusement ?

Son incertitude le toucha. Tant et si bien que le peu de résistance qui lui restait fondit comme neige au soleil.

– Sérieusement, déclara-t-il sur un ton solennel. La première partie de cet acte est formidable. J'ai hâte de découvrir la suite. J'adore la manière dont vous avez croisé les deux histoires. Elles s'imbriquent de telle façon que le couple moderne joue l'histoire des aînés. C'est si élégant.

– Je ne sais pas quoi dire. (Elle sortit le lait du réfrigérateur.) Merci.

– Je ne dis que la vérité.

– Ce n'en est pas moins agréable à entendre. Écrire, c'est tellement solitaire. On passe ses journées face à un écran vide, avec des voix dans la tête qui réclament à cor et à cri d'en sortir. La plupart du temps, le résultat est tellement médiocre qu'on n'a pas d'autre choix que de tout supprimer. Mais il arrive, très rarement, qu'il en sorte un bout de dialogue si excitant qu'il justifie tous les efforts. Même dans ce cas, on a peur de le faire lire, au cas où les critiques fassent éclater notre petite bulle.

– Vous ne vivez pas dans une bulle.

– C'est pourtant ce que je ressens. Je sais bien que ce ne sera jamais parfait dès le premier jet. Ni même au second ou au troisième. Mais sans un squelette solide, c'est impossible de donner vie à l'histoire. C'est pour cela que votre avis compte autant. (Elle lui prit le bras.) Sam, promettez-moi d'être franc. Ne me ménagez pas. Indiquez les passages qui fonctionnent et ceux qui sont bancals. Même si vous n'arrivez pas à expliquer ce qui cloche, ou pourquoi certains dialogues sonnent faux, soulignez-les. D'accord ?

Il avait la gorge serrée. Il savait à quel point c'était courageux de jeter son travail en pâture, d'exiger des commentaires honnêtes, capables de vous saper le moral.

S'exposer à la critique faisait partie du métier, pour elle comme pour lui, mais il fallait du cran pour s'y plier aussi ouvertement. À sa connaissance, dans le milieu, tous les artistes avaient un jour ou l'autre été minés par la critique. Malgré son expérience, quelques mots malveillants réussissaient encore à l'accabler.

– Promis, dit-il d'une voix éraillée par l'émotion. Mais si la production du jour ressemble un tant soit peu au reste, je sais déjà que c'est excellent.

Elle lui tenait toujours le bras, et il sentait la chaleur de sa main sur sa peau.

– Merci.

– Pas de quoi.

Il leur servit du café, puis la suivit dans la bibliothèque. Il s'arma du manuscrit et du vieux stylo de la veille. Pendant que Cesca reprenait place au bureau, relançant son rythme ponctué de courtes pauses, effaçant certaines parties, Sam s'installa dans le vieux canapé en velours et se concentra sur sa lecture.

C'est là qu'ils passèrent le restant de la journée, l'un écrivant, l'autre corrigeant. Quand le soleil entama son déclin, ils étaient lessivés et affamés. Ils n'avaient rien mangé de la journée, et les gargouillis de leurs estomacs les rappelaient à l'ordre.

Déposant sa pile de feuilles sur le bureau, Sam attendit que Cesca relève le nez de l'écran pour ne pas l'interrompre dans son élan.

– Il est l'heure de dîner, annonça-t-il en lui faisant signe d'éteindre l'ordinateur. Cette fois, c'est moi qui cuisine.

Cesca lui emboîta le pas jusqu'à la cuisine, portant les tasses vides et les verres accumulés au cours de l'après-midi. Elle avait des courbatures, les muscles endoloris par les heures passées assise dans le vieux fauteuil capitaine en cuir. À la façon dont Sam faisait rouler ses épaules, elle le soupçonnait d'être aussi engourdi qu'elle. Se baissant pour ranger les tasses dans le lave-vaisselle, elle le regarda à la dérobée.

– Vous savez cuisiner au moins ?

Il inclina la tête sur le côté.

– Quelle question ! Je suis italien, évidemment je sais cuisiner.

Son air offusqué lui donna envie de rire. Au lieu de quoi, elle refoula son amusement et se lava les mains dans l'évier.

– Ça ne veut rien dire. Vous êtes à moitié américain. Du côté de votre père, non ?

Leur conversation de la veille ressurgit et lui coupa le souffle. Recommençait-elle à fouiner ?

Sam répliqua d'une voix suave, le regard encore plus doux.

– Je suis italien. Pure souche.

Elle hocha la tête.

– Bon.

– J'ai une famille compliquée, Cesca. Ce serait trop long à expliquer.

Il se remit à fouiller dans les placards.

Elle aurait aimé rompre le silence qui s'étirait, mais rien ne lui venait à l'esprit. Elle n'était pas experte en relations familiales. Après tout, elle s'était appliquée à cacher des choses à ses proches, de peur de baisser dans leur estime.

Quand il jeta un regard par-dessus son épaule, il avait recouvré son calme. Une amorce de sourire étirait ses lèvres sans toutefois atteindre ses yeux.

– Je m'avoue vaincu. Même moi, je ne peux pas cuisiner à partir de rien.

Non sans joie, elle sentit la tension s'évaporer.

– Moi qui vous prenais pour un véritable Italien. Vous parlez d'une déception !

Cette fois, son franc sourire révéla ses pattes d'oie.

– Navré de vous décevoir. Peut-être que si la gardienne remplissait le frigo, nous ne serions pas à sec.

Il termina sa plaisanterie par un clin d'œil, geste qui lui comprima la poitrine.

–Elle est sous-payée, la pauvre. Mais bon, je la virerais à votre place.

–J'ai essayé, mais elle s'accroche.

Cesca haussa un sourcil.

–Jetez-la dehors.

L'espace entre eux semblait se réduire. Elle leva les yeux, sa petite silhouette dominée par son corps bien charpenté. Sa proximité la rendait nerveuse, mais lui procurait également... un sentiment de sécurité.

–Possible que je n'en ai pas envie.

Une autre hésitation, encore plus pesante que la précédente. De sa position stratégique, elle pouvait contempler sa mâchoire taillée au burin déjà assombrie par une repousse de barbe, et ses lèvres pleines qui allaient si bien aux Italiens. Elle lutta pour se retenir de le toucher, d'effleurer sa barbe naissante. Qu'est-ce qui lui prenait ?

Quand elle baissa les yeux, elle s'aperçut qu'il serrait les poings, les articulations blanches. Leur badinage facile la désarçonnait, autant que l'émotion que cela suscitait en elle. Un vrai volcan engorgé de lave en fusion.

Elle ferma les yeux, pressa ses paupières, mais la tension restait palpable. Elle la ressentait, la humait, la percevait à sa respiration saccadée. Et si elle inspirait à fond, elle en expérimenterait probablement la saveur.

En un instant, le charme fut rompu. Elle rouvrit les yeux. Sam s'était éloigné, assez pour briser leur vibrante connexion. Elle n'aurait su dire si c'était le soulagement qui la faisait frémir ou une autre émotion. Toujours est-il qu'elle avait la tête dans le coton.

–Bon, ce dîner, lui rappela Sam, étrangement calme.

–Ou l'absence de dîner. (Cesca s'humecta les lèvres.) Je suppose que nous pourrions nous remplir de pain et de fromage, une fois de plus.

Sam se rembrunit.

–Hors de question. J'ai promis de préparer le dîner. Ce n'est pas un menu, ça. Sortons faire des courses.

–Vous ne pouvez pas. Les gens vous reconnaîtraient.

Depuis son arrivée, il n'avait pas franchi le portail.

–Dressez une liste, j'irai à l'épicerie, proposa-t-elle.

–L'épicerie est fermée. Nous allons trouver un endroit où dîner. (Un autre sourire éblouissant.) Je sortirai incognito.

Inspirant profondément, elle récupéra un soupçon de lucidité. Juste de quoi penser droit.

–Sans rire? Vous seriez démasqué en cinq minutes. Même si vous échappiez aux photographes, une horde de prédatrices vous tourneraient bien vite autour. Pourquoi ne pas commander une livraison ou quelque chose comme ça?

Il secoua la tête.

–Je tiens à vous emmener dîner.

Ah oui?

–J'ai ma voiture de location. Je connais un petit resto hors des sentiers battus. Pas de touristes. Que des locaux. Nous prenons la voiture, dînons et rentrons à la maison. Il fait nuit, personne ne nous verra.

Là encore, il la prit au dépourvu. Elle réfléchit. Son corps la mettait en garde, mais en dépit de ses bonnes intentions, la raison lui jouait des tours.

–Vous êtes sûr?

–Ce n'est qu'un dîner, Cesca. Entre amis. Enfin, je pense que nous sommes amis. Deux amis dînant au bord du lac. Où est le mal?

Donc, ce n'était pas un rencard. Un simple dîner entre amis. C'était jouable, non? Quelques semaines plus tôt, elle le haïssait de tout son être et elle n'aurait accepté de dîner avec lui que dans le seul but de verser un peu d'arsenic dans ses pâtes. Mais les choses avaient changé. Quoi de plus banal que de dîner avec un copain?

–Très bien. Mais c'est vous qui conduisez, répondit-elle.

Il serra sa main dans sa paume.

–Marché conclu.

Libérant une longue expiration, Cesca s'ordonna de se détendre. Contourner le lac en voiture, le soir, puis dîner dans un petit restaurant local, c'était une manière parfaite de passer la soirée. Exactement le genre de projet dont les touristes rêvaient quand ils programmaient des vacances au lac de Côme. La petite fille en elle se réjouissait à cette perspective. Toutefois ses doutes demeuraient.

Sam lui lâcha la main.

–Allons nous préparer.

Elle hocha la tête.

C'est parti !

17

« Si la musique est l'aliment de l'amour, jouez ! »
La nuit des rois

Sur le chemin du restaurant, Cesca ne parvenait pas à se tranquilliser. Dans un silence inconfortable, Sam conduisait adroitement autour du lac, ses biceps se contractant à chaque changement de vitesse. Son bras gauche reposait sur la vitre abaissée de sa portière par laquelle entrait l'air frais et humide.

Ainsi que Sam l'avait dit, le restaurant se trouvait loin de tout. Ils s'enfonçaient dans les montagnes de Grigna, s'éloignant du lac. En grimpant, les oreilles de Cesca se bouchaient sous l'effet de la pression atmosphérique. Quand elle eut l'impression d'arriver au milieu de nulle part, il bifurqua et s'arrêta devant l'entrée d'une grotte creusée dans la falaise.

–C'est ici ?

Hormis quelques voitures garées en bordure d'un champ, c'était le désert. Elle ne savait pas à quoi s'attendre précisément. À quelque chose de plus clinquant ? Plus huppé ? Plus Hollywood ?

–C'est plus attrayant de l'autre côté, commenta Sam en quittant la voiture.

Avant qu'elle n'ait eu le temps de descendre, il ouvrit sa portière et lui tendit la main.

– Merci, murmura-t-elle, les yeux rivés sur la crête de la corniche.

Lui tenant la main, Sam la guida au bord de la falaise. Une fois devant l'à-pic, elle prit pleinement conscience de l'altitude. En contrebas, le lac paraissait si éloigné, et les lumières des villages environnants scintillaient comme une myriade de lucioles. Sur la droite, ils empruntèrent un escalier sculpté dans la roche. Cesca se cramponna à une main courante rouillée, aménagée depuis des décennies. Comme l'escalier était étroit, Sam marchait devant elle, il se retournait fréquemment pour s'assurer qu'elle le suivait sans encombre.

Au bas des marches, le sol en pierre se déployait jusqu'à une caverne. L'extérieur était décoré de lampions et de plantes à fleurs colorées tandis que l'intérieur abritait quelques tables, ainsi qu'un bar dans le fond.

– Nous sommes à Grotto Maria, l'informa Sam. Mes parents nous amenaient ici quand j'étais gosse.

– C'est magnifique.

Cesca regarda autour d'elle. Elle n'avait jamais entendu parler d'un restaurant niché dans une grotte, mais elle comprenait sans mal que l'établissement affiche complet. Sur les tables, les flammes des bougies vacillaient, projetant des lueurs mouvantes sur les parois rocheuses. Les conversations chuchotées résonnaient dans la grotte, accompagnées par une musique douce diffusée par des haut-parleurs encastrés dans le plafond.

Un serveur apparut, un large sourire fendit son visage sitôt qu'il vit Sam. Ils échangèrent une poignée de main, et quelques mots en italien que Cesca ne comprit pas.

– Cesca, une amie, la présenta Sam au serveur. Lui, c'est Alfredo. Aussi loin que ma mémoire remonte, il a toujours travaillé ici.

–*Bella, bella,* approuva Alfredo en tendant la main à Cesca. Vous avez déjà mangé ici ?

Elle secoua la tête.

–Non, c'est la première fois que je viens chez vous.

–Alors, nous allons vous traiter comme une reine. Veuillez me suivre jusqu'à votre table. Je vous apporte un *aperitivo.*

Alfredo les entraîna à sa suite et leur fit contourner la salle du restaurant. Cesca jetait des regards obliques aux clients pour vérifier s'ils remarquaient Sam. Apparemment pas, tous étaient concentrés sur leurs conversations.

Au bout du bar, un petit passage naturel débouchait sur une autre corniche. Plus étroite que l'entrée, mais entourée d'un garde-fou. Au centre, une unique table et deux chaises étaient orientées vers le magnifique panorama plongeant.

–*Signorina* ?

Alfredo tira une chaise pour Cesca. Sam s'assit en face d'elle et déclina l'aide d'Alfredo.

Après la traditionnelle présentation des menus et des boissons, des verres d'eau et un cocktail rose agrémenté d'une tranche d'orange leur furent offerts.

–Un negroni, l'informa Alfredo. Un mélange de gin, de vermouth et de Campari. Conçu pour préparer le palais à la nourriture.

Elle remarqua que Sam refusait son apéritif, préférant boire l'eau de la carafe. Elle apprécia qu'il ne boive pas, sachant qu'il conduisait. C'était étrange de découvrir de menus détails sur un homme qu'elle avait cru mépriser. Il s'avérait responsable, prévenant. Autant de qualificatifs qu'elle n'aurait jamais imaginé associer à Sam Carlton.

Les serveurs partis, ils se retrouvèrent en tête à tête. Cesca leva les yeux de la carte et croisa le regard de Sam.

–Quelque chose vous tente ? s'enquit-il.

Cesca se mordilla la lèvre.

– Je ne comprends pas tout. Bon, j'arrive à en déchiffrer une partie. Pour les pâtes et certains fruits de mer, c'est assez simple. Mais pour le reste, c'est du chinois.

– Je vous traduis ?

Sa gentillesse la fit sourire.

– J'ai une meilleure idée. Commandez pour moi. Vous connaissez l'établissement, vous savez sûrement ce qui est bon.

Sam rit.

– En général, je laisse Alfredo décider à ma place. Je mange à peu près de tout.

– Moi aussi, répliqua-t-elle en essayant de ne pas songer à la période où elle fouillait dans les poubelles. Laissons Alfredo commander pour nous deux.

– Faisons ça.

Cesca but une gorgée de negroni. C'était frais et sucré, l'écorce d'orange ajoutant une note d'agrumes.

– C'est délicieux. Mais ça doit rapidement monter à la tête. Rappelez-moi de m'en tenir à un verre.

Elle ne sentait pas le goût de l'alcool, ce qui était à coup sûr mauvais signe.

– Ils ne vous en serviraient pas un second, la rassura Sam avec un petit sourire. Au lieu de ça, ils vont apporter un verre de vin différent à chaque plat.

Alarmée, elle écarquilla les yeux.

– Combien de plats au total ?

– Six ou sept, habituellement.

Son sourire s'élargit.

– Je ne peux pas boire six ou sept verres de vin. Je m'effondrerais à vos pieds.

Le feu lui monta aux joues.

– Je sais. Je me souviens de votre dernière soirée arrosée au vin rouge. J'ai été obligé de vous porter dans votre lit.

Elle était mortifiée. Elle avait espéré qu'il ait oublié cet incident.

–Je ne boirai plus jamais autant. Surtout que vous conduisez. Ce n'est pas amusant de boire seul.

–Pour moi, c'est divertissant.

–J'imagine, rétorqua-t-elle sèchement. Vous avez dû vous éclater en me hissant à l'étage pendant que je bredouillais des sottises.

–Vous n'avez rien dit d'idiot. Vous étiez même assez lucide, contra Sam.

Elle s'empourpra pour de bon. Pourquoi ce sujet était-il remis sur le tapis ?

–Ah bon ?

Il hocha lentement la tête.

–Oh que oui. Vous teniez à me faire comprendre quel fumier je suis.

Cesca grimaça et enfouit son visage entre ses mains.

–Horreur. Je suis désolée. Je n'arrive pas à croire que je vous ai insulté.

Un petit mensonge. Évidemment, elle l'avait injurié. Ce n'était rien d'autre que le fond de sa pensée depuis que Sam occupait la villa.

Au ton de sa voix, Sam prenait un malin plaisir à la faire rougir.

–Eh oui. Pour vous citer, je suis une « saloperie de beau mec envahisseur ! Espèce d'empêcheur de tourner en rond ».

Froissée dans son amour-propre, Cesca ne pouvait plus le regarder en face. L'avait-elle réellement provoqué de la sorte ? Elle se reconnaissait bien dans ces termes.

Repoussant son verre de negroni à moitié plein, elle soupira.

–J'arrête de boire.

–Mais vous êtes mignonne quand vous êtes pompette. (Il lui prit délicatement la main.) Et franche en plus. J'aime ça.

–Vous aimez les insultes ?

Il haussa les épaules.

–Je retiens que je suis un beau mec.

Elle râla.

– Il faut me bâillonner. Ou tatouer « rien par voie orale » sur mon front.

– Si ça peut vous rassurer, on m'a traité de pire que ça.

Il lui tenait toujours les mains.

– Si ça peut vous rassurer, je vous ai sûrement affublé des pires noms d'oiseaux.

– Je n'en doute pas.

Mais c'était du passé. Il ne lui inspirait plus aucune méchanceté. Impossible, alors que ses divagations l'amusaient et qu'il réagissait à son embarras avec gentillesse.

– Toujours est-il qu'il vaut mieux que j'évite le vin.

Quand Sam frotta ses pouces sur les paumes de ses mains, elle frémit.

– Je ne vous laisserais pas vous enivrer, dit-il doucement. Mais le vin est excellent ici. Arrêtez-vous à une ou deux gorgées.

Avec le premier plat, le « *primo* » ainsi qu'Alfredo le désigna, Cesca accepta un petit verre de vin blanc pour accompagner le risotto aux fruits de mer. Portant le verre à ses lèvres, elle avala une rasade de Frascati frais et savoura son arôme sec et velouté qui équilibrait la richesse de la nourriture. Sam l'observait attentivement. Sans toucher à son assiette.

– Il est bon ? demanda-t-il en montrant son verre.

– Délicieux. Trop bon pour être ignoré. Il doit coûter une fortune.

Sam haussa les épaules.

– C'est moi qui invite. Profitez-en.

Elle redescendit illico sur terre. Pour Sam, il était sûrement évident qu'elle n'avait jamais fréquenté de restaurants aussi chics que celui-ci. Dans les rares occasions où elle acceptait que Hugh l'invite à déjeuner, elle l'orientait vers un petit établissement aux tarifs raisonnables, où elle commandait le plat le moins cher de la carte. Ce soir, elle s'était laissé distraire par la beauté de la nuit et du cadre. Elle reçut un choc en réalisant que l'addition dépasserait son salaire mensuel.

– Je ne pourrai pas vous rembourser. Les prix n'apparaissent pas sur la carte. Désolée, j'aurais dû réfléchir avant de commander.

Sam parut vexé.

– J'ai dit que je vous invitais à dîner, non ? Donc, c'est moi qui paie. En aucune manière je n'accepterais votre argent.

Un silence tendu s'installa entre eux. Le risotto si succulent un instant plus tôt prit un goût de cendres dans sa bouche. Elle repoussa le riz autour de l'assiette avec sa fourchette, le regardant glisser, coincée entre son soudain manque d'appétit et sa frugalité. L'ancienne Cesca vidait systématiquement son assiette. Elle ne savait ni quand ni comment elle se procurerait son prochain repas.

Sam ne décrochait pas un mot. Il termina son risotto et posa ses couverts dans l'assiette raffinée. Il prit son verre d'eau et se rinça le palais. Quand il s'adossa dans sa chaise et se racla la gorge, Cesca s'extirpa de ses pensées.

– Je suis désolée, dit-elle d'une voix posée. Je ne suis pas habituée à ce train de vie. À Londres, je considérais un saut au McDo comme un petit plaisir. Même là, je n'aurais pas pu payer ma part.

Sam tressaillit. L'inquiétude plissait son front.

– Que vous est-il arrivé à l'époque ? La dernière fois que je vous ai vue, vous étiez en route vers la gloire. Je sais que je suis parti et je... (Il buta sur les mots.) J'ai tout fichu en l'air, mais généralement, ça ne suffit pas pour que quelqu'un renonce à sa passion. Vous étiez si jeune, la réussite vous tendait les bras. (Il la regarda, la tête inclinée sur le côté.) Pourquoi avez-vous abandonné l'écriture ?

Les larmes aux yeux, elle serra les paupières.

– Je ne sais pas. J'avais l'impression d'avoir tout perdu. Dès que j'essayais de sortir du trou, je m'enfonçais toujours plus bas.

– Mais la pièce était excellente. Comme celle que vous écrivez en ce moment. Il est clair que vous étiez promise à une grande carrière.

Une réplique cinglante lui chatouilla le bout de la langue. Elle la ravala, essayant d'ignorer son amertume.

– Je n'arrivais plus à écrire. J'ai essayé autant que j'ai pu, mais j'étais incapable de finir une phrase. Les rares phrases que je rédigeais, je finissais par les effacer. Elles étaient sans intérêt.

C'était ainsi dans les premiers temps, quand ses sœurs insistaient pour qu'elle se remette en selle. Quand l'espoir n'était pas qu'un simple mot.

– J'ai fini par renoncer. À chaque échec, je déprimais un peu plus, c'était épuisant. Et pour couronner le tout, j'essayais de garder un emploi et ça ne fonctionnait pas mieux.

– Quel genre d'emploi ?

– Combien d'heures avez-vous devant vous ? Il y en a eu trop pour les compter.

Sam éclata de rire.

– Désolé, ce n'est pas drôle. Simplement, je vous imagine mal passer d'un job à un autre. La fille que j'ai connue était trop déterminée à devenir dramaturge pour ça.

– C'est aussi l'avis de mon oncle. Hugh pense que si j'étais renvoyée de partout, c'est parce que je suis faite pour une seule chose. Comme si mon subconscient me sabotait, ou quelque chose comme ça.

Pendant qu'ils conversaient, les serveurs débarrassèrent la table. Sans ajouter un mot, ils enlevèrent le vin de Cesca qu'ils remplacèrent par un autre cépage à l'arrivée du second plat.

– Tout cela ressemble à un mélodrame, observa Sam.

– Eh bien, je suis auteure. Comme vous le savez, le drame, c'est mon truc. De toute façon, ne me dites pas que vous n'avez rien vécu de semblable. Que vous n'avez jamais été incapable de jouer un rôle correctement parce que vous n'arriviez pas à entrer dans le personnage.

Il haussa les épaules et fit un geste vers son verre de vin.

– C'est l'un de mes préférés. Vous devriez le boire en entier. (Il revint au sujet principal.) Certains rôles sont plus faciles que d'autres, c'est vrai. Mais je trouve généralement un moyen de l'habiter. C'est une question d'empathie, il faut se mettre à la place de son personnage. Voir le monde à sa façon pendant quelque temps.

Cesca sourit tristement.

– Je crois que j'ai simplement cessé de percevoir le monde. Je ne pensais plus qu'à une seule chose, l'ampleur de l'échec et le fait que je laissais tomber tout le monde. Les producteurs, les acteurs, mon parrain, ma mère...

Sa voix se brisa.

– Vous ne les avez pas laissés tomber. Contrairement à moi. C'est moi qui ai mis tout le monde dans le pétrin. C'est moi qui ai pris l'avion et parcouru des milliers de kilomètres sans penser aux conséquences. Vous n'êtes pas responsable.

Le second verre de vin, un Chianti, accompagna leur *secondo*, un succulent agneau aux légumes. Quand Cesca souleva son verre, elle sentit l'arôme de cerise. Son goût divin caressa sa langue.

– C'est délicieux, dit-elle, hasardant un sourire comme on tend un rameau d'olivier. Vous devriez tout de même prendre une gorgée.

– J'aime vous observer.

Son aveu lui serra la poitrine. La cage thoracique comme comprimée, elle but une nouvelle gorgée avec une conscience aiguë de son regard soutenu. Sensation très plaisante.

– Peu importe qui est responsable de la déprogrammation de la pièce, reprit-elle, sensible à l'atmosphère chargée entre eux. Ce qui s'est passé ensuite est entièrement de ma faute.

– Que s'est-il passé ensuite ?

Il fronça les sourcils.

–Je me suis complu dans la misère. Au début, c'était compréhensible. Je me suis donné le temps de faire le deuil d'un succès avorté. Mais ça s'est éternisé. Je voulais intégrer le monde du théâtre depuis si longtemps qu'au moment où j'en ai été privée, j'ai baissé les bras. Je n'avais pas de plan B.

–Et votre famille ? Ils n'ont pas essayé de vous aider ?

–Ils ignoraient tout de ma situation. Ils pensaient que je ne tenais pas en place, que j'étais un peu bizarre. Personne n'a visité l'endroit où j'habitais ou n'a su que je cumulais les petits boulots. Et surtout, ils ne savaient pas que j'étais dans la dèche.

–Comment est-ce possible ? Vous êtes proches, non ? Je vois peu ma famille, mais on dirait qu'ils savent tout sur moi. Je ne peux pas les tenir à l'écart de ma vie.

–Primo, ma vie n'est pas étalée sur une dizaine de sites à scandale. (Elle remarqua la grimace de Sam.) Et bien que nous soyons proches, mes sœurs ont toutes quitté Londres. Mon père est constamment dans la lune. Jamais il ne se demanderait comment je fais pour vivre à Londres alors que je n'ai pas un rond de côté.

–Vous avez trois sœurs, c'est bien ça ? Vous êtes quatre, comme dans votre pièce ?

–Exact. Deux plus âgées et une plus jeune.

Il haussa les sourcils.

–Je trouve que deux sœurs, ça suffit.

–Les vôtres sont plus jeunes que vous, je crois ?

Cesca sourit de bon cœur. Elle était soulagée de détourner la conversation de ses malheurs.

–C'est ça. J'avais neuf ans quand Izzy est née. Et Sienna est arrivée deux ans plus tard. J'ai été fils unique pendant si longtemps, ça m'a fait du bien d'avoir de la compagnie.

–Vous vous entendez bien tous les trois ?

Elle aimait l'expression attendrie de Sam quand il pensait à ses sœurs.

–Elles sont géniales. Et j'ignore pourquoi, mais elles m'adorent. Bon, je dois admettre que c'est réciproque.

–Petite, j'adorais mes sœurs aînées, moi aussi. Je continue d'ailleurs. Lucy a toujours joué un peu le rôle de notre mère quand nous étions petites, et encore plus après son décès. Et Juliet, la deuxième, eh bien, elle est restée la plus belle et la plus charmante.

–Et la petite dernière?

–Kitty? Elle est un peu comme moi. Tout le monde trouve que nous nous ressemblons, même si l'écriture ne l'a jamais tentée. Elle habite à L.A., vous l'avez peut-être croisée dans la rue.

Elle lui fit un clin d'œil.

–Je m'en souviendrais si j'avais croisé une fille aussi belle que vous.

Elle en resta comme deux ronds de flan. Ces mots avaient jailli naturellement, pourtant leur impact lui fit l'effet d'une piqûre d'adrénaline, créant un afflux stimulant dans ses veines.

–Kitty est actrice? poursuivit Sam comme s'il ne venait pas de lui faire un charmant compliment.

–Non, elle est étudiante et jeune fille au pair. Elle aime les enfants et elle aime L.A. Elle réalise son rêve.

Sam lui fit un grand sourire.

–Ça vous rend heureuse, on dirait.

–Ce n'est pas souvent que quelqu'un réalise ses rêves. Kitty a toujours recherché quelque chose de différent. J'espère seulement que la vie lui sourira.

Sam piqua un morceau de viande avec sa fourchette.

–Moi aussi.

À la fin du repas, Cesca était agréablement rassasiée. L'agneau avait été suivi par une salade, un plateau de fromage, des fruits de la région et enfin un dessert. Avec chaque assiette, elle découvrit un vin différent. Bien qu'elle fît des efforts pour se limiter, elle avait l'esprit un peu confus, le corps détendu et indolent. Même l'expresso serré apporté par Alfredo pour conclure le repas ne la dégrisa pas. Aussi prit-elle la main de Sam quand il tira sa chaise et se laissa-t-elle guider sur le côté du restaurant.

Ce n'est qu'en retournant à la voiture qu'elle s'aperçut qu'il la tenait par la taille, sa main frôlait sa hanche. Elle s'appuya sur lui, appréciant la force qu'il dégageait tout en essayant de ne pas s'attarder sur son eau de toilette épicée qui rendait son odeur encore plus virile.

– Merci beaucoup pour ce charmant dîner, dit-elle, contre son torse.

Sam resserra son étreinte, ses doigts s'enfonçaient dans sa peau.

– Tout le plaisir est pour moi.

– J'ai bu un peu trop de vin.

– Vous n'avez presque rien bu. J'ai promis de vous surveiller. En tout, vous avez bu l'équivalent de deux verres.

– Non ? J'étais sûre d'avoir bu plus que ça.

– À moins que vous n'ayez picolé sous la table, taquina-t-il. Je dirais que vous avez consommé la quantité idéale.

– C'est quoi, la quantité idéale ?

– Assez pour se détendre sans perdre le contrôle de ses facultés. (Elle vit un petit sourire flotter sur ses lèvres.) Quelque chose entre la lucidité et la nécessité d'être mise au lit.

– Je croyais que nous étions d'accord pour ne plus mentionner ça ?

– Je ne me souviens pas d'avoir accepté. J'aime bien y faire allusion, ça vous fait rougir. Et vous êtes très jolie quand vous rougissez.

Il recommençait à la complimenter et, bien entendu, elle rougit encore plus vivement. Elle chercha en vain la réplique adéquate.

– Eh bien, vous êtes nettement plus séduisant quand vous me dites que je suis jolie.

Il partit d'un rire franc.

– Dans ce cas, je le dirai plus souvent.

– Je vous y encourage.

– Tout le temps.

– Mollo. Personne n'est joli en permanence. Ou séduisant, en ce qui vous concerne.

– C'est pas faux. Vous étiez remarquablement peu à votre avantage le matin où je vous ai mise au lit.

– C'est difficile de rester joli avec la tête dans la cuvette.

C'était si simple, cet échange de plaisanteries. Elle s'émerveilla de se sentir aussi à l'aise avec lui.

– Si quelqu'un le peut, c'est bien vous.

– Il s'agissait d'un spectacle à représentation unique, je le crains.

Elle leva les yeux vers lui en souriant. Il était diablement séduisant, même quand il ne la couvrait pas de compliments. Non qu'elle ait l'intention de lui dire.

– Vous devrez vous contenter de vos souvenirs.

Sam pencha la tête, ses lèvres pressées sur son oreille.

– Ne prenez pas la grosse tête. Mais vous ne manquez pas de charme quand vous ne vomissez pas.

Son haleine effleurant sa peau la recouvrit de frissons. Ses orteils se recroquevillèrent de bien-être.

– Vous avez un talent exceptionnel pour flatter les femmes. (Elle haussa un sourcil.) Personne ne m'a jamais parlé de cette façon.

Il fit un sourire en coin.

– Heureux de rendre service.

Cesca leva les yeux vers lui en se demandant s'il allait l'embrasser. Elle essaya d'imaginer la sensation de ses lèvres sur les siennes, si elles étaient aussi soyeuses qu'elles en avaient l'air. S'il glisserait les doigts dans ses cheveux, les enroulerait autour de ses doigts. Ses joues étaient assombries par une légère barbe naissante. Irriterait-elle sa peau pendant qu'ils s'embrasseraient ? Elle entrouvrit les lèvres, un petit souffle s'en échappa et Sam baissa la tête vers elle.

C'est alors qu'un flash se déclencha, déchirant la douce pénombre d'un violent éclat blanc. Sam recula, lâchant sa taille, et l'air chaud de la nuit s'engouffra entre eux. Cesca rouvrit subitement les yeux et tourna la tête à gauche. Une jeune fille tendait son portable devant elle, les yeux écarquillés par l'émerveillement. Elle fut bientôt rejointe par trois copines, montrant Sam du doigt, le reluquant en répétant son nom comme s'il avait pu l'oublier.

– Montez dans la voiture.

Son ton sévère était sans appel. Il la poussa quasiment dans l'habitacle, refermant la portière côté passager. Il se dirigea vers les filles armées de leurs téléphones en s'adressant à elles dans un italien rythmé.

La première, une charmante adolescente, hocha rapidement la tête et sortit quelque chose de son sac. Cherchait-elle un magazine ? À cette distance, c'était difficile à dire. Quoi qu'il en soit, Sam regardait l'objet avec agacement.

Très vite, il reprit les négociations en décochant ce sourire qu'elle lui connaissait. Cillant d'un air enjôleur. L'estomac noué, Cesca se sentit soudain ballonnée à cause du festin de la soirée.

Sam s'empara du téléphone de la première intruse et se positionna au centre du groupe, les laissant passer leurs bras autour de sa taille. Il fit un selfie, puis les embrassa sur la joue. Tandis qu'elles poussaient des gloussements aigus, il prit congé en agitant la main.

À peine fut-il installé au volant que son sourire de façade s'évanouit. Il avait l'air en rogne.

– Elles ont effacé les photos de nous. Vous n'avez pas à vous soucier qu'on vous voie avec moi.

– Ça ne m'inquiète pas.

C'était son changement d'humeur qui la tracassait. Un revirement trop soudain.

– Eh bien, vous devriez. La dernière chose dont vous avez besoin, c'est de voir votre visage dans les magazines à scandale.

La bouche sèche, Cesca déglutit. Sa mine furieuse la réduisit au silence pendant tout le trajet.

De retour à la villa, Sam gara la voiture pendant que Cesca déverrouillait la porte de la maison. Ils entrèrent dans le vestibule. Cesca ouvrit la bouche pour le questionner sur son étrange réaction. Pourquoi une fan le photographiant altérait autant sa bonne humeur ? Mais avant qu'elle n'ait pu formuler sa question, Sam avait grimpé la moitié de l'escalier.

– Bonne nuit, Cesca, dit-il gentiment.

Il lui tourna le dos et monta à l'étage.

– Bonne nuit, Sam.

Elle le suivit des yeux. La soirée se passait bien, jusqu'à ce que cette fille surgisse pour le prendre en photo. Juste avant, sa façon de la regarder l'exaltait et elle gageait qu'il allait l'embrasser. Plus étrange encore, elle en avait envie.

Et maintenant qu'il s'était éclipsé, elle se retrouvait seule, au beau milieu de l'entrée.

C'était toute l'histoire de sa vie.

18

« Car là où tu es, se trouve le monde...
et là où tu n'es pas, règne la désolation »

Henry VI, Deuxième partie

Sam claqua la porte de sa chambre et se précipita dans la salle de bains attenante. Ouvrant le robinet, il plaça ses mains en coupe sous le jet et s'aspergea le visage d'eau glacée. Il renouvela trois fois son geste avant de parvenir à relever les yeux vers le miroir pour considérer l'inconnu au visage trempé et aux yeux noirs face à lui.

Où avait-il la tête, bordel ? Il avait commis la même erreur qu'avec Serena Sloane. Guidé par sa libido, il avait invité une jolie fille à dîner et l'avait quasiment embrassée devant une photographe avant de revenir à la raison. À quoi bon se retirer à Varenne, loin des feux de l'actualité, s'il ressurgissait sur le devant de la scène en un clic sur Instagram ?

Au diable, la célébrité. Au diable, les photos dévoilées par la presse à scandale. Ce jeu ne l'amusait plus.

Les mains mouillées, il rabattit ses cheveux en arrière, mais il bouillait trop pour que l'eau le rafraîchisse. Il était trop tourmenté, trop remonté, trop imprégné du souvenir de Cesca et de leur baiser raté.

Impossible de ne pas y penser. Même les yeux ouverts, l'image du visage offert de Cesca restait gravée dans son esprit. Ses yeux écarquillés et ses lèvres entrouvertes lorsqu'il s'apprêtait à l'embrasser prouvaient qu'elle partageait ses sentiments.

Quels sentiments ? Là était la question, et il n'était pas prêt à y répondre. Car leur relation était sans avenir et il veillerait à ce qu'il en soit ainsi.

Il avait retenu la leçon après Serena Sloane. Certain de pouvoir lui faire confiance, il avait laissé leur amitié fausser son jugement. Puis Cesca avait déboulé dans sa vie, avec son adorable sourire et ses questions inopportunes. Il risquait de se ridiculiser pour la seconde fois. Il se détourna de la vasque, saisit une serviette et s'essuya le visage avant de la jeter dans la panière.

Le mieux était de partir. De prendre le prochain avion pour Hollywood et d'affronter le chaos qu'il avait semé derrière lui, avant de se retrouver dans une merde noire. Avant que Foster et sa mère n'apprennent où il se trouvait et lui reprochent de faire honte à sa famille.

Mais l'idée de sauter dans un avion et de laisser Cesca à Varenne l'attristait. Malgré leurs disputes, il se sentait vivant pour la première fois depuis des lustres. Il aimait passer du temps avec elle, suivre la progression de sa pièce de théâtre, la regarder cuisiner. Il lui avait dit qu'il était son ami.

Mais ce n'était pas tout. Un motif plus profond le retenait. Quelque chose qu'il n'était pas prêt à admettre. Il l'aimait bien. *Vraiment* bien. Et il ne savait pas comment s'en arranger.

Il s'arrosa de nouveau le visage, comme si la première fois n'avait pas suffi. L'eau s'attarda sur sa peau. Il secoua la tête, projetant des gouttelettes autour de lui. Il ne pouvait pas se permettre d'écouter son cœur. Ils resteraient bons amis, rien de plus. C'était possible, non ? Des amis pour l'été. Une amitié superficielle qui s'achèverait à la rentrée et qu'il chasserait d'un revers de la main comme du sable sur ses épaules.

Dans quelques semaines, il quitterait Varenne et laisserait Cesca Shakespeare loin derrière lui.

C'était aussi simple que ça.

Chaque fois que Cesca regardait l'écran, elle sentait le regard pénétrant de Sam chauffer son visage. Dès qu'elle relevait la tête, il se focalisait sur son manuscrit, annotait son texte, ajoutant suggestions et corrections à sa prose. Mais sitôt qu'elle détournait le regard, elle ne l'entendait plus écrire et il remuait dans son siège, reportant son attention sur elle.

C'était aussi déroutant qu'exaltant. Et à dire vrai, Cesca s'agaçait de ce qu'il fasse semblant de l'ignorer, du moins quand elle le regardait. Elle souhaitait qu'il s'intéresse à elle, c'était son vœu le plus cher depuis le dîner à Grotto Maria, le soir où il avait failli l'embrasser.

Comme c'était étrange que sa bête noire soit devenue l'objet de son désir. Pourtant son attirance avait quelque chose d'inéluctable qui apaisait son cœur porté sur la tragédie, comme une boucle enfin bouclée, une erreur réparée. Comme si elle avait ouvert les yeux pour la première fois et le découvrait tel qu'il était réellement, plus comme un monstre créé par son imagination.

– Sam ?

Elle l'examina par-dessus l'écran. Il fronça brièvement les sourcils, puis releva les yeux. Croiser son regard suffisait à l'émouvoir.

– Oui ?

– Vous prévoyez de rester combien de temps ?

Cette question lui trottait dans la tête depuis un certain temps. En arrivant, tout laissait à penser qu'il était de passage, mais il ne faisait jamais allusion à son départ.

Il haussa les épaules.

– Je n'ai rien décidé. Peut-être jusqu'à la fin de l'été. Je rentrerai à L.A. ensuite. Je n'ai pas de tournage prévu avant l'automne. Je suis libre comme l'air jusqu'en septembre.

Cesca hocha la tête, habituée à ce que ce soit tout ou rien dans ce milieu.

– Vous ne vous ennuyez pas ? Il n'y a que moi ici, et pas grand-chose à faire. Ça ne vous angoisse pas de vivre sans wi-fi ni téléphone ?

Sam tapota le capuchon de son stylo sur sa bouche.

– Je ne m'ennuie pas. Honnêtement, c'est reposant d'être injoignable. J'ai rarement l'occasion de passer du temps seul à Hollywood. Soit je tourne, soit j'entretiens mon réseau professionnel, et mon téléphone sonne constamment. J'avais oublié la sonorité du silence.

– Et ça vous plaît ? De vivre dans le silence ?

Il recommença à tapoter ses lèvres.

– Beaucoup, oui.

Les derniers jours s'étaient déroulés sur le même mode. Ils passaient la matinée et l'après-midi ensemble dans la bibliothèque, Cesca écrivant et imprimant des pages que Sam commentait au stylo rouge dans la marge. Ensuite ils cuisinaient, dînaient puis Sam s'éclipsait, prétextant qu'il était fatigué et souhaitait se coucher de bonne heure. Le premier jour, sa disparition l'avait amusée. La seconde, elle était restée perplexe. Le troisième, la veille, elle avait pris la mouche. Pourquoi l'ignorait-il depuis leur merveilleuse sortie ?

– Et votre famille ? Vous ne profitez pas de votre temps libre pour leur rendre visite ? demanda-t-elle.

– Je ne pense pas qu'ils aient particulièrement envie de me voir.

Elle fronça les sourcils.

– Comment ça ? Ils sont fiers de vous, c'est évident. Vos portraits sont placardés sur presque tous les murs de cette maison.

Voilà qu'il recommençait à se montrer évasif. Peut-être aurait-elle dû enquêter sur Google, tout compte fait.

– Ma mère m'aime.

– Et votre père ?

– C'est plus compliqué.

Sam posa délicatement le stylo sur la pile de papiers.

– Comme je l'ai déjà laissé entendre, Foster et moi ne sommes pas en phase. C'est un connard.

– Difficile de bien s'entendre avec un connard, concéda-t-elle. Et Foster m'a tout l'air d'en être un, un vrai de vrai.

Sam éclata de rire. Son visage entier s'éclaira.

– Clairement. Le pire, c'est qu'il validerait ce terme.

– Eh bien, je lui révélerai le fond de ma pensée quand je le verrai.

Sam se décomposa.

– Ne l'approchez surtout pas. Je n'aurais jamais dû l'évoquer.

– Je suis capable de veiller sur moi, vous savez, se défendit-elle. J'ai croisé assez de connards sur mon chemin. Il ne me fait pas peur.

– Moi, si, déclara Sam en se frottant le visage. Ou plutôt, l'éventualité qu'il vous approche m'effraie.

Elle inclina la tête sur le côté.

– Qu'est-ce qu'il a de si horrible ? Il a une drôle d'emprise sur vous pour que vous réagissiez de cette façon.

Habituée à ce que Sam garde ses distances, elle fut effarée qu'il se lève et se dirige vers elle. Son pouls s'accélérait tandis qu'il approchait et se penchait en travers du bureau.

– Ce n'est pas lui. C'est vous, déclara Sam. Il est toxique, Cesca. Un poison de la pire espèce. Le genre qui a bonne apparence, bon goût, si bien que vous en ingurgitez sans vous méfier. Et c'est délectable jusqu'à ce que ça vous torde les boyaux.

Elle repoussa sa chaise et se leva, mais il la dominait encore. Elle posa la main sur sa joue, sentant sa chaleur sous ses doigts.

–Je vous promets de ne pas poser de questions sur lui. Mais je peux vous dire une chose. Quoi qu'il ait fait, il ne peut plus vous atteindre. Vous êtes un homme, adulte et accompli. Vous avez le monde à vos pieds.

Son air tourmenté la bouleversa tant qu'elle eut envie de l'étreindre.

–Vous ne le connaissez pas aussi bien que moi, marmonna Sam. Personne ne le connaît comme je le connais. On ne me croirait pas si je disais la vérité.

–Quelle vérité ? Oh, désolée. J'ai promis de ne rien demander. Je la boucle.

Il grimaça.

–Pas grave. Ça n'a plus d'importance de toute façon.

–Bien sûr, c'est important. Je ne comprends pas quel ascendant il a sur vous. Vous valez mieux que lui. Lors de notre première rencontre, je vous ai pris pour l'un de ces acteurs qui a la grosse tête. Mais vous n'êtes pas comme ça.

–Qui suis-je alors ? murmura-t-il.

–Vous êtes Sam Carlton. Le jeune homme qui éblouit tout le monde dès qu'il monte sur scène. Qui enflamme Hollywood. Qui peut vendre un film avec un sourire et un clin d'œil. (Elle se pencha vers lui.) Vous savez sûrement qui vous êtes, Sam.

–Toutefois, je ne suis rien à ses yeux.

–C'est qu'il est aveugle.

–Toute ma vie, j'ai fait tout mon possible pour que Foster m'apprécie. Mais il ne peut pas me voir en peinture. Et maintenant, je les ai tous mis dans l'embarras...

Sam se tut subitement.

–De quelle manière ?

–Peu importe. Rien de tout cela ne compte. Je ne veux pas voir Foster ni ma mère et certainement pas mes sœurs. Je passerai l'été ici, après quoi je retournerai à Hollywood et vous pourrez oublier que vous m'avez rencontré.

Cesca recula comme s'il l'avait giflée. Elle se toucha le visage pour s'en assurer.

Sam secoua la tête.

– Écoutez, je suis désolé. Je sais que ça a l'air dingue, mais croyez-moi, c'est préférable.

Plus détendu, il ramena une mèche de cheveux derrière l'oreille de Cesca.

– Je nous prépare un verre ? Parler de Foster me laisse un sale goût dans la bouche.

Sans plus de cérémonie, il quitta la bibliothèque et s'engouffra dans l'entrée. Désorientée, Cesca regarda dans sa direction bien après qu'il était sorti.

Sam Carlton était une énigme et, manifestement, l'as de l'esquive. Bizarrement, cela l'incitait à mieux le connaître.

19

« Ma sœur sera un ange gardien »
Hamlet

–Tu manques à nos appels vidéo, se plaignit Lucy. C'est moins bien sans toi.

Cesca s'appuya contre la vitre de la cabine.

–Vous me manquez, vous aussi. Malheureusement, je n'ai aucun moyen de me joindre à vous. Il n'y a pas le wi-fi à la maison et le cybercafé est fermé le dimanche après-midi.

–Et si nous changions de jour? proposa Lucy avec optimisme.

–Pas la peine. Je rentre prochainement. En attendant, je continuerai à vous écrire.

–Comment ça se passe pour toi? s'enquit Lucy avec sollicitude. L'acteur continue à t'enquiquiner?

Cesca avait relaté l'arrivée de Sam à ses sœurs, son passé se heurtant au présent. Leur solidarité l'avait ragaillardie.

–Il est sympa dans l'ensemble, répliqua Cesca sans entrer dans les détails, faute de trouver une logique à leur relation. Enfin bref, assez parlé de moi. Comment vont les autres?

–Juliette, ça va, dit sa sœur. L'ouverture de son magasin de fleurs l'occupe beaucoup, courir après Poppy aussi. Thomas n'a pas changé pour deux sous, hélas. Et Kitty va bien. Elle profite de la vie à L.A. Mais toi, raconte-moi comment tu vas ? Je crois savoir que tu as recommencé à écrire.

Lucy semblait intriguée.

– J'essaie de m'y remettre, répondit prudemment Cesca pour ne pas lui donner de faux espoirs. C'est tout récent, nous verrons bien. Qui t'en a parlé ?

– J'ai discuté avec Hugh la semaine dernière. Papa s'est retrouvé à la porte de chez lui, j'ai dû chercher le double des clés à distance. Plus facile à dire qu'à faire quand on habite à cinq cents kilomètres.

– Ça m'étonne de papa !

– Il vieillit, c'est normal qu'il ait des trous de mémoire, affirma Lucy. Pas de quoi s'inquiéter, ça s'est bien terminé.

– Très shakespearien.

– Tellement nous.

Cesca consulta le minuteur de l'appareil.

– Je dois te laisser. La communication coûte les yeux de la tête.

– D'accord, mais donne des nouvelles. Écris quand tu peux. Au fait, Poppy a reçu ta carte postale, ça lui a fait super plaisir. Elle n'arrête pas de dire qu'elle ira en Italie quand elle sera grande.

Elle fondit à la mention de sa nièce. Juliet était la seule des quatre sœurs à être mère, et les trois tantes ne voyaient pas Poppy aussi souvent qu'elles l'auraient aimé. Raison de plus pour mépriser Thomas.

– Embrasse-la pour moi à la prochaine session sur Skype.

– Sans faute. Oh, Cesca ?

– Oui ?

– Continue d'écrire, d'accord ?

Elle sourit.

– Bien, Madame.

De bonne humeur, elle souriait encore quand elle reposa le combiné et récupéra sa carte. Elle avait oublié combien discuter avec ses sœurs lui manquait. Peut-être était-ce là une motivation pour rentrer à Londres.

À part elles, quoi d'autre l'attendait au pays ?

Dans la soirée, assise au bureau, elle concluait le deuxième acte avec allant. De temps en temps, elle dardait un regard vers le canapé, souvent occupé par Sam ces derniers temps. Mais ce soir, il était vide.

Du bruit dans la cuisine attira son attention. La porte d'un placard claqua et il fit couler de l'eau au robinet. Elle se leva et sortit, saisie du besoin de le voir.

Il la vit arriver avant qu'elle pénètre dans la cuisine.

– Salut. Je suis juste descendu chercher un verre d'eau pour la nuit.

– Vous m'évitez ? demanda-t-elle tout à trac.

Il fronça les sourcils.

– Vous éviter ? Qu'est-ce qui vous fait croire ça ?

– Je ne vous ai pas vu de la journée. Quand je vous cherche, vous êtes introuvable.

– Vous me traquez ?

Son sourire n'atteignit pas ses yeux.

– Vous me manquez, admit-elle timidement. Je vous ai contrarié, hier ? Parler de Foster vous a mis en colère ?

– Je ne suis pas en colère. Qu'est-ce qui vous fait penser ça ?

– La dernière fois que vous étiez en pétard, vous m'avez évitée pendant des jours. (Elle le regarda par en dessous.) Ça devient une habitude.

Le sourire de Sam disparut.

– Je ne suis pas remonté contre vous. Je ne suis pas en forme aujourd'hui. Je suis sorti me balader, c'est tout.

Il se rapprocha d'elle, la main tendue vers son visage. Le contact de ses doigts la fit haleter.

– Je ne vous fuis pas, Cesca, insista-t-il.

Elle exhala l'air de ses poumons. Il avança encore et s'arrêta à quelques centimètres d'elle. Sa proximité la médusait.

Elle releva la tête vers lui. Deux petites rides verticales se creusèrent entre ses sourcils. Il se lécha les lèvres en la contemplant.

– Bon. Alors, que faites-vous ? demanda-t-elle.

– Je ne sais pas, chuchota-t-il pour lui-même. Je n'en ai pas la moindre idée.

Il prit sa joue dans le creux de sa main. Aussi immobile qu'une statue, elle le laissait mener la danse. La respiration bloquée dans la gorge, elle priait pour qu'il penche la tête, presse ses lèvres chaudes sur les siennes. Elle pouvait presque savourer la douceur de son baiser.

Mais il ne bougeait pas d'un iota. Il la regardait fixement, l'air agité comme s'il cherchait des réponses qu'elle ne connaissait pas. Durant une petite minute, elle se contenta de lui rendre son regard, peu disposée à reculer mais incapable d'avancer.

– Sam ? chuchota-t-elle.

Il s'écarta aussi subitement que s'il avait reçu un choc et laissa retomber ses mains. Les bras ballants, il recula un peu.

– Oui ? fit-il d'un ton laconique.

Elle battit rapidement des cils.

– Êtes-vous... avez-vous... (les mots s'emmêlaient dans sa bouche.) Tout va bien ?

Il rit, sans grande conviction.

– Très bien.

Une vague de frustration s'abattit sur elle.

– Vous n'en avez pas l'air.

– J'ai l'air de quoi, alors ?

L'air de quelqu'un qui va m'embrasser.

– Un peu secoué, dit-elle. J'ai dit quelque chose de mal ?

Un autre rire. Toujours aussi forcé.

– Sincèrement, je vais bien. Retournons dans la bibliothèque, d'accord ? Vous pourrez travailler sur votre pièce pendant que je terminerai mon bouquin. Comme ça, vous verrez que je n'ai rien contre vous.

Elle hocha la tête. À force de serrer les dents, sa mâchoire devenait douloureuse.

– Mouais, je ferais bien de me remettre au travail.

Elle tourna les talons et se dirigea vers le bureau en le sentant derrière elle. Pas trop près. Comme si la distance les séparant relevait aussi d'une décision mûrement réfléchie.

Elle reprit sa place au bureau, crispée de la tête aux pieds. Il mentait, à n'en pas douter. Il la fuyait.

Il était grand temps qu'elle lui montre ce qu'il ratait.

20

« Elle est belle, donc faite pour être courtisée ;
elle est femme, donc faite pour être séduite »

Henry VI, Première partie

– Je sors ce soir.

Il ne l'entendit pas sur le moment. Du moins, il ne percuta pas tout de suite. Ils s'accordaient une rare pause dans le jardin, près de la fontaine ornée qui trônait au centre de la cour.

– Pardon ?

Il se tourna vers elle. Étendue sur un transat, elle avait négligemment noué ses cheveux sur le sommet de sa tête. Bien que son maillot de bain fût sobre, selon les critères hollywoodiens, il ne pouvait pas empêcher son regard de s'échapper vers les étroites bandes de tissu rouge. Il déglutit, la bouche brusquement sèche, en absorbant la nouvelle.

– Vous sortez ? Où ça, avec qui ?

Il fronça les sourcils et redressa le dos. Comme Cesca, il s'était habillé en vue de prendre un bain de soleil. D'un caleçon long, en somme. Sa peau était déjà hâlée car, comme sa mère, il bronzait rapidement.

– Avec Cristiano, répondit Cesca tranquillement. Il m'a invitée à dîner. Je suis tombée sur lui au village ce matin. À ce que j'ai compris, il aimerait tester un restaurant.

– Le type d'à côté ? Dans quel restaurant il vous emmène ?

Cesca haussa les épaules et rabattit un bras sur ses yeux pour bloquer le soleil.

– Je ne sais pas, un resto au bord du lac. Je ne suis pas sûre d'avoir envie d'y aller.

– Alors, n'y allez pas.

Ça lui échappa. L'idée qu'elle sorte avec ce sale baratineur qui logeait à côté le rendait physiquement malade. Sam se demanda si son côté protecteur s'activait, comme lorsque ses sœurs avaient rendez-vous avec un garçon. C'était sûrement ça, non ?

– J'ai déjà accepté. Il est gentil avec moi, ce serait grossier de lui poser un lapin.

– La dernière fois, il vous a fait picoler, fit remarquer Sam.

Il s'efforçait de parler d'une voix blanche, ce qui était de plus en plus difficile.

– Et s'il recommençait et qu'il... profitait de vous ? (Il cracha la fin de sa phrase.) Enfin quoi, Cesca, vous n'êtes pas capable de veiller sur vous ?

Elle se rassit brusquement. La mine chiffonnée, elle était rouge comme une tomate.

– Évidemment, je sais veiller sur moi. C'est ce que je fais depuis des années. Et pour votre gouverne, je n'ai pas l'intention de boire un seul verre. Ça ne vous regarde pas, de toute façon.

– Bien sûr, ça me regarde.

Elle fit basculer ses jambes sur le côté. Il tenta d'ignorer sa finesse, les reflets dorés sur sa peau exposée au soleil.

– Honnêtement, en quoi ça vous concerne ?

– Nous sommes amis, non ?

– Ah oui ?

Elle parut confuse.

–Eh bien, comme nous vivons reclus dans cette maison depuis quelques semaines, je pensais que nous étions davantage que de simples connaissances.

Pour une raison étrange, cela le chagrinait qu'elle nie leur amitié.

–Je sais que...

Sans terminer sa phrase, elle fixa son attention sur ses pieds aux ongles vernis en rose vif.

–C'est juste que je ne sais pas ce que nous sommes l'un pour l'autre. Employeur et employée, adversaires, amis. On dirait que vous passez de l'un à l'autre sans me prévenir.

–Vraiment ? fit-il d'une voix radoucie.

Elle haussa les épaules.

–C'est l'impression que ça donne.

Une mèche de cheveux échappée de son chignon bouclait dans sa nuque, reflétant le soleil.

–Peut-être que j'ai du mal à vous situer, moi aussi. Vous me débectiez il n'y a pas si longtemps que ça. Chaque fois que j'entendais parler de vous, j'avais envie de casser quelque chose.

Il rit.

–C'est compréhensible. J'avoue que vous ne m'avez pas fait non plus bonne impression le premier soir. Ce n'est pas la première fois que quelqu'un est déçu de tomber sur moi plutôt que sur mon père, mais ça ne m'avait jamais insupporté à ce point.

–Je n'étais pas déçue que ce ne soit pas votre père. Je n'avais pas vraiment envie de le croiser, lui non plus. Et maintenant, j'ai encore moins envie de faire sa connaissance.

Sam se plaça en face d'elle. Leurs genoux se touchaient presque.

–Je croyais que nous étions d'accord pour ne pas en parler.

Elle sourit.

–Je n'en parle pas, observa-t-elle. C'est vous qui l'avez mentionné.

Il fronça les sourcils. Un point pour elle. Cette fille avait un truc, mais quoi ?

–Ne changez pas de sujet, reprit-il, le visage empourpré. Il était question de votre rencard. Avec ce type, Cristiano. Il ne m'inspire pas confiance.

–Pourquoi ? C'est un homme d'affaires respectable. Au pire, je suis assez grande pour me débrouiller toute seule.

Il s'autorisa à respirer.

–Naturellement. C'est pour ça que je ne vous interdis pas de retrouver ce maudit voisin.

Elle s'offusqua.

–Vous vous prenez pour qui ? Pour mon père ? Je sors, parce que je l'ai décrété. Votre avis est hors de propos.

Son ton n'était pas aussi irrité que ses rebuffades le suggéraient.

–Si je m'opposais à cette sortie, vous ne sortiriez pas.

Il l'asticotait. Se délectait de sa réaction, du petit frisson que lui procurait le jeu dangereux auquel il se livrait. Cela l'enflammait comme un feu de joie dans la nuit. Il avait tort de la taquiner, mais c'était plus fort que lui.

–Comment feriez-vous pour m'en empêcher ? souffla-t-elle.

Ses yeux pétillaient, ses lèvres pleines s'entrouvraient. Elle était un défi réclamant d'être relevé.

–Je pourrais faire usage de mon charme.

Elle secoua la tête.

–Il me laisse de marbre.

Il se lécha les lèvres, sentant sa peau gercée sous sa langue.

–Il existe d'autres moyens.

–Lesquels ?

Leurs genoux se touchaient. Il pouvait sentir la douceur de sa peau, la chaleur de son corps. C'était ensorcelant.

– Vous barrer le passage physiquement.

Il était conscient qu'elle l'examinait. Le jaugeait de la tête aux pieds. Il se fit violence pour ne pas contracter ses muscles.

Elle arqua un sourcil.

– Physiquement ? C'est-à-dire ?

Ses orteils frôlèrent les siens. Un pic d'excitation courut dans ses veines.

– Je pourrais vous enfermer dans votre chambre.

– Je passerais par la fenêtre. Ce n'est pas comme si j'en étais à mon coup d'essai. C'est fou comme on devient agile quand le proprio vient réclamer le loyer.

Elle le provoquait. Il le voyait à son expression malicieuse.

– Alors, je serais forcé de vous attacher.

Il planta ses yeux dans les siens. Il les vit s'écarquiller, puis sa poitrine se souleva quand elle inspira profondément. Ses paupières alourdies s'abaissèrent sur ses yeux, chargés de désir un instant plus tôt. Il lui fallut un moment pour formuler une réponse.

– Ça pourrait marcher, dit-elle lentement.

Ses mots planèrent un instant entre eux. Cette perspective formait un lien invisible se nouant entre eux pour les rapprocher l'un de l'autre. Il l'imagina allongée sur son lit, à moitié nue, ligotée.

Que diable se passait-il ?

Les rougeurs se propagèrent sur le visage de Cesca, dans son cou puis sur son thorax. Il suivit leur progression des yeux, s'attardant sur le renflement de ses seins. Le tissu de son maillot de bain était si fin qu'il laissait peu de place à l'imagination. Il pouvait même voir ses mamelons durcir.

– Vous aimeriez que je vous ligote, Cesca ? dit-il d'une voix rocailleuse.

Il jouait avec le feu. Ils le savaient tous deux, mais c'était plus fort que lui. Il étira ses doigts jusqu'à la douleur.

– J'aimerais vous y voir. Je ne suis pas facile à attraper.

Plus fougueuse que jamais, elle le scrutait entre ses paupières chargées de désir.

– Je n'en doute pas.

Elle remit sa mèche de cheveux dans son chignon. Le geste fit remonter sa poitrine, si bien qu'elle se retrouva dangereusement près de s'échapper de son maillot de bain. Sam était hypnotisé.

– Mes yeux sont en haut, vous savez.

Un sourire en coin, il releva les yeux.

– Je sais exactement où vous trouver.

Elle inclina la tête sur le côté. Une ébauche de sourire étirait ses lèvres. Son expression trahissait de l'intérêt, de la fascination. Sa façon de le regarder l'encourageait à l'entraîner à l'intérieur, dans sa chambre.

– Et où ce serait ?

– En face de moi. Vous m'observez, me parlez, alors que vous ne devriez penser qu'à votre soirée.

Elle mâchonna sa lèvre.

– Qu'est-ce qui vous fait croire que je ne pense pas à mon rendez-vous ?

– Vous n'y avez pas fait référence depuis dix bonnes minutes.

– Vous n'arrêtez pas de jacasser. Je n'arrive pas à réfléchir.

Son toupet amusa Sam.

– S'il vous plaisait, vous ne seriez pas en train de flirter avec moi.

– Vous en êtes sûr ? Flirter ne fait de mal à personne. C'est sans conséquence. Une manière innocente de tuer le temps.

Face à son déni, il serra les poings. Évidemment, sa drague n'était pas innocente. En l'occurrence, ça ne signifiait pas rien pour lui.

– Je ne vous imagine pas faire des avances au voisin.

Elle fit la moue.

–Vous croyez ça ? Il est séduisant, drôle, et son accent italien est charmant. Il est riche, en plus. Ne l'oublions pas.

–Je suis riche.

Elle éclata de rire. Elle riait tant que son corps tremblait et que Sam partagea son amusement.

–Hé, moi aussi je sais prendre l'accent italien, se récria-t-il avec une intonation typique du New Jersey.

–Vous êtes drôle aussi, n'omettez pas ce détail.

Il sourit amèrement.

–Le problème, c'est le côté séduisant. Là, il l'emporte.

–Comme si vous ignoriez que vous êtes joli garçon, pouffa-t-elle. Votre physique alimente les fantasmes de milliers d'adolescentes.

À son tour, il ricana.

–N'exagérez pas.

–Inutile de le nier, joli garçon. Je connais l'anecdote des MTV Awards.

Il fit la grimace.

–Moins on en parle, mieux je me porte. Quel homme voudrait être « joli » ? C'est assez peu viril, non ?

–Que préférez-vous ? Séduisant, beau, sublime ? Je peux employer tous ces adjectifs si vous le souhaitez. De toute manière, vous êtes une saloperie de beau mec et vous le savez.

–Le physique, ce n'est pas si important.

–Facile à dire quand on a un physique avantageux.

–De quoi vous plaignez-vous ? Après tout, le don Juan d'à côté vous a proposé un second rencard.

–Ce n'est pas vraiment un rencard. (Elle plissa les yeux.) Et pourquoi ça vous intéresse ?

–Quoi donc ?

Il s'adossa, gagné par l'impression d'être démasqué.

–Que je sorte avec un garçon.

–Je m'en fiche. (Il haussa les épaules avec une nonchalance feinte.) Je ne voudrais pas qu'il en profite, c'est tout.

–C'est pour ça que vous proposez de m'attacher ? (Elle le regarda dans les yeux.) Ça, ce n'est pas profiter de moi.

–Je ne vais pas vous attacher, répliqua-t-il posément, même si l'image qui lui vint à l'esprit était trop affriolante pour être ignorée. Je veille à votre sécurité.

Mensonges. Un ramassis de mensonges, et il le savait. Cesca aussi, probablement.

Ce n'était pas son côté protecteur qui le poussait à la garder pour lui. Plutôt une vive jalousie qui l'incitait à se blottir contre elle et à l'enlacer jusqu'au bout de la nuit.

–Je ne cours aucun danger, affirma-t-elle avec un sourire rassurant. Ce n'est qu'une petite sortie. Je serai de retour avant minuit.

Sam hocha la tête, malgré ses réticences. Donc elle sortirait, quoi qu'il en dise. Le plus absurde étant qu'il ne pouvait pas le lui reprocher. Elle lui avait déjà fait remarquer qu'il soufflait le chaud et le froid, comme un système d'air conditionné détraqué. D'ailleurs, leur discussion en était la preuve.

Elle lui plaisait bien. Sans nul doute, mais il se détestait pour ça. Il se comportait comme un écolier tirant sur les couettes des filles et craignait de se montrer sous son vrai jour. Qu'est-ce qui ne tournait pas rond chez lui ?

Quand il avançait, elle reculait, et quand elle avançait, il reculait. Et il restait à la même place, tout seul. Il perdait quelque chose qui ne lui appartenait même pas, et la peine que cela lui causait était risible.

–Amusez-vous bien.

Le pire étant qu'il était sincère. Il voulait la voir heureuse. Mais pas trop.

Sur ce, il se leva, prit son verre vide et le livre qu'il n'avait pas réussi à lire.

–Merci. Ne m'attendez pas pour vous coucher.

Malgré son petit rire, cela le hérissa. Il se détourna pour cacher son mécontentement.

– Évidemment.

Un mensonge de plus. Il les distillait entre quelques rares vérités. Comment pourrait-il s'endormir sans la certitude qu'elle était rentrée en un seul morceau ? Au pire, il irait frapper à la porte du voisin et la ramènerait de force. Ça le divertirait sûrement, autant qu'elle s'il pouvait se fier à son attitude séductrice.

Il en revenait au point de départ. Confronté à l'évidence : il en pinçait pour Cesca Shakespeare, alors que toutes les synapses de son cerveau l'en dissuadaient. Alors que l'expérience lui avait montré que chaque fois qu'il se liait à une femme, elle lui faisait faux bond.

Il n'aurait su dire combien de temps le bon sens l'emporterait.

C'était un rituel bien étrange que se préparer à sortir. Une longue douche fraîche suivie d'une bataille avec l'air chaud du sèche-cheveux. Puis examiner fébrilement la penderie, jongler entre ce qu'elle aimerait porter et ce qui *lui* plairait. Se demander s'il la trouverait jolie.

Or, il y avait erreur sur la personne. Lui, c'était Sam, pas Cristiano. Bon sang, elle était pitoyable.

Se faire belle pour un homme alors qu'elle sortait avec un autre. Quoi de plus immoral ? Mais Sam accaparait ses pensées tandis qu'elle appliquait son gloss et son mascara.

Elle ne reconnut pas son reflet dans le miroir. Si différent de la Cesca renfermée sur elle-même, qui avait touché le fond et peinait à remonter à la surface. Si elle avait pu retourner à Londres pour annoncer à cette fille que non seulement elle cohabiterait un jour avec Sam Carlton mais qu'en plus elle l'apprécierait, elle n'y aurait pas cru. C'était pourtant l'entière vérité.

Leurs jeux de séduction de l'après-midi avaient suscité une onde de choc dans son corps, et le contrecoup continuait de la faire vibrer. Elle se sentait revigorée, vivante, comme si elle se réveillait d'un long et profond sommeil et que, maintenant, elle n'aspirait à rien d'autre qu'à courir joyeusement en tous sens.

Toutefois, il n'y avait pas matière à rire. Les perpétuelles vacillations de Sam la déboussolaient. C'était comme regarder un match de tennis, la nuque engourdie par les mouvements de droite à gauche. D'autant qu'elle ne savait plus qui gagnait la partie.

Elle n'était pas sûre qu'il y ait un gagnant.

Elle avait donné rendez-vous à Cristiano à vingt heures, au portail. Il avait protesté, arguant qu'un homme se devait de passer prendre une femme à la porte de sa maison, que cela heurtait sa virilité. Elle avait éludé ses arguments en riant, car la dernière chose qu'elle souhaitait était qu'il rencontre Sam. À coup sûr, il les embarrasserait, elle ou Cristiano, mais en toute franchise, une partie d'elle espérait voir Sam se battre pour elle.

Ça lui ferait du bien de mettre le nez dehors, de bavarder avec quelqu'un d'autre que Sam. De voir le monde extérieur sans le filtre de sa proximité. Elle souffrait probablement d'une sorte de syndrome de Stockholm. Elle rougit en se repassant leur discussion, en revoyant son expression lorsqu'il l'avait menacée de la ligoter. À elle seule, la suggestion avait suffi à l'enflammer, le souffle court, l'humidité entre ses cuisses trahissant son excitation.

Décidément, elle avait grand besoin de sortir. Avant qu'elle fasse quelque chose qu'elle ne regretterait sans doute pas.

Lorsqu'elle sortit de sa chambre, elle ne vit Sam nulle part. Elle traversa le couloir, son sac dans une main, tenant de l'autre un châle fin dont elle s'envelopperait les épaules. Ses cheveux lâchés ondulaient naturellement. Ils chatouillaient ses épaules nues, seulement couvertes par deux bretelles spaghetti. Sa robe épousait son buste puis s'évasait sur ses hanches. Imprimée de petites fleurs bleues, elle s'arrêtait à mi-cuisse, laissant apparaître son hâle doré.

Sur le coup de vingt heures, elle quitta la villa et remonta l'allée. Elle aperçut la voiture de Cristiano, et lui appuyé contre le capot. L'obliger à patienter à l'extérieur éveilla en elle une pointe de culpabilité. Néanmoins, la proposition de Cristiano était trop incommodante pour être envisageable.

Tout en l'observant, Cristiano se redressa, un grand sourire plaqué sur son visage. Dans sa main, il tenait un magnifique bouquet de fleurs, des arums blancs entourés d'une profusion d'amarantes. Elle devina sans mal que le bouquet, bien que noué par une simple ficelle, coûtait cher.

– Vous êtes splendide, s'exclama-t-il aussitôt qu'elle franchit le portail.

La tête penchée, il déposa un baiser chaste sur sa joue. Elle sentit son regard la scruter des pieds à la tête.

– C'est pour vous.

Mal à l'aise, elle accepta les fleurs. Certes, elle s'était plu à faire croire à Sam qu'il s'agissait d'un rendez-vous galant, rien que pour l'embêter, mais à vrai dire, ce n'était pour elle qu'une sortie entre amis.

– Merci, elles sont très belles. Je ferais bien de les mettre dans l'eau. Je file à l'intérieur pour leur trouver un vase. Je n'en ai que pour une minute.

– Laissez-moi vous y conduire en voiture. Ou vous escorter, suggéra-t-il.

Cesca était partagée. Elle ne pouvait pas le faire poireauter plus longtemps dehors... mais quel autre choix avait-elle ? Ce serait mesquin de laisser les fleurs se faner, d'autant que par cette chaleur elles se flétriraient avant la sortie du village.

– Euh, bon. D'accord. Vous m'attendrez dans la voiture, le temps que je dépose les fleurs à l'intérieur ?

– Sans problème, répondit-il, imperturbable.

Elle regagna la propriété, conduite par celui auquel elle en avait interdit l'accès. Inspirant profondément, elle monta les marches à la hâte et jeta un regard à Cristiano par-dessus son épaule, inquiète qu'il la suive. Au lieu de quoi il lui adressa un signe de la main, souriant, un bras posé sur la vitre ouverte, les poils de ses bras blondis par le soleil.

Cesca tenait le bas de sa robe de peur que le vent la soulève, le bouquet dans l'autre main. Elle déboula dans la cuisine sans le remarquer. Ce n'est qu'à mi-chemin de l'évier qu'elle l'entendit s'éclaircir la voix. Elle s'arrêta net et lâcha sa robe en plaquant la main sur sa poitrine.

– Je ne vous avais pas vu, se défendit-elle en tentant de calmer son cœur affolé.

– On dirait bien, rétorqua sèchement Sam. Vous avez failli me percuter. (Son regard se posa sur le bouquet.) C'est le rendez-vous le plus court de l'histoire. Que s'est-il passé ? Il vous a fait du gringue avant que vous n'ayez franchi le portail ?

Elle se força à ignorer son ton moqueur.

– Pour votre gouverne, je suis venue mettre ces fleurs dans l'eau. Ensuite, je retourne à mon rendez-vous.

Son sourire s'accentua.

– Il est ici ?

– Non. Dehors. Il m'attend dans la voiture.

– Quel genre de voiture ?

Sam paraissait sincèrement intéressé. Il l'énervait, sans qu'elle sache pourquoi.

– Aucune idée. Une décapotable. Grise. Jolie.

Elle se baissa pour attraper un vase, sous l'évier.

– C'est bien une réponse de fille. Je me fiche de la couleur.

Elle leva les yeux au ciel. Faisait-il exprès de l'agacer ? Elle prit une longue inspiration, déterminée à éviter la dispute alors que Cristiano patientait. Elle remplit à moitié le vase d'eau froide.

– En quoi est-ce important ? C'est une bonne voiture et je m'apprête à monter dedans et à décamper. Il n'y a rien de plus à savoir.

– Il attend juste devant ? reprit Sam d'une voix dénuée d'expression.

– Oui... non... Pourquoi cette question ?

– J'ai besoin de voir sa voiture par moi-même.

– Pas question.

À le voir, il était l'innocence incarnée.

– Ça vous pose un problème ?

Cesca soupira.

– Écoutez, c'est vous qui tenez à vivre caché. Vous ne voulez pas qu'on sache que vous êtes ici. Et maintenant, vous voulez sortir, vous présenter à l'homme avec qui j'ai rendez-vous ? À quoi jouez-vous ? s'emporta-t-elle sans retenue.

– J'aimerais vérifier si sa voiture tient la route. Et s'il vous mérite.

– Nom d'un chien ! (Elle planta les fleurs dans le vase sans s'embêter à les arranger.) Je disparais. Ciao, Sam.

Une fois dans le couloir, elle s'aperçut qu'il la suivait. Secouant la tête, elle fit semblant de l'ignorer. Dans l'escalier, il était toujours sur ses talons. Une fois dans l'allée, elle nota l'expression ahurie de Cristiano.

– Content ? lança-t-elle à Sam, les dents serrées. Sa voiture vous satisfait ?

– Une Ferrari Spider. Sympa, fit Sam d'un filet de voix presque inaudible.

Quelque chose dans son intonation l'incita à se retourner. Son expression était insondable. Elle lui donna envie de le toucher, de lisser ses rides. Elle fit un effort monstrueux pour s'éloigner, le laissant seul sur les marches.

Dommage qu'il ne saisisse pas le message. Il lui emboîta le pas jusqu'à la voiture et, la main tendue, se dirigea vers Cristiano.

– Salut. Sam Carlton.

Cristiano le dévisagea un instant avant de lui serrer la main.

– Cristiano Gatto. Enchanté.

– Vous avez trouvé un resto sympa pour ce soir ? demanda Sam sur le ton de la conversation.

Ses sautes d'humeur la rendaient dingue.

– Un bon restaurant sur la côte.

Le visage de Sam se fendit d'un sourire.

– Cesca apprécie les petits restaurants au bord du lac. (Il coula un regard vers elle.) Elle préfère le risotto aux pâtes.

Cristiano fronça les sourcils.

– C'est noté...

– Si vous commandez du vin, elle aime beaucoup le Valpolicella. Pas un 2002, en revanche. Très mauvaise année.

– Cristiano est restaurateur, intervint Cesca d'un ton acide. Il n'a pas besoin de conseils en gastronomie.

Sam haussa les épaules.

– J'essayais juste d'être serviable. Oh, et elle a promis de rentrer avant minuit. À très vite !

Furieuse, elle tourna brusquement la tête vers lui.

– Sam !

Il leva les mains en l'air.

– Quoi ? Je ne fais que répéter ce que vous avez dit.

Cristiano fronça un peu plus les sourcils.

– Ça pose un problème que je l'emmène dîner ? Il y a quelque chose que je devrais savoir ? s'enquit-il auprès de Sam.

– Eh, excusez-moi mais je suis là, souligna Cesca. Il n'y a aucun problème. Je suis libre de sortir avec qui je veux.

– Tout à fait, concéda Sam d'un ton exagérément enjoué. Allez, amusez-vous bien. Enchanté de vous avoir rencontré, Cristiano.

– Pareillement.

Cristiano commença à descendre de voiture pour ouvrir la portière de Cesca.

– Bougez pas, je m'en charge.

Tout sourires, Sam ouvrit la portière du côté passager. Il tendit la main à Cesca. Elle secoua la tête et, l'ignorant, s'installa dans le siège bas.

– On se voit à minuit. Passez une bonne soirée.

Avant qu'elle n'ait pu l'arrêter, il se pencha et posa un baiser sur sa joue, juste sous son oreille. Son souffle sur sa peau la fit frissonner. Il s'attarda plus longtemps qu'il aurait dû et se redressa avant de donner deux tapes sur la voiture.

– Salut !

– Au revoir, lança Cristiano, les traits marqués par la confusion.

Cesca ne soufflait mot. Elle préféra fusiller Sam du regard, espérant qu'il capte son mécontentement.

Cristiano mit le contact, opéra un habile demi-tour et accéléra dans l'allée. Quand Cesca jeta un regard en arrière, Sam, bras croisés, était toujours sur le perron.

Pour une raison étrange, elle n'en éprouva aucune satisfaction.

21

« L'amour est une fumée faite
de la vapeur des soupirs »
Roméo et Juliette

Sortir avec Cristiano c'était comme regarder un film pour la seconde fois en remarquant toutes ses imperfections. Ils reprirent la même route, longèrent le même lac. Toutefois la vue semblait moins magnifique qu'avec Sam. Cristiano fit de son mieux, bien sûr, et son charme naturel l'aida à se changer les idées. Mais chaque fois que le silence retombait, ses pensées retournaient vers la villa.

Vers Sam.

Elle avait fait mine d'être fâchée quand il l'avait accompagnée jusqu'à la voiture de Cristiano, et pour être tout à fait honnête, son audace l'insupportait en partie. Mais cette partie était éclipsée par la chaleur qui couvait en elle tandis qu'elle se remémorait la mine contrariée de Sam.

Cesca avait aimé l'étincelle de colère dans ses yeux. Son sarcasme à peine contenu. Et par-dessus tout, elle avait aimé sa façon de la suivre des yeux alors que Cristiano manœuvrait pour quitter la propriété, comme si son ennemi juré lui chipait son jouet préféré.

Non qu'elle fût un jouet. Mais l'analogie n'était pas pour lui déplaire.

– Le lac est splendide, vous ne trouvez pas ?

La voix de Cristiano interrompit le fil de ses pensées. Elle se tourna vers lui, qui souriait, les yeux rivés sur la route. Il conduisait d'une main, l'autre tapotait la portière. Bien que de type latin, comme Sam, ils n'avaient pas grand-chose en commun. Pas les yeux, en tout cas. C'était dommage d'emprunter cette route magnifique avec un homme qui ne lui inspirait pas de sentiment particulier. Pire encore, elle regrettait que ce soit lui plutôt qu'un autre. Quelqu'un de bien plus exaspérant.

– Magnifique. J'aime voir tous les bateaux s'éclairer le soir. On dirait des lucioles dansant à la surface de l'eau.

– La vue à côté de moi est également très belle.

Cette fois, il tourna la tête vers elle en souriant. Ses dents brillaient au clair de lune.

– Je suis désolé si j'ai incommodé votre ami. Il n'avait pas l'air content que vous sortiez.

C'était peu dire.

– Ça l'amuse de mettre les gens mal à l'aise. Il aime me charrier.

– Il vous transporte en charrette ? s'étonna Cristiano.

– Non, je veux dire qu'il aime me chambrer. Me pousser à bout. Jouer avec mes nerfs.

– Vous êtes énervée ?

Cesca réfléchit. Elle n'était pas exactement énervée, mais pas détendue non plus. Elle était à vif, presque jusqu'à la douleur physique.

– C'est passé, affirma-t-elle, consciente d'être en compagnie d'un autre homme. Mais je lui en toucherai deux mots ce soir. Il n'avait pas besoin d'être aussi...

Elle s'efforça de trouver un terme adapté à l'attitude de Sam. Pas précisément grossier, mais pas très courtois.

Possessif. C'était le mot juste. L'analogie de l'enfant et de son jouet lui revint à l'esprit.

– Peu importe. Oublions Sam. (Elle écarta le sujet d'un geste.) Parlez-moi plutôt de ce restaurant. Vous projetez de le racheter, c'est ça ?

Le trajet se poursuivit, Cristiano lui présentant avec entrain le panorama des restaurants de la région, les différentes cuisines, ses éventuels concurrents locaux.

Très vite, ils se garèrent sur un parking à proximité d'un bâtiment moderne.

Comparé au restaurant de Sam, à l'intérieur, c'était le jour et la nuit. Tape-à-l'œil, flambant neuf et rempli de gens qui sortaient pour être vus.

– Ça vous plaît ? s'enquit Cristiano. Il est assez semblable à mes restaurants romains. Les restaurants classiques, à l'ancienne, ça suffit. Je mise à fond sur le glamour et la modernité.

– C'est... (Cesca inspira profondément.) Je comprends pourquoi il est prisé. Tout le monde a l'air de s'y plaire.

– Si j'avais pu, je vous aurais emmené à Rome pour visiter mes restaurants.

Elle imaginait déjà la réaction de Sam.

– Ici, c'est parfait.

Son regard fut attiré par un homme, probablement le propriétaire, qui vint serrer la main de Cristiano. Ils échangèrent quelques amabilités et, même sans rien comprendre, elle devina que Cristiano le bombardait de questions. Au bout d'un petit moment, il s'adressa à elle.

– Ça vous ennuie si Mario me présente rapidement les cuisines ? Le chef est un vieil ami, ça me serait utile de connaître son opinion sur l'établissement.

Cesca décocha un petit sourire, essayant de réprimer le soulagement qui l'envahit. De toute évidence, il s'intéressait davantage au restaurant qu'à elle. En un sens, cela l'aida à se détendre.

– Pas du tout. Allez-y.

– Je vais demander à Dino de vous conduire à notre table. Et de vous apporter un *aperitivo*, bien sûr.

– Je préférerais une boisson sans alcool, précisa Cesca, décidée à garder l'esprit clair.

Au fil de la soirée, elle ne put se départir de sa première impression. Ce presque rendez-vous était une authentique photocopie : une version de moindre qualité que l'originale. Des couleurs vives réduites à une reproduction floue en noir et blanc. Même la nourriture, malgré sa présentation raffinée, avait un goût moins réel à son palais.

Après que les assiettes du dessert eurent été débarrassées, le serveur apporta un expresso accompagné d'un verre d'alcool d'un brun orangé. Cristiano l'inhala, puis inclina le verre vers elle.

– Rien qu'un petit brandy. Pour trinquer à notre soirée.

Les effluves alcoolisés flottèrent jusqu'à ses narines. Elle n'avait jamais raffolé du brandy et l'arôme ne l'incitait pas à revoir son jugement. Par politesse, elle porta le verre à ses lèvres en se retenant de froncer le nez.

– Naturellement.

Elle but une gorgée et le liquide ambré lui brûla la gorge. La chaleur se répandit dans son estomac, la réchauffant intérieurement. Cristiano approuva d'un sourire.

– Vous me paraissez très nerveuse ce soir, souligna-t-il. Vous avez l'air ailleurs.

– Vraiment ? Je suis désolée.

Elle sentit ses joues s'empourprer. C'était tellement grossier de sa part.

– Un coup de fatigue. La semaine a été chargée.

Elle lui sourit sincèrement. Ce n'était pas sa faute si elle était en proie à des émotions contraires. Après tout, la dernière fois qu'ils s'étaient vus, elle détestait Sam.

À présent… plus tellement.

–C'est à cause de moi ? De ma façon de vous accueillir au portail ? s'inquiéta Cristiano. Je n'aurais pas dû vous offrir des fleurs. Mais elles m'ont fait penser à vous. Classiques. Belles.

Elle secoua la tête.

–Absolument pas. Les fleurs sont charmantes, tout comme ce restaurant. Je suis désolée, je ne suis pas au mieux de ma forme.

Fichu Sam. Adorable Sam. Dans un cas comme dans l'autre, c'était entièrement de sa faute. Et en vérité, peu importait que la cuisine fût délicieuse, qu'elle fût en bonne compagnie ou ce qu'il adviendrait dans ce restaurant, car c'était peine perdue. Parce que Sam n'était pas là.

–Merci pour la soirée, dit Cesca à Cristiano alors qu'ils reprenaient la route du lac. J'espère que vous avez réussi à vous détendre malgré ces longues discussions professionnelles.

Il s'était éclipsé bien plus que quelques minutes, pas seulement en cuisine mais aussi dans le bureau où il s'était entretenu avec le propriétaire durant une bonne demi-heure. Pendant ce temps, Cesca s'était réfugiée sur la terrasse pour prendre un café seule en admirant le lac. Les yeux plissés, elle regarda par la vitre, essayant de repérer la silhouette de la villa.

Comme de juste, Cristiano prit un air contrit.

–Toutes mes excuses. Mario m'a expliqué que de nombreux acheteurs étaient intéressés. Ça m'ennuierait que la vente me passe sous le nez, mais je suis conscient d'avoir été grossier. Il voulait me montrer les cuisines et les registres de comptabilité, me présenter le chef. C'était une opportunité inespérée que je ne pouvais pas laisser passer.

–Aucun problème.

Elle était mal placée pour se plaindre alors qu'elle avait la tête ailleurs, elle aussi. En réalité, elle s'était délectée de ce petit moment de solitude. De jouir d'un peu de tranquillité nécessaire pour démêler ses pensées enfiévrées.

– Ce n'était pas du tout courtois. Je vous prie de m'excuser.

– Il n'y a pas de quoi, honnêtement. Le travail d'abord, je peux le concevoir. (Elle lui sourit.) Nous avons passé une soirée agréable, et j'espère que vous réussirez à vous décider à propos du restaurant.

Cristiano sourit tristement.

– Je rentre à Rome la semaine prochaine, pour m'entretenir avec mon banquier. Le temps que les négociations aboutissent, si je décide de conclure la vente, vous serez sûrement repartie.

Elle eut l'estomac noué. Réaction sans rapport avec l'idée de ne pas revoir Cristiano.

– Probablement.

Bientôt, elle s'en retournerait dans la morne ville de Londres. À sa vie sans emploi, sans domicile et sans opportunité.

Sans Sam non plus.

À l'approche du portail, Cesca ne s'opposa pas à ce qu'il la dépose devant la maison. Au contraire, elle descendit prestement de voiture, composa le code de sécurité, remerciant le Ciel que Sam n'ait pas activé le système de fermeture pour la nuit. Tandis que le portail s'ouvrait, elle remonta en voiture. Cristiano avança la voiture devant l'escalier.

– Ne vous embêtez pas à descendre, dit-elle en remarquant sa main sur la poignée.

– Bien sûr que si.

Ignorant ses protestations, Cristiano sortit et contourna la voiture pour lui ouvrir la portière.

– Je ne vous ai peut-être pas offert le must des tête-à-tête mais je n'en suis pas moins un homme. Je vous raccompagne à la porte.

Cesca le laissa lui tenir la main et l'entraîner dans l'escalier. Ils s'arrêtèrent devant la large porte d'entrée. La veilleuse de sécurité du porche les éclairait. Elle leva la tête et, la bouche sèche, planta les yeux dans ceux du séduisant Italien.

– Merci encore. Désolée, si je n'ai pas été d'amusante compagnie, bredouilla-t-elle.

– Vous étiez préoccupée, vous aussi, dit-il délicatement. Ai-je raison de penser que vous êtes un peu... euh... que vos sentiments sont un peu confus ?

Cesca ouvrit des yeux ronds.

– Mes sentiments ?

Il rit.

– Oh, pas envers moi. Quand je suis venu vous chercher, j'ai immédiatement eu l'impression d'être, comment dites-vous, rangé dans le tiroir des amis. N'est-ce pas ?

Dans la bouche d'un suave Italien, l'expression était comique. Elle ne put s'empêcher de rire.

– Je suis désolée, répéta-t-elle soulagée, sachant combien c'était vrai.

– Pas de souci. Comme je l'ai dit, je rentre prochainement à Rome. Je voulais juste passer du temps avec une belle jeune femme, et mon vœu a été exaucé.

– Je m'en réjouis.

C'était sincère. Pour la première fois depuis longtemps, en présence de Cristiano elle se sentait attirante. Désirée. Mais il était suffisamment délicat pour accepter qu'elle ne recherche que son amitié.

– J'ai passé de très agréables moments avec vous. Au café, sur la plage... merci de m'avoir redonné le sourire.

– Au début, je voulais plus que vous faire sourire, admit-il. Mais je m'en contente.

Elle se garda bien d'avouer qu'elle aussi avait envisagé autre chose. Ça lui semblait si lointain. C'était avant qu'elle se retrouve. Avant qu'elle ne renoue avec l'inspiration. Avant que Sam ne la trouble au plus haut point. Elle préféra lui faire son plus beau sourire, en espérant que cela donne le change.

– Bonne nuit, Cristiano. Et si je ne vous revois pas avant votre départ, faites un bon voyage.

Elle lui tendit la main. Au lieu de la serrer, il l'attira contre lui. Il orienta son visage vers lui et posa ses lèvres sur les siennes. Elles étaient chaudes, sensuelles et plus douces qu'elle ne l'avait imaginé.

– Bonne nuit, Cesca, murmura-t-il contre sa bouche.

Il s'écarta, avec un sourire chargé de regrets.

– Au moins, j'ai eu un baiser.

Sur ces paroles, il se retourna et descendit l'escalier. Il lui adressa un petit signe de la main puis remonta en voiture. Elle le regarda disparaître, la poussière et les graviers de l'allée se soulevèrent sous ses pneus.

Elle rentra et verrouilla la porte pour sécuriser la maison. Elle ôta ses escarpins et traversa le couloir à pas feutrés, sur le sol froid. L'étrangeté de la soirée semblait la poursuivre, apportée par l'air nocturne qui l'enveloppait, lui rappelant qu'elle n'était pas chez elle. Nulle part elle n'était chez elle. Néanmoins, elle brûlait d'envie de trouver un endroit où elle serait à sa place.

En entrant dans la cuisine, la première chose qu'elle vit fut un bouquet. Un gros vase ancien rempli de pélargoniums et de géraniums. Ces fleurs provenaient du jardin. Sam avait dû les cueillir et composer un bouquet. Elle ferma un instant les yeux et huma leur arôme.

Mais pourquoi ? C'était la question qui dominait son esprit. Pourquoi ce bouquet ? Elle tenta de se remémorer son expression lorsqu'elle avait rapporté les fleurs de Cristiano. Alors qu'elle les plaçait dans l'eau, son attitude était équivoque, un brin nonchalante. Mais il l'avait suivie jusqu'à la voiture avec un air clairement amusé. Qu'est-ce qui avait changé entre le moment où elle avait quitté la maison et son retour éclair ?

Il possédait toutes les réponses, elle aucune. D'une certaine manière, ça semblait aussi aberrant que son rendez-vous de la soirée. Comme traverser une maison biscornue et glisser irrémédiablement sur le côté.

– Sam ? l'appela-t-elle prudemment.

Seul le silence lui répondit. Son cœur tambourinait dans sa poitrine.

– Sam ?

La voix tremblante, elle cria un peu plus fort. Elle serra les poings, ses ongles s'enfonçant dans sa chair.

– Sam ?

Presque un cri franc. Le besoin d'être entendue, de le trouver.

Ses pieds frappaient les marches tandis qu'il courait dans l'escalier. Elle entendait le battement rythmé de ses pas dans le couloir. Puis il apparut devant elle. Sourcils froncés, il ouvrit la bouche.

– Est-ce que ça va ? Il s'est passé quelque chose ?

Il haletait.

Elle cligna des yeux pour contenir ses larmes, là, sans qu'elle sache pourquoi.

– Vous avez cueilli des fleurs.

Elle avait du mal à respirer. Comme si l'air était trop dense pour être inhalé.

Il se rapprocha.

– Oui. Pour m'excuser.

Elle fronça les sourcils. Et l'observa à travers ses larmes.

– De quoi ?

– J'ai été vache. J'ai jeté vos fleurs à la poubelle.

– Celles de Cristiano ? Pourquoi ?

– Je n'aimais pas les voir ici. Je ne veux pas qu'un autre homme vous offre des fleurs. Alors, je les ai jetées.

– Je vois.

– Ensuite, j'ai pensé qu'en rentrant, vous remarqueriez qu'elles avaient disparu et je m'en suis voulu. Donc je suis allé en cueillir d'autres.

Sa confusion était visible.

– Je suis un crétin, hein ?

Elle secoua la tête.

– Non, elles sont belles.

Sam jeta un regard vers le vase, l'air renfrogné.

– C'est insuffisant.

– Ah oui ?

Elle échouait misérablement à le décrypter. Où était passé l'homme dont le sarcasme avait empli la voiture de Cristiano quelques heures plus tôt ? C'était une gageure de le relier à celui qui se tenait devant elle, si peu sûr de lui. Et pourtant, comme deux faces d'une pièce de monnaie, elles formaient un tout. Un homme à multiples facettes, fort et fragile à la fois, et totalement perturbant. Une énigme qui la mettait au supplice.

– Ce ne sont que des fleurs, Cesca. Elles seront là un moment, puis elles faneront.

Elle humecta ses lèvres sèches.

– Nous pourrons en cueillir de nouvelles.

Sam ne répondit pas, mais son corps et son expression lui disaient tout ce qu'elle avait besoin de savoir. Il continuait de l'examiner, les yeux écarquillés, bouche ouverte, comme s'il était physiquement attiré par elle. Comme un aimant, elle sentait son emprise et, à en croire la tension musculaire qui émanait de lui, l'attirance était réciproque. L'air miroitait comme si la force de leur besoin transformait les molécules autour d'eux.

– Et quand celles-ci faneront ? la défia-t-il.

– Nous en cueillerons d'autres.

Elle ne savait plus de quoi il était question. Pas des fleurs. Pour stupides qu'étaient ses répliques, Sam semblait les trouver fascinantes.

– Nous en cueillerons d'autres, répéta-t-il. Ça me plaît.

La tête inclinée sur le côté, Cesca le scruta. Sam se prit à avancer. Il poursuivit d'une voix rauque.

– Comment était votre soirée ?

– Un bide.

Un petit rire lui échappa.

– Devrais-je compatir ?

– Je ne sais pas. À votre avis ?

Il parut renforcé. Plus assuré.

– Je ne suis pas désolé.

– Je m'en doutais. Bizarrement, je ne le regrette pas non plus.

– C'est bon de l'entendre.

Avant qu'elle n'ait pu commenter, il se retrouva tout près d'elle. Cela étant, elle n'avait rien à dire. Ses pensées étaient trop pleines de lui, de sa proximité, de son après-rasage, de l'ondulation de sa mèche retombant sur son front. Elle repoussa ses cheveux en arrière, son pouce lissant les rides qu'il avait sur le front. Son geste lui fit froncer les sourcils. Il la contemplait comme une énigme réclamant d'être résolue.

– Cesca...

Il souffla son prénom à la façon d'une bouffée d'oxygène. Elle ne souhaitait pas écouter ses mots mais les goûter. Les cueillir au bord de ses lèvres. Les sentir se former sur sa langue.

– Votre façon de me regarder. (Il secoua lentement la tête.) C'est envoûtant.

Sam baissa la tête, plaçant ses yeux au niveau des siens. Elle sentit son haleine sur son visage, caressant sa peau. Lorsqu'il cligna des yeux, leurs cils s'effleurèrent. Doux comme des flocons de neige tombant en tourbillonnant. Il prit son menton dans sa main et, ses doigts pressant sa joue, il inclina la tête de Cesca vers la gauche. Puis il se rapprocha encore, son nez glissant sur le sien, ses lèvres se pressant au coin de sa bouche.

– C'est bien ? Dites-moi que c'est bien.

Elle était trop hypnotisée pour riposter. Mais elle le sentit hésiter, ses lèvres immobiles contre les siennes.

– C'est bien, s'empressa-t-elle de le rassurer, souhaitant désespérément qu'il poursuive. Plus que bien.

Il ne lui en fallut pas plus pour saisir sa tête à deux mains, ses lèvres parcourant les siennes avec tout le naturel du monde. Leurs bouches s'animèrent l'une contre l'autre, doucement puis plus vigoureusement, jusqu'à ce que le désir produise un martèlement dans les veines de Cesca.

Des battements assourdissants, qu'elle aurait aimé prolonger à l'infini.

22

« Vous avez la sorcellerie à vos lèvres »

Henry V

Tout en douceur, la main de Sam glissa du visage au cou de Cesca, tandis que ses lèvres la dévoraient. Son autre main s'enfonça dans ses cheveux, tenant sa tête alors que ses baisers devenaient plus fougueux comme s'il n'était jamais rassasié. Il ouvrit la bouche, sa langue aguicha sa lèvre inférieure, la priant silencieusement de s'offrir à lui.

– Je raffole de ta saveur.

Elle gémit contre sa bouche. Son gémissement se répercuta directement dans le ventre de Sam, suscitant une érection instantanée. Ses sens étaient exacerbés par son goût, son odeur, sa peau. Son corps vibrait en écho à ses soupirs.

– Tu es tellement belle, murmura-t-il.

– C'est toi qui es beau.

Ces mots étaient comme une douce mélodie à ses oreilles. Ainsi, le désir n'était pas à sens unique.

Arquée contre lui, Cesca noua les bras autour de son cou et, doigts croisés, caressa sa nuque. Il sentait sa chaleur et la souplesse de son corps pressé contre lui. Il explorait son goût sucré, sa bouche ardente, humide, telle qu'il l'avait espérée. Sam eut envie de se pincer pour vérifier s'il était réveillé ou s'il vivait l'un de ses rêves qui le torturaient ces derniers temps. Ceux qui le réveillaient l'esprit confus et le sexe tendu. Ceux dans lesquels elle restait hors de portée.

Il s'était convaincu qu'elle lui échapperait tout autant dans la réalité. Il l'avait placée là. Dans sa collection de merveilles à admirer mais à ne pas toucher, où elle occupait la première place.

Cependant, il la touchait pour de vrai, et c'était sublime.

– Sam.

Son nom vibra contre sa bouche.

– Mmm.

Il refusait d'arrêter de l'embrasser. Pas encore. Au lieu de ça, il orienta sa tête en arrière et sa bouche longea sa gorge et mordilla son cou. Sa peau portait les derniers effluves de son parfum. Classique et floral. Il pouvait à présent l'inhaler, presque le déguster.

– Mon Dieu, Sam. N'arrête surtout pas.

Ses mots avaient jailli dans un souffle. Haletant et étranglé.

– Je n'en ai pas l'intention.

Ses mains quittèrent la taille de Cesca pour prendre ses seins dans ses paumes, palper leur galbe. Ses mamelons durcis se pressaient contre le tissu. Il pinça ses tétons et les pétrit tant et tant que les doigts de Cesca s'enfoncèrent dans son cou. Ses ongles le griffaient, la douleur vive alimentant son désir.

– Il t'a touchée comme ça ?

– Non.

Elle secoua rapidement la tête.

– Il t'a procuré les mêmes sensations ?

– Jamais.

– Je n'ose même pas y penser.

–Alors, n'y pense pas. Il ne s'est rien passé. Il m'a à peine parlé, il était occupé toute la soirée. Et même si nous avions discuté, je l'aurais ennuyé à mourir. Je n'avais que toi en tête, je n'aurais souhaité parler que de toi.

–Tu avais envie de parler de moi ?

–Tu as hanté ma soirée. Tu t'es immiscé jusque dans la tenue que je porte.

–Dans ce cas, elle me plaît beaucoup.

Sam glissa la main dans l'encolure de sa robe, sous le tissu trop fin pour faire barrage. Il devina la dentelle de son soutien-gorge couvrant à peine sa poitrine, sa rugosité contrastait avec sa peau soyeuse. Quand son pouce caressa son mamelon, Cesca sursauta. Un petit cri de surprise jaillit de ses lèvres. Sam releva la tête pour la regarder dans les yeux. Ses yeux écarquillés, expressifs, reflétaient la lumière du couloir. Il souhaitait se perdre dans leur intensité enflammée. Ils révélaient un vif étonnement, émerveillés par le tour que prenait la soirée, mais aussi un désir qui le touchait intimement.

Il s'écarta.

–Je pense à cet instant depuis des jours.

–C'est vrai ? Je ne l'avais pas remarqué.

–Tu n'as pas remarqué que je te suivais partout ? Tu ne m'as pas vu te suivre jusqu'à la voiture et mettre ton ami en garde ?

Un petit rire bourdonna dans la gorge de Cesca.

–Je me suis effectivement demandé un instant, pourquoi tu étais fâché.

–J'étais hors de moi, admit-il, son doigt retraçant l'arrondi de ses seins.

Il s'arrêta au centre, sur le sillon plongeant vers son ventre. Il déboutonna la rangée de minuscules boutons, et son haut s'ouvrit sur son soutien-gorge bleu clair.

–Tu es sortie avec un autre homme. Je n'avais qu'une idée en tête : tu allais passer un bon moment avec lui, pas avec moi.

– Ça ne s'est pas produit, l'interrompit-elle alors que ses doigts se faufilaient sous la dentelle. Ma soirée n'a pas été particulièrement agréable. Je l'ai à peine vu, pour tout te dire. Il a passé plus de temps à discuter avec le patron qu'avec moi.

Sam fronça les sourcils.

– Quelle ordure !

Ses doigts plongèrent sous le tissu. Pantelante, elle sentit le bout de ses doigts la caresser.

– Je ne te délaisserais jamais si je sortais avec toi, reprit-il.

– Je sais.

– Je n'en aurais pas envie. (Il releva les yeux.) Le seul sujet dont j'aurais envie de discuter, ce serait toi.

– En voilà une conversation assommante !

Sam rit.

– Tu es tellement mignonne.

Elle fronça le nez.

– Tu sais que je déteste ce mot.

Ses mains s'immobilisèrent. Aussitôt, la main de Cesca rejoignit la sienne, la pressant sur son sein.

– Je ne t'ai pas ordonné de continuer ?

Ramené à la raison, il prit son sein en coupe et en tâta le galbe.

– Pourquoi tu n'aimes pas entendre que tu es mignonne ?

– Déjà que je suis haute comme trois pommes, ça me donne l'impression d'être une gamine.

Il la pressa fermement.

– Tu n'es pas une gamine à mes yeux.

Il abaissa brutalement le bonnet de son soutien-gorge. Exposa son sein. L'armature fit pigeonner son mamelon fièrement tendu.

– Je peux t'embrasser là ?

Il effleura la pointe rosée. Elle baissa les yeux. L'incertitude traversa son regard.

– Je ne suis pas obligé... Ne te force pas, tempéra Sam.

– J'en ai envie.

– Mais ? la pressa-t-il.

Elle garda un instant le silence. Était-il allé trop loin ? Sam ne le croyait pas. D'après ses expériences, assez diverses en vérité, quand il explorait la poitrine d'une maîtresse, elle l'implorait rarement de tout stopper. Cela étant, Cesca était si différente des autres femmes qu'il était vain d'essayer de la deviner.

– Ça fait un certain temps, confessa-t-elle, que je n'ai pas fait ça. Assez longtemps.

Sans qu'il sache pourquoi, cela l'excitait au plus haut point. Pour un tombeur, c'était malvenu de souhaiter qu'une fille soit vierge. Il n'avait jamais recherché une telle inégalité des forces dans une relation. Pourtant, être celui qui éveillait ce désir en elle... cela lui injecta de l'adrénaline dans le cœur.

– Nous ne ferons rien que tu n'aies envie de faire.

Elle fut alarmée.

– J'en ai envie. Crois-moi.

Elle examina son mamelon durci.

– Si tu ne me crois pas, mon corps saura peut-être t'en persuader, renchérit-elle.

– Trésor, ton corps me convaincrait de tout te faire.

Elle saisit le pouce de Sam et le passa délicatement sur sa peau. Le bout de ses seins se contracta sous son pouce.

– Ai-je besoin de te persuader ?

– Ai-je l'air d'avoir besoin d'être persuadé ? Tu sens la réponse, j'imagine.

Elle sentait certainement son sexe raide sur sa jambe. Il ne faisait rien pour le cacher.

– C'est clair.

– Tranquillise-toi, Cesca. Je te promets que nous sommes sur la même longueur d'onde.

Elle déglutit nerveusement. Ce faisant, il admira l'ondulation de son cou délicat.

– Sûr ?

– Sûr, affirma-t-il, déterminé.

Sans savoir qui il essayait de convaincre. En aucun cas, il n'irait plus loin si elle n'était pas prête. Il lui avait trop tourné autour pour ça. Toutefois, c'était une gageure de se refréner alors qu'il avait passé la soirée à faire les cent pas, s'inquiétant de ce qu'elle trafiquait avec ce sale Italien.

– Bon, alors n'arrête pas. Continue, mais va un peu plus vite, ordonna-t-elle.

Sa fougue le fit rire.

– Ne t'énerve pas. Je n'aime pas te mettre en boule.

Elle arqua un sourcil.

– Quand m'as-tu vue en colère ?

Sans attendre de réponse, elle enfonça les doigts dans ses cheveux et, appuyant sur sa tête, guida sa bouche vers son sein.

Sam attendit, savourant son impatience, se rengorgeant de sa chaleur.

– Quand j'ai révisé ton texte sans ta permission, peut-être ?

– C'est différent. C'était... oh...

La caresse de ses lèvres la réduisit au silence. Capturant son sein dans sa bouche, il le suçota, l'aguichant tendrement avec sa langue. Il la sentit se contracter, le sang affluant dans la pointe, la rendant sensible et douloureuse.

Puis il suça avidement, ses lèvres se refermèrent autour de la chair. Son petit cri de plaisir était doux à ses oreilles.

Pendant quelques minutes, il dorlota ses seins, l'un après l'autre, les embrassant jusqu'à ce qu'elle fonde en poussant des soupirs enfiévrés. Les pulsations entre ses jambes redoublèrent presque douloureusement. Il ne tiendrait pas longtemps à ce rythme.

– Cesca ?

Il murmura contre sa peau. Il la lécha puis souffla délicatement, l'air froid crispant davantage son téton.

– Mmm ?

– Et si nous montions dans ma chambre ?

– Mmm.

Ce n'était pas un refus, et c'était tout ce qu'il avait besoin d'entendre.

Vingt marches. Dix-neuf. Plus que dix-huit, et ils y seraient. Aussi pressée que lui, Cesca trottinait dans l'escalier tandis que ses doigts s'attardaient sur le galbe de ses fesses. Une fois devant sa chambre, il marqua une légère hésitation. Non qu'il ne la désirât pas. Au contraire, il la désirait trop. Et ce sentiment était nouveau pour lui.

Il poussa la porte et l'invita à entrer.

– Tu veux boire quelque chose ?

Elle le regarda, amusée.

– Non merci.

– Assieds-toi.

Elle éclata de rire.

– J'ai l'impression de passer un entretien d'embauche.

C'était bien vu, à tel point qu'il ne put s'empêcher de s'en amuser aussi.

– Désolé. Ça me fait un peu bizarre.

– De m'emmener dans ta chambre ?

– Pas toi personnellement. Juste d'être avec une fille dans cette chambre. Comme si j'avais de nouveau quinze ans. Sauf qu'adolescent, je n'invitais pas les filles ici.

Cesca n'en croyait pas ses oreilles.

– Jamais ?

– Pas dans cette chambre.

Il secoua la tête en regardant autour de lui. Bien sûr, la décoration avait évolué avec le temps. Gagné en confort, en raffinement. En revanche, le volume de la pièce, les murs, la disposition du mobilier étaient restés identiques. Mais ce n'était pas tout. À cela s'ajoutait quelque chose d'indéfinissable. Le sentiment que, pour la première fois en six ans, il se révélait tel qu'il était. Pas le Sam d'Hollywood, qui attirait les femmes comme un pot de miel attire les abeilles. Au contraire, il reprenait contact avec le gamin profondément ancré en lui. Celui qu'il tâchait de protéger depuis trop longtemps.

S'il continuait de cogiter, il risquait de s'embrouiller. Il secoua la tête pour faire taire sa petite voix intérieure. Il ne voulait penser à rien d'autre qu'à *elle*.

Cesca s'assit sur son lit qui se creusa légèrement sous ses fesses.

– Je suis honorée. Et soulagée, ajouta-t-elle, les yeux dans les yeux.

– Pourquoi soulagée ?

Trop de distance les séparait. Il la rejoignit et prit place à côté d'elle. Sans réfléchir, il serra sa main dans la sienne et promena son pouce dans sa paume. Ce simple contact l'apaisa, chassa l'anxiété due à leur bref éloignement. Au moindre contact physique, leurs esprits se reconnectaient eux aussi.

– Je t'imaginais en train de t'en donner à cœur joie ici. Je craignais de ne pas être à la hauteur, admit-elle.

– Ah ça, je m'en suis donné à cœur joie dans cette chambre. En solitaire, uniquement.

Il s'allongea sur le lit, entraînant Cesca avec lui. Blottie contre lui, elle posa la tête sur son torse.

– Tu n'as pas l'air du genre à courir les jupons.

Il déglutit.

– Je n'ai pas envie de parler des autres filles.

Elle se redressa et, en appui sur un coude, le scruta attentivement.

– Non ? Pourquoi ?

– Parce que je suis avec toi. Tu es la seule qui m'intéresse.

Il sentit son insécurité s'évaporer progressivement. Savait-elle à quel point il la désirait ? Comment était-il possible qu'elle ne voie pas combien elle lui plaisait, combien il l'admirait et souhaitait la posséder.

Elle exhala une longue expiration. Du bout du doigt, il dessina le contour de sa bouche, suivant la ligne de sa lèvre rose ourlée. Les lèvres tendues, elle embrassa son doigt puis darda sa langue pour le lécher. Son sang afflua instantanément vers son sexe. Il s'autorisa à fantasmer un court instant, rêvassant que ses lèvres sensuelles l'enveloppaient, ses cheveux caressant ses cuisses. C'était électrisant.

– Si tu recommences, je ne réponds plus de moi.

Elle le fixa, les yeux écarquillés. Puis, délibérément, elle s'empara de sa main et aspira son doigt entre ses lèvres. Douces comme du velours. Chaudes et humides aussi. Bon sang, était-elle consciente de ce qu'elle lui faisait ?

Il la retourna sur le dos et la chevaucha. Ses genoux encadrant ses hanches, il emprisonna les mains de Cesca au-dessus de sa tête. Dans le mouvement, sa poitrine s'échappa de son soutien-gorge visible entre les pans de sa robe. Sa peau luisait sous l'éclairage tamisé.

Il la regarda en s'attendant à moitié à percevoir de la stupeur dans ses yeux. Au lieu de quoi ils reflétaient une force singulière qui l'enchanta. Loin de la surprendre, il avait répondu à ses attentes.

Aux siennes, également.

Alors qu'elle était immobilisée sur le lit, c'était elle qui dominait la situation. Elle n'avait qu'un seul mot à dire pour qu'il la libère. En revanche, si elle optait pour un mot d'un tout autre registre, il l'enlacerait si fort qu'elle ne pourrait plus respirer.

– Je vais t'enlever ta robe à présent.

Il saisit le bas de sa robe et le remonta lentement, révélant ses jambes, son ventre puis sa poitrine. Elle remua sur le lit pour se dégager du vêtement qu'il remonta au-dessus de sa tête. Elle se retrouva étendue devant lui, en sous-vêtements.

Tranquillement, il la parcourut du regard. Il l'examina entièrement, du grain de beauté sur le haut de sa cuisse à la douce ondulation de son abdomen. Ses mamelons tendus sous la dentelle de son soutien-gorge. Juste au-dessus de l'élastique de sa petite culotte, sa peau blanche devenait dorée. Il passa le doigt sur cette bande en s'émerveillant de sa douceur. Soudain, il se prit à la toucher partout, explorant sans retenue sa peau et ses muscles fermes jusqu'aux parties les plus chaudes.

Il glissa les mains sous son dos pour dégrafer son soutien-gorge. Elle tremblait entre ses mains. Mais ce n'était pas de la peur. Ou si elle avait peur, c'était de la suite, comme lui.

– Je ne coucherai pas avec toi ce soir, annonça-t-il.

Sa façon de tiquer le combla. Savoir que cette fille, belle et intelligente, le désirait, le galvanisait. Mais le lien qui se tissait entre eux était encore trop fragile. Il craignait de le briser en brûlant les étapes.

– Ah non ?

– En revanche, je vais te toucher. Partout.

– Et si je veux te toucher moi aussi ?

Elle effleura la bosse sous son jean et la pressa dans sa main. D'instinct, il porta ses hanches à sa rencontre, son geste l'entraînant dans un tourbillon de plaisir et de douleur. Pour son plus grand soulagement, elle déboutonna son jean et libéra son sexe. Elle le reprit dans sa main, à pleine main cette fois, si bien que des étoiles apparurent devant ses yeux.

– Fais-toi plaisir.

Sa voix était gutturale contre sa poitrine. Il suça son sein et elle poussa un cri. Il glissa la main sous sa petite culotte détrempée. Ses doigts la tâtonnèrent, son pouce traçant des cercles de façon à la faire gémir. De son côté, Cesca le pétrissait avidement, lui prodiguant des caresses désordonnées tout en pressant son gland. Ses mouvements avaient beau être irréguliers, le plaisir était à son comble. Il dut faire appel à toutes ses forces pour ne pas enfoncer la main de Cesca sous son short.

Elle ondulait des hanches, se calant sur le rythme de son pouce. Il introduisit un doigt en elle, puis deux, la découvrant merveilleusement brûlante et étroite.

– N'arrête pas. N'arrête surtout pas.

– Je n'arrêterai pas, ma puce.

Il releva la tête. Elle était sublime, la tête rejetée en arrière, ses lèvres pleines ouvertes. Tout en remuant les doigts dans son intimité, il plaqua sa bouche sur la sienne. Elle l'embrassa fougueusement, sa langue s'enroulant autour de la sienne, son souffle chaud et entrecoupé au moment où ils se séparèrent.

– Je vais jouir.

Avertissement superflu. Il la sentait se contracter autour de ses doigts. Il appuya son pouce, accélérant ses caresses, dégustant son plaisir tandis qu'il l'embrassait de nouveau.

Bouche ouverte, elle souleva ses hanches. Les yeux écarquillés, elle le regardait sans ciller. Ses spasmes lui comprimaient les doigts. Elle était si serrée que son érection s'accrut, son souffle saccadé s'échappant entre ses lèvres. Il recourba les doigts pour prolonger sa jouissance. Il ne les ressortit que lorsqu'elle retomba sur le matelas.

Elle tenait toujours son sexe dans sa main.

– Tu es magnifique, murmura-t-il au bord de sa bouche.

Il n'avait jamais rien vu d'aussi excitant qu'elle en plein orgasme. Sans attendre, elle introduisit sa main dans son short et caressa son érection.

Lorsque Sam ferma les yeux, des lumières vacillèrent derrière ses paupières. En proie à un plaisir extrême, il retomba en arrière, lui offrant un meilleur accès à son membre qu'elle libéra du sous-vêtement.

Aussitôt, sa bouche chaude le parcourut. Le temps d'un court instant, il craignit de ne plus pouvoir se contrôler. Puis elle le prit dans sa bouche. Si le sexe avait sa place au paradis, c'est là qu'il devait se trouver.

Sam soutenait l'arrière de sa tête, accompagnant ses va-et-vient tandis qu'elle l'aspirait. Il ne lui en fallait pas beaucoup plus pour qu'il décolle. Il était tellement ému par elle, par la nuit, par l'image d'elle jouissant en pantelant.

Dès qu'elle empauma ses parties, il les sentit se contracter. Chaque fibre de son être convergeait vers un seul point. Aussi, lorsque sa langue longea sa hampe et s'enroula autour de son gland, un unique mot le hantait: maintenant, maintenant...

– Je vais...

Sa phrase s'éteignit sur sa langue. Il tira urgemment sa tête en arrière pour l'avertir qu'il était sur le point de jouir. Elle le repoussa, refusant de dégager sa bouche. Elle continuait de sucer, lécher, savourer...

Derrière l'écran de ses paupières, le plaisir explosa en projetant un kaléidoscope de couleurs. Il inonda sa bouche, le bien-être le submergea tandis qu'elle le buvait.

Il avait les membres en coton. Le corps lourd et exténué. Les frustrations de la nuit, la peur qu'elle fréquente un autre homme, l'angoisse de ne pas être désiré en retour, tout cela disparut dans un seul souffle.

Peu après, Cesca rompit le silence.

– D'habitude, je ne fais pas ça le premier soir. Surtout si le garçon en question ne m'a même pas invitée à sortir avec lui.

Il fit un petit sourire.

– Bonne nouvelle.

Il la pressa contre lui et la garda sous son aile. Comme lui, ses mouvements étaient lents, alourdis par la plénitude. Elle se recroquevilla, une cuisse coincée entre ses jambes.

– Reste un peu.

À l'image de son corps, sa voix était affaiblie par la fatigue.

– Juste un petit peu, marmonna-t-elle.

Avant qu'il n'ait pu réagir, sa respiration se fit profonde et régulière, le sommeil emportant la partie. Il ferma les yeux et s'endormit en la serrant dans ses bras.

23

« Ce bourgeon d'amour, s'il mûrit dans la brise d'été, sera peut-être une splendide fleur à notre prochaine rencontre. »

Roméo et Juliette

–Nous pourrons partir en début de semaine prochaine, grésilla la voix de Gabi dans le combiné. J'aimerais attendre que le bébé dorme un peu mieux avant de rentrer. Le pauvre petit chou se réveille toutes les deux heures.

Les pensées de Cesca s'échappèrent vers Sam, qu'elle avait laissé à la villa une heure plus tôt.

–La semaine prochaine ? C'est bientôt. Je pensais que vous vous absenteriez plus longtemps.

Gabi rit.

–Où est passée la fille qui insistait pour retourner en Angleterre ? Tu es tombée sous le charme de Varenne ? Ça arrive, tu sais.

Elle n'eut qu'à lancer un regard vers la place du village pour réaliser que c'était facile. Le village ne manquait pas de caractère. Traditionnel mais accueillant, un petit bout de l'ancienne Italie bâti autour du lac de Côme.

–C'est un ravissant village où il fait bon vivre, admit-elle. Il me manquera quand je serais rentrée.

L'idée de regagner Londres lui fit mal au cœur. Elle ne supportait pas l'idée de reprendre sa vie d'avant, d'autant que ce n'était pas vraiment une vie digne de ce nom. Vivre d'expédients, jouer à cache-cache avec les propriétaires et se plier aux volontés d'un patron. Incapable d'écrire une ligne...

– Tu as été engagée pour l'été, non ? reprit Gabi. Si tu restais dans le coin, Sandro et moi pourrions descendre voir sa sœur de temps en temps. Ne pars pas à cause de nous.

– Nous verrons, répliqua Cesca, l'esprit toujours à Londres. Je ne voudrais pas abuser de votre hospitalité. On m'a confié un travail précis, et une fois que j'en aurai terminé, je ne serai plus utile.

De nouveau, sa poitrine se serra.

Après que Gabi eut raccroché, Cesca resta dans la cabine pour téléphoner à Hugh. Depuis cette triste première semaine à Varenne, elle ne lui avait parlé qu'à deux reprises.

– Quelle joie de t'entendre, s'exclama Hugh quand il reconnut sa voix. Tu veux que je te rappelle ? Les appels longue distance coûtent cher.

– Ne t'inquiète pas, j'ai acheté une carte téléphonique internationale avec l'avance que les Carlton m'ont versée.

Elle ne voulait plus être *cette* fille.

– Sage idée. Raconte-moi comment tu vas, ma puce ? As-tu réussi à écrire un peu ?

– Pour tout te dire, j'ai bien avancé. J'en suis aux trois quarts du premier jet. Je ne saurais décrire le bien que ça me procure.

Ces quelques semaines avaient fait toute la différence. Elle se réjouit de pouvoir lui apporter une réponse positive.

– C'est formidable, je suis impatient de te lire. Tu ne peux pas me l'envoyer, j'imagine ?

Elle rit.

– Mon texte est enregistré dans un fichier, sur l'ordinateur de la villa, mais il n'y a pas d'accès à Internet.

En plus, je préfère attendre qu'il soit terminé pour te le faire lire.

– Je suppose que je vais devoir patienter. Tu rentres dans peu de temps, me semble-t-il ?

Un autre rappel de la durée limitée de son séjour à Varenne. Un rappel déplaisant. Pourquoi ne pouvait-elle pas résider ici de façon permanente, dans son charmant cocon, avec ses écrits et Sam ?

Sam. Pour l'instant, elle refusait de penser qu'elle allait le quitter prochainement. Surtout après les derniers rebondissements.

– Dans deux semaines, grosso modo. Je viens de parler à Gabi, la gardienne, il est question qu'ils rentrent à Varenne la semaine prochaine. Après quoi, je devrai assurer la passation et veiller à ce que la maison soit impeccable.

– J'aurais cru que tu te dépêcherais de rentrer dès qu'ils reviendraient. Il n'y a pas très longtemps, tu voulais décamper au plus vite.

– Oui, eh bien, il se peut que j'aie été un peu impulsive. Oncle Hugh, je suis si contente que tu m'aies dégoté ce poste. Ça a tout changé.

Elle n'exagérait pas. Le matin, en se brossant les dents, elle n'était pas sûre de reconnaître la fille qui se reflétait dans le miroir. En bien. Elle paraissait en meilleure santé, plus forte et tellement plus sûre d'elle. Pour la première fois depuis longtemps, elle contrôlait sa vie. Et l'aventure s'avérait exaltante.

– Tu n'imagines pas comme cela me fait plaisir, ma chérie.

La voix de Hugh se brisa. Pour lui, cela revenait à faire étalage de ses émotions.

– Tâche de garder la même énergie à ton retour. Nous pourrons postuler à des bourses, des concours, saisir les opportunités qui se présentent ici. Il suffit de les cueillir.

Elle ne voulait pas aborder ce sujet. Non qu'elle ne fût pas reconnaissante qu'il la soutienne, car elle savait que c'était une chance de l'avoir. Plutôt, elle ne voulait pas affronter la réalité de son retour prochain.

C'était comme si après un passage en désintox, elle devait vérifier si elle serait capable de rester sobre dans le monde réel. Terrifiant.

– Bonne idée.

Elle pria pour qu'il ne remarque pas son manque de conviction.

– Tu es sûre que ça va ? (Évidemment, il l'avait remarqué.) J'aurais cru que ça t'enthousiasmerait davantage. Mon Dieu, si tu écrivais aussi bien à dix-huit ans, j'ose à peine imaginer ce que tu peux produire aujourd'hui. Après toutes les émotions et les angoisses que tu as supportées. Une excellente formation pour un auteur.

– Tout va bien, répondit-elle d'une voix qu'elle voulut déterminée. Sincèrement, tu n'as absolument pas à te tracasser pour moi.

Une vieille rengaine. Sauf que cette fois, pour la première fois en six ans, c'était vrai.

Hugh laissa le silence retomber. Elle l'imagina dans son appartement londonien, assis dans l'un de ses fauteuils anciens. Dans son esprit, elle voyait la pluie fouetter la fenêtre, assombrissant le ciel chargé de nuages noirs.

– Préviens-moi quand tu seras prête à rentrer. Je m'arrangerai pour venir te chercher à l'aéroport. Où prévois-tu de t'installer ? Je peux libérer la chambre d'amis.

– Je trouverai un pied-à-terre. Au pire, je resterai quelques jours chez mon père. Et ne te dérange pas pour venir me chercher, je prendrai le métro. J'en ai les moyens maintenant.

Plus pour longtemps. Pas sans un emploi ou des allocations.

– Ma proposition reste ouverte. J'ai hâte de te revoir. Et de lire ta pièce.

– Moi aussi, j'ai hâte.

Un infime mensonge. Parce qu'elle l'aimait et qu'en d'autres circonstances, cela aurait été vrai.

Quand elle remonta à la villa, les bras chargés de provisions, Sam l'attendait au portail. Il avait sorti une chaise et corrigeait son manuscrit au soleil, rayant des mots par endroits. Il leva les yeux en l'entendant approcher, et un sourire se dessina sur son visage. Elle aurait aimé qu'il soulève ses lunettes de soleil pour voir ses yeux. Elle détestait ne pas les voir.

– J'espère que tu as mis de la crème solaire, dit-elle alors qu'il la délestait de ses sacs. Il est presque midi.

– Toi aussi, j'espère que tu en as mis. Surtout avec ta peau blanche, répartit-il à juste titre.

Elle considéra ses bras.

– Je ne suis pas blanche. Enfin, plus autant qu'avant.

Il haussa les sourcils.

– Certaines parties de ton corps, si.

Elle sentit son regard glisser le long de son corps. Était-ce mal qu'elle aime son regard flatteur ?

– Tu n'as pas un bronzage intégral non plus, se défendit-elle tandis qu'ils remontaient l'allée de graviers.

Il lui fit ce sourire langoureux si dévastateur.

– C'est pas faux, mais je ne pense pas que bronzer nu puisse redorer mon image publique.

Elle haussa les sourcils.

– Je crois que tu te trompes. Imagine la réaction des filles quand elles verront à quel point tu es... euh... impressionnant.

Sam eut un petit rire.

– Tu me trouves impressionnant ?

Comment se débrouillait-elle pour s'embourber dans leurs conversations ? Pour une fille prétendument littéraire, elle s'empêtrait dans des sous-entendus dès qu'elle conversait avec Sam.

– Comme tu le sais, je manque d'expérience.

Elle sourit largement, trottinant sur les marches de l'entrée.

Le coin de sa bouche frémit.

– Tu me l'as effectivement dit.

Était-ce son imagination, ou sa voix était devenue plus basse et plus dense ? À l'image de l'atmosphère entre eux.

– Je me demande si nous saurions communiquer sans sous-entendus.

– À quoi bon ?

Il rit de nouveau. Tout ce qu'il faisait le rendait plus attirant. Elle détestait cela. Et elle adorait en même temps.

– Ce serait monotone si nous ne parlions que de la pluie et du beau temps. Et peu sexy si nous n'employions que des termes anatomiques. Les sous-entendus sont un bon compromis.

– Dans ce cas, je trouve ta… lampe torche très impressionnante.

– Ma lampe torche, bredouilla Sam. C'est un sous-entendu ou une insulte ?

– Est-ce trop petit ? Ou trop gros ? Existe-t-il un meilleur terme pour en parler ?

– Pourquoi pas, ma queue ?

Cesca poussa un cri étranglé.

– Je n'en crois pas mes oreilles. Queue, ce n'est pas une allusion. C'est une description concrète, grossière qui plus est.

– Queue, c'est grossier ?

– Sam !

Elle avait les joues en feu. Elle devait avoir tout l'air d'une fille prude. Secouant la tête, elle entra dans la cuisine, avec Sam sur ses talons.

– Tu ne trouvais pas ça grossier hier soir, quand tu l'embrassais.

Wouah, elle ne s'était pas attendue à ce qu'il soit aussi direct. Mais ce n'était pas comme si elle était totalement innocente. Elle n'était plus vierge, elle avait lu des livres érotiques et elle connaissait tous les mots du champ lexical. Mais les entendre dans sa bouche était si indécent et excitant qu'elle s'embrasait.

– Dis-le, ordonna-t-il en se rapprochant d'elle et en remontant ses lunettes sur sa tête.

– Quoi ?

– Queue. Je veux t'entendre prononcer ce mot.

– Pas question.

– Dis-le. (Il fit un autre pas vers elle.) Ou tu as peur ?

– Je n'ai pas peur de toi.

En réalité, elle avait peur, juste un peu. Peur des émotions qu'il suscitait en elle.

– Alors, je veux l'entendre sortir de ta bouche. Juste cinq petites lettres. Q-U-E-U-E. à ton tour.

Sam se rapprocha jusqu'à ce que leurs jambes se touchent, leurs torses n'étaient plus séparés que de quelques centimètres. Il se pencha en avant, les mains à plat sur le plan de travail, de façon à la coincer. Sa proximité la fit frémir. Elle pouvait sentir son eau de toilette boisée, odeur qui lui donna envie de promener son nez dans son cou pour mieux le humer.

L'amusement de Sam se nuança de désir.

– Fais un effort, bébé.

– Pas question que je dise ça.

– Alors, je vais devoir t'y obliger.

Face à son défi, elle haussa les sourcils.

– Essaie un peu.

Il se pencha et saisit son menton entre ses doigts. Son regard enflammé la consumait. Il pressa les lèvres sur le coin de sa bouche, et elle savoura leur douceur, leur chaleur.

– Dis-le, bébé. (Il sema des baisers sur sa lèvre inférieure au point de la faire trembler.) Dis-le, tu ne le regretteras pas.

Sa langue longea le sillon de ses lèvres avant de plonger dans sa bouche. Spontanément, elle s'ouvrit à lui, l'embrassant pour l'accueillir, tandis qu'il tenait son visage en coupe. Les yeux de Cesca se fermèrent en papillonnant, et elle haleta contre le corps de Sam qui se pressait contre elle. Elle le sentait entièrement : son torse ferme, son ventre plat, ses bras musculeux. Son érection naissante pressée contre elle qui s'en remettait à son étreinte passionnée.

Sam fut le premier à couper court à leur baiser. Cesca laissa échapper un petit geignement avant qu'il ne promène ses lèvres dans son cou, embrassant sa peau sensible.

– Dis-le, murmura-t-il.

– Non.

– Dis-le ou j'arrête.

– Tu ne ferais pas ça !

Ses mots avaient jailli dans un souffle. Attentif à ses réactions, il connaissait les zones sensibles et il mettait ses connaissances en pratique avec fougue.

– Oblige-moi.

Lorsqu'il lui vola sa réplique, elle sentit un sourire naître sur ses lèvres. Puis il s'écarta, le soudain afflux d'air contre sa peau souligna son absence. Elle rouvrit aussitôt les yeux et tenta de se rapprocher pour le retrouver.

– S'il te plaît, Sam.

Ses joues étaient écarlates.

– Queue, taquina-t-il. Queue, queue, queue.

Elle leva les mains en l'air.

– D'accord ! Tu veux vraiment que je me ridiculise ?

– Je veux que tu te décoinces. Les mots ne sont pas embarrassants. Seule la signification qu'on leur attache est parfois gênante. (Il caressa ses lèvres du bout du doigt.) Si nous discutions d'un chien ou d'un cochon, tu le prononcerais sans même y penser.

Cesca leva les yeux au ciel.

– Queue. Voilà, je l'ai dit. Satisfait ?

– Tu as baissé la voix. Tu dois habiter le mot. Recommence.

– Queue.

Cette fois, elle fit preuve d'un peu plus d'assurance.

– Plus fort.

– Nom d'un chien ! QUEUE. QUEUE QUEUE QUEUE QUEUE !

Elle hurla, le mot résonna dans la cuisine. Gagné par l'amusement, Sam perdit tout son sérieux. Il recula, la main sur son ventre et, penché en avant, il éclata de rire.

– Tu aurais vu ta tête, Cesca, bredouilla-t-il.

– Je ne vois pas l'intérêt d'énoncer des mots dans le seul but de choquer.

– Tu verras, quand j'en aurai fini avec toi, ce sera comme une seconde nature. Tu diras « queue » à tort et à travers sans même t'en rendre compte.

– Certainement pas. Tu peux aller te faire foutre.

Sam était plié en quatre.

– C'est par ici.

Sam lui prit la main et l'entraîna sur le côté de la maison, là où le jardin laissait la place aux flancs escarpés de la montagne. Bien que le soir fût tombé, la chaleur de la journée s'attardait dans l'air, rougissant leurs visages tandis qu'ils traversaient la pelouse. Ils s'arrêtèrent devant une porte en bois ouvrant sur la colline. Il inséra une clé métallique à l'ancienne dans la serrure. Le mécanisme réagit en grinçant, puis il tira sur la porte et révéla un tunnel en briques.

– Ouah ! Je n'aurais jamais deviné qu'il y avait une galerie ici.

L'air frais s'échappa du passage et frappa sa peau.

– C'est la partie de la propriété que Foster préfère. Il la remplit depuis des années.

Elle ne put s'empêcher de remarquer qu'il avait presque craché le nom de son père. Sa curiosité fut piquée au vif. Quel était le problème avec lui ?

Ils pénétrèrent dans le tunnel et Sam referma la porte derrière lui.

– Pour éviter les changements de température, expliqua-t-il devant son air alarmé.

Il actionna un interrupteur pour éclairer l'obscurité, et des lampes murales s'allumèrent. L'entraînant plus avant, ils atteignirent le cœur de la grotte, une large caverne rectangulaire meublée d'étagères en bois. Sur les rayonnages recouverts d'une couche de poussière s'étalait une myriade de bouteilles de vin. Tellement qu'elle n'aurait pu les compter. Toutes légèrement inclinées pour éviter que les bouchons en liège ne se dessèchent.

– Je n'ai jamais rien vu de pareil, admit-elle, lançant des regards émerveillés autour d'elle.

– D'après ma mère, elle a été construite par mon arrière-grand-père pour impressionner sa femme. Elle venait d'une famille de viticulteurs et, pour la courtiser, il a décidé de remplir la grotte de vin. Apparemment, c'est la raison pour laquelle elle a accepté de l'épouser.

Cesca rit et passa le doigt sur une bouteille proche. La poussière s'accrocha à son doigt, révélant le verre vert foncé.

– Une femme raisonnable. Même s'il n'était pas bel homme, elle avait de quoi noyer son chagrin.

– Bien sûr, il était bel homme. Je descends de lui.

– Tu tiens également ta modestie de lui ?

Sam décocha un sourire.

– Non, c'est uniquement le fruit d'un dur travail.

Il inspecta les bouteilles et en souleva quelques-unes pour lire les étiquettes. Finalement, il en sélectionna une sur l'étagère et souffla dessus pour disperser la poussière.

– Mon préféré. Foster en a acheté une caisse il y a une quinzaine d'années, mais sur le lot, il n'en reste plus que quelques-unes.

– Il ne dira rien si on la boit ?

Sam leva les yeux au ciel.

– Il ne le remarquera même pas. De toute façon, il ne manque pas de vin. Et puis je lui offre une caisse de vin tous les ans, pour Noël. C'est très difficile de lui trouver un cadeau.

À peine ressortis à l'air libre, ils furent submergés par la chaleur. Sam verrouilla rapidement la cave et ils retournèrent vers la villa, tous deux pressés de replonger dans l'air conditionné. Dans la cuisine, les lasagnes crépitaient dans le four, et sur l'îlot, un plateau de fromage et du pain croustillant les attendait. Autre chose qui lui manquerait quand elle quitterait l'Italie : ici, ils savaient transformer un dîner en événement.

– Ce sera prêt dans dix minutes, annonça Cesca en vérifiant le plat.

– Parfait. Juste le temps de prendre un *aperitivo.* (Sam prit la bouteille de gin.) Je nous prépare un Negroni.

– Tu m'as pourtant déconseillé de boire avec des inconnus, plaisanta-t-elle en le regardant verser du gin et du Campari dans un shaker. Tu m'as reproché de n'être plus fiable quand je bois.

– C'est précisément là-dessus que je mise. (Il lui fit un clin d'œil et versa le cocktail dans deux petits verres.) De toute façon, meilleurs sont les apéritifs, plus j'ai de chance que tu les savoures.

– Je n'avais jamais bu d'aussi bons vins avant de venir ici, confia-t-elle. D'ailleurs, je ne buvais que très rarement du vin.

Elle était stupéfaite que sa vie ait autant changé. En revenant de la cave, il l'avait informée que la bouteille de son choix coûtait plusieurs centaines d'euros. Dépenser autant en vin lui donnait le tournis. C'était un tout autre train de vie.

La vedette de cinéma fortunée et l'auteure fauchée. De quoi faire une bonne histoire.

– Quand tu auras bouclé ta pièce, nous ferons péter le champagne, annonça-t-il en lui tendant son verre. À la tienne !

– À la tienne.

Ils trinquèrent, puis Cesca but une gorgée. Comme au *Grotta Maria*, le negroni était délicieux.

– Qu'est-ce qui te fait croire que je terminerai ma pièce ici ? Il se peut que je ne vienne pas à bout du premier jet avant de rentrer à Londres.

Sam la regarda par-dessus le rebord de son verre.

– Hors de question. Je ne te laisserai pas partir avant que tu aies terminé.

– Et si ça prend des mois ?

– Je m'adapterai. (Il se pencha vers elle et frotta ses lèvres sous son oreille.) En réalité, j'en serai ravi. Quel que soit le temps que ça prend.

– Va expliquer ça à tes fans. En moins de temps qu'il ne faut pour le dire, tu rentreras à L.A. Tu as sûrement des engagements.

Malgré son détachement apparent, sa voix trahissait sa nervosité. Comme précédemment, quand elle avait évoqué son retour avec son parrain, elle se sentit prise d'un malaise.

Sam avala une gorgée de Negroni. L'alcool faisait briller ses lèvres.

– Je suis un homme libre jusqu'à l'automne.

Cesca sortit deux assiettes du placard et entreprit de répartir la salade. Appuyé au plan de travail à côté d'elle, Sam la regardait découper les tomates juteuses.

– Dans quel film tu vas jouer ?

Elle n'aimait pas l'idée qu'il parte en tournage, entouré de belles femmes. C'était une gageure d'imaginer Sam – son Sam – sur un plateau hollywoodien. Il valait mieux qu'elle s'y habitue, car c'était sa vie. Curieusement, cette idée lui procura une vague nausée.

– Le dernier volet de *Summer Breeze*, répondit-il sans entrain. C'est le dernier de mon contrat. Après ça, j'espère décrocher des rôles plus étoffés. Éventuellement m'éloigner d'Hollywood pendant un moment. Je commence à me lasser d'être une idole superficielle.

Cesca réprima un sourire.

– Ce ne doit pas être toujours facile d'être enfermé dans le même rôle.

– Je déteste ça.

La minuterie du four se déclencha. Il l'éteignit et sortit les lasagnes du four.

– De toute façon, la plupart des gens que je rencontre se figurent que je suis réellement Tyler Graham. Dans la rue, on m'appelle plus souvent comme ça que Sam.

Elle rit.

– Ce doit être agaçant.

– Carrément. (Sam plissa le nez.) Et je sais que je peux paraître ingrat parce que c'est ce qui m'a fait connaître. Mais quand on est cantonné dans le rôle d'un surfeur de dix-neuf ans, on finit par être blasé. Surtout quand on en a vingt-sept. C'est comme ça, Hollywood. Soit on joue le jeu, soit on va voir ailleurs.

Cesca lui remit le couteau et il découpa des parts de lasagne, la vapeur s'élevait encore du plat. L'odeur de pâte fraîche et de bolognaise remplit la cuisine.

– J'imagine, dit Cesca. C'est ironique que ni toi ni moi n'ayons vraiment évolué après ton départ à Hollywood. Toi, parce que ton public ne t'y autorise pas, et moi parce que je n'acceptais pas mon échec.

– Pourtant, à mes yeux, tu as mûri, contesta Sam.

Il apporta les assiettes sur la table puis tira sa chaise. Étrangement, elle avait eu tôt fait de prendre sa galanterie pour acquise. Peu d'hommes de leur âge traitaient les femmes avec courtoisie. Peut-être était-ce dû à son éducation, au fait qu'il ait été élevé par une mère italienne. Quelle qu'en fût la raison, elle l'appréciait énormément.

Sam leur servit du précieux vin. Sa robe foncée était presque noire.

– Son arôme est presque aussi bon que sa saveur, commenta-t-il, son verre devant son visage.

Il inhala profondément, Cesca l'imita.

– Il sent délicieusement bon, confirma-t-elle, faisant tournoyer le liquide dans le fond du verre. Tout de même, ça me gêne de boire ce vin hors de prix.

Sam planta ses yeux dans les siens.

– Il ne faut pas.

– Dit l'homme qui gagne de quoi s'offrir deux bouteilles de ce vin par minute.

– Je n'ai jamais calculé combien je gagnais par minute, rit Sam. Mais je peux t'assurer que mes revenus couvrent le prix du vin.

– Pas les miens.

La tête penchée, il l'examina.

– Ça te tracasse, pas vrai ?

– Le fait que je n'aie pas les moyens de consommer un vin comme celui-ci ? Pas vraiment. C'est très plaisant, mais je suis tout aussi heureuse avec une bouteille à six livres achetée à l'épicerie.

– Non, je ne parle pas du vin. Je parle du fait que j'ai les moyens et pas toi. Je l'ai constaté au restaurant. Tu n'as pas aimé que je t'invite.

Elle n'aimait pas le tournant que prenait la conversation. Il jouait avec sa corde sensible, et elle le ressentait durement.

– J'aime me sentir à égalité. Si je sors dîner avec quelqu'un, j'aime payer ma part. C'est étrange pour moi de dépendre de quelqu'un, comme si je lui étais redevable.

– Et si cette personne a envie de te faire plaisir ? demanda Sam. Et si ça la rend heureuse ? Autrement dit, je pourrais boire ce vin seul, comme j'aurais pu aller dîner au *Grotto Maria* seul, mais ça aurait été triste. Partager ces moments avec toi décuple le plaisir de l'instant. Ça n'a pas de prix.

– J'ai toujours tenu à mon indépendance. Et quand on m'invite à dîner, j'ai l'impression de ne pas pouvoir m'en sortir seule. Je n'aime pas recevoir si je ne peux rien donner en retour.

Sam la scruta, la tête penchée sur le côté.

– Cristiano a réglé l'addition ?

Cesca cligna deux fois des yeux. Une pointe de jalousie perçait dans sa question, ce qu'elle ne put s'empêcher de remarquer. Et cela lui fit chaud au cœur.

– Je ne crois pas qu'ils lui aient fait payer. Je n'ai pas vu d'addition, et je le soupçonne d'avoir été invité en tant que futur acquéreur.

Sam parut s'en réjouir.

– Quel radin !

Un petit rire choqué s'échappa de ses lèvres.

– Tu es dur avec lui. Et puis toi, tu voles bien le vin de ton père. Qu'est-ce que cela fait de toi ?

Il lui adressa un clin d'œil.

– Quelqu'un de perturbé qui a des comptes à régler.

Il remettait ça sur le tapis. Cette fois, elle ne put dissimuler son intérêt.

– Que veux-tu dire par-là ?

Sam haussa les épaules.

– Rien.

Elle soupira.

– Tu y fais souvent allusion et, ensuite, tu te braques. Je ne comprends pas. Ça me donne l'impression...

Sa voix s'éteignit, tandis que le visage plissé, elle cherchait le mot juste.

– ... que je ne suis pas assez bien.

Il accusa le coup.

– Comment ça ? Naturellement, tu es quelqu'un de bien. Trop bien, en toute franchise.

Cesca entortillait sa serviette entre ses doigts, les yeux baissés vers son assiette vide.

– Je me suis ouverte à toi, je t'ai laissé lire ma pièce. Je t'ai parlé de mes difficultés matérielles, de mes problèmes personnels et de ma famille. Mais chaque fois que ça devient personnel, tu te renfermes. (Elle le regarda timidement.) Et je comprends, je crois. Nous ne sommes pas assez intimes et ce n'est pas grave.

Sam parut vexé.

– Nous sommes intimes, affirma-t-il d'une voix faible.

Bizarrement, sa réplique lui serra la poitrine.

– Alors, pourquoi refuses-tu de te confier ?

Il prit son verre vide et passa le doigt autour du bord. Un léger bourdonnement s'éleva du cristal.

– Ce sont de vieilles histoires.

– On ne dirait pas. (Elle écarta son assiette et se pencha au-dessus de la table.) Je vois à ton expression que c'est important pour toi.

Il cligna des yeux et la regarda entre ses paupières lourdes. Un instant, il ressembla à un enfant. Juvénile. Perdu.

– Je suis désolée, murmura-t-elle. Je te le redis. Ça ne me regarde pas.

Sa façon de la scruter lui brisait le cœur. Elle soutint son regard, les lèvres résolument fermées, sentant l'électricité grésiller autour d'eux. Le silence s'étira, seulement brisé par le chuintement du verre en cristal.

Il finit par se reculer dans sa chaise, sans la quitter des yeux.

– En fait, ça te touche de près.

Elle fronça les sourcils.

– Moi ?

Il hocha lentement la tête.

– Tu m'as demandé pourquoi j'avais brusquement abandonné ta pièce. J'ai dû répondre un mensonge à propos de ma famille. Au moins, ça c'était vrai.

La chair de poule recouvrit sa peau malgré la chaleur qui régnait dans la cuisine. Elle eut l'impression d'avoir pulvérisé une barrière invisible.

– La nuit précédant la première, je me suis disputé avec Foster. Non que ce fût inhabituel à l'époque. Chaque fois que nous nous voyions, nous étions à deux doigts d'en venir aux mains. À ses yeux, je faisais tout de travers.

Sam se tut, le temps de remplir leurs verres, et prit une rasade de vin.

– Il avait bu. Il avait l'alcool mauvais. C'est toujours le cas, je crois. Mais ce soir-là, il a battu tous les records.

Cesca serra les poings, ses ongles s'enfoncèrent dans ses paumes. Sam affichait un air lointain comme s'il revivait l'incident avec son père.

– J'étais un peu rebelle, reprit-il. Tu seras sûrement d'accord avec moi. J'étais insolent, arrogant, je me croyais supérieur. Je ne manquais pas une occasion de provoquer Foster. Je le traitais de vieux, je lui disais qu'il avait fait son temps, qu'il devait laisser la place à la jeune génération. Mais, ce soir-là, je l'ai poussé à bout. Je lui ai dit qu'il n'était pas assez bien pour ma mère. Qu'il ne l'avait jamais été. Qu'elle aurait mieux fait de ne pas l'épouser.

– Et après ? demanda Cesca avec impatience.

– Il m'a attrapé par le col et m'a poussé contre le mur, assez brutalement pour me cogner la tête. Il s'est mis à hurler que je n'étais qu'un petit con, que je n'étais pas son fils, que s'il ne s'était pas marié avec ma mère, nous serions en train de moisir quelque part.

– Ton père t'a traité de petit con ? demanda-t-elle, éberluée.

Sam regarda ses mains.

– Le plus drôle, c'est qu'il avait raison.

– Pourquoi ?

Il déglutit, évitant son regard. Elle se retint de le toucher, de lui redresser la tête, de le forcer à la regarder en face.

– Sam ? le pressa-t-elle.

– Ce soir-là, il m'a appris qu'il n'était pas mon père. Il a clairement affirmé que ma mère était enceinte quand il l'avait rencontrée, que mon père était une ordure qui l'avait laissée tomber. Qu'il m'avait adopté en l'épousant. (Il serra la main de Cesca.) Le pire, c'est la façon dont il a dit ça. Comme s'il regrettait. Ça m'a dégoûté.

Une larme roula sur la joue de Cesca.

– Évidemment. C'était ignoble de te l'annoncer aussi méchamment. Comment a réagi ta mère quand il a vidé son sac ?

– Elle ignore que je sais. Personne d'autre ne sait. Juste Foster et moi.

Il fronça les sourcils comme s'il avait oublié quelque chose.

– Et...

– Et moi ? hasarda-t-elle.

– Oui.

Ainsi, il se confiait à elle. Cela la touchait profondément. Elle souffrait de voir cet homme – un homme beau, fort et talentueux – accablé par des souvenirs auxquels il ne pouvait échapper.

– Il ne m'a jamais aimé, murmura-t-il. Et pendant vingt et un ans, j'ignorais pourquoi.

– Mais il t'a adopté, protesta-t-elle. Pourquoi l'aurait-il fait s'il ne t'avait pas aimé un minimum ?

– Je faisais partie du lot. Il voulait ma mère, et elle m'attendait. Il n'a pas eu le choix.

Ses yeux brillaient à la lueur vacillante de la bougie. Elle serra sa main entre les siennes.

– Pourquoi penses-tu qu'il ne t'aime pas ?

Impassible, Sam releva enfin les yeux. Son regard était perçant, comme s'il la sondait intimement. À un point douloureux.

– À cause de menus détails, répondit-il. Et de plus vastes raisons. Des mots, des piques, sa manie de me rabaisser. Mes notes n'étaient jamais assez satisfaisantes, mon jeu était médiocre, j'étais un mauvais fils pour ma mère. Il a même souri quand il m'a révélé la vérité à propos de mon père. Comme si m'infliger des souffrances l'amusait.

Le visage de Cesca s'adoucit.

– C'est un sale type.

– Assez parlé de ma famille déglinguée. (Il la regarda droit dans les yeux.) Je préférerais que nous terminions de dîner et que nous allions nous coucher.

Son cœur s'emballa face à l'ardeur de son regard. La promesse cachée derrière ses mots suffit à lui couper le souffle. Tout en elle la pressait de l'entraîner à l'étage, de le réconforter, de l'enlacer pour chasser ses démons.

Ils parleraient de ses parents un autre jour.

24

« C'est là, l'essence même de l'extase amoureuse »

Hamlet

– Tu as bientôt fini ?

Surprise par son intrusion, Cesca sursauta. Elle était en train de se brosser les dents, elle cracha dans le lavabo, le dentifrice moussait sur ses lèvres. Elle reposa la brosse à dents et se retourna en essuyant sa bouche d'un revers de la main. La veille au soir, ils s'étaient endormis peu après être montés dans la chambre de Sam, leurs membres nus entrelacés. Ce matin, il semblait de bonne humeur, presque redevenu lui-même. Elle avait passé une grande partie de la journée à écrire, pendant qu'ils discutaient de choses et d'autres. Du livre préféré de l'un, du plat préféré de l'autre, si elle préférait le bleu ou le vert.

Et, sitôt le dîner terminé, il avait suggéré qu'ils se couchent tôt. Le ton de sa voix avait recouvert son dos de frissons.

– Tu m'as fait peur.

Sa voix était altérée par le dentifrice qui remplissait sa bouche. Un peu de pâte s'échappa au coin de ses lèvres.

Sam sourit, l'épaule appuyée contre l'encadrement de la porte.

–Il t'en reste un peu.

Il montra sa bouche du doigt.

–Un minimum d'intimité, c'est trop demander ?

Ils faisaient tout à l'envers. Ils n'avaient pas encore couché ensemble et il la voyait déjà dans les pires conditions. Bon, techniquement, elle avait dormi avec lui mais, à part ça, ils avaient juste batifolé.

Quoi qu'on entende par « batifoler ». Car pour elle, c'était intense.

–Tu mets un temps fou. J'avais envie de te voir, déclara-t-il d'un ton capricieux.

Elle fronça les sourcils.

–Moi aussi, j'ai envie de te voir. Mais pas maintenant. (Elle crachota du dentifrice.) Sors d'ici, que je termine ma toilette.

Sam leva les mains comme pour se rendre.

–Ce n'est pas de ma faute si tu te brosses les dents comme une fillette de deux ans.

Elle reprit sa brosse à dents et la brandit devant elle, comme une arme.

–Dehors !

Quand elle émergea de la salle de bains, les dents et le visage propres, Sam était assis sur le lit et feuilletait un manuel d'écriture trouvé sur sa table. Cesca se sentit étrangement nue.

Pas parce qu'elle portait un short et un débardeur de nuit mais parce qu'elle n'était pas maquillée. En vérité, c'était son âme qui lui semblait exposée et vulnérable.

Il releva les yeux en souriant dès qu'elle entra.

–Coucou. Tu es mignonne.

Cesca se renfrogna.

–Menteur.

–Pourquoi les filles doutent toujours des compliments des garçons ? Pourquoi tu ne serais pas jolie sans maquillage et les cheveux enroulés en chignon ? C'est mignon, séduisant. Authentique. (Il lui tendit la main.) Et quand tu tords un peu la bouche, c'est encore plus attirant.

– Comment ça, je tords la bouche ?

Elle se laissa attirer vers le lit en grimaçant.

– Comme ça. C'est charmant, dit-il en touchant ses lèvres.

– Nous n'avons pas rayé ce mot ? Mignonne, je déteste.

Sam posa un léger baiser sur ses lèvres.

– Il n'a pas le même sens en américain et en anglais. C'est un compliment.

– Tu crois ?

– J'en suis sûr. (Il écarta ses cheveux de son épaule et l'embrassa dans le cou.) Mignonne signifie naturelle mais séduisante. Le genre de fille qu'on a envie de présenter à sa mère dès qu'on peut supporter qu'elle se rhabille.

Cesca rit en toussotant.

– Au moins, tu ne les présentes pas nues à ta mère.

– Je n'ai jamais présenté aucune fille à ma mère. (À son expression, elle vit qu'il était sérieux.) Jamais eu envie.

– Et cette fille... son nom m'échappe. Celle qui joue la vendeuse dans *Summer Breeze* ?

– Katya ? Nous ne sommes pas sortis ensemble.

– Les journaux affirment le contraire, contra Cesca.

Devant son air incrédule, elle s'empressa d'ajouter :

– Et je sais que je ne devrais pas croire tout ce que je lis, mais ça avait l'air consommé, si tu vois ce que je veux dire.

– Je croyais que tu évitais tout ce qui me concerne depuis six ans. Quoi qu'il en soit, j'évite de créer des liens avec des gens du milieu. (Sa voix était dense.) La plupart des filles à Hollywood ne courent qu'après une seule chose.

Elle haussa les sourcils.

– Une seule chose ?

– Tu as l'esprit tordu, rit-il sans amusement. Non, elles cherchent à booster leur carrière. Là-bas, les gens ne se fréquentent que par intérêt. C'est quasi impossible d'entretenir une relation normale.

Ses traits s'affaissèrent.

– Pas pour tout le monde. Ma sœur vit là-bas.

– Mais elle n'est pas actrice, si ?

Elle secoua la tête.

– Non.

– Elle est sûrement différente. (Il sourit.) Comme toi.

Le regard de Sam s'éclaira et ses pupilles se dilatèrent. Il battit des cils, et Cesca eut mal à la poitrine à force de retenir son souffle.

– Tu es très belle, Cesca Shakespeare.

– Sincèrement ?

Son souffle, une fois libéré de ses poumons, rejaillit par à-coups. Elle se sentit comme une vieille guimbarde qui cale tous les trois mètres.

– Oui, très.

Sam prit son visage entre ses mains. Elle ferma un instant les yeux, laissant son contact l'embraser. Puis son haleine réchauffa ses lèvres, sa bouche l'effleura. Alors il l'embrassa tendrement, le bout de sa langue dansant à l'orée de sa bouche. Cesca se laissa aller à sa rencontre et l'embrassa pareillement, pour l'inviter à poursuivre.

Il la poussa sur le lit et ils retombèrent emmêlés, leurs corps unis tandis qu'ils s'embrassaient avec urgence. Un long moment, ils restèrent étendus, les mains enfoncées dans les cheveux de l'autre, tout en continuant de s'embrasser.

Cesca enroula ses jambes nues autour des hanches de Sam. Elle sentit son érection tendue contre elle, grisée par la friction. Il se mit à remuer des hanches, une légère ondulation qui lui arracha des soupirs. Ses mains caressaient le dos de Sam, ses doigts l'exploraient. Puis ils saisirent ses fesses, les pétrirent, l'attirant contre elle jusqu'à ce qu'elle gémisse.

Elle glissa les mains sous l'élastique de son pyjama et les posa sur sa peau. Elle l'encourageait, le poussait, murmurait des paroles de désir. Les mains de Sam abaissèrent les bretelles de son débardeur et firent descendre le vêtement sur sa taille. Poitrines nues, peau contre peau, ils furent happés par des sensations débridées.

Le pouce de Sam contourna la taille de son short. Il l'insinua sous la taille élastique, ses phalanges pressant ses hanches.

– Je peux ?

Il arrêta de l'embrasser pour la regarder dans les yeux. Son air captivé, sa bouche gonflée par leurs baisers. Cesca hocha rapidement la tête et souleva les hanches en signe d'impatience.

Agenouillé, il passa les mains sur son corps. Ses lèvres empruntèrent le même chemin, embrassant et aguichant, s'attardant sur ses mamelons pour les faire durcir jusqu'à la douleur. Puis il descendit, ses lèvres éveillaient le désir de ses seins à son ventre, semaient des petits baisers et la léchaient au point de lui faire perdre la tête. Ses doigts s'aventurèrent plus bas, massèrent son intimité, son pouce roulant et malaxant en cercles jusqu'à ce qu'elle frémisse de la tête aux pieds. Sa bouche prit le relais, ses lèvres l'effleurèrent à peine, puis sa langue l'aguicha avec avidité. Elle porta ses hanches à sa rencontre, tandis que Sam maintenait ses fesses pour accompagner ses mouvements.

– Sam, soupira-t-elle. Mon Dieu, Sam.

Elle était sur le point de jouir. Son corps entier se raidit comme un instrument étrangement accordé. Une corde trop tendue, prête à se dénouer. Sam jouait fougueusement avec son corps, se préparant au crescendo, et elle sentit ses cuisses se contracter à l'approche de l'onde ultime.

– Je veux que tu me fasses l'amour, murmura-t-elle, pas tout à fait sûre qu'il l'ait entendue.

Elle tira sur ses cheveux et Sam posa la tête sur sa cuisse pour la regarder.

– Tu es sûre ?

Elle aima qu'il souhaite s'en assurer. Il lui confiait les rênes, promettant ainsi qu'ils avanceraient à la vitesse de son choix.

– Certaine.

– Il me faut un préservatif. Ne bouge pas, d'accord ?

– Je ne m'en irai pas.

Les yeux fermés, elle l'attendit, les orteils recroquevillés sous la sensation qui ne cessait de se diffuser dans ses jambes. Ses cuisses aspiraient douloureusement à l'enserrer. Il reparut en moins d'une minute et s'installa entre ses cuisses. Elle noua aussitôt les jambes autour de sa taille.

Il y eut un moment, une pause affolante, où il pressa l'extrémité de son sexe contre le sien et attendit son accord. Elle l'inspira et savoura leur désir, attendant désespérément qu'il la pénètre.

– Tu es belle.

Sam l'embrassa, repoussant encore l'instant décisif. Il l'aguichait, la rendait folle de désir, et elle adorait ça.

– Toi aussi.

Elle ondula des hanches pour le rappeler à son besoin. Sam sourit contre sa bouche. Une main sur sa taille, il l'immobilisa. Son érection traça des cercles à l'entrée de sa féminité jusqu'à ce qu'elle l'implore.

– Sam...

Il aimait trop ça. Tout comme elle. Il l'embrassa de nouveau et, malaxant ses hanches, il s'insinua lentement en elle.

Emportée par le plaisir, Cesca gémit dans sa bouche. La chaleur irradiait de son ventre à ses seins, ses cuisses, ses orteils. Puis il remua en s'enfonçant en elle, et elle s'accrocha à lui, submergée par les émotions. Ses mains tremblaient. Sa tête retomba en arrière, et le nom de Sam s'échappa de sa bouche comme une litanie.

– Sam, Sam, Sam...

– Oui, mon bébé.

Essoufflé, il prolongeait ses poussées. Chaque fois qu'il se retirait, il replongeait délicieusement et faisait croître son plaisir.

– Je ne peux pas... je vais... je... je...

Ses mots s'évanouirent quand elle se tendit sous lui, ses hanches se soulevèrent au point que son dos se cambra sur le lit. Tous les muscles de son corps semblèrent se crisper au rythme de son orgasme, renforçant son intensité, alors des feux d'artifice explosèrent derrière ses paupières. Quand elle rouvrit les yeux, Sam la contemplait d'un air insondable. Elle l'observa en se demandant si, pour lui, c'était seulement physique. Ou s'il ressentait la même connexion émotionnelle qu'elle. À sa façon de la contempler, elle ne pouvait que croire qu'ils étaient sur la même longueur d'onde.

À son tour, il succomba et, dans un râle, il jouit en elle. Sa tête retomba sur son épaule, ses dents grattant sa peau irritée sous ses lèvres. Elle aimait sentir son poids sur elle, sa fermeté, sa manière de se donner à elle autant qu'elle se donnait à lui.

Elle ferma ses yeux brûlants de larmes. Elle n'aurait su expliquer le flot d'émotions qui l'envahissait. Elle déglutit, espérant retenir ses larmes, les chasser avant que Sam ne les voie.

C'était donc ça, se sentir vulnérable, ouvrir sa poitrine en deux pour laisser quelqu'un vous arracher le cœur. La fragilité, c'était gérable. Mais, pour le reste, cela restait à voir.

Elle s'endormit juste après qu'il était allé se rafraîchir, une fois le préservatif jeté. Il la rejoignit au lit et apprécia son corps doux et souple blotti contre lui, sa tête posée sur son épaule.

Il n'avait pas l'habitude de passer la nuit avec une femme. Ça n'avait jamais été son truc. Il aimait avoir son espace, son lit, assez de place pour s'étaler. Mais il était bien là, avec elle.

Pour l'instant.

Cesca soupira dans son sommeil et se rapprocha de lui. Il plaça son bras autour de son épaule, sentant la douceur de sa peau contre la sienne. Elle était chaude et souple contre son corps nu, si bien qu'il vérifia l'heure en se demandant combien de temps il tiendrait avant de la désirer de nouveau.

Sam ne l'avait pas retrouvée dans sa chambre dans l'intention de lui faire l'amour. Comme la veille, la tenir dans ses bras l'avait comblé. Mais elle était comme une drogue : il suffisait d'y goûter pour en vouloir davantage. Seulement, les drogues ne lui valaient rien de bon.

Comme les femmes.

Depuis ses récentes confessions, Cesca avait plusieurs fois fait allusion à sa famille et il l'avait stoppée net. Une plaisanterie, changeons de sujet, et un petit baiser. Tout était bon pour apaiser le tumulte de ses pensées. Celles qui lui rappelaient que la vulnérabilité conduit à la souffrance.

À Hollywood, les vipères se cachaient sous de beaux apparats et murmuraient des éloges pour vous amener à dévoiler vos secrets. Ici, en Italie ? C'était probablement différent. Mais cela ne l'empêchait pas de paniquer sitôt qu'elle mentionnait sa famille.

Cesca rouvrit doucement les yeux. Elle surprit son regard et un petit sourire étira ses lèvres. Elle passa la main sur son torse.

– Je me suis endormie ?

Il inspira longuement et lui sourit également.

– Eh oui.

– Désolée, c'est déplacé.

Sam haussa un sourcil.

– C'est ce que tu as fait de moins déplacé de toute la nuit.

Elle s'étrangla en riant.

– Sam !

Il aimait cet aspect de leur relation. Aussi naturel que le lever du soleil chaque matin. Ils bavardaient, plaisantaient, et tout allait de soi. C'était réfléchir, analyser, qu'il n'aimait pas. Devoir affronter des choses qu'il s'échinait à ignorer depuis longtemps.

En vérité, la solution était simple. Il n'en passerait pas par là. Il valait mieux se concentrer sur l'instant présent. Embrasser ses lèvres sensuelles tendues vers lui. S'emparer du corps nu de Cesca pelotonné contre lui.

La main de Cesca survola sa poitrine, son ventre, puis s'aventura entre ses cuisses. Sam ferma les yeux lorsqu'elle le saisit dans sa main, son pouce caressa son gland, provoquant une érection instantanée.

Gagné par l'excitation, Sam attira Cesca contre lui et l'embrassa fiévreusement. Ses inquiétudes furent emportées par une vague de désir, remplacées par le besoin qui pulsait dans son corps.

Il la désirait. Maintenant. Tout le reste pouvait attendre.

25

« Et le bail de l'été est trop proche du terme »
Sonnet XVIII

Cesca arrêta d'écrire, recula contre le dossier de sa chaise et contempla l'écran. Un frisson parcourut son dos et s'attarda dans le creux de ses reins, la faisant remuer sur son siège.

Fin.

Elle avait réussi. Bon, ce n'était qu'une première version. Mieux que personne, elle savait que les révisions seraient nombreuses malgré les corrections de Sam. Toutefois, elle débordait de joie devant ce petit mot. Elle n'aurait jamais imaginé qu'elle l'inscrirait de nouveau.

Émue aux larmes, elle cligna des yeux. Elle n'aimait pas pleurer, depuis toujours, et cela semblait d'autant plus mièvre devant une pièce de théâtre. Pourtant, les larmes lui venaient, des gouttelettes à la lisière de ses paupières menaçant de couler à tout instant.

– Ça va ? s'enquit Sam, alerté par ses doigts figés sur le clavier. Tu veux faire une pause ?

Secouant la tête, elle déglutit, la gorge serrée.

– Ça va, je crois. Je viens de...

Elle se tut, prise du besoin de vérifier l'écran, de se persuader qu'elle avait bel et bien tapé le mot fin.

– J'ai terminé la première version.

Une pointe de soulagement perça dans le rire de Sam.

– J'ai cru qu'il t'était arrivé une catastrophe. (Il s'agenouilla à côté d'elle et lut à haute voix). *Fin.* C'est formidable.

– Merci.

– Les deux protagonistes finissent ensemble ?

Cesca inclina la tête sur le côté.

– Tu es bien curieux.

– Oui, et je le découvrirai bientôt. Si jamais tu les as arrachés l'un à l'autre par souci d'effet dramatique, je devrai réécrire la fin.

Elle fit un grand sourire.

– Indécrottable romantique ! Qui aurait cru que l'irascible acteur hollywoodien réclamerait une fin heureuse ?

– J'ai un intérêt personnel dans ce projet, lui rappela-t-il.

– Tiens donc.

Elle le taquinait, ses yeux pétillaient lorsqu'elle croisa son regard.

– Eh oui. Nous avons bossé ensemble sur cette histoire. Et ce type mérite de rendre l'héroïne heureuse. Pas de lui briser le cœur. (Il la regarda soigneusement.) Sinon je serai obligé de le tabasser.

– Très chevaleresque, murmura-t-elle. Tu menaces de frapper un personnage de fiction. Je sens que je vais défaillir.

Un grand sourire s'attardant sur ses lèvres, Sam contracta ses biceps.

– Bébé, je me battrai toujours contre les personnages de fiction pour toi.

– J'aurais cru que tu prendrais la poudre d'escampette.

– Ce n'est pas parce que j'ai fui naguère que je t'abandonnerai une seconde fois.

– C'est vrai ?

– Je ne suis pas un salaud. Plus maintenant.

Elle ferma les yeux tandis que la bouche de Sam descendait de ses cheveux à son cou. La chair de poule la recouvrit quand ses mains caressèrent ses épaules, ses bras puis encerclèrent ses seins.

– Nous sommes supposés travailler, murmura-t-elle.

– Tu as terminé, susurra Sam dans son cou. Tu connais une meilleure façon de fêter ça ?

Aucune ne lui vint à l'esprit. Sam glissa les mains sous son débardeur et elle ferma les yeux. Leur quotidien ressemblait à ça depuis la première fois qu'elle s'était réveillée dans ses bras, une semaine plus tôt. Quand ils ne bavardaient pas, échangeant des tranches de vie, ils se touchaient. Comme s'ils n'étaient jamais rassasiés. Ce n'était d'ailleurs pas leur but.

Ils vivaient dans la plénitude. Des moments incandescents, ceux de la découverte, tressant des liens que seule une compréhension mutuelle pouvait créer. Ils avaient de nombreux points communs, ayant tous deux baigné dans le monde du théâtre dès leur plus tendre enfance, et dès que l'un mentionnait quelqu'un, l'autre le connaissait indirectement.

Toute la semaine, leurs journées bien remplies consistaient à parler théâtre et à échanger des histoires, tandis que Cesca écrivait. Le soir, ils dînaient copieusement, se câlinaient, se confiaient leurs espoirs et leurs rêves, puis s'exploraient physiquement. Jour après jour, Cesca tombait un peu plus amoureuse de Sam, qui l'enlaçait et accueillait sa passion à bras ouverts. Car il était amoureux.

Son corps réagit pour elle. Elle se retourna sur sa chaise et s'abandonna à son étreinte. Les lèvres de Sam recherchèrent aussitôt les siennes, embrassant, touchant, savourant. Ils n'en avaient jamais assez, leurs corps s'exprimaient plus clairement que tous les mots. Cesca succombait, cédait à son désir, ainsi qu'elle l'avait fait dans la chambre, sous la douche, dans le salon, sur la plage... partout, son corps vibrait dès qu'il la frôlait.

– Dis-moi qu'ils restent ensemble pour la vie, chuchota Sam contre sa bouche.

Il baissa ses bretelles sur ses épaules, révélant sa peau hâlée.

– Sinon je réécris tout, ajouta-t-il.

Elle éclata de rire.

– D'accord, ça se termine bien. Satisfait ?

Il s'abaissa pour embrasser ses seins.

– Comblé.

Ils firent l'amour, puis s'octroyèrent une sieste. Après quoi, Cesca se réveilla dans le lit de Sam, entre ses bras musclés. La chambre embaumait le sexe et Sam, un parfum qui l'émouvait autant qu'il l'excitait. Pour une fois, il dormait profondément. Bouche ouverte, il ronflotait. C'était l'une ses récentes découvertes : il avait le sommeil agité.

Un petit vent remontait du lac. Il soulevait les voilages par la fenêtre entrouverte de la chambre, les faisant onduler sur son passage. En plus de l'air, il apportait les sonorités du lac, du ressac léchant la rive, et les cris lointains des navigateurs en balade. Elle soupira de bien-être et se positionna plus confortablement entre les bras de Sam. Dans une heure, ils se lèveraient et s'allongeraient au soleil ou se baigneraient dans le lac.

Elle était sur le point de se rendormir quand un bruit l'alerta. L'écho d'un moteur à l'approche, le chuintement de pneus sur les graviers. Puis des portières claquèrent, et une conversation en sourdine remplaça le moteur. Alarmée, Cesca rouvrit brusquement les yeux.

– Sam ? Sam, Gabi et Sandro sont ici !

Elle le secoua par les épaules.

Paresseusement, il entrouvrit un œil.

– Ils sont en avance. Ils ne devaient rentrer que demain.

– Exactement.

Elle se dégagea de ses bras et s'assit sur le lit. Le drap fin retomba sur ses genoux, dévoilant sa nudité.

– Ils vont bientôt entrer. Habillons-nous !

Contrairement à elle, il était d'un calme olympien.

– Détends-toi, ils ont l'habitude qu'on fasse la sieste. Nous descendrons leur dire bonjour dans une minute.

– Mais ils n'ont pas l'habitude qu'on fasse la sieste tout nus, Sam. Et la dernière chose que nous voulons, c'est qu'ils nous surprennent au lit ensemble.

– Relax, ma puce. Gabi et Sandro sont loyaux, ils ne diront rien. De toute façon, ils ne vont pas débouler dans ma chambre.

Il la reprit dans ses bras.

– Coucou ! Il y a quelqu'un ? cria une voix féminine à l'accent italien depuis le rez-de-chaussée.

Sam se redressa subitement, le visage tordu par l'effroi.

– Bon sang, c'est ma mère. Qu'est-ce qu'elle fiche ici ? Debout, vite !

Il se leva d'un bond et chercha frénétiquement ses vêtements.

– Il faut qu'on se rhabille fissa.

Cesca rit nerveusement. Elle le sentait presque se détacher d'elle alors qu'il enfilait son pantalon.

– Où est passé ton flegme légendaire ?

L'air mécontent, il se tourna vers elle.

– Ça ne me fait pas rire.

Cinglant comme une gifle. Sous le choc, elle regretta de ne pas pouvoir retirer sa plaisanterie.

– Je suis désolée...

Toute trace de gaieté quittant ses traits, elle ramassa ses vêtements éparpillés sur le sol.

– Mademoiselle Shakespeare ? Vous êtes là ?

Une voix masculine. Distinctement américaine. Qui suffit à faire pâlir Sam. D'autant qu'elle semblait proche, davantage que sa mère l'appelant dans l'entrée.

– Je fais quoi ? demanda Cesca à Sam, en proie à la panique. Je lui dis où je suis ?

Il secoua vigoureusement la tête.

– Entre dans la salle de bains.

Il la poussa quasiment dans la pièce attenante.

– Je vais les occuper, les emmener dehors. Tu descendras une fois que la voie sera libre. Raconte-leur que tu faisais le ménage en écoutant de la musique ou je ne sais quoi.

En quelques mots, il la relégua au rang de domestique. Elle se réfugia dans la salle de bains et referma la porte en essayant de retrouver ses esprits. Le fait qu'il la rejette, qu'il bafoue leur intimité sans ménagement, la plongeait dans une colère indignée. Tout bien pesé, elle n'était qu'une employée, et aux yeux des parents de Sam, il était préférable qu'il en soit ainsi. Au moins le temps qu'ils apprennent de quoi il retournait.

Bordel.

Sam se regarda dans le miroir de sa chambre en se tirant les cheveux. Il entendait son père arpenter le couloir, sa grande carcasse martelant le parquet. Un sentiment de malaise déferla en lui, son ventre se nouait à mesure que ses pas se rapprochaient.

– Tu peux le faire, se motiva-t-il.

Il était acteur, après tout. Il était capable d'afficher un sourire forcé et de faire comme si tout allait bien. Il se passa la main dans les cheveux, tentant vainement de les arranger pour parer aux reproches de Foster. Sam était un symbole vivant de tout ce que son père haïssait.

Il prit une profonde inspiration, et sans trouver d'apaisement, et ouvrit la porte.

– Bonjour ! J'ignorais que vous aviez prévu de venir.

Il percuta presque Foster, planté devant sa porte.

Son beau-père se renfrogna.

– C'est donc vrai que tu es ici. Au téléphone, ce matin, Gabi m'a appris que tu avais débarqué. Tu aurais pu demander, Sam, ou nous prévenir.

– Moi aussi, je suis content de te voir.

Sam essaya de contourner Foster, conscient que Cesca patientait dans la salle de bains. L'éventualité que Foster la découvre le rendait malade. Mais il ne bougea pas, sa silhouette massive barrant le passage.

– Tu nous dois des explications, siffla Foster. Ta mère est dans tous ses états. Et tes sœurs n'arrêtent pas de pleurer. Tu as disparu sans un mot.

Sam se hérissa. En moins d'une minute, il avait déjà envie de le frapper.

– J'avais besoin de calme.

– Alors, tu es venu ici, dans la maison de ta mère ? Et si les paparazzis te trouvaient ? Tu sais combien ta mère tient à préserver sa vie privée. C'est toujours la même rengaine. Tu fais le zouave et ensuite tu comptes sur nous pour réparer les pots cassés. Tu as vingt-sept ans, Sam. Quand grandiras-tu ?

Son beau-père était toxique. Sam sentit le petit garçon en lui se recroqueviller. Il n'était plus un enfant, mais un homme. Et il devait se comporter comme tel.

– C'est isolé et protégé. Les paparazzis ne me trouveront pas ici. Dans le cas contraire, que pourraient-ils faire ? Je vis caché. Tu ne peux pas me reprocher de m'afficher partout.

– Il y a un début à tout.

– Qu'est-ce que c'est censé vouloir dire ?

Sa réaction prit Foster de court. Normal. C'était la première fois que Sam défendait son point de vue et le défiait du regard, d'homme à homme.

– Ça signifie que tu n'as aucune conscience morale. Qu'est-ce qui t'a pris de t'exhiber avec une femme mariée ? Je l'ai déjà dit à ta mère, tu as les mœurs d'un chat de gouttière. La pomme ne tombe jamais très loin de l'arbre, Monsieur le marteau-piqueur.

– Je suis également le fils de ma mère. Et elle m'a parfaitement bien élevé.

Il omit de mentionner Foster. Il ne le méritait pas.

– Bien entendu, mon chéri.

La voix de sa mère les fit tous deux sursauter. Accaparés par leur combat de coq, ils ne l'avaient pas entendue approcher.

– Mais je suis fâchée contre toi. Pourquoi tu ne m'as pas rappelée ?

Elle prit le visage de Sam entre ses mains et l'embrassa sur les deux joues.

– Je me suis fait un sang d'encre.

Sam haussa les épaules. Immanquablement, sa mère dissipait toutes les tempêtes.

– C'est toi qui insistes pour que cette propriété soit déconnectée du monde extérieur. Pas de wifi, pas de téléphone, tu te souviens.

Lucia fit la moue. Le passage du temps commençait à marquer ses traits.

– Tu aurais pu envoyer un message. Ou descendre téléphoner au village.

Il grimaça.

– Je m'efforce de rester incognito.

– Samuel, tu ferais un piètre espion, rit-elle en l'étreignant. Au téléphone, Gabi nous a dit que tu étais là. Ça la tracasse de ne pas pouvoir prendre soin de toi et de devoir laisser... zut, comment elle s'appelle... faire tout le travail.

– Cesca. Elle s'appelle Cesca, répondit posément Sam.

Lucia le prit par le bras et l'entraîna au rez-de-chaussée.

– C'est ça, Cesca. Un prénom charmant. Comment s'en sort-elle ? Elle s'occupe bien de toi ?

Lucia continua à le mitrailler de questions dans l'escalier, s'enquérant de la durée de son séjour en Italie et de ses projets de tournage. Lorsqu'ils arrivèrent dans la cuisine, avec Foster sur les talons, elle laissa la parole à Sam après une dernière question.

– Bon, qui est cette fille ?

Le ventre de Sam se noua.

–Quelle fille ?

–Celle des magazines. Serena Sloane. C'est sérieux entre vous ?

–Pas du tout. Les médias ont monté cette histoire en épingle. Je pensais qu'elle était divorcée.

Il chercha une ruse pour changer de sujet.

–Ce n'était pas difficile à vérifier, glissa Foster.

Sam baissa les yeux.

–Eh bien, je ne l'ai pas fait. Ce n'est pas mon genre. Je ne vole pas la femme des autres.

–Bien évidemment ! Je le sais, affirma Lucia en lui pressant le bras. Foster, arrête de l'accabler.

Sans protester, son mari haussa un sourcil. Il réservait ses pires insultes pour plus tard, quand il le prendrait entre quatre-z-yeux. Comme toujours.

–Quoi qu'il en soit, il est évident qu'elle court après la célébrité, poursuivit Lucia. Quelle horrible femme ! Elle se sert de toi pour se faire de la publicité. Méfie-toi des gens qui t'entourent, Sam. Tu sais que tout le monde n'a pas tes intérêts à cœur.

Elle ignorait à quel point c'était vrai.

–J'en suis conscient. Il s'avère que certaines personnes ne sont pas les alliés que j'avais vus en eux. D'ailleurs, j'ai limogé mon agent.

–Ton agent ?

–Comme par hasard, il représente également Serena. J'ai confié l'affaire à mon avocat.

–Oh, mon chéri, c'est monstrueux.

–Tu dois apprendre à mieux juger les gens dans ce milieu, souligna Foster. Tu fais confiance aux mauvaises personnes, Sam. Je pourrais te mettre en relation avec un bon agent.

–Naturellement, ton père pourrait t'aider, rebondit Lucia, toujours encline à les rapprocher. Laisse-le passer quelques coups de fil, peut-être ?

– C'est impossible d'ici, il n'y a absolument pas de réseau, rappela Sam.

Jamais il ne laisserait Foster intervenir dans sa carrière, mais par réflexe, il protégeait sa mère.

– Il s'en occupera dès notre retour à Paris, déclara Lucia en souriant. J'aimerais tant que tu travailles moins loin de nous. Je ne cesse de répéter à Foster que ce serait épatant que tu joues dans ses productions. J'adorerais réunir mes deux hommes dans la même ville.

Sam surprit brièvement l'expression de Foster. Son beau-père semblait aussi enthousiaste que lui à cette perspective.

– Quand retournez-vous à Paris, à ce propos ? demanda Sam. Je croyais que vous y restiez tout l'été.

– Dans quelques jours, une semaine maximum, répondit sa mère. Nous avions tous besoin d'une pause. Paris est une ville merveilleuse, mais en plein été, on étouffe. Tout ce monde...

Elle fit la grimace.

– Une semaine ?

Sam ne put cacher sa stupeur. Une semaine entière ? Déjà qu'il redoutait que le retour de Gabi et Sandro le contraignent à prendre ses distances avec Cesca, ne serait-ce qu'en apparence. Et maintenant, la présence de ses parents compliquait encore les choses. À tel point qu'il refusait d'envisager les conséquences.

– Et les filles ?

– Tu les connais, elles ont filé au lac. Elles ignorent que tu es là, répliqua Foster avec un sourire plein d'indulgence.

– Toute ma famille enfin réunie, mon rêve s'est réalisé, s'enthousiasma Lucia en le serrant dans ses bras. Nous allons passer un merveilleux séjour tous ensemble.

Enlaçant sa mère, les yeux fermés, Sam regrettait de ne pas partager son optimisme. De son point de vue, le rêve se transformait en cauchemar.

– Nous aimerions dîner à sept heures sur la terrasse. Foster est intolérant au gluten, c'est pourquoi Gabi prépare généralement du risotto, expliqua Lucia. Comme Izzy est devenue pescetérienne, un plat à base de poisson, ce serait parfait.

Cesca hocha la tête, s'affairant pour éviter de croiser le regard de Lucia. À peine la regardait-elle que la honte la submergeait. Elle l'avait payée à quasiment ne rien faire, hormis écrire une pièce de théâtre et coucher avec son fils. Ce constat l'emplissait de culpabilité.

– Aucun problème. Je descendrai faire des provisions au village. Dites-moi si vous avez besoin d'autre chose. Je suis tellement désolée que la maison n'ait pas été préparée pour votre arrivée. Je suis impardonnable.

Lucia rit. Elle avait le même rire que Sam.

– Pas du tout. Personne ne vous a prévenue. Si j'avais réfléchi, nous aurions attendu demain, que Gabi et Sandro soient rentrés. J'avais tellement hâte de quitter Paris que nous sommes partis sur un coup de tête ce matin. La chaleur en ville était si étouffante, je me languissais du lac.

Cesca sourit, plaçant les verres sur le plateau en argent déniché dans le placard.

– Si vous voulez vous installer sur la terrasse, je vous apporte vos rafraîchissements. Vos chambres sont prêtes maintenant, au cas où vous souhaitiez vous reposer.

– *A riposo*, dit Lucia. La sieste était incontournable quand j'étais enfant. Mais Foster déteste ça. Il considère que c'est une perte de temps.

La mention de son mari hérissa Cesca. De la salle de bains, elle avait entendu sa confrontation avec Sam. Elle avait eu envie de sortir lui dire ce qu'elle pensait d'un homme qui rabaissait son fils. Mais en son for intérieur, elle savait qu'elle ne ferait qu'aggraver le cas de Sam. Pour autant que leurs relations puissent s'envenimer davantage.

Lorsqu'elle apporta les boissons sur la terrasse, la famille était réunie au grand complet. Sam, sa mère, l'homme aux cheveux grisonnants qui devait être Foster et deux adolescentes allongées sur les transats, sous le soleil de l'après-midi.

– Laissez-moi vous aider.

Sam bondit pour s'emparer du plateau. Ses mains recouvrirent celles de Cesca, et le temps d'un court instant, tout lui parut normal. Puis elle regarda Sam dans les yeux et ne trouva nulle trace de leur complicité. Juste un grand vide qui lui vrilla l'estomac.

– Merci, murmura-t-elle, confiant le plateau à Sam le temps qu'elle distribue les verres.

Arrivée au dernier verre, Cesca reprit le plateau et Sam s'empara de son verre.

– Finalement, j'ai envie d'une bière, affirma Sam. Je vous accompagne.

– Je peux vous l'apporter.

– Un peu d'air frais me ferait du bien.

– Reste ici, Sam, s'écria la sœur cadette.

Cesca essaya de se souvenir de son nom. Était-ce Izzy ou Sienna ?

– Parle-moi de ton nouveau film, ajouta-t-elle.

– Mais oui, reste avec nous. Cesca peut t'apporter une bière. N'est-ce pas, Cesca ?

– Bien entendu.

Elle lui asséna un sourire pincé. Elle ignorait pourquoi elle se sentait aussi humiliée. Elle n'en était pas à sa première expérience de serveuse. Et les serveuses étaient censées passer discrètement, pas s'imposer. Leur rôle consistait à servir sans dire un mot, puis à se fondre dans le décor. Mais ces derniers temps, elle s'était détachée de cette personnalité effacée. Elle avait enterré la Cesca d'autrefois, celle que les responsables prenaient de haut. Tant et si bien qu'elle avait fini par considérer cette luxueuse propriété comme son havre de paix, son foyer, non comme son lieu de travail.

C'était sa première erreur. Une grossière erreur. Elle aurait dû se méfier.

Elle emporta le plateau vide dans la cuisine, l'essuya et le rangea. Puis elle ouvrit le réfrigérateur et en sortit une bouteille de bière. Le verre était froid et humide, les gouttelettes mouillèrent sa main.

– Tu n'as pas besoin de m'ignorer, tu sais.

Se retournant, elle découvrit Sam derrière elle.

– Je ne t'ignore pas. Je fais mon travail.

Il cligna des yeux, l'air confus.

– Tu es en colère contre moi ?

La bouteille dans la main, elle s'adossa au plan de travail.

– Non. Je suis surtout en colère contre moi-même. J'ai eu tendance à prendre mes aises, à oublier la raison de ma présence. J'ai l'impression que j'ai agi de manière irrespectueuse envers tes parents. Ils me versent un salaire, après tout.

Sam fronça les sourcils.

– Irrespectueuse ? En quoi leur as-tu manqué de respect ?

Elle vérifia qu'ils étaient bien seuls.

– Tu le sais bien, Sam. J'étais au lit avec toi lorsqu'ils sont arrivés. Ce n'est pas l'attitude d'une employée modèle.

Le visage de Sam se détendit.

– Tu ambitionnes d'être une employée modèle ?

Cesca soupira.

– Ils ont eu la gentillesse de me donner du travail quand j'en avais besoin. Ça ferait mauvais genre s'ils apprenaient pour nous deux.

Il s'avança et la prit par les bras.

– Nous n'avons rien fait de mal.

Aussitôt, elle se retrouva dans ses bras. Elle se raidit, de peur que quelqu'un les surprenne, mais ses émotions prirent le dessus. Elle fondit contre lui.

– J'ai envie de rentrer chez moi. Je ne me sens pas à ma place ici, murmura-t-elle.

Il frotta ses lèvres sur les siennes.

– Bah alors ? Où est passée la fille heureuse de terminer sa pièce ? Tu n'as pas de raison de te sentir de trop. Tu n'es pas inférieure aux personnes qui se trouvent dehors. Tu vaux mieux qu'eux. Je déteste que tu nous serves comme une domestique.

– Moi aussi, je déteste ça, admit-elle.

– Plus vite Sandro et Gabi reviendront et mieux ce sera, assura Sam.

Cesca leva les yeux vers lui.

– Mais je m'en irai dès qu'ils rentreront. Et je ne te verrai plus.

– Naturellement, tu me reverras. Je viendrai te voir, toi aussi tu pourras venir. Ce n'est pas la fin de notre histoire.

Le cœur de Cesca s'allégea comme si sa poitrine s'emplissait d'hélium.

– Tu penses ce que tu dis ?

– Tu as envie que ça s'arrête ?

Pour la première fois, la voix de Sam flancha.

– Je veux...

Entendant coulisser la baie vitrée, elle se tut. Sam recula d'un bond, tandis que Cesca plongeait dans le réfrigérateur en feignant de contrôler les dates de péremption des aliments.

– Sam, je croyais que tu revenais tout de suite.

– J'arrive, Izz. J'avais besoin de parler à Cesca.

Sa sœur se tourna vers elle.

– À quel sujet ?

Cesca s'éclaircit la voix.

– Il me racontait que vous étiez devenue pescetérienne.

– Maman te l'a dit ? demanda Izzy à son frère.

Elle rejeta sa chevelure noire bouclée par-dessus son épaule. Elle était l'aînée des sœurs, Cesca s'en souvenait à présent. À dix-huit ans, c'était une vraie beauté. Face à elle, Cesca imaginait sans mal Lucia au même âge. Une pêche mûre prête à être cueillie et savourée par son mari. Puis jetée au premier orage.

Sam lança un regard à Cesca.

– Elle m'en a parlé. Comment ça t'est venu ?

Izzy plissa le nez.

– Ça a commencé à Paris. Les deux premières semaines, Papa nous emmenait manger un steak tous les soirs. La viande me dégoûtait. Alors, j'ai annoncé que je devenais végétarienne. Maman s'y est d'abord opposée, mais nous avons trouvé ce compromis.

Cesca remarqua que Sam réprimait un sourire.

– Le poisson, ça ne compte pas ?

Izzy eut l'air coupable.

– Bien sûr que si, mais je ne consomme que du poisson issu d'élevages responsables. Je fais de mon mieux, Sam.

– Je veillerai à vous en trouver pour le dîner, intervint Cesca.

Izzy la regarda avec reconnaissance.

– Merci.

Elle prit Sam par le bras et l'entraîna en exigeant qu'il la suive à l'extérieur. Il lui emboîta le pas, se retournant brièvement vers Cesca.

– Plus tard, articula-t-il.

Était-ce une menace ou une promesse ?

26

« L'amour est aveugle, et les amants ne
parviennent pas à voir les belles folies qu'ils
commettent eux-mêmes »

Le marchand de Venise

– Cesca ? Tu dors ?

Sam se faufila dans la chambre de Cesca sur la pointe des pieds. Elle redressa le dos en se frottant les yeux avec les poings.

– Plus maintenant. Quelle heure est-il ?

Elle se pencha pour allumer sa lampe de chevet. La lumière éclaira son visage, diffusant un halo doré sur sa peau.

– Dans les deux heures, chuchota Sam en s'asseyant sur le lit. Désolé si je ne suis pas venu plus tôt. Foster vient de se coucher. Cadeau.

Il posa un petit objet métallique sur son bureau.

– Une clé USB ?

– Je me suis souvenu que ta pièce était enregistrée sur l'ordinateur de Foster. Je l'ai téléchargée. J'avais peur qu'il l'efface.

Touchée par son attention, elle attrapa la clé USB et retraça les mots inscrits sur l'étiquette.

– Merci.

– Ce n'est rien.

L'émotion bloquait la gorge de Cesca.

– Au contraire, c'est beaucoup. Même si j'avoue que je l'avais oubliée. Je n'y ai pas pensé de la journée. Enfin, pas depuis que ta famille est là.

Sam se renfrogna.

– Tu n'as pas eu le temps. Tu n'as pas arrêté de la journée. Je ne m'étais pas rendu compte que ma famille était aussi exigeante jusqu'à ce que je me mette à ta place.

– Ça va. Honnêtement, ça fait du bien d'être occupée. Je pense moins.

– À moi, tu veux dire ?

Une étrange expression flottait sur son visage. Un mélange de mélancolie et de regrets. Elle posa délicatement la main sur sa joue.

– Ne sois pas idiot. Évidemment, j'aime penser à toi.

– Oui ?

Agenouillée, elle glissa vers lui pour lui donner un petit baiser.

– Ça m'a manqué.

Tenant la tête de Cesca dans sa main, Sam l'embrassa plus intensément. Elle se détendit contre lui. Elle avait passé la journée sur ses gardes, décortiquant chacun de ses gestes. Sans trop savoir si elle servait la famille ou s'efforçait de remporter leur approbation.

Sam l'enlaça et l'allongea sur le lit. Il se positionna contre elle, l'encadrant de ses bras.

– Leur arrivée n'aurait pas pu tomber plus mal.

Elle fit un petit sourire.

– C'est toute l'histoire de ma vie.

La dernière fois que Foster était intervenu, Sam s'était enfui aux États-Unis. Elle fut prise d'un mauvais pressentiment.

– Je ferais mieux de m'en aller, Sam. Ce n'est pas bien.

Il fronça les sourcils.

– Qu'est-ce qui n'est pas bien ?

– Nous deux. Ici. Tout ce qui s'est passé entre nous.

– Et si c'était la seule chose à garder ? Si je ne pensais qu'à ça, nuit et jour ?

Cesca eut la bouche sèche.

– Et alors ?

– Ça m'ennuierait que tu trouves ça mal.

– Sam…

Elle chercha une réponse appropriée. C'était facile pour une auteure, non ? Pourtant, dès qu'elle essayait d'identifier ses sentiments, elle se retrouvait face à une page blanche. Aussi s'en remit-elle à l'honnêteté.

– Et si c'était la bonne chose à faire, mais pas le bon moment ? se défendit-elle. Les événements s'emboîtent mal.

– Autrement dit ?

Le visage fermé, il roula sur le côté.

– Je ne sais pas. Tout allait si bien, mais depuis que ta famille est là, je n'ai plus ma place ici. Je n'ai plus qu'une seule idée en tête : m'en aller.

– Tu veux partir ? murmura-t-il.

– Je ne sais même pas ce que je quitterais.

– Moi. Tu me quitterais, moi.

Elle tenta de maîtriser ses émotions, mais l'air démuni de Sam ne l'aidait pas.

– Je n'ai pas envie de te quitter, se récria-t-elle.

– Alors, reste.

– De toute façon, je ne peux pas rester. Gabi et Sandro reviennent demain matin. Je serai de trop.

– Reste en tant qu'invitée.

– Ton invitée ?

Elle n'aurait su dire ce qui la choquait le plus : sa proposition ou sa réaction instinctive. Car le statut d'invité lui retournait l'estomac.

– C'est ce que je suis ? *Ton invitée ?*

Sa véhémence le prit au dépourvu.

– Bien sûr, tu n'es pas une simple invitée. C'est toi qui veux cacher notre relation à mes parents. Tu t'acharnes à nous servir comme une domestique sans me regarder dans les yeux.

– Si je te demandais de leur parler de nous, tu le ferais ?

Il parut sur le point de paniquer.

– Je ne sais pas... je... Cesca, tout était si simple, sans complication. Ça tombe au mauvais moment. Foster et moi... nos relations sont tumultueuses. Je ne voudrais pas qu'elles empirent.

Le cœur de Cesca se brisait en mille morceaux.

– Je sais. Je peux comprendre que tu ne veuilles pas me présenter comme ta... ce que je suis pour toi. Mais je ne peux pas continuer à faire semblant d'être quelqu'un d'autre.

– Je ne t'en demande pas tant.

– Bien sûr que si, observa-t-elle. Tu aimerais que je fasse semblant d'être une amie, une connaissance ou je ne sais quoi.

– Tu préfères que je te présente comme mon amoureuse ?

Elle secoua la tête. Les larmes lui piquaient les yeux.

– J'aime autant que tu ne leur dises rien. Je veux seulement rentrer chez moi.

– Mais tu n'as pas de chez-toi.

– Merci de me le rappeler.

– Cesca, je ne comprends pas ce que tu attends de moi. Je cherche une solution, mais tu rejettes toutes mes idées. Que veux-tu de moi ?

Sa question la cueillit à froid. Toute la journée, son embarras avait été tel qu'elle n'avait eu qu'une idée en tête : que tout redevienne comme avant. Passer la journée à écrire et réviser sa pièce avec Sam, et la nuit dans ses bras. Ce vœu était chimérique, mais accepter que le meilleur était derrière eux la déchirait.

Qu'espérait-elle désormais ? Difficile à dire. En revanche, la douleur dans sa poitrine était insoutenable. Comme si elle perdait quelque chose qu'elle ignorait posséder.

– Je ne sais pas ce que je veux, répondit-elle. Il est tard, je suis fatiguée et demain est un autre jour. Nous devrions dormir.

Chacun de leur côté. Ce qu'elle ne précisa pas, même si cette évidence planait dans la pénombre.

– Tu veux que je te laisse ?

Son visage se referma de nouveau. Elle commençait à s'y habituer.

Elle hocha la tête.

– Ce serait catastrophique qu'on te trouve ici.

– Très bien. À demain.

Il se leva et se passa la main dans ses cheveux en bataille. Il s'éclipsa sans l'embrasser. Au lieu de lui réclamer un baiser, elle éteignit sa lampe et resta étendue dans le noir, les yeux grands ouverts.

– Ça va ? Fais une pause, si tu as besoin, suggéra Gabi à Cesca avec un petit sourire fugace.

Depuis le retour de Gabi et Sandro, en milieu de matinée, elles briquaient la cuisine et la salle à manger. La chaleur croissante ralentissait leurs mouvements. De son côté, Sandro prêtait main-forte aux jardiniers. De temps en temps, il passait la tête par la porte arrière, et Gabi lui remettait un verre d'eau glacée qu'il avalait cul sec avant de disparaître.

– Moi, ça va. Mais c'est toi qui m'inquiètes. Tu ne devrais pas te tuer à la tâche, après toutes ces heures de route. J'aurais pu nettoyer pendant que tu récupérais.

– Pas besoin. J'ai eu plusieurs semaines pour me détendre. Tu as très bien tenu la maison, toute seule. J'ai un peu l'impression de profiter de toi, mais ça va plus vite à deux. Tant que tu es là...

– Ça ne me dérange pas, la rassura Cesca.

C'était peu dire. Primo, le grand nettoyage des sols lui permettait de se planquer. Deuxio, la tâche lui occupait l'esprit, d'autant que Gabi parlait pour deux. C'était aussi une bonne excuse pour ne pas côtoyer la famille de Sam.

Et Sam.

– Je disparaîtrai bien assez tôt, l'informa Cesca. Je compte descendre au village demain pour réserver mon retour. Madame Carlton n'a sûrement pas envie de verser deux salaires pour le même poste.

Les traits de Gabi s'affaissèrent.

– Oh non, attends un peu. Reste, s'il te plaît. Cela nous aiderait beaucoup. Il y a tant de tâches que je n'arrive pas à accomplir seule lorsque Sandro est pris par l'entretien du parc.

– Je dois rentrer. J'ai été engagée pour assurer l'intérim. Tu trouveras quelqu'un au village pour t'assister.

– Ce n'est pas la même chose, bouda Gabi. Et puis, je veux que tu me racontes ton séjour par le menu. Tu as pu explorer Varenne ? Tu t'es fait des amis ? Tu dois prolonger ton séjour ne serait-ce que pour partager tous les potins avec moi.

Cesca partit d'un rire léger, espérant que Gabi ne sente pas son désarroi.

– Quels potins ? La vie est très tranquille ici.

Gabi poursuivit à voix basse.

– Et avec Sam ? Tu as lu les journaux ? Tu crois qu'il a fait ce qu'ils prétendent avec cette femme ?

Son pouls grimpant en flèche, Cesca cessa de brosser.

– Quelle femme ?

– L'actrice, la blonde. Serena Sloane. Elle est très belle, mais aussi très mariée, d'après les magazines.

Serena Sloane ? Cesca la connaissait de nom. Une sublime actrice blonde qui jouait dans la cour des grands. Elle et Sam formaient probablement un couple brillant.

L'image qui lui vint à l'esprit lui donna la nausée.

– Il ne m'en a pas parlé, répondit-elle le plus calmement possible.

– De toute façon, je suis sûre que ce sont des mensonges. Il est trop gentil pour ça, s'empressa d'ajouter Gabi, prenant la réaction de Cesca pour un refus de cancaner.

– Bien trop gentil.

Cesca se pencha de nouveau et récura avec ardeur, au point d'avoir les doigts à vif.

–Trouvons un arrangement, si tu as besoin de rentrer. Disons que tu restes jusqu'au week-end? *Signor* Carlton donne une petite fête. J'ai besoin de toi pour tout préparer, proposa Gabi.

–Une fête? répéta Cesca d'une petite voix. Sam est au courant? Je croyais qu'il ne tenait pas à se montrer.

–Tous les ans, ils organisent une fête à cette période de l'année. Pour le festival. *Signora* Carlton adore recevoir. Elle emmène ses invités sur la plage pour admirer le feu d'artifice sur le lac.

–Je vois.

Merveilleux programme. Quelques jours plus tôt, il l'aurait enthousiasmée. Mais désormais, il lui semblait aussi terne que tout le reste.

–Dis-moi que tu restes encore un peu. Sandro te conduira à l'aéroport le lendemain, promis. Tu nous serais d'un grand secours et je t'en serais reconnaissante.

Gabi serra la main de Cesca, le visage éclairé par l'expectative.

–De toute manière, ce serait difficile de trouver un vol avant le week-end...

–Génial! s'exclama Gabi en l'enlaçant. Merci de tout cœur. Tu me sauves la vie. J'informerai la *Signora* Carlton que tu m'assisteras.

Cesca fit un petit sourire et se remit à l'ouvrage, astiquant le sol avec encore plus d'énergie.

Dans quelques jours, elle reprendrait l'avion. Elle tiendrait jusque-là, non?

–Comment s'appelle ton prochain film?

La voix de Foster retentit au bout de la table. La famille déjeunait sur la terrasse dominant la plage. Tandis qu'ils dégustaient le copieux repas cuisiné par Gabi, Sandro remplissait les verres de vin.

–Le dernier volet de *Summer Breaze*, répondit Sam. Le tournage débute en octobre.

–C'est une drôle de période pour tourner un film d'été, fit remarquer Izzy. Ce ne serait pas mieux de tourner en ce moment ?

–Il fait encore chaud à L.A. en octobre, expliqua Sam. C'est fou tout ce qu'on peut faire grâce aux effets spéciaux. Mon plus gros défi sera de ne pas grelotter en sortant de l'océan. Si j'y arrive, tout ira bien.

Izzy et Serena pouffèrent de rire. Il leur fit un clin d'œil.

–J'imagine que tu es soulagé que cette série s'arrête, repartit Foster. Tu as eu tort de signer ce contrat. Ce n'est pas ce qui s'appelle du grand art.

Sam sentit l'irritation le gagner.

–Le grand public aime cette série. Qui sommes-nous pour dire ce qu'est l'art, après tout ?

–Je sais reconnaître ce qui n'en est pas, railla Foster. Par exemple, regarder se baigner un type torse nu. C'est exactement ce que font tes fans.

Sam mâcha une bouchée de risotto. Il était devenu insipide et pâteux. Un court instant, il songea avec nostalgie aux dîners de pâtes partagés avec Cesca dans la cuisine tout en bavardant. Cela lui parut si lointain, alors que ça ne remontait qu'à deux jours.

–Arrête, Foster, le réprimanda Lucia. Sam s'en est très bien sorti en décrochant ce rôle. Tu sais que ça l'énerve que tu l'asticotes.

Au lieu de se rebiffer, Sam préféra préserver la naïveté de sa mère. Si Foster l'avait taquiné, Sam l'aurait volontiers bien pris.

–Tu as d'autres projets après ça ? demanda Izzy.

–Rien de sûr. Je quitterai peut-être Hollywood quelque temps. Je commence à me lasser de tout ce cirque.

Le visage d'Izzy s'éclaira.

–Peut-être que tu pourrais rentrer à Londres. Tu nous manques tellement. Reviens vivre à la maison temporairement.

Ses sœurs et sa mère s'allièrent pour le supplier. Sam frémissait d'horreur à l'idée de vivre en famille. Au moins, *Summer Breaze* lui permettait d'assurer son indépendance.

– Je ne sais pas, Izz. Ce n'est qu'un vague projet. C'est plus facile aux États-Unis, c'est là que les auditions ont lieu et où tout se passe.

En outre, la Californie se situait à des milliers de kilomètres de Foster. Avantage non négligeable.

– Nous le convaincrons de rentrer en Angleterre. Pas vrai, maman ? minauda Izzy. Même si nous devons user de notre art de la persuasion[3].

– Bien sûr, ma chérie. Il vit loin de nous depuis trop longtemps, décréta Lucia.

Plus tard dans la soirée, tandis que Foster s'était retiré dans la bibliothèque et que ses sœurs visionnaient un film, Sam chercha Cesca. Ne l'ayant pas vue de la journée, il avait la nette impression qu'elle l'évitait depuis la veille.

Il la trouva dans sa chambre. Vêtue d'un short et d'un débardeur de nuit, ses cheveux attachés en queue-de-cheval sur le sommet de son crâne. Elle prenait des notes dans son carnet, sur ses genoux. Elle était si concentrée qu'elle ne l'entendit pas entrer. Sam put l'observer à loisir, instant volé qui apaisa ses esprits. Dans cette chambre, à l'écart de sa famille, de Gabi et Sandro, ils pouvaient être eux-mêmes.

Pourquoi fallait-il qu'ils jouent la comédie devant les autres ?

– Salut.

Poussé par le besoin de voir ses jolis yeux, il se décida à se manifester. Cesca releva la tête, l'observa puis glissa son stylo derrière son oreille.

Plus adorable qu'elle, ça n'existait pas.

– Je ne t'avais pas entendu.

3. Dans le texte original, il est question de *female persuasion*, probablement en référence au roman de Jane Austen, dont le titre a simplement été traduit par *Persuasion*.

Ses grands yeux de biche apeurée le firent sourire.

– C'est ce que je vois. Tu te caches, tu me fuis ?

De son côté, Cesca ne paraissait pas réjouie.

– Aucunement. J'ai eu une dure journée, je suis claquée. Je pensais que tu passais la soirée en famille.

Il ne reconnut pas son ton cassant. Très brièvement, elle ressembla davantage à la Cesca qui l'avait incendié au portail qu'à celle qui succombait à leur désir.

– Nous avons tous deux été occupés aujourd'hui. Je ne supporte pas que tu les serves. Nous serves, plus précisément. Ça me semble injuste que tu débarrasses la table au lieu de partager notre repas.

– C'est pour ça qu'on me paie, Sam, lui rappela-t-elle.

Son expression restait indéchiffrable.

– Même pour tout l'or du monde, personne ne devrait avoir à supporter mon père.

Cesca répondit d'une petite voix.

– Il est malveillant.

– Exact.

Sam se posta devant le lit. Ses doigts le démangeaient de l'envie de la toucher, d'effleurer sa cuisse soyeuse. Être là sans l'enlacer, ce n'était pas naturel.

– Je n'ai pas envie de parler de lui.

La bouche de Cesca tremblota.

– De quoi veux-tu parler ?

Dès que Sam s'assit sur le lit, Cesca s'écarta de lui. Curieusement, il fut tenté de l'attirer contre lui. Il refusait de la laisser s'éloigner. Pas maintenant.

– De nous.

Pour la première fois, elle rit.

– Nous ? Ça n'a pas de sens, Sam, ce « nous » n'existe pas. Nous étions deux personnes seules en quête de divertissement, pour les vacances.

L'estomac de Sam se noua.

– C'est faux.

– Je sais aussi bien que toi que je n'étais qu'une distraction pour oublier ta rupture avec Serena Sloane. Du moins, nous le savons maintenant, dit-elle avec insistance. Ç'aurait été sympa que tu m'en informes avant que j'écarte les cuisses.

– Comment tu sais pour elle ? fit-il d'une voix glacée.

– Tu voulais me le cacher ? Ou bien tu te contrefichais que je l'apprenne ? Je suis quoi, dans tout ça ? La prochaine mademoiselle Marteau-Piqueur ? Une conquête de plus à ton tableau de chasse ? Une conquête ordinaire, comparée à la gracieuse Serena.

– Tu n'as jamais été une simple conquête.

Il serrait les poings.

– Bien sûr que si. On ne passe pas aussi naturellement d'une fille à une autre, sinon pour oublier la première. Mais je comprends. Tu n'as jamais rien proposé d'autre que ton amitié, et je ne t'ai jamais demandé où nous en étions. Prenons notre relation pour ce qu'elle a été.

Sam crispait la mâchoire.

– C'est-à-dire ?

– Une amitié qui est allée un peu trop loin. Tout nous oppose. Tu es une vedette hollywoodienne et je suis une auteure incapable de garder un emploi. Ça ne marcherait pas et, en toute franchise, nous ne devrions pas essayer. Restons-en là. À une charmante amourette entre deux amis.

– Tu veux que nous restions de simples amis ?

Il eut la sensation que ses muscles se durcissaient comme de l'acier.

– J'aimerais que nous restions bons amis, dit-elle. Et c'est impossible si nous continuons à... truquer, ou appelle ça comme tu voudras.

– Faire l'amour ? suggéra-t-il.

– Du sexe, Sam. Ce n'était que du sexe.

– C'est plus que du sexe.

– Ne sois pas ridicule. Nous savons tous deux que c'est faux. Tu es bien placé pour le savoir. Demande à Serena Sloane.

– Un peu facile. Je suis un célibataire de vingt-sept ans. Tu t'attendais à quoi exactement ?

Il sourit en coin. C'était quoi, son problème ?

– À rien. Je n'attends rien. Et c'est généralement ce que j'obtiens. Tu ne m'as rien promis, et je n'espérais rien. Juste prendre du bon temps au soleil.

– Du bon temps au soleil, répéta Sam.

– Exactement.

– Ce n'était rien d'autre pour toi ?

– Pour nous, rectifia-t-elle. Nous nous sommes changé les idées. Tu m'as sortie de ma solitude, et je t'ai fait oublier Serena Sloane.

Était-ce son imagination ou Cesca crachait son nom ?

– L'heure du départ a sonné. Nous pouvons rentrer sans aucun regret. Toi à L.A. et moi à Londres.

– C'est ce que tu veux ?

Ses yeux se rétrécirent. Peut-être s'était-il leurré, après tout. Les femmes n'étaient-elles pas toutes les mêmes ?

– C'est bien ce que toi, tu veux, non ? Tu as été très clair, tu n'as pas l'intention de me présenter à ta famille, rétorqua-t-elle.

Il remua sur le lit.

– Ce n'est pas ce que je voulais dire.

– Et que voulais-tu dire ?

Soupirant, il se passa la main dans les cheveux.

– Je ne sais pas… ce n'est pas le moment idéal pour moi. C'est le fouillis dans ma vie ces temps-ci. Tu me demandes de te présenter à mes parents alors que je ne sais pas comment définir notre relation. (Il l'observa, sourcils froncés.) Que veux-tu que je dise ?

– Pourquoi pas : Maman, Papa, c'est ma petite copine ?

Il blêmit.

– Carrément.

Les yeux de Cesca semblaient mouillés de larmes au clair de lune.

–Peu importe, se reprit-elle. Tu as expliqué ton point de vue, c'est limpide.

–Ah oui?

–Je suis assez bien pour qu'on couche ensemble, mais pas pour que tu me présentes à ta mère. Nous savons à quoi nous en tenir à présent.

Une bouffée de colère monta en lui.

–C'est archifaux et tu le sais. Je t'aime bien, Cesca. Et je croyais que c'était réciproque. C'est juste... compliqué. Tu le sais.

–Ce sera toujours compliqué, s'insurgea-t-elle. C'est censé être la partie facile. Dès que j'essaie de me rapprocher, tu te renfermes. Tu ne cherches rien d'autre qu'une relation superficielle.

–Et toi, que recherches-tu? la défia-t-il.

Elle cligna deux fois des yeux. Apercevait- il une larme au coin de son œil?

–Plus que ça. J'en veux davantage, répondit-elle, bien qu'il lui en coûtât de l'admettre.

–Je ne peux pas te donner plus.

–Je sais.

Il ferma les yeux et serra les paupières au point de voir des étoiles.

–Tu mérites plus, reprit-il. Tu mérites de tout avoir.

–Pas de ça, Sam, l'avertit elle. Ne dis pas que ça ne vient pas de moi mais de toi. Ne me dis pas que tu ne me mérites pas. Épargne-nous tout ce baratin, que j'ai déjà entendu et connais par cœur.

Il se pencha vers elle, leurs visages se touchaient presque.

–Alors, c'est fini? C'est fini, parce que je ne peux pas te donner tout ce que tu veux?

–Voilà, c'est ça. J'aimerais rester seule à présent. Je suis fatiguée, j'ai besoin de dormir. Nous avons une soirée à préparer demain.

Ah, la soirée. L'une des idées lumineuses de Foster. Sam fit la grimace à l'idée de passer la soirée en compagnie des amis de son père, car il avait promis à sa mère d'y assister.

L'expression de pur bonheur qui avait illuminé le visage de sa mère en valait presque la peine.

– Bon, je te laisse.

Il s'attendait presque à ce qu'elle éclate de rire et avoue qu'elle plaisantait. Et peut-être que s'il avait été un peu moins fier, il l'aurait suppliée de l'inviter à rester. Mais après une journée riche en émotions, et une nuit à ressasser les critiques de son père, Sam était lessivé. Vidé de toute énergie.

– Bonne nuit.

Sans plus attendre, il vérifia que personne ne passait dans le couloir et regagna sa chambre en catimini. Puis il s'écroula sur son lit. Les yeux fermés, il s'efforça d'ignorer sa voix intérieure qui lui serinait qu'il bousillait tout, une fois de plus.

Une journée infernale s'achevait.

– Bonne nuit, Sam.

Elle était consciente qu'elle s'adressait à l'obscurité, Sam étant hors de portée de voix. Néanmoins, elle crut bon de le dire à haute voix, ne serait-ce que pour convaincre son cœur qu'il était parti.

Parti.

Au moins, cette fois, elle avait pris les devants. Elle n'apprendrait pas au réveil que Sam avait pris l'avion pour L.A. et chamboulé sa vie. Elle avait trop progressé – à titre personnel autant que sur sa pièce – pour le laisser tout saboter une seconde fois.

Roulée en boule sur son lit, elle repoussa son carnet sur le sol. Il émit un bruit sourd en tombant sur le parquet. Les bras enroulés autour de ses jambes serrées contre sa poitrine, elle tenta d'ignorer la tristesse qui irradiait du plus profond de son être.

Elle avait pris la bonne décision. Bien sûr, elle en souffrirait. Mais elle s'en remettrait, comme toujours. Cesca était une battante, non ?

27

« Doute que la vérité puisse être un mensonge,
mais ne doute pas de mon amour »

Hamlet

Cesca vérifia son apparence une dernière fois dans le miroir avant de descendre. Sa tresse française était irréprochable, sa chemise blanche impeccablement repassée. Elle portait une jupe noire empruntée à Gabi. Une taille trop petite, mais quel autre choix avait-elle? Comme elle s'arrêtait à mi-cuisse, elle laissait voir ses jambes fermes et bronzées.

– Faudra bien que ça fasse l'affaire, chuchota-t-elle à son reflet.

Rien qu'un dernier jour, et elle tournerait la page. Son avion décollait de bonne heure le lendemain matin, ce qui signifiait qu'elle quitterait la maison avec Sandro aux aurores. Pourquoi rester alors qu'on n'avait plus besoin de ses services, maintenant que Gabi et Sandro avaient repris leurs fonctions ? De plus, il était vain qu'elle reste pour Sam.

À peine fut-elle descendue qu'elle fut frappée par l'agitation. Les domestiques s'étaient levés à six heures pour réceptionner les victuailles. Après quoi ils avaient passé la journée à tout mettre en place. La somme de travail à abattre pour préparer une simple petite fête ne cessait de l'étonner.

Pas même une fête, comme Lucia qui insistait sur le terme de « soirée » le laissait entendre. Non que Cesca comprenne bien la différence.

Elle rejoignit Gabi dans la cuisine. Celle-ci s'entretenait avec animation avec le chef et le personnel des cuisines engagé en renfort. Ils s'étaient réparti les tâches : Gabi superviserait la cuisine tandis que Cesca et Sandro piloteraient les serveurs. Sandro serait responsable des boissons, Cesca de la nourriture. Au vu de son expérience en restauration, aussi sommaire fût-elle, cela semblait plus logique.

– Tout est en bonne voie ? Je peux t'aider à quelque chose ?

L'appréhension essoufflait Cesca. Gabi secoua la tête.

– C'est le calme avant la tempête. L'équipe des serveurs est sur le pied de guerre. Ils n'attendent plus que les invités.

– Très bien. Bonne chance en cuisine.

Cesca redressa ses épaules, faisant rouler sa tête pour détendre ses muscles.

– Je suis comme un poisson dans l'eau en cuisine. Bonne chance à toi avec les invités.

Elle avait grand besoin de ses bonnes ondes. Cesca réunit les serveurs, des étudiants locaux ravis de gagner de l'argent de poche. Elle tenta de distribuer des directives, en mélangeant l'anglais à quelques bouts de phrases en italien. Par chance, l'un des garçons eut pitié d'elle et proposa de servir d'interprète. Une fois bien informés, ses collègues hochèrent la tête.

– Merci, murmura Cesca.

– De rien.

L'heure suivante fut consacrée aux derniers préparatifs, Cesca dirigeant le ballet des plateaux à rapporter de la cuisine. Ils furent dispersés dans toutes les pièces ouvertes au public, proposant des canapés et des verres de prosecco et de chianti préparés par l'équipe de Sandro. Par bonheur, la famille n'était pas encore descendue, exception faire d'une brève apparition de Foster émergeant de la bibliothèque pour chiper un verre de vin rouge. Il retourna aussi sec s'enfermer dans son bureau.

Un peu avant vingt heures, les premiers invités commencèrent à arriver. Tous très chics dans leurs vêtements de luxe; à côté d'eux, Cesca se sentait insipide et habillée comme un épouvantail. Qu'importe, personne ne la remarquait. Ils étaient trop occupés à cancaner et à déguster du vin pour remarquer la serveuse. C'était incroyable comme on devenait invisible dans un uniforme noir et blanc.

Le vacarme retomba un court instant, laissant la place à des murmures agités. Les invités se tournèrent d'un bloc vers la terrasse, focalisés sur un point en hochant la tête. Cesca suivit leurs regards, sachant d'avance ce qui s'y trouvait. Il était là, splendide et éclatant. Pas son Sam. Non, c'était sans nul doute le Sam d'Hollywood qui se tenait devant eux, accaparant l'attention générale avec un naturel déconcertant.

Elle s'efforça de le voir à travers leurs yeux. Comme l'acteur célèbre dont la présence dominait tous les décors, y compris la terrasse familiale. Sa beauté était presque insoutenable. Rasée de près, sa mâchoire se révélait dans toute sa puissance, si bien qu'elle eut envie de l'embrasser. À cela s'ajoutaient ses cheveux, retombant sur ses yeux, qu'il ramena en arrière comme elle l'avait si souvent vu faire.

Il avait revêtu un pantalon de costume gris et une chemise bleue, dont le col ouvert laissait entrevoir un léger duvet. Le tissu était assez fin pour qu'elle distingue sa musculature. Au souvenir de sa peau, ses mains la picotèrent.

– Nous devrions remplir les plateaux, peut-être ? suggéra un serveur, arrachant son regard de la terrasse.

Troublée, elle se tourna vers lui.

– Oui, s'il vous plaît. Gabi a dû préparer les antipasti.

Sam dut entendre sa voix s'élever dans le salon, car il s'orienta vers elle. Cesca croisa son regard. Incapable de bouger, la chair de poule recouvrant sa peau malgré la chaleur du soir.

Son souffle se bloqua dans sa gorge. Les regrets voilaient le visage de Sam. Mais peut-être que son imagination lui jouait des tours. En revanche, elle était sûre que son désir s'affichait dans ses yeux. Le besoin viscéral de le toucher, d'être enlacée, de se sentir en sécurité dans le cocon de ses bras musclés.

Arrête ça, se rabroua-t-elle. Tout de suite. Il n'est pas à toi.

Avant qu'elle ait pu s'éloigner, Sam rompit le contact visuel en riant à une plaisanterie. Une femme se pencha pour lui parler à l'oreille. Son ventre se serra lorsqu'il rit à nouveau. *Sale dragueur.* Elle faisait bien de déguerpir. En aucun cas elle ne pourrait supporter ça plus longtemps.

Demain. Il fallait qu'elle tienne jusqu'au lendemain. Ensuite, le chaos dans sa tête s'apaiserait, avec un peu de chance.

À vingt-deux heures, la fête battait son plein. L'équipe de Cesca était moins occupée, celle de Sandro se chargeant du gros des tâches, les invités s'intéressant davantage au vin qu'aux spécialités gastronomiques de Gabi. Aussi remplit-elle son plateau de boissons avant de fendre la foule amassée sur la terrasse. À l'extérieur, l'air chaud transportait l'odeur des bougies parfumées disposées sur toutes les tables du banquet. Cesca reprenait le chemin de la cuisine, portant son plateau de verres vides, quand une main saisit son poignet.

Son cœur s'emballa sitôt qu'elle leva les yeux. Mais la déception l'envahit rapidement. Elle jugula son désarroi, essayant de le cacher derrière un sourire accueillant.

– Cristiano. Vous êtes de retour ?

– Je ne suis là que pour trois jours. Je suis venu signer les documents de vente du restaurant. Celui que nous avons visité ensemble. Les Carlton m'ont fait l'amabilité de m'inviter à leur soirée.

Cristiano était à sa place dans cette foule. Aussi à l'aise qu'elle était embarrassée. C'était quoi, le secret des Italiens ? Comment faisaient-ils pour dominer chaque pièce ou chaque terrasse qu'ils traversaient ?

– Ça me fait plaisir de vous voir. Malheureusement, je travaille. On a besoin de moi.

Il resserra les doigts autour de son poignet.

– Restez avec moi. Je ne connais personne ici. J'étais sur le point de descendre sur la plage et d'enjamber la clôture pour rentrer chez moi.

Ses yeux écarquillés la firent rire.

– J'espère que vous aurez plus de chance que moi.

Elle rougit en se remémorant sa chute à la fin de leur soirée bien arrosée au bord du lac.

Cristiano éclata de rire.

– J'ai eu beaucoup de chance ce soir-là. J'ai passé du temps avec une belle femme. En plus, elle a eu la délicatesse de me laisser entrevoir sa petite culotte.

Cesca avait les joues en feu.

– C'était un accident.

Il rit à gorge déployée.

– Je sais, c'est pour ça que j'ai tellement apprécié. (Il baissa la voix.) Je suis désolé, à propos de la sortie au restaurant. Je ne pouvais pas rater cette opportunité. Je promets que je ne vous ai pas invitée pour des raisons cachées. Je voulais réellement sortir avec vous.

Elle secoua la tête.

– Pas grave. Nous avons passé une bonne soirée.

– C'est vrai. Tout de même, c'était une horrible manière de traiter une aussi belle femme. J'aimerais me racheter.

– Ce ne sera pas nécessaire. De toute façon, c'est impossible. Je rentre à Londres demain.

Ses traits s'affaissèrent.

– Quel dommage ! Vous vous souviendrez de moi comme de l'Italien qui vous a ignorée durant un tête-à-tête.

– Pas du tout. Je me souviendrai de vous comme d'un gentil garçon qui a eu pitié d'une pauvre Anglaise et qui est parvenu à la divertir. Sans compter tous les cafés que vous m'avez offerts sur la place.

Elle lui sourit, et il sourit à son tour. Cesca commençait à sentir la fin des vacances. La tristesse de dire au revoir à des gens qu'on ne reverrait jamais.

Sans se départir de son sourire, Cristiano lui caressa la joue.

– Vous êtes vraiment charmante, *tesoro*. C'était un vrai bonheur de vous rencontrer.

Il allait l'embrasser. Cesca le voyait dans ses yeux, entre ses paupières lourdes. Elle ouvrit la bouche pour l'en dissuader, mais ses douces lèvres chaudes l'en empêchèrent.

– Je dois vous parler.

Quelqu'un la saisit à l'épaule, l'arrachant à Cristiano. Ahurie, Cesca se retourna. La colère de Sam la prit de court.

– Sam. Content de vous revoir, lança Cristiano.

Sam l'ignora totalement, entraînant Cesca à travers la foule. Au moment où ils atteignaient l'angle de la maison, le feu d'artifice éclata sur le lac, projetant une myriade de couleurs dans le ciel. Cesca voulut lui crier qu'il lui faisait mal, lui demander où ils allaient. Mais il ne ralentit le pas qu'une fois qu'ils eurent dépassé le jardin isolé derrière la cave de Foster.

– Sam, qu'est-ce qui t'arrive ?

Il reprit son souffle. Il ferma les yeux, aussi concentré que s'il essayait de se ressaisir.

– Tu embrassais un autre homme.

– Tu te trompes.

– Devant moi. Tu flirtais, tu riais et tu l'embrassais. J'ai failli lui casser les dents.

– Ça ne te concerne pas.

Il leva les mains en l'air.

– Évidemment, ça me concerne. Tu es à moi, Cesca.

Elle secoua la tête avec véhémence.

– Je ne t'appartiens pas.

– Tu es avec lui, peut-être ? s'écria Sam, incrédule. Tu as envie de sortir avec cet abruti ?

Quelque chose dans sa jalousie l'effrayait autant qu'elle l'excitait.

– Je ne suis pas plus à lui qu'à toi. Je n'appartiens qu'à moi-même, Sam. À moi. Je ne suis la propriété de personne.

– C'est ce que je vois.

Cesca se renfrogna.

– Qu'est-ce que ça signifie ?

Sous les feux d'artifice, le visage de Sam passa du vermillon au doré.

– Je t'ai observée toute la soirée.

Au ton de sa voix, un frisson lui parcourut l'échine.

– Tu as dû t'ennuyer ferme.

Il secoua la tête.

– C'était fascinant. Et agaçant. Tu sais combien d'hommes ont maté tes jambes ? Et j'étais contraint de les laisser te reluquer. Je les aurais tous tués.

– Sam, susurra-t-elle sur un ton apaisant. Je ne peux pas empêcher les gens de me regarder.

– Tout de même, cette jupe...

– Ce n'est pas la mienne, objecta-t-elle. Je l'ai empruntée à Gabi. Je n'avais pas mis d'uniforme de serveuse dans ma valise.

Il écarta les cheveux de ses yeux d'un geste impatient.

– Je ne supporte pas de te regarder sans pouvoir te toucher. Ni d'entendre ta voix lorsque tu t'adresses à quelqu'un d'autre qu'à moi. Je ne supporte pas de te voir rire si ce n'est pas moi qui te rends joyeuse. Je n'en peux plus, Cesca. Ça me tue, conclut-il dans un murmure.

– Je pars demain, répondit-elle. Comme ça, tu n'auras plus à me voir du tout.

De toute évidence, il ne l'aimait pas autant qu'elle l'aimait. Pourquoi en serait-il autrement ? Ils appartenaient à deux mondes si différents que c'était presque comique. En réalité, ce n'était pas drôle du tout. C'était un crève-cœur.

– Tu ne partiras pas.

– Je pars.

Il ramena une mèche de cheveux derrière son oreille. Électrisée par son contact, elle sursauta. Sans se laisser démonter, il effleura le contour de son visage, suscitant une onde de chaleur plus vive que tous les feux d'artifice qui éclataient au-dessus d'eux.

Il pressa ses lèvres sur sa joue.

– Dis-moi que c'est mal, Cesca. Que c'est désagréable.

Elle ouvrit la bouche, mais aucun son n'en sortit. Que répondre alors que pour le contredire, elle aurait dû mentir ? Muette, elle le laissa l'embrasser dans le cou, ses mains arpentant son buste. Puis ses lèvres remontèrent vers sa bouche.

Elle se surprit à l'embrasser, ses lèvres avides et exigeantes. Il la prit par la taille et l'attira contre lui. C'était si naturel qu'elle eut peur de s'emballer.

– Cesca, murmura-t-il contre sa bouche, dis-moi que tu me désires.

Il glissa la main sous son chemisier, ses doigts longeant son dos.

– Bien sûr, j'ai envie de toi, soupira-t-elle.

– Alors, pourquoi tu me repousses ? Bébé, c'est si naturel que ça ne peut pas être mal, n'est-ce pas ?

Ses baisers se firent intenses et passionnés. Elle ferma les yeux, les explosions lumineuses variant les couleurs derrière ses paupières. Chaque fibre de son être aspirait à l'enlacer, à être enlacée. Pour la première fois depuis des jours, elle se sentait heureuse.

– Sam ! Sam, nous avons besoin de toi, cria une femme derrière le mur.

Il s'écarta d'un bond.

– C'est Izz, dit-il, perplexe. Qu'est-ce qu'elle veut ?

Sa sœur surgit en courant, ses cheveux blonds flottant dans son dos.

– Sam, maman a besoin de toi. Papa est tombé sur la plage, elle n'arrive pas à le relever.

Sam parut alarmé.

– Comment va-t-il ? C'est son cœur ?

Nerveuse, Izz secoua la tête.

– Il a juste trop bu. Il est tellement odieux, elle ne veut pas que les gens le voient dans cet état. Elle te demande de l'aider à l'emmener dans la maison.

Cesca observait Sam, tandis qu'il écoutait sa sœur, son expression envahie par la colère.

– Il est ivre ?

– Saoul comme une barrique. Sérieux, il dit des trucs... ça m'étonne que maman ne l'ait pas encore giflé.

– Par exemple ?

Izzy répondit à voix basse.

– Des trucs sur toi. C'est un vrai salaud, Sam. Franchement, n'importe qui en déduirait qu'il déteste son propre fils.

– Bon sang...

Sam se tourna vers Cesca, qui avait entre-temps lissé sa jupe et s'était recoiffée.

– Je dois y aller, d'accord ?

Cesca hocha la tête. Sam lança un regard à sa sœur comme s'il redoutait de se trahir devant elle.

– Nous en reparlerons plus tard ?

Elle acquiesça de la tête.

– Naturellement. File aider ton père. Ta mère a besoin de toi.

– Urgemment, renchérit Izzy, lançant un regard intrigué à Cesca. Viens vite, Sam.

Sur ce, ils décampèrent en direction de la plage. Cesca attendit qu'ils soient hors de vue pour rejaillir de l'ombre.

Leur entrevue n'avait pas duré plus de deux minutes. Pourtant, elle avait l'impression que des heures s'étaient écoulées depuis qu'elle avait délaissé son plateau.

Il était temps qu'elle reprenne du service. En faisant comme s'il ne s'était rien passé.

Patienter et servir. Les deux thèmes récurrents de sa vie.

28

« Il est avisé, le père qui connaît
son propre enfant. »

Le marchand de Venise

Sam contourna la foule d'invités toujours aussi dense pour se diriger vers le lac. Izzy le tenait par la main et, à l'approche des marches conduisant à la plage, son anxiété devint manifeste.

– Il est de ce côté.

– Qui d'autre est là ? Des invités l'ont vu dans cet état ?

– Juste maman et Sienna. Sandro et les serveurs ont réussi à attirer les invités vers la maison à la fin du feu d'artifice. Qu'est-ce que les gens ne feraient pas pour une coupe de champagne !

La remarque d'Izzy révélait un profond désenchantement pour une jeune fille de dix-huit ans.

Dès qu'ils surgirent sur la plage, Lucia tourna vers eux son visage blême sous l'éclat de lune.

– Par ici, s'exclama-t-elle en montrant du doigt une forme sombre. Nous lui avons trouvé un coin à l'abri des regards.

– Est-il inconscient ? demanda Sam.

Il supportait mal cet air perdu sur le visage de sa mère.

– Pas totalement. Il jure encore un peu. Il parle de... choses et d'autres. Je ne sais pas quoi faire, Sam. Comment le ramener à la maison à l'insu des invités ? Quelle pagaille.

La façon qu'avait sa mère de le regarder, comme s'il pouvait tout résoudre, renforça son sentiment d'impuissance. Malgré sa force, développée à la salle de sport, il n'avait aucune chance de soulever un gaillard de cent trente kilos.

– C'est qui ? marmonna Foster, quasi incompréhensible.

Le whisky empâtait les voyelles et dissolvait les consonnes. Lucia s'agenouilla à côté de son mari.

– C'est Sam. Il est venu t'aider.

Foster glissa sur les gravillons en tentant de se redresser. Dans un bruit sourd, il retomba sur le sol en jurant.

– Qu'est-ce qu'il fiche ici ?

Sam décrypta les mots qui se carambolaient comme des autos-tamponneuses. Pour une fois, son rejet ne l'ébranlait pas. Mais l'aversion lui donnait un mauvais goût dans la bouche.

– Il est venu à ton secours, Foster, reprit Lucia, toujours accroupie à côté de lui. Nous devons te ramener à la maison. Les invités sont encore là, il ne faut pas qu'ils te voient.

– Pas besoin de son aide, à ce sale gosse.

– Pourquoi es-tu aussi exécrable ? demanda Izzy, clignant vigoureusement des yeux pour retenir ses larmes. Tu es toujours méchant avec lui.

Ainsi, cela ne lui avait pas échappé. Sam hésita un instant avant de se tourner vers elle.

– Retourne à la maison avec Sienna. Occupe les invités. Ils ne doivent surtout pas redescendre vers le lac.

Sam avait à cœur de préserver ses sœurs des délires d'ivrogne de Foster. D'autant plus qu'il risquait de révéler des choses qu'elles n'avaient pas besoin d'entendre.

– Je ne peux pas te laisser là, chuchota Izzy.

Son élan protecteur l'émut au plus haut point. Comment une fille de cinquante kilos pouvait se croire capable de veiller sur lui, c'était un mystère.

Mais alors, son esprit le ramena à un jour où, sur cette plage, Foster avait laissé éclater sa méchanceté. Il avait maintenu la tête de Sam sous l'eau et bien failli le noyer. Ses sœurs, si jeunes à l'époque, avaient volé à son secours. Ce souvenir, pour lointain qu'il fût, l'émut aux larmes. Ce fumier était également saoul comme un cochon ce jour-là.

– Tu nous aideras en regagnant la fête, dit Sam. Laisse-moi m'occuper de lui avec maman. Nous discuterons plus tard, d'accord ? Tu peux faire ça pour moi ?

Sans mot dire, Izzy hocha la tête. Ses joues étaient baignées de larmes. Elle fit signe à Sienna, assise sur le sable, les genoux ramenés sous son menton.

– Viens, Sienna. On y va.

– Oh non, ne partez pas ! Formons une famille soudée et heureuse. Pas vrai, Sam ?

– Boucle-la, Foster !

Pour la première fois, la colère perçait dans la voix de Lucia.

– Mais chérie, c'est ce que nous sommes. Moi, toi, les filles et ce petit... bâtard.

– Foster ! Tais-toi, je t'en supplie.

Elle plaqua sa main sur sa bouche.

– Izzy, dépêche-toi, murmura Sam avec urgence. Emmène Sienna ailleurs.

– Tu n'es pas forcée de l'écouter, Sam n'est pas vraiment ton frère.

Le silence s'abattit un instant sur la plage. Ils n'entendaient plus que les échos de la réception transportés par le vent. Le murmure lointain des conversations, des éclats de rire, juxtaposés au ressac du lac.

– Qu'est-ce qu'il veut dire ? demanda Izzy.

Une vague de nausée contracta l'estomac de Sam, la bile irrita sa gorge.

– Rien, objecta Sam. Il est ivre. Vas-y, Izz. Je t'expliquerai plus tard.

– Tu n'as pas d'ordres à lui donner. Elle n'est pas ta sœur.

Foster se mit à tousser, un son profond et étranglé.

– Naturellement, je suis sa sœur.

Le visage inondé de larmes, elle saisit la main de Sam et la pressa.

– Pourquoi dis-tu ça, papa ? Arrête, arrête d'être aussi monstrueux !

Sam l'étreignit. Sienna les rejoignit, aussi pâle que la lune.

– Ignore-le, conseilla Sam. Tout ira bien, c'est promis. Essayez de vous ressaisir et remontez à la villa. Nous discuterons plus tard. Dans l'immédiat, je dois vraiment aider maman.

Il sentait la poitrine d'Izzy se soulever tandis qu'elle s'efforçait de dominer ses sanglots. Dominant ses émotions, Sienna gardait le silence.

– Qu'est-ce qu'il raconte ? Je ne comprends rien, intervint-elle.

– Laisse tomber, il délire. Il a trop bu, il ne sait plus ce qu'il raconte. Soyez gentilles, retournez à la maison.

– Sam a raison, renchérit Lucia. Votre père n'a pas toute sa tête. Laissez-nous régler ça, mes chéries.

– Tu es bien mon frère, Sam ? Dis-moi qu'il ment.

Izz pleurait à chaudes larmes.

Un cœur pouvait-il se briser ? Pour Sam, c'était évident.

– Bien sûr, je suis ton frère, Izz. Pas de doute là-dessus. Nous formons une famille, et j'en fais partie. Mais dans l'immédiat, nous sommes face à une urgence. Tu dois m'aider à la surmonter. Pourrais-tu rentrer à la maison et m'attendre là-haut ?

Elle hocha la tête, toujours en sanglotant. Puis elle prit Sienna par la main et, ensemble, elles se dirigèrent vers la villa, laissant Sam seul avec ses parents.

Dès qu'elles furent hors de portée de voix, Sam se retourna vers la plage, où son père gisait. Ce n'était pas Foster qu'il regardait mais sa mère, agenouillée et dévastée.

– Tu savais ? bredouilla-t-elle entre ses doigts plaqués sur sa bouche. Tu savais, Sam ?

– Que Foster n'est pas mon père ? Oui, je le savais.

Anéantie, Lucia secoua la tête.

– Tu n'étais pas censé l'apprendre. Je ne voulais pas que tu saches. Comment l'as-tu découvert ?

Sam jeta un regard vers Foster. Les efforts qu'il avait déployés pour brailler et gesticuler l'avaient réduit au silence. Il restait immobile, sa veste de costume recouverte de sable et de gravillons.

– Il me l'a dit.

Elle fondit en larmes.

– Non. Oh non, Sam. Il n'aurait pas dû. Je suis tellement désolée, mon fils. Tellement désolée.

Sam s'accroupit et prit délicatement sa mère dans ses bras.

– C'est pas grave. Ça va, maman.

– Comment a-t-il pu faire ça ? Comment a-t-il osé te le dire sans ma permission ? Il m'avait promis de garder le secret. Et maintenant, tu me détestes.

– Je ne te déteste pas.

Il ne nourrissait pas de colère envers sa mère. Seul son beau-père était la cible de son courroux.

– Je suis furieuse contre lui. Je ne peux pas croire qu'il ait fait ça. Tu le sais depuis combien de temps ?

Impossible de mentir. C'était à cause des mensonges qu'ils en étaient là. Des secrets et des mensonges, censés le protéger.

– Depuis six ans environ. Foster a tout déballé la veille de mon départ pour L.A.

– Six ans ? cria-t-elle. Sam, tu le sais depuis tout ce temps et tu ne m'as pas rien dit ? Je n'arrive pas à y croire.

Il haussa les épaules.

–Qu'aurais-je pu dire? Il a tout dévoilé, et je suis parti. Ce n'est pas plus compliqué que ça. Je ne voulais pas te faire de la peine. Tu es trop fragile.

–Je ne suis pas fragile, le contredit Lucia. Je vais très bien maintenant. C'est vrai que j'ai traversé une période difficile après la naissance des filles. C'était une dépression post-partum, trésor. Que j'ai surmontée en suivant une thérapie.

Sam humecta ses lèvres.

–D'après Foster, c'était de ma faute.

Les yeux de Lucia s'emplirent de larmes.

–Absolument pas, mon chéri. Tu n'y es pour rien. Beaucoup de femmes en sont victimes. Je me suis rétablie, n'est-ce pas?

–Exact. Mais j'avais peur que tu rechutes. Je ne pouvais pas prendre le risque alors qu'Izzy et Sienna avaient encore besoin de toi.

Avec le recul, cela semblait d'autant plus absurde que la vérité avait fini par les affecter, elles aussi. Elle était vouée à éclater au grand jour. Mais Sam était trop choqué pour y voir clair.

Lucia recula pour le regarder dans les yeux.

–Je suis triste que tu ne m'en aies pas parlé. Et parce qu'il me l'a caché. Et je suis fâchée contre moi parce que je ne t'ai rien dit, que je t'ai laissé l'apprendre par toi-même.

Sam sourit.

–Tous ces non-dits, ce sont eux qui t'affligent.

–Les mensonges. Ils finissent toujours par se retourner contre vous.

Il hocha la tête.

–Effectivement.

–Me pardonneras-tu un jour? Mon but était de te protéger. Je ne voulais pas que tu portes le fardeau d'un enfant *illegittimo*. J'ai cru que c'était la meilleure solution.

– Il n'y a rien à pardonner. Tu as fait ce que tu pensais être le mieux. Et tu as essayé de me donner une enfance heureuse. Tu n'as pas choisi de me le dire. C'est lui qu'il faut blâmer.

Il lui prit la main et la pressa fermement.

– Tu es ma mère et je t'aime.

Un flot de larmes coula sur ses joues. Elle porta sa main à ses lèvres et embrassa sa paume.

– Tu es mon premier enfant. Mon beau garçon. J'ai toujours été si fier de toi, de l'homme que tu es devenu.

– Je ne suis pas parfait.

La voix de Sam flanchait.

– Tu es parfait à mes yeux, murmura-t-elle. Pour une mère, tous ses enfants sont parfaits. Nous vous mettons au monde et nous essayons de vous protéger, bien que nous sachions que c'est impossible. Et nous vous regardons grandir et vous épanouir, commettre des erreurs, sachant que vous souffrirez, et nous ne pouvons rien faire pour l'empêcher. Mais nous continuons à vous aimer et à vous trouver formidables, simplement pour ce que vous êtes.

Il n'allait pas pleurer. Pas là, sur la plage, à côté de son beau-père inconscient. Mais intérieurement, les larmes menaçaient de jaillir. Il dut conjurer toute sa volonté pour garder les yeux secs.

– Izzy et Sienna exigeront des explications, s'aventura Sam en dépit de sa peur d'aggraver les choses. Il faudra leur parler.

– Nous leur parlerons. Une fois que nous aurons décidé quoi faire de lui.

Elle cracha ses mots, désignant son mari, une baleine blanche sur les galets.

– J'ai bien envie de le laisser là. Qu'il se réveille au petit matin avec la gueule de bois.

C'était presque trop tentant. Mais il refusait que Foster Carlton déverse sa colère sur sa mère. Ou sur ses sœurs.

–Essayons de précipiter la fin de la soirée, suggéra-t-il. Ensuite Sandro et moi le porterons à l'intérieur avec l'aide de deux serveurs costauds.

Elle lui serra plus fort la main.

–Tu ferais ça pour lui après toutes ses méchancetés ?

–Je le fais pour toi. Pour Izzy et Sienna. Pas pour lui.

Sûrement pas pour lui. Pas après tous ces rebondissements.

–Tu veux rester avec lui pendant que je retourne à la soirée ? J'espère réussir à localiser Sandro et Gabi. Une fois les invités partis, nous réglerons ça.

Sa mère hocha la tête et lui fit signe de partir.

–Merci. Tu es un bon garçon, chuchota-t-elle.

Sam haussa un sourcil.

–C'est exagéré. Si je propose de regagner la soirée, c'est avant tout parce que si je restais seul avec lui, je ne répondrais plus de moi.

–Ça me paraît raisonnable. Quoi qu'il en soit, merci. Merci d'être un bon fils pour moi.

–Je serai toujours là pour toi, chuchota Sam.

Tandis qu'il s'éloignait de la plage, il entendit sa mère semoncer Foster à voix basse, lui reprocher son comportement. Un petit sourire aux lèvres, Sam écoutait distraitement, se souvenant de la facilité avec laquelle Lucia Carlton devenait effrayante quand elle se fâchait. Loin de remercier le karma, il se réjouit de savoir que Foster ne s'en tirerait pas à si bon compte.

Le dernier invité partit une heure plus tard. Dans la maison, seuls restaient la famille et le personnel. Sam avait cru devenir fou à force de reconduire les gens vers la sortie en prétextant qu'un soudain problème de santé nécessitait toute leur attention. Ce faisant, il cherchait Cesca des yeux. Faute de l'apercevoir, l'agitation le gagnait et lui faisait perdre ses moyens. C'était le chaos général.

Sitôt qu'ils eurent accompagné Foster dans la chambre d'amis du rez-de-chaussée, il reprit ses recherches, allant de pièce en pièce avec une nervosité croissante. Alors qu'il se hasardait sur la terrasse, il finit par la trouver, à quatre pattes, récurant les taches de vin rouge sur les dalles en pierre blanche. La colère le saisit dès qu'il constata l'état de ses genoux, sa peau rougie et irritée par le sol rugueux.

– Qu'est-ce que tu fabriques ?

Il traversa la terrasse à grandes enjambées et l'attrapa par le bras pour l'obliger à se relever. Stupéfaite, Cesca se redressa maladroitement, repoussant sa main de son bras.

– À ton avis ? Je nettoie.

– Tu n'as pas à faire ça, les jardiniers s'en occuperont demain. (Il regarda ses genoux éraflés d'un œil noir.) Ça te fait mal ?

Cesca épousseta sa jupe.

– Pas tellement. Je ne peux pas laisser le sol comme ça. Si je ne nettoie pas maintenant, la tache s'incrustera et il faudra remplacer la dalle.

– Il n'a personne d'autre dans l'équipe qui puisse s'en charger ?

Sam examina le remue-ménage autour de lui. Les serveurs s'étaient étrangement transformés en personnel d'entretien. Pas un seul ne restait les bras ballants.

– Je suis une employée, tu te souviens ? souligna Cesca. Je suis payée pour faire le ménage. (Elle le regarda et s'enquit plus calmement) Comment va ta famille ?

Sam déglutit.

– Pas génial. C'est la pagaille, Foster a vidé son sac d'une voix avinée. Maintenant, tout le monde sait qu'il n'est pas mon père. Il est au lit dans un état comateux, ma mère est effondrée et mes sœurs ne comprennent rien à ce qui se passe.

– Je suis vraiment désolée. C'est précisément ce que tu voulais éviter. Comment te sens-tu ?

– Je ne sais pas. Je crois que je suis en mode gestion de crise pour l'instant. J'ai laissé mes sœurs seules un petit moment, mais je dois retourner auprès d'elles. Elles méritent un minimum d'explication, mais elles n'arrêtent pas de pleurer.

– Normal. Ce sont tes sœurs, elles t'aiment. C'est un choc pour elles. Pas étonnant qu'elles soient bouleversées.

– J'ai besoin de te voir avant que tu partes.

Il survola du regard le personnel qui les entourait. La terrasse manquait cruellement d'intimité.

– Je peux te retrouver plus tard ?

Les traits de Cesca s'affaissèrent.

– Bon, d'accord.

– Tu es sûre ? J'ai promis à Izzy que je revenais vite. Et ma mère se console en buvant du vin. J'aimerais m'assurer qu'elle ne commet rien d'insensé.

– Bien sûr, la famille passe en premier. Va les voir, elles ont sûrement besoin de toi.

De son côté, il avait besoin d'elle. Ce qu'il ne pouvait pas dire en cet instant précis. C'était assez embarrassant de murmurer des secrets de famille au milieu des intérimaires du village.

– À plus tard ?

– Très bien.

Son visage exprimait une émotion difficile à identifier. Il nota sa respiration accélérée, ses doigts agrippés au chiffon qui lui servait à laver le sol. Mais ce qui l'interpella, ce fut sa manière d'éviter son regard. Ses yeux s'échappaient vers la gauche, comme si elle attendait quelque chose, sans qu'il comprenne de quoi il retournait.

Par-dessus tout, il sentit que la situation lui échappait. Encore une fois.

Celui lui déplut fortement.

– Ils sont tous partis.

Sandro entra dans la cuisine, le visage marqué par l'inquiétude.

– J'ai verrouillé toutes les portes. C'est l'heure de dormir.

Cesca releva les yeux de l'évier, dans lequel elle raclait les assiettes qui ne rentraient pas dans le lave-vaisselle encombré. À côté d'elle, Gabi essuyait la porcelaine fine avec un torchon doux et l'empilait soigneusement dans les placards.

– Nous avons bientôt fini. Cesca, va te coucher si tu veux. Je terminerai seule. Toi et Sandro, vous devez vous lever très tôt si vous ne voulez pas rater l'enregistrement.

Son ventre se noua à la perspective de reprendre l'avion dans quelques heures. Dans sa chambre, sa valise était prête. La penderie ne contenait plus que sa tenue de nuit et ses vêtements pour le lendemain. Elle balaya la cuisine du regard, essayant de réprimer ses larmes. Au cours de ces deux mois, elle avait fini par se sentir chez elle dans cette villa italienne.

En outre, il y avait Sam. C'était bien trop compliqué pour qu'elle pense à lui.

– Oui, va te coucher, insista Sandro face au silence de Cesca. Nous n'en avons plus pour longtemps.

Lucia Carlton ouvrit la porte de la cuisine et entra. Son maquillage impeccable dissimulait mal ses yeux rougis et son air égaré.

– Gabi, Sandro, je tenais à vous remercier. (Ses yeux s'éclairèrent en se posant sur Cesca.) Vous aussi, Cesca. Merci pour votre aide, ce soir. Je ne parle pas uniquement de la soirée. Sandro, merci d'avoir aidé Sam avec mon mari. Je sais que ça n'a pas dû être agréable.

Cesca n'avait jamais vu personne exprimer autant d'embarras. Elle compatit avec la belle Italienne qui se tordait les mains, debout au milieu de la cuisine.

– Je suis toujours ravi de vous aider, murmura Sandro.

– Nous sommes dévoués à votre famille. Vous le savez, *Signora* Carlton.

Lucia hocha la tête, les lèvres pincées par l'inquiétude.

– Je peux compter sur votre discrétion ? demanda-t-elle.

Si les gens apprenaient que Foster était dans cet état ou s'ils répandaient des ragots sur les idioties qu'il a énoncées... nous serions tous couverts de honte.

–Nous n'en parlerons à personne. Ce qui s'est passé ici ne sortira pas d'ici. Vous avez ma parole, promit Gabi, les yeux baissés. Nous pouvons faire autre chose pour le *Signor* Carlton ?

–Il passera la nuit dans la chambre d'amis. Merci de l'avoir préparée aussi rapidement, Gabi. Je préfère ne pas le déplacer, il est trop imbibé, mais je resterai avec lui cette nuit, pour m'assurer que ça n'empire pas. (Cette perspective ne semblait pas la réjouir.) Cesca, vous partez demain. C'est bien ça ?

–Je... je crois.

–C'est préférable. Nous partons bientôt, nous aussi, dès que Foster sera remis sur pied. Et je ne doute pas que Sam rentre à L.A. par le premier vol disponible.

Était-il possible que Cesca se sente encore plus mal ?

–Sandro la conduira à l'aéroport aux aurores, l'informa Gabi avec un sourire rassurant. Et bien sûr, vous pouvez compter sur notre plus grande discrétion. N'est-ce pas, Cesca ?

–Bien sûr, convint Cesca, le visage empourpré. Je n'en parlerai à personne. C'est promis.

Lucia soupira.

–Merci à vous trois. C'est un tel soulagement pour moi... enfin, pour nous tous. Mon mari a dit des choses horribles, dont la plupart sont fausses. Sandro, j'espère qu'il n'a pas trop jacassé pendant que vous l'aidiez à remonter de la plage.

–Il n'a pas prononcé un seul mot, répliqua Sandro. Il était dans les vapes. Sam et moi avons quasiment été obligés de le porter jusqu'ici.

Cesca n'avait pas assisté à la scène, car elle était occupée avec les invités, prenant le relais de Sandro et Gabi tandis qu'ils assistaient la famille. Leur objectif commun était alors de limiter les dégâts. Elle avait de la peine pour Sam qui avait dû supporter son beau-père alcoolisé. Elle ignorait peut-être la nature de ses propos, mais Sam s'étant confié sur leur relation, elle devinait qu'il avait passé un sale quart d'heure. Et que tout avait basculé dans le chaos.

– Alors, je vous souhaite une bonne nuit, reprit Lucia en remplissant un verre d'eau fraîche. Rentrez bien, Cesca. Je vous vois demain, Gabi et Sandro.

Sur ce, elle s'éclipsa et referma doucement la porte derrière elle.

Cette fois, lorsque Gabi suggéra à Cesca de monter se coucher, elle s'empressa d'accepter. Même si elle savait qu'elle ne trouverait pas le sommeil.

Elle commençait à s'y habituer.

29

« Adieu ! Mon cœur est trop accablé
pour se répandre en pénibles adieux »

Le marchand de Venise

Cesca se retournait sans cesse dans son lit, vérifiant l'heure toutes les cinq minutes, en se demandant si Sam comptait toujours lui rendre visite. Il avait promis qu'il « lui parlerait plus tard », aussi l'avait-elle pris pour argent comptant. Ce qui justifiait leur entrevue dans le jardin. Mais c'était avant que Foster ne sème la pagaille. À présent, à presque trois heures du matin, soit deux heures avant son départ, elle craignait de s'être leurrée.

Peut-être était-ce sa manière de lui faire ses adieux.

Les mains tremblantes, elle reposa sa montre sur la table de chevet. Il n'allait pas la quitter comme ça ? Après tout ce qu'ils avaient vécu, il ne pouvait pas la laisser disparaître sans même un au revoir ? Dans le parc, il avait affirmé qu'elle lui appartenait, tout en couvrant sa bouche de baisers. Était-ce sincère ou juste des paroles en l'air prononcées dans le feu de l'action ? Se pouvait-il que sa déclaration fût le fruit de la jalousie plutôt que du désir ?

Elle ressassa les nuits passées chacun de leur côté, depuis l'arrivée de sa famille. Certes, elle avait alors décidé de prendre ses distances, mais Sam n'avait pas clairement protesté. Peut-être l'aimait-il bien, mais pas suffisamment pour vouloir la garder.

Cette conclusion lui donnait envie de pleurer.

Cesca lança un regard vers sa valise, près de la porte, attendant le petit matin pour que Sandro la range dans la voiture. Elle repartait exactement comme elle était venue : seule. Elle pouvait vivre avec ça, non ?

Une demi-heure s'écoula avec une lenteur affligeante, et Cesca remuait tant que ses draps étaient roulés en boule au pied du lit. Son agitation allait croissant, à force de penser à lui, de se demander pourquoi il n'était toujours pas apparu à sa porte.

Cela fit ressurgir de vieux souvenirs. Des images moroses de sa dégringolade suite à son départ. Trop prégnantes pour qu'elle les chasse de ses pensées.

En soupirant, elle s'assit sur son séant et bascula les jambes sur le côté. C'était l'inaction qui la torturait. Attendre quelqu'un qui ne viendrait pas, manifestement. Elle avait trop patienté – six longues années –, cette fois, elle devait agir.

Elle s'engouffra dans le couloir silencieux. Ses pieds nus foulèrent le parquet tiède. En quelques secondes, elle atteignit la porte de Sam, si vite qu'elle n'avait pas réfléchi à la suite. Devait-elle frapper ? Ou juste débarquer dans sa chambre ? Cesca atermoya un court instant, la main sur l'épais panneau en chêne.

C'est alors qu'elle entendit les bribes d'une conversation. Une voix grave et basse, et une voix féminine. La bouche sèche, elle s'aperçut qu'il n'était pas seul.

– Je ne comprends pas. Comment a-t-il pu nous mentir pendant tout ce temps ? Et toi, comment as-tu fait ?

C'était l'une de ses sœurs, vraisemblablement Izzy.

– J'avais peur de vous faire du mal. Je voulais vous protéger. Qu'est-ce que ça change ? Je suis toujours ton grand frère.

La voix de Sam.

Puis un sanglot étouffé.

– Mais tout ce qu'il a dit sur toi, Sam. Je le hais. Je ne lui adresserai plus jamais la parole.

– Mais non. C'est ton père, tout de même.

– C'est un menteur, et je ne veux plus avoir affaire à lui. Je ne veux même plus le voir. Non, mais quelle ordure !

Cesca crut distinguer le petit rire de Sam. Si familier qu'elle en eut un coup au cœur.

– Personne ne t'oblige à rien, ma puce. Mais vas-y mollo. C'est un grand choc pour toi, ça fait beaucoup à encaisser. Je le sais, quand je l'ai appris, j'étais très remonté.

– Alors, tu nous as quittés sans un mot. Je ne le comprends que maintenant. Je croyais que tu n'en faisais qu'à ta tête, comme tous les frères aînés, et que tu te moquais bien de nous.

– Je m'inquiète sans cesse pour vous. Depuis toujours. Seulement, sa présence m'insupportait.

La voix de Sam la réchauffait aussi sûrement que les rayons du soleil.

– Comme moi maintenant.

Un petit silence s'ensuivit, ponctué de quelques sanglots. Cesca ferma les yeux, imaginant Izzy larmoyer contre le torse de son frère. Sam lui caressait probablement les cheveux, chuchotant des paroles apaisantes. Gênée d'épier un échange aussi intime, elle allait rebrousser chemin quand Izzy reprit la parole.

– Je n'arrête pas de me dire qu'il a toujours été méchant avec toi. Pas étonnant que tu aies filé à Hollywood.

– C'était l'une des raisons, concéda-t-il. Mais pas l'unique. Je crois que je cherchais une excuse pour m'éloigner.

Assurément, Cesca s'en souvenait.

– Tu reviendras vivre à Londres avec nous ? supplia Lucia. Je ne m'imagine pas rester coincée avec maman et papa. J'étais si malheureuse lorsque tu as déménagé. Reviens.

– Izzy…

– S'il te plaît, Sam.

Sa voix plaintive touchait profondément Cesca.

– Je ne peux pas, répliqua Sam d'une voix chagrinée. J'aimerais beaucoup, mais je ne peux pas m'installer à Londres. J'ai ma vie à L.A., mes amis, mon travail. Je ne peux pas rentrer à Londres.

Un autre silence. D'autres sanglots. Cesca sentait son cœur se fendre à l'unisson avec Izzy.

De toute évidence, il n'y avait pas de place pour elle dans son monde. Pour preuve, il refusait de la présenter officiellement à ses parents. Et maintenant que sa famille implosait, tout espoir était perdu. Elle devait l'accepter, même si c'était douloureux. Même si elle était amoureuse de lui.

Il l'appréciait assez pour l'épauler dans l'écriture de sa pièce, mais pas assez pour la considérer comme sa petite amie. Elle avait été une distraction facile, surtout la nuit. Quelles autres occupations aurait-il trouvées ici ? Il avait vécu reclus pendant plusieurs semaines, loin de la foire d'empoigne hollywoodienne. Si Cesca n'avait pas été là, il aurait jeté son dévolu sur quelqu'un d'autre.

Elle sentit son cœur cogner sous ses côtes, au rythme de son désarroi. Elle se mordit la lèvre pour ne pas pleurer. Tandis qu'elle se tenait derrière sa porte, elle prit conscience que c'était bien plus qu'une planche de bois qui les séparait.

C'était la vie. Celle de Sam. Dont elle était exclue.

– Sinon je pourrais emménager chez toi, proposa Izzy, essuyant ses larmes avec son poing. Une chose est sûre, je ne vivrai plus avec ce sale type.

– Izzy, tu n'as pas le choix. De toute façon, tu rentres bientôt à l'université. Tu ne retourneras à la maison que pour les vacances.

Sam regarda sa sœur, ses yeux larmoyants et ses joues rouges. Les larmes rendaient ses iris bleu ciel, si semblables à ceux de son père que c'en était troublant.

– Je ne te laisserai plus nous ignorer, Sam.

Amusé par son entêtement, il réprima un sourire. Elle avait peut-être les yeux de son père, mais son caractère, c'était tout Lucia.

– Je n'ai pas l'intention de vous ignorer. Et maintenant que vous savez tout, je n'ai plus d'excuse.

– Alors, je peux habiter chez toi ?

Sam soupira. Il était si faible.

– Ou je viendrai vous voir, plutôt.

– Je croyais que tu détestais Londres.

– Je n'y étais pas heureux, voilà tout. Mais j'ai mûri. Je viendrai dès que je pourrai dégager du temps entre deux films. Pas définitivement, mais un peu, si tu veux.

Izzy renifla.

– Ça me plairait beaucoup. J'aimerais juste nous réunir tous les trois. Toi, moi et Sienna, comme autrefois.

Sam sourit.

– J'aime cette idée.

Peut-être ne pardonnerait-il jamais à son beau-père d'avoir dévoilé son secret de la sorte, mais il ne pouvait s'empêcher de croire que son état d'ébriété avancé avait eu du bon.

– Tu sais, Izzy, il se fait tard. Tu devrais dormir un peu. Nous en reparlerons demain matin.

Elle pressa ses épaules, comme si elle renâclait à le lâcher.

– Je n'ai pas envie de me retrouver toute seule. Je peux dormir ici cette nuit ?

– Avec moi ? s'étonna Sam. Euh... pourquoi pas.

– Ça m'étonnerait que je m'endorme. Mais je ne t'embêterai pas.

Il haussa les sourcils.

– Tu as toujours été embêtante.

Bien qu'elle n'ait pas eu le cœur à plaisanter, Izzy lui donna une tape.

– Arrête. Je hais déjà un Carlton, ne m'énerve pas toi non plus.

Sam se radoucit.

– Je ne ferai jamais rien qui te mette en colère. Du moins, je ne le ferai plus. Essaie de te reposer, d'accord ?

Elle se cramponnait toujours à lui.

– Ne me laisse pas.

Inspirant profondément, Sam s'allongea sur le lit et laissa sa petite sœur se blottir contre lui. Son visage humide appuyé sur son bras. Du coin de l'œil, il parvenait à distinguer la porte, tristement fermée.

Il déglutit, la bouche sèche. Il mourait d'envie de voir Cesca, mais il lui était impossible d'abandonner sa sœur. Pas plus qu'il ne pouvait l'emmener. Il était coincé, acculé à préférer sa famille à son amoureuse.

Izzy s'endormit des heures plus tard, le visage plissé par la concentration. Sam se dégagea délicatement, s'immobilisant alors qu'elle marmonnait quelque chose.Puis il roula lentement sur le lit et glissa sur le sol. Il laissa passer un moment, guettant une réaction. Il s'autorisa à sortir une fois que sa respiration redevint régulière et son corps détendu.

La porte de Cesca était entrebâillée, les lueurs de l'aube filtraient par l'ouverture. Sam tint la porte pour se glisser dans sa chambre sans bruit, de peur de la réveiller. À supposer qu'elle ait réussi à s'assoupir.

Le vide le frappa à l'instant où il refermait la porte derrière lui. Le vide et le silence. Regardant autour de lui, il comprit de quoi il retournait.

Elle était partie, emportant ses affaires. Même le lit était défait, le matelas nu débarrassé du duvet et des draps. Si son parfum flottait dans l'air, c'était tout ce qui restait de Cesca.

– Tout va bien ?

Sam se retourna. Derrière lui, Gabi tenait un chiffon à poussière à la main.

– Elle est partie ? demanda-t-il anxieux.

– Cesca ? Oui, Sandro l'a emmenée à l'aéroport. Elle prend le vol du matin pour Heathrow.

Sam consulta sa montre. Presque sept heures. Le premier vol décollait à sept heures trente. Même s'il sautait dans sa Ferrari et roulait pied au plancher, il n'avait aucune chance de la rattraper.

– Elle ne m'a pas dit au revoir, chuchota-t-il, autant pour lui-même que pour Gabi.

– Elle a préféré partir discrètement. Elle était préoccupée, expliqua Gabi.

Sam la regarda, essayant de deviner ce qu'elle savait.

– Elle a... elle a laissé quelque chose ?

Gabi secoua la tête.

– Elle s'en est allée comme elle est venue, avec une petite valise. C'est regrettable, elle va nous manquer. C'était un vrai rayon de soleil dans cette maison.

Sam déglutit, déchiré entre l'envie de se confier et de tout garder pour lui.

– Exactement.

– Elle va vous manquer, à vous aussi, constata Gabi. Après tout, vous avez vécu tous les deux pendant des semaines. Vous êtes sûrement devenus proches.

– Nous étions amis, confirma Sam. Jusqu'à ce que je gâche tout.

La tête lui tournait, si bien qu'il dut s'appuyer contre le mur.

– Vraiment ?

Gabi haussa les sourcils.

Sam se lécha les lèvres du bout de la langue. Son départ lui tordait les tripes. Comment avait-il pu tout bousiller une seconde fois ?

– Je ne l'ai pas très bien traitée.

– Comment ça se fait ? (Gabi se reprit, gênée.) Je suis désolée, *Signor* Carlton. C'est très grossier de vous demander ça.

Sam soupira en se frottant le visage.

– Ne vous excusez pas. On dirait Cesca. S'excuser pour un rien. Ce n'est la faute de personne si je suis aussi confus, si je me ferme dès que je me rapproche de quelqu'un. Je suis le seul responsable.

Gabi semblait plus perplexe que jamais. Comment le lui reprocher alors que ses propos étaient si décousus ? Mais le besoin de parler, de se confier, de comprendre pourquoi il se retrouvait dans cette situation compliquée, était trop pressant. Et Gabi se trouvait là au bon moment.

– Je l'aime bien, dit-il calmement. Non, c'est faux. Je suis tombé amoureux d'elle. Mais j'ai paniqué, j'ai pris peur et je l'ai repoussée. C'est entièrement de ma faute.

– Vous l'aimez ? Vous aimez Cesca ? répéta Gabi.

– Oui.

Elle frappa dans ses mains.

– Eh bien, c'est merveilleux.

Il secoua la tête.

– Au contraire.

– Pourquoi ça ? L'amour, c'est formidable. Vous êtes tous deux célibataires, et beaux. C'est parfait.

– J'ai merdé. Et maintenant, elle est partie et elle ne voudra plus jamais me revoir.

– Mais non. C'est pour ça qu'elle était triste ce matin. Je croyais que c'était parce que Varenne allait lui manquer, mais à présent, je sais que c'est parce qu'elle est amoureuse de vous.

– Elle ne me pardonnera jamais. Elle n'a pas de raison de me pardonner. J'ai été ignoble avec elle.

Les yeux de Gabi s'illuminèrent.

– Les filles pardonnent plus facilement que vous ne le croyez. Sandro me met souvent hors de moi. Pourtant, je le laisse toujours se racheter. C'est magique, ce qu'un peu d'amour peut accomplir.

Se repoussant du mur, Sam se tourna vers Gabi.

– Que devrais-je faire alors ?

Elle sourit.

– Vous battre pour elle. Comme vous ne vous êtes jamais battu pour une femme. Et si elle accepte de vous accorder une seconde chance, veillez à ne pas tout rater.

Se battre pour elle. C'était dans ses cordes, non ?

Pour la première fois, il se sentit à la hauteur.

30

« Ce qui est passé est sans remède
et ne doit plus être une cause de chagrin. »

Le conte d'hiver

– Qu'est-ce que je vous sers ?

Armée d'un crayon et d'un carnet, Cesca attendait de noter la commande des clients. Le couple se consulta du regard, puis la femme donna un coup de coude à l'homme. Il se gratta la tête en examinant le menu.

– Vous n'avez rien d'autre que des céréales ?

Cesca se mordilla la lèvre. Cette question, elle l'entendait tous les jours, dans la bouche de la plupart des clients. Elle inspira à fond et cligna deux fois des yeux avant de répondre.

– Je crains que non.

Le nom du café annonçait pourtant la couleur. Simple, tracé en bleu vif au-dessus de l'entrée : *Cereal*. Facile, non ?

– Des toasts éventuellement ? insista l'homme.

– Désolée, pas de toasts. Mais nous proposons cent sortes de céréales différentes, expliqua-t-elle en s'appliquant à garder un ton enjoué. Si vous souffrez d'allergies, je vous suggère les céréales sans gluten accompagnées de lait de riz.

– Je n'ai pas d'allergies, rétorqua la femme en se penchant vers elle. Je n'ai juste pas envie de manger des céréales au dîner.

Cesca lui décocha un regard, à mi-chemin entre la compréhension et l'exaspération.

– Nous n'avons rien d'autre, j'en ai peur. C'est un café concept. Céréales matin, midi et soir.

– Ridicule, protesta la femme. Qui dîne de céréales ? Surtout à sept livres le bol de Cheerios. Je pourrais en acheter trois boîtes au supermarché à ce prix-là.

Se retenant de suggérer à la cliente d'aller faire ses courses, elle sourit avec gentillesse. Ce n'était pas la première fois qu'elle encaissait les plaintes de la clientèle, mais honnêtement, que pouvait-on attendre d'autre d'un lieu nommé *Cereal* ?

– Nous proposons dix variétés de lait, renchérit-elle, comme si cela changeait tout.

Depuis une semaine qu'elle travaillait là, Cesca avait tout vu. Des hommes en costume sur-mesure lapant leurs Frosties en discutant affaires, des mères nanties tirant de force leurs enfants à l'intérieur et enfournant des Coco Pops dans leurs bouches pendant qu'ils se rebellaient. Même des couples venus là pour leur premier rendez-vous, persuadés d'avoir eu une bonne idée. Elle se demandait si certains s'étaient revus après.

Bien sûr, cela lui fit penser à Sam. Comme presque tout. Plus précisément, elle se remémorait leur parfait premier rendez-vous, dans la grotte isolée. Ils ne s'étaient pas embrassés ce soir-là, même si l'envie la taraudait. Où en étaient-ils ? Plus jamais elle ne l'embrasserait.

Cette idée la rendait malade.

– Tu veux partir ? Allons ailleurs ? suggéra l'homme à sa compagne.

– Je préfère rentrer chez moi, répondit-elle. Nous ne sommes pas compatibles, tout compte fait.

C'était plus ou moins en ces termes qu'elle avait quitté Sam dix-huit jours plus tôt. Paraphrase qui lui serra le cœur. Ne tournerait-elle donc jamais la page ?

Elle se dirigea vers la cuisine où Simon, le directeur, préparait les commandes.

–La quinze est partie sans commander, annonça-t-elle. Ils étaient indignés de ne pas pouvoir commander des toasts.

Il arqua les sourcils.

–Tu as encore fait fuir des clients ? Je vais devoir déduire le manque à gagner de ta paie.

–Va te faire voir, répliqua-t-elle joyeusement. Ils ne partent pas à cause de moi, mais parce que le menu est absurde.

–C'est un bar concept, soupira-t-il. C'est si difficile à comprendre ?

–Ton concept est déjanté. Tu feras faillite dans l'année.

Il croisa les bras.

–Tu mériterais que je te vire.

–Te gêne pas. Je travaille ici pour te rendre service. De toute façon, je démissionnerai dès que ma pièce entrera en production. Mais si tu préfères que je rende mon tablier...

Il lui barra le passage.

–Non ! Ce n'est pas ce j'ai voulu dire. Nous avons besoin de toi, Cesca.

N'était-ce pas l'entière vérité ? Il ne pouvait pas convaincre son personnel de rester par amour, plutôt que pour l'argent.

–Dans ce cas, pense à m'augmenter.

–Si tu promets de rester six mois, je doublerai ton salaire.

Elle secoua la tête et lui tint tête avec assurance.

–Ça ne marche pas. Je serai appelée à travailler dans le West End[4] d'ici là. Je t'ai dit dès le début que je t'aiderais jusqu'à ce que j'aie vendu ma pièce. Ensuite, tu devras te passer de moi.

4. Quartier des théâtres.

Elle se sentait différente, capable de défendre ses intérêts au travail. Tout l'opposé de la fille qui s'était fait renvoyer du *Cat Café* quelques mois plus tôt. C'était revigorant, bien que son cœur saignât encore d'avoir perdu Sam.

Cesca en était là de ses pensées quand elle termina son service et prit le bus en direction d'Hampstead. Elle logeait chez son père depuis son retour. Lorsqu'il avait proposé de l'héberger temporairement, il n'en était pas revenu qu'elle accepte, mais il avait bien caché sa surprise. Il l'avait entraînée vers son ancienne chambre, hochant sagement la tête tandis qu'elle expliquait timidement que cela ne durerait que le temps qu'elle retombe sur ses pieds.

En réalité, tout était temporaire. L'emploi, le logement. Un moyen de parvenir à ses fins, un toit au-dessus de la tête et une source de revenus pendant qu'elle démarchait auprès des théâtres. Elle était bien obligée de s'habituer de nouveau à cette vie. Ne pas savoir de quoi demain serait fait, comment elle s'acquitterait du loyer en cours. Mais, en un sens, elle le vivait mieux. Auparavant, c'était son lot quotidien, parce qu'elle était aveugle aux différentes options. Désormais, c'était une nécessité qui lui permettait de poursuivre ses objectifs.

Car elle se démenait pour réaliser son rêve.

Elle avait également appris cela en Italie : le bonheur n'est pas une question de circonstances mais d'attitude. Et la sienne avait pris un virage à cent quatre-vingts degrés.

– Bonsoir. Tu as réussi à échapper au licenciement ?

Comme elle entrait dans le salon, son père leva le nez de son livre. C'était rare qu'il ne s'enferme pas dans son bureau.

– Oui. Mais c'était moins une, répondit-elle. Apparemment, expliquer à son responsable en quoi son café est aberrant n'est pas la meilleure manière de garder un emploi.

Son père sourit.

– La diplomatie n'est pas ton point fort, ma chérie. (Il consulta sa montre.) Ta sœur a téléphoné il y a une heure.

– Lucy ?

– Non, Kitty. Elle s'amuse comme une folle à L.A. D'après elle, il y fait toujours beau. Quand je lui ai dit qu'il pleuvait ici, elle a piqué un fou rire.

– Ça ressemble bien à Kitty.

C'était étonnant, et presque douloureux, de savoir que sa sœur vivait dans la même ville que Sam. En toutes circonstances, tout lui rappelait Sam.

– Je vais la contacter par Skype.

Bien moins onéreux que le téléphone. Sans compter que c'était mieux de voir sa sœur sur l'écran que de simplement entendre sa voix.

– Ça ne te dérange pas si je t'emprunte ton portable ?

– Ne sois pas bête, tu sais qu'il est à toi. Va appeler ta sœur.

Elle fit un détour par la cuisine pour prendre un verre d'eau, puis se dirigea vers sa petite chambre, en haut de l'escalier. Elle alluma l'ordinateur, attendit qu'il se mette en marche puis lança Skype. Kitty apparaissait dans ses favoris, avec ses trois sœurs. Elle sourit en lisant leurs noms.

Il ne fallut que deux sonneries pour que Kitty réponde. Aussitôt, son visage apparut sur l'écran. Elle souriait, éclairée par la lumière de l'ordinateur.

– Salut, beauté !

Communiquer avec ses sœurs la réconfortait à coup sûr. Bien sûr, des différences les opposaient – et le temps passant, elle leur avait caché la gravité de sa situation –, mais elles lui étaient aussi familières qu'un vieux manteau. Chaud, douillet et confortable.

– Salut, toi. Comment ça se passe pour toi, à L.A. ?

– Peu importe, les sujets de fille en premier.

– Quels sujets de fille ?

Cesca haussa les sourcils.

– Tu sais bien. Ce type, Sam. Qu'allons-nous faire avec lui ?

Cesca râla.

–Eh bien, je vois que les nouvelles vont vite. Aurais-tu parlé à Lucy, par hasard ?

À son retour à Londres, Cesca avait ouvert son cœur à sa sœur aînée par téléphone. Elle aurait dû se douter que la nouvelle se répandrait comme une traînée de poudre.

–Non, elle l'a dit à Juliet, qui m'a raconté. Et alors ? Tu sais bien que le dire à l'une d'entre nous revient à le dire à nous toutes.

Ce n'était que trop vrai.

–Si vous en avez discuté, j'espère qu'elles ont précisé que ce n'était qu'un déjeuner de soleil. Je n'étais rien de plus qu'une amourette de vacances pour lui. J'ai fini par l'accepter.

Mensonges, rien que des mensonges. Elle était loin d'avoir avalé la pilule.

–Tu vois, ça tient en trois mots, s'empressa-elle d'ajouter.

–Nous parlons bien de Sam Carlton ? Celui qui a fait annuler ta pièce et s'est enfui à Hollywood ? Celui qui a surgi en Italie et tout fait pour gâcher ton été ? (Kitty avait un sourire dans la voix.) Sauf qu'il ne l'a pas gâché, petite coquine. D'après ce que j'ai entendu dire, il l'aurait plutôt épicé. Donc je pense que tu as des choses à me raconter.

Cesca grogna.

–Je ne vois pas de quoi tu parles.

Faute de savoir par quoi commencer, elle évita le regard de Kitty. Cela semblait tellement ridicule qu'elle-même n'y comprenait rien.

–Il est passé dans l'émission *Mary Jane Landers* cet après-midi, fanfaronna Kitty.

Cesca releva aussitôt les yeux. Sa sœur n'était-elle donc pas consciente qu'elle la torturait ? Cette conversation lui infligeait une kyrielle d'hématomes mortels. Pourquoi diable mentionnait-elle un talk-show accueillant des célébrités, alors que son cœur saignait ?

–Ah oui?

–Eh oui. Et je crois que tu devrais la regarder.

Cette fois, elle allait trop loin. Pourquoi Kitty affichait-elle cet air satisfait?

–Elle ne passe pas ici.

–Elle est accessible en replay. Ou sur YouTube. Je vais t'envoyer le lien, ça ne dure que dix minutes.

À peine eut-elle terminé sa phrase que l'URL apparut dans la boîte de dialogue.

–Dépêche-toi de cliquer.

Cesca écarquilla les yeux.

–Maintenant?

Kitty eut un petit rire.

–Pourquoi pas?

Parce qu'elle ne voulait pas que sa sœur la voie craquer. Parce qu'elle n'était pas sûre de réussir à regarder Sam sans avoir envie de balancer un objet sur l'ordinateur. Parce que le sujet lui semblait trop sensible et éprouvant.

–Regarde-le, Cesca. Je te promets que ce n'est pas si terrible, la pressa Kitty d'un ton enjôleur.

Elle cliqua sur le lien, qui la redirigea vers la chaîne YouTube. Après cinq secondes de publicité, la vidéo débuta. Mary Jane Landers s'adressait à la caméra, plaisantant sur le fait que le public avait besoin d'une *Summer Breeze*, un petit vent frais pour atténuer la température en hausse sur le plateau. Puis elle présenta Sam, sous les cris et les acclamations du public uniquement composé de femmes trentenaires d'après ce qu'elle aperçut à l'image.

Était-ce mal d'abominer une tranche entière de la population?

Lorsque Sam fit son entrée, les deux dernières semaines s'effacèrent d'un coup. Elle crut le voir entrer dans la bibliothèque, souriant avant de l'attraper pour l'embrasser. Sauf que cette fois, ce n'était pas à elle qu'il souriait. C'était à Mary Jane et aux cent maudites nanas.

Le cœur martelant sa poitrine, Cesca regarda Sam prendre un siège et dire bonjour à Mary Jane. Ensuite, il se passa la main dans les cheveux et les écarta de ses yeux. Cesca put quasiment sentir ses mèches rebelles dans sa paume.

– Alors, Sam, on m'a dit que vous avez fait des bêtises, s'amusa Mary Jane.

Des gloussements et des sifflements s'élevèrent du public. Sam se tourna face à la caméra, un sourire embarrassé étirant ses lèvres.

– J'avoue, j'ai fait l'idiot.

– C'est donc vrai ce qu'on raconte ?

Il haussa les sourcils.

– Qu'est-ce qu'on raconte ?

– On vous compare à un marteau-piqueur. (Elle fit une grimace à l'intention de la caméra). Nous brûlons toutes d'envie de savoir si c'est vrai.

Sam rit et leva les yeux au ciel.

– J'emploierais d'autres termes pour me décrire.

C'était étrange de le regarder à l'écran. Il était le Sam d'Hollywood, soigné de sa personne, mais nuancé d'un soupçon de l'autre Sam. Son Sam. Et cela lui faisait mal au cœur.

Mary Jane lui posa une autre question, mais Cesca était trop absorbée dans sa contemplation pour l'entendre. Cesca n'écouta réellement que lorsque Kitty cria : « C'est là. »

– Que se passe-t-il entre vous et Serena Sloane ?

Sam grimaça.

– Il n'y a rien entre nous. C'était pratiquement fini avant que ça commence. Si j'avais su qu'elle était mariée, je ne serais pas allé aussi loin. Vous savez comment c'est, à Hollywood. Pourquoi dire la vérité alors qu'on peut mentir ?

– Donc vous êtes un cœur à prendre ?

Mary Jane remua les sourcils pour amuser le public.

– Je n'ai pas dit ça.

Cesca se pencha en avant, résolue à ce qu'aucun mot ne lui échappe. Quelqu'un aurait pu jeter un million de dollars dans sa chambre, elle n'aurait pas bougé d'un iota.

– Voilà qui est intéressant. Vous pouvez nous en dire davantage ? Mais essayez de ne pas nous briser le cœur. D'accord ? insista Mary Jane, penchée vers lui.

Cesca avait autant envie de la gifler que de la féliciter pour sa question.

– Il n'y a pas grand-chose à dire pour l'instant, se lança Sam en souriant. Mais j'ai rencontré une fille cet été et elle est… vraiment unique. Elle ne sait pas à quel point, mais je suis déterminé à lui faire comprendre qu'elle est spéciale.

– Vous croyez qu'elle nous regarde en ce moment ? Vous pourriez lui passer le message à l'antenne.

Mary Jane semblait excitée à l'idée de décrocher une exclusivité en direct.

Il secoua la tête en souriant largement.

– Elle vit à Londres. Et elle est certainement absorbée par ses écrits ou quelque chose d'important. Elle est auteure.

– Une scénariste ? Aurions-nous entendu parler d'elle ? s'enquit Mary Jane. Et, plus palpitant encore, où l'avez-vous rencontrée ?

Il pouvait s'agir de n'importe qui, non ? Bon, les probabilités qu'il ait rencontré deux auteures au cours de l'été étaient minces, mais non négligeables.

– En Italie, répliqua-t-il. Dans une maison au bord du lac de Côme.

Le pouls de Cesca accéléra.

– Comme c'est charmant !

– Le cadre est splendide, mais rien ne l'est autant qu'elle.

Ce fut comme si toutes les femmes de l'assistance soupiraient d'une même voix. Cesca se surprit à se joindre à elles.

–C'est évident qu'il parle de toi ! s'enflamma Kitty. Tu écris et tu étais en Italie. Oh mon Dieu, Cesca, c'est hyper-excitant ! J'ai beau habiter à L.A. et croiser beaucoup d'acteurs, je deviens fan de ce mec moi aussi.

Cesca pataugeait. Après tout, elle s'était éloignée de lui en Italie. L'entendre déclarer à la télévision qu'il la trouvait unique lui donnait envie de rire et de pleurer en même temps.

C'est ce qu'elle fit.

–Kitty, que dois-je en conclure ?

–Que tu dois l'appeler, imbécile.

–Je n'ai pas son numéro.

–C'est pas vrai ?

Cesca haussa les épaules.

–Bah si. Je n'avais pas de portable là-bas, et le sien ne captait pas. Nous communiquions à l'ancienne.

–J'imagine. Le langage universel de l'amour.

–Ferme-la.

–Essaie un peu de me faire taire.

Comme si elles avaient de nouveau douze ans, elles se provoquèrent un instant, sans malice. Cesca apprécia cette parenthèse dans ses tourments émotionnels.

Kitty repartit à la charge.

–Nom d'une pipe, je dois tout faire ? Je vais te dénicher son numéro et je te l'enverrai par SMS. Mais seulement si tu promets de lui téléphoner.

–Où vas-tu trouver son numéro ? demanda Cesca.

Kitty tapota son nez du bout du doigt.

–Par le biais de mes contacts, évidemment. Je connais des gens qui connaissent des gens. Ou, au moins, je connais des baby-sitters qui connaissent du monde. Laisse-moi faire, je prends ta vie sentimentale en main.

Sur ces mots, Kitty coupa la communication, certainement pour se lancer dans ses recherches. Cesca visionna l'extrait cinq fois avant d'éteindre l'ordinateur portable. Après quoi elle passa au salon pour souhaiter une bonne nuit à son père.

Il était minuit lorsque Kitty envoya le numéro de Sam par SMS. Cesca était allongée dans son lit, enveloppée dans l'obscurité, et fixait l'écran de son téléphone bon marché.

Au moment de quitter l'Italie, elle croyait avoir le cœur en lambeaux. Le temps qu'elle atterrisse à Londres, c'était devenu une certitude. Depuis deux semaines, où qu'elle aille, il restait au premier plan de ses pensées. Lorsqu'elle servait un client, elle s'interrogeait sur ce que Sam était en train de faire. Chaque fois qu'elle passait devant un restaurant italien, elle se souvenait de la passion de Sam pour les pâtes. Et dans tous les points presse, elle voyait le visage de Sam en couverture des magazines.

Son Sam.

Voilà qui il était. Pas le Sam qui avait anéanti sa pièce ou l'acteur qui lui parlait durement. Non, il était Sam, celui qui supervisait ses écrits, la taquinait sans relâche, l'embrassait si fougueusement que ses lèvres enflaient. Le jeune prodige qui parlait couramment italien avec un accent irrésistible, capable de la séduire rien qu'avec des mots.

Résolument son Sam.

Cesca se redressa dans son lit, s'empara de son téléphone et composa le numéro fourni par sa sœur. L'icône en forme de combiné vert apparut et elle l'activa, attendant le souffle court que la communication s'établisse. Cet appel lui coûterait une fortune, de l'argent qu'elle ne possédait pas, mais en cet instant, elle s'en contrefichait.

Un clic, puis l'appel bascula vers la messagerie.

Elle était pour le moins déçue. Dans un message bredouillant, elle l'informa qu'elle avait regardé l'émission, qu'elle désirait lui parler et lui demanda de la rappeler. À contrecœur, elle raccrocha, posa son appareil sans l'éteindre, au cas il rappellerait rapidement. Il n'était que seize heures à L.A., il pouvait la rappeler à tout moment.

Mais il n'en fit rien. Dans son lit, Cesca regarda les heures s'égrener sur son réveil, lentement submergée par la tristesse. Au lever du jour, Sam n'avait pas rappelé et sa déception était à son comble.

31

« Quelle jolie chose qu'un homme, lorsqu'il sort avec
son pourpoint et son haut-de-chausses,
et laisse en route son bon sens »

Beaucoup de bruit pour rien

Sam apposa sa signature sur le contrat et le fit glisser en travers du bureau, vers Marcella Di Bracco. Elle récupéra les documents en décochant un sourire fugace. Blonde, la cinquantaine, tout en elle respirait le professionnalisme. Ses vêtements, sa coupe de cheveux, autant d'indications qu'elle maîtrisait tout dans les moindres détails.

– Merci d'avoir organisé l'interview, dit Sam. C'était certainement compliqué de me faire inviter à la dernière minute.

Marcella hocha la tête. Elle n'était pas du genre expansif, mais il ne la payait pas pour exprimer ses émotions. Attachée de presse réputée dans le monde du spectacle, son répertoire faisait pâlir d'envie tout le gratin d'Hollywood. C'était précisément pour ses contacts qu'il s'offrait ses services.

– Compliqué, mais nécessaire. Vous verrez que j'excelle quand il s'agit de trouver des solutions rapides. En prime, je compte plancher sur une stratégie à long terme pour vous. Sur ce point, j'aurais besoin de collaborer avec votre agent. (Elle leva les yeux vers lui.) Vous avez déjà pris un nouvel agent ?

– Je signe prochainement avec Larry Morgan.

– Chez Creative Artists Agency ? Je croyais qu'il ne prenait plus personne.

Pour tentaculaire qu'elle fût, Hollywood fonctionnait comme un village. Tout se savait.

Sam haussa les épaules.

– Que puis-je dire ? J'avais à peine atterri à LAX[5] que Larry me contactait.

– Quelle chance ! Quand démarre le tournage de *Summer Breeze* ? s'enquit Marcella.

– Dans un mois.

– Et ensuite, quels sont vos projets ?

– J'aimerais lever le pied. Peut-être me tourner vers le théâtre. Loin de la course effrénée d'Hollywood.

Le simple fait de l'exprimer l'allégeait d'un poids.

– Bon, laissez-moi m'occuper de ça, et je m'attellerai au plan d'action. Il est impératif de devancer d'éventuels ragots sur votre relation avec votre partenaire dans ce film, en plus de contrer la publicité engendrée par l'incident Serena Sloane. Peut-être aurons-nous recours à des interviews écrites de vous et votre nouvelle petite amie, cela ferait taire la presse.

– Ce n'est pas ma petite amie, fit remarquer Sam.

Pas pour l'instant. Voire jamais, si son empressement à fuir l'Italie reflétait ses sentiments pour lui.

– Bien. Mais tenez mon équipe au courant. Fixons un rendez-vous dans, disons, deux semaines. Alors, nous pourrons définir concrètement une stratégie.

Il hocha la tête.

– Je ne sais pas si je serai toujours à Hollywood, mais par Skype, ce serait possible ?

5. Aéroport international de L.A.

– Bien entendu. Pour votre gouverne, j'ai reçu un mail de l'attachée de presse de Serena Sloane. Serena n'apprécie guère le retour de bâton. Elle prévoit de tout mettre au clair, d'admettre que l'histoire était en grande partie fabriquée. Ce serait bon pour nous.

Sam arqua les sourcils. Penser à Serena Sloane lui laissait un sale goût dans la bouche. C'était pour cela qu'il payait une attachée de presse : traiter avec les personnes qui l'insupportaient.

– Je vous fais confiance.

Il sortit sous un soleil de plomb. Une vague de chaleur tardive accablait la ville et irradiait du trottoir tandis qu'il traversait la route en direction du parking. Devant sa voiture, il ralluma son téléphone, qui sonna presque aussitôt.

Il ne décrochait que pour quelques rares personnes. Dont sa mère.

– Bonjour, maman.

– Sam ? Je viens de regarder l'émission. Qui est cette fille dont tu as parlé ?

– Personne.

Réponse concise, car il n'était pas prêt à discuter de sa vie personnelle avec sa mère. Pas encore. Ils reconstruisaient progressivement les ponts entre eux. Cependant, une montée de colère l'envahit malgré lui. Comment osait-elle se mêler de sa vie amoureuse alors qu'elle avait si longtemps menti sur la sienne ?

– Merci de ne pas avoir fait allusion à ton père. Je t'en suis très reconnaissante.

Elle semblait conciliante, comme si elle comprenait ses réticences. À la mention de Foster, il s'attendit à ce que la panique s'abatte sur lui mais, étrangement, il resta calme.

– Je t'ai promis de ne rien dire, et par chance, elle n'a rien demandé. Mais sache que je ne garderai pas le secret éternellement. J'attendrai que ça se tasse.

Ayant vécu six années dans le mensonge, il avait hâte de s'extraire de cette prison.

– Comment vont Izzy et Sienna ?

Deux des raisons pour lesquelles il passait sa filiation sous silence : elles se débattaient encore pour accepter qu'on leur ait menti depuis leur naissance. Comme eux tous. Il leur faudrait du temps pour surmonter cette épreuve.

– Étonnamment bien, répondit sa mère. Même si, évidemment, elles sont brouillées avec Foster. Moi aussi, d'ailleurs.

– Il t'importune ? demanda Sam en montant en voiture. Dis-le-moi s'il continue à t'embêter. Je lui parlerai, si tu veux.

– Pas vraiment, mon chéri. Il a la queue entre les jambes pour l'instant. Il est toujours à Paris où il a un travail à terminer. J'imagine que nous discuterons à son retour, mais en attendant, je me satisfais de lui infliger mon silence. Il mérite largement pire que ça, après tout le mal qu'il t'a fait. Je ne suis pas sûre de pouvoir lui pardonner.

Sam déglutit. Il ne lui avait pas tout dit, mais elle n'avait pas besoin de tout savoir. C'était du passé. Foster ne pouvait plus l'atteindre.

Le jour où Sam avait quitté Varenne pour L.A., Lucia et ses filles avaient pris l'avion pour Londres. Elles avaient laissé un Foster, penaud et souffrant d'une sévère gueule de bois, retourner seul à Paris où il s'était engagé à superviser la saison théâtrale.

Il entendit des murmures suivis d'un curieux bruit furtif. Puis un long silence, tandis qu'une sorte de dispute se poursuivait à mi-voix.

– Izzy, lâche ce téléphone. (La voix de sa mère semblait plus éloignée.) Sam, tes sœurs insistent pour te parler, réussit-elle à dire avant qu'une voix excitée prenne le relais.

– Sam, c'est qui, cette fille ? Tu as omis de me dire que tu avais rencontré quelqu'un.

Izzy était essoufflée, probablement parce qu'elle avait bataillé pour chiper le téléphone à sa mère.

– Quelle fille ?

Il essayait de gagner du temps.

– La dramaturge dont tu as parlé, celle qui habite à Londres. Pourquoi tu ne l'as pas invitée à la soirée ? C'est à cause de papa ? Tu sais que la fête aurait été plus sympa sans lui, ce misérable salopard. (Izzy prenait à peine le temps de respirer.) Tu viens pour la voir, c'est ça ? Tu arrives quand ? Tu comptes nous la présenter ? Sam, ça signifie que tu pourrais revenir t'installer à Londres finalement ? Je l'espère de tout mon cœur.

Il rit.

– Du calme, Izzy, respire. Je ne te parlerai pas de ma vie amoureuse dans l'immédiat. Mais oui, je viens bientôt à Londres, surtout pour voir comment vous allez.

– C'est génial. Mais ne passe pas en coup de vent. Nous avons trop de choses à nous raconter.

– Tu rentres à l'université le mois prochain, observa-t-il.

– Tu pourrais m'y conduire, alors ? Mes copines adoreraient te rencontrer.

Il essaya de s'imaginer débarquant dans son école, entouré par une meute de paparazzis. Ce n'était pas beau à voir.

– Je dois revenir pour tourner *Summer Breeze*, lui rappela-t-il. Mais je te promets que nous nous verrons avant ça.

Voilà qu'il se remettait à passer des choses sous silence, mais cette fois, c'était dans un but précis. Il prévoyait bien de se rendre à Londres, mais sa famille allait devoir attendre. Certains impératifs passaient en premier.

– Bon. Je m'en contenterai.

Il l'entendait presque bouder.

Il souriait encore quand il prit congé et lança son téléphone sur le siège passager en mettant le contact. Activant le GPS, il déroula ses favoris jusqu'à LAX. Il avait l'impression de passer la moitié de sa vie dans cet aéroport, soit pour partir soit pour arriver, mais il n'avait jamais vécu un tel pic d'excitation en cliquant sur cette destination.

L'heure était venue de rentrer chez lui. Son vrai chez-lui. Pas une ville ou un village, ni même une maison au bord d'un lac. Chez lui, c'était où elle se trouvait, où qu'elle soit. À Londres... Varenne... peu importe. Car ces derniers mois, il avait appris que se sentir à sa place, être chez lui, était affaire de ressenti. C'était ce qui détendait les muscles et ralentissait la respiration. C'était ce que l'on avait hâte de retrouver en fin de journée.

Sa place était aux côtés de Cesca Shakespeare. Même si elle l'ignorait encore.

Il pleuvait des cordes, sans relâche. Chaque fois qu'un client entrait dans le restaurant, il laissait une flaque dans l'entrée. C'était un des risques du métier, aussi Cesca s'empressait-elle de passer la serpillière. La saison touristique touchait à sa fin, mais cela ne justifiait pas la baisse de fréquentation. Au *Cereal*, la moitié des tables étaient vides et semblaient délaissées avec leur vaisselle raffinée et leurs verres étincelants impeccablement arrangés. Manifestement, l'attrait de la nouveauté s'émoussait. Cesca se demandait si le café de Simon survivrait bien longtemps.

– Je pourrais avoir l'addition ? demanda un homme assis dans le coin, en face de deux adolescents.

Depuis leur arrivée, ils avaient à peine levé le nez de leurs portables. Cesca en déduisit que c'était un père célibataire, en sortie avec ses enfants pour le traditionnel dîner du samedi. Personne n'avait l'air de s'amuser à cette table.

Un éclair illumina la vitrine, si agressif que Cesca fut éblouie. Elle attendit le coup de tonnerre – un éclair aussi violent annonçait un orage tout proche –, mais il n'éclata pas. Seul le silence s'ensuivit.

Un second éclair l'aveugla. Cette fois, la porte de l'établissement s'ouvrit tandis que des éclats lumineux embrasaient la rue. Les yeux de Cesca clignèrent pour s'ajuster à la soudaine luminosité, sans pouvoir se focaliser sur la porte d'entrée. Peu après, elle s'aperçut que les éclairs ne provenaient pas du ciel mais de flashs d'appareils photo.

La porte claqua, refermée par une silhouette sombre la poussant du dos. Il haletait comme pour reprendre son souffle. La pluie gouttait de ses vêtements, des flaques se formant à ses pieds, si bien que Cesca s'apprêta à s'équiper de sa serpillière et de son seau pour la énième fois.

C'est alors qu'elle l'identifia.

Un court instant, elle resta pétrifiée. Bouche bée, les yeux écarquillés. Elle voulut parler, mais échoua à prononcer un seul mot. Les clients épars se retournèrent vers le nouveau venu. Des murmures exaltés se firent entendre aussitôt qu'ils le reconnurent. Elle entendit son nom, répété en boucle à la façon d'un disque rayé.

– Sam. Sam Carlton. L'acteur qui joue dans tous ces films. Tu sais, celui qui a brisé le cœur de cette fille. Son nom m'échappe.

Dans un film, elle aurait couru vers lui, se serait jetée à son cou pour cueillir ses baisers tandis que ses vêtements tremperaient les siens. Elle visualisait si bien la scène qu'elle aurait pu l'écrire, mais pour une raison étrange, ses pieds refusaient de bouger.

– L'addition ? Ce serait possible de vous régler ? s'impatienta le client, à côté d'elle.

– Tais-toi, papa, grogna l'aînée des adolescentes, détachant enfin son regard du téléphone. C'est Sam Carlton.

Ses joues rosirent, et Cesca se demanda si elle virait au rouge elle aussi.

Elle se mit à trembler. Le regard braqué sur cet homme, magnifique, sublime, trempé, qui se tenait à quelques mètres d'elle. Sam – *son* Sam – le garçon capable de la faire passer du rire aux larmes.

– Cesca ?

Dégoulinant de pluie, il se dirigea vers elle. En d'autres circonstances, elle aurait argué que son intrusion constituait un risque pour la santé et la sécurité du café.

– Je crois bien que oui.

Il sourit.

– Salut.

Sa voix douce, ténue. Derrière lui, à travers les vitres embuées, elle discerna une foule de gens rassemblés sur le trottoir. Une sorte de public, témoin de l'histoire jouée sous leurs yeux, sous une pluie battante. Les spectateurs aux places bradées à bas prix.

– Tu es venu avec tous tes amis.

Plus détendu, il rit. Il se tordit le cou pour lancer un regard aux paparazzis et aux fans massés contre la devanture. Certains étaient pratiquement collés à la vitre.

– Ils te passent le bonjour.

Elle agita la main.

– Coucou, tout le monde.

C'était donc ça, le quotidien de Sam ? Traqué par des hordes de photographes, tous ses mouvements disséqués comme dans une vidéo en stop-motion[6] ? Cette prise de conscience suscita en elle un élan de compassion. Pas étonnant que Varenne représentât pour lui un refuge.

Parvenu devant elle, Sam lui prit la main et la serra. Sa peau était chaude et humide.

– Salut, répéta-t-il.

– Salut, répondit-elle d'un filet de voix. Ça en fait des kilomètres, rien que pour dîner. Même si tu adores les céréales.

Il réprima un sourire.

– J'adore les céréales, mais je ne suis pas là pour ça.

Elle haussa les sourcils.

– Non ?

6. Technique d'animation image par image.

Sam secoua la tête. Il lui tenait toujours la main. C'était bon... naturel.

–Il paraît que la nouvelle serveuse est canon. Je tenais à vérifier par moi-même.

Elle était consciente du silence dans la salle. De tous les regards braqués sur eux. Mais rien de cela ne comptait face à l'homme auquel elle pensait toutes les nuits, celui qui accaparait ses pensées depuis six ans. Alors que, pendant toutes ces années, il avait été le méchant dans sa vie, à présent, il en devenait le héros.

–Je t'ai vu à la télé, dit-elle. J'ai cru comprendre que tu étais tombé amoureux d'une Anglaise ?

–Tu m'as vu ? fit-il surpris.

–Je t'ai même téléphoné.

Surpris, Sam sortit son téléphone de sa poche. L'écran était noir.

–J'ai oublié de le rallumer à l'atterrissage. J'étais obnubilé par l'idée de te retrouver.

–D'ailleurs, comment m'as-tu trouvée ? Le monde entier vante les mérites de *Cereal* ?

Il fit un sourire en coin.

–J'ai demandé à ma mère de contacter ton parrain.

Ce bon vieux Hugh. Il était peut-être son parrain, mais il craquait immanquablement pour les belles histoires. À coup sûr, il la cuisinerait la prochaine fois qu'ils se verraient.

–Et te voilà.

–Eh oui, je suis là.

Quelques petits centimètres les séparaient, mais la distance paraissait encore trop grande. Malgré tout, il assaillait ses sens. Ses vêtements mouillés exacerbaient son parfum, à tel point que la salle entière semblait sentir aussi bon que lui.

–Tu es partie sans dire au revoir, reprit-il.

Elle inspira longuement, sans recouvrer son calme pour autant. Ses sens étaient trop imprégnés de lui.

– Tu étais occupé. Je t'ai attendu cette nuit-là, mais tu n'es pas venu.

– Tu aurais pu frapper à ma porte.

La tristesse traversa son visage.

– J'ai essayé, mais tu étais avec ta sœur. Elle m'a paru si bouleversée. Elle t'a demandé de venir à Londres et…

Aurait-elle le courage de poursuivre cette conversation en public ? Qu'est-ce que les gens diraient d'elle ? Elle était peu habituée à attirer l'attention. Elle aimait écrire l'action, pas la jouer.

– Et tu as cru que je ne voulais pas de toi.

Elle hocha la tête, trop émue pour confirmer.

Sam ferma un instant les yeux, puis inspira profondément. Elle observa ses lèvres sensuelles qui s'entrouvrirent, sa lèvre inférieure tremblait au passage de l'air. Elle déglutit, retrouvant leur texture dans sa mémoire. Douces et fermes, délicates et intenses. Seul le regard des autres l'empêcha de goûter ses baisers.

Il rouvrit les yeux et la scruta. Si ardemment qu'elle eut le souffle coupé.

– Tu t'es trompée.

– Ah ?

– Je voulais te voir, par-dessus tout. Te dire que j'avais été idiot. Que je m'en voulais de ne pas m'être ouvert à toi. Que mes sentiments pour toi étaient – sont – si forts qu'ils me fichent la trouille.

– Moi aussi ça m'effraie, se força-t-elle à murmurer.

Lorsque Sam se pencha vers elle, son souffle la réchauffa.

– Je ne peux pas retourner en arrière pour me rattraper, mais je peux me battre pour toi. Je ferai tout mon possible pour te montrer à quel point je tiens à toi. J'ai failli tout perdre tellement j'avais peur d'être moi-même avec toi. À l'avenir, je veillerai à ne pas tout gâcher. Dis-moi que tu me pardonnes.

Sa véhémence l'époustoufla.

– Je te pardonne, chuchota-t-elle. Forcément, c'est si beau ce que tu dis.

– C'est sincère. Mon vœu le plus cher se tient devant moi.

– Mais tu travailles à L.A., à des milliers de kilomètres de moi.

Attendri, il sourit.

– Nos métiers nous permettent une grande flexibilité. Je suis acteur, tu écris, rien ne nous empêche de bouger autant qu'on veut. Dans les périodes actives, nous devrons résider près des lieux de tournage ou des théâtres. Mais dans les périodes creuses – et j'ai l'intention de dégager beaucoup de temps libre –, nous pouvons vivre où nous voulons. Où, ça m'est égal, tant que nous sommes ensemble.

– Moi aussi, ça m'est égal. Tu pourras même emmener tes innombrables amis, plaisanta-t-elle en montrant la foule grossissante.

– Il devrait l'embrasser maintenant, murmura l'adolescente de la table voisine. Ça commence à devenir assommant.

Sa remarque détendit l'atmosphère. Ils pouffèrent.

– Le réalisateur a parlé, susurra Sam.

Était-elle prête pour le gros plan? Cesca n'aurait su dire, mais prête ou pas, le plan rapproché était imminent. Et lorsque Sam l'enlaça, la pressant contre lui, elle fut submergée par des pulsations exaltantes. Du désir, bien sûr: comment pouvait-il en être autrement alors que ses hanches plaquées contre elle l'aguichaient? Mais ce n'était pas tout: leur connexion était plus profonde, plus cérébrale. Ainsi, lorsque l'homme dont elle était éprise unit leurs lèvres, elle fut embrasée intérieurement. Et quand elle ferma les yeux, les flashs des photographes la renvoyèrent au feu d'artifice, cette fameuse nuit au lac de Côme.

Dans le scénario de sa vie, toutes les scènes lui parurent tendre vers cet instant. Le rejet, la chute, le dur combat pour remonter à la surface. À l'approche du climax, elle découvrit que son adversaire d'autrefois l'attendait là, la main tendue pour la guider sur les derniers mètres.

La langue de Sam glissa sur la sienne et, les doigts enfoncés dans ses cheveux, il inclina sa tête pour l'embrasser fougueusement. Les bras noués autour de son cou, Cesca caressa sa nuque tandis qu'ils se plaquaient au plus près.

– Filons d'ici, lui suggéra Sam à l'oreille entre deux baisers. Avant que ça ne devienne indécent en public.

Cesca gloussa. Elle enfouit la tête dans le creux de son épaule, stupéfaite de se donner en spectacle devant autant de monde.

– Je devrais demander à mon responsable...

– C'est bon, pas la peine, approuva Simon, non loin d'eux. Tu nous as fait assez de pub pour ce soir.

– Elle risque de prendre quelques jours de congé, embraya Sam, tandis que Cesca l'embrassait dans le cou. Peut-être même une semaine.

– Aucun souci. Prends autant de jours que nécessaire.

Relevant la tête, Cesca s'aperçut que Simon souriait comme un bienheureux. Sans nul doute, il évaluait la hausse de fréquentation suite à ce coup de pub gratuit.

– Tu m'informeras de ta date de reprise ?

Elle acquiesça, bien qu'en son for intérieur, elle doutât de revenir un jour. La tirant par la main, Sam l'entraîna à l'extérieur, sous une pluie torrentielle, vers le taxi qui les attendait. Dans la précipitation, elle avait oublié son manteau. Aussi se glissa-t-elle dans la voiture, trempée comme une soupe. Sa blouse et sa jupe adhéraient à sa peau, à quoi s'ajoutait l'air froid dans l'habitacle. Elle frissonna.

Remarquant son inconfort, Sam la serra contre lui puis tapota contre la vitre de séparation.

– Vous pourriez allumer le chauffage ?

– Tout de suite.

Le chauffeur régla la température sur le tableau de bord.

Ils étaient enfin seuls, ou presque. Cesca en profita pour examiner Sam. Bien évidemment, il était beau. Le monde entier le savait. Mais c'était son être profond qui la terrifiait. L'homme qui avait laissé derrière lui le jeune homme d'autrefois, auprès duquel elle se sentait comme le plus précieux des trésors.

– Tu as l'air fatigué.

Elle effleura ses cernes. Sa peau était douce sous ses doigts.

– J'ajoute un second jet lag au premier, admit-il. Mais ce n'est pas tout. Je dors mal depuis que je ne te vois plus.

– Pareil. Je n'ai pas arrêté de penser à toi.

Une expression de soulagement détendit ses traits.

– J'avais des doutes. Je me demandais si tu étais partie parce que tu en avais assez de moi.

– Je n'en aurai jamais assez de toi.

L'admettre la tranquillisait. Dans ce taxi qui remontait au ralenti une rue bouchée de Londres, Cesca sentit ses émotions la submerger.

– Je ferais de mon mieux pour que ça n'arrive pas.

– Je vais essayer de nous extraire de la cohue. Où allez-vous ? s'enquit le conducteur, tandis qu'une envolée de flashs crépitait et que la foule se rassemblait autour de la voiture.

– Chez toi ou chez moi ? demanda Sam à Cesca.

– Je suis sans domicile.

– Comme moi. Roulons au hasard, indiqua Sam. En direction de l'ouest.

Le taxi redémarra et se fraya un chemin entre les curieux agglutinés sur la route, les pneus aspergeant la chaussée de tous côtés. Au moment où les fans s'écartaient d'un bond, Sam prit le visage de Cesca entre ses mains.

– Où allons-nous ? demanda-t-elle, saisie par l'intensité de son regard.

Un rictus se dessina sur les lèvres de Sam.

– Sais pas. Quelle importance ? Tant que je suis avec toi, je pourrais rouler toute la nuit.

– Ça va vous coûter bonbon.

L'intervention du chauffeur les fit rire.

– Et si nous allions voir mon père ? proposa Cesca.

Non qu'elle fût pressée. D'autant qu'il était sur le point de l'embrasser d'une manière qui révélait toute son impatience.

– Et dans l'immédiat ?

– Dans l'immédiat, embrasse-moi, déclara-t-elle.

Il caressa sa lèvre du pouce, puis inclina la tête jusqu'à ce que leurs bouches se rejoignent. Pour s'emparer librement de sa bouche, il la renversa sur le dos. Alors, Cesca ferma les yeux et savoura chaque seconde.

Le moment parfait pour son fondu au noir.

Épilogue

« Les voyages s'achèvent
quand les amants sont réunis »
La nuit des rois

– Arrête de te tripoter le visage, tu vas ruiner ton maquillage. (Kitty repoussa les doigts de Cesca de ses joues.) Calme-toi, trésor, tout va bien se passer.

Cesca ne répondit pas. La nervosité la rendait muette.

Lucy était assise à sa gauche. C'était étrange, de se retrouver entre deux de ses sœurs après une si longue séparation. Mais leur présence la rendait plus éclatante que tous les enlumineurs professionnels.

– Bientôt arrivées, la rassura Lucy en pressant sa main. Dans cinq minutes. Tu peux bien tenir jusque-là, non ?

– Juliet me manque. Elle devrait être avec nous, se plaignit Cesca.

– Évidemment. Mais elle ne peut pas. Pour venir, elle aurait dû laisser Poppy, et nous savons que c'est impossible.

Son ton restait neutre, mais elle ne croisa pas leur regard.

– Bon, si son abruti de mari connaissait le sens du mot compromis, peut-être ne serait-elle pas obligée de se plier à ses quatre volontés, poursuivit Lucy.

– Amen, renchérit Kitty. Pour supporter ce type, c'est une sainte.

– Elle n'a pas le choix, murmura Cesca. Ils ont Poppy en commun. Pauvre gamine !

Ses jambes tremblaient à présent. Tandis que la voiture zigzaguait dans les rues familières de Londres, elle sentait ses nerfs si tendus qu'ils menaçaient de claquer. Si elle avait réussi à grignoter ces jours derniers, elle aurait probablement été malade.

Dès que la voiture se gara devant le théâtre, la foule bordant le tapis rouge pivota vers elles. Une dizaine de flashs crépitèrent d'un coup. Les paparazzis prirent la voiture d'assaut, pressant leurs objectifs contre les vitres teintées.

– Ils seront déçus quand ils s'apercevront que Sam n'est pas là, observa Lucy.

– Tu délires ? Notre Cesca est une star désormais. Elle est apparue dans le *Hello !* du mois dernier, et on ne voit qu'elle sur Internet. Vous avez vu les photos prises sur la plage d'Hawaï ?

– Tais-toi, la rabroua Cesca en feignant l'agacement. Vous savez comme moi qu'ils ne courent qu'après une seule chose. Et ce n'est pas un aperçu de mon décolleté.

– C'était bien davantage qu'un aperçu, fit remarquer Kitty.

L'agent de sécurité engagé pour la soirée quitta le siège passager en parlant à voix basse dans son micro, puis contourna la voiture. D'un petit geste ferme, il parvint à repousser les paparazzis. Qui que ce fût ce type, il était doué.

– Je n'arrive pas à croire que tu vives ainsi maintenant, commenta Kitty. Qu'est-il arrivé à la petite Cesca qui passait tout son temps devant sa machine à écrire ? Regarde-toi, si chic et tirée à quatre épingles. En fait, je ne sais qu'en penser.

– Ce n'est pas toujours comme ça, tempéra Cesca. Nous ne nous baladons pas tous les jours en limousine, avec un type en costume noir pour nous dégager le passage. Notre quotidien est banal, nous nous chamaillons pour savoir qui prépare le café, et je braille quand il laisse traîner ses sous-vêtements sales. La semaine dernière, il a utilisé toute l'eau chaude et je l'ai boudé pendant une heure.

– Ça, c'est un délit majeur, concéda Kitty. Aucune fille ne devrait avoir à se doucher à l'eau froide.

La portière s'ouvrit et l'agent de sécurité tendit la main à Cesca. Juste avant de descendre, elle plissa les yeux en direction de Kitty.

– Aurais-tu cherché à me changer les idées ?

– Ça a marché, non ?

À la perfection, au moins temporairement. Mais une fois sur le trottoir, la réalité la frappa de plein fouet. Les gens hurlaient, l'appelaient par son prénom, lui demandaient où était Sam. Elle sourit aux photographes, se laissant guider par la main du bodyguard posée délicatement dans son dos. Ils longèrent les barrières sur le côté du vieux bâtiment, les affiches représentaient une scène de sa pièce et étaient assorties de recommandations publiées par des critiques généralement sévères. Elle les examina un instant pour s'en imprégner pleinement.

C'était sa pièce. La sienne. Le soir de la grande première.

– Cesca, c'est vrai que vous êtes enceinte de Sam ? cria quelqu'un pendant qu'elle posait devant les affiches.

– Avez-vous rompu ? Où est-il ?

– C'est toujours un marteau-piqueur au lit ? Ou c'était juste l'effet Serena Sloane ?

Continue de sourire, s'enjoignit-elle. *Souris, et tout ira bien.*

Elle répondit à quelques questions concernant sa pièce, puis parvint dans le hall du théâtre où l'attendait un comité d'accueil. Le directeur, avec qui elle avait sympathisé au fil des répétitions, vint à sa rencontre et lui serra chaleureusement la main.

– Toutes mes félicitations. Nous sommes tous enchantés pour vous.

– Merci beaucoup. Tout le monde est là ?

Elle regarda autour d'elle.

– Tout est en place. Les comédiens vous attendent en coulisse. Je vous offre un peu de champagne ?

Il fit signe à une serveuse munie d'un plateau argenté chargé de flûtes. Et vêtue d'un chemisier blanc et d'une jupe noire, uniforme qui lui parut plus familier que sa robe haute couture.

– Merci.

Cesca prit le verre même si elle était trop stressée pour boire.

À l'entrée des coulisses, l'agitation l'émerveilla. Des gens couraient en tous sens, échangeaient des ordres, tandis qu'une jeune assistante armée d'une écritoire à pince comptait les minutes à rebours. Cesca prit le temps d'apprécier, et même de se laisser envahir par l'excitation. Enfant, quand elle se retirait dans la loge de sa mère, elle trouvait cette ambiance romanesque. À présent, elle l'émouvait plus intimement encore.

C'était devenu son élément vital.

Elle poussa la porte du vestiaire et promena son regard sur les sièges, tous occupés. Devant les miroirs, les acteurs ajoutaient la touche finale à leur maquillage, certains murmurant leurs premières répliques à leur reflet. Chacun observait son propre rituel, perfectionné au terme d'années de pratiques superstitieuses. Un autre aspect de ce monde qui le rendait unique.

Puis le premier rôle. Un brun qui faisait ses débuts sur les planches. Les yeux fermés, ses lèvres remuaient doucement tandis qu'il répétait son texte. Son visage paraissait serein, mais ses jambes tremblaient, rebondissant à leur propre rythme. Cesca s'interdit de poser la main sur sa cuisse. Il était dans sa bulle, là où elle n'avait pas sa place.

Pas dans l'immédiat.

– Merde, tout le monde !

Quelques comédiens se tournèrent vers elle, la saluant de la main. Mais elle n'avait d'yeux que pour une seule personne. Sam, orienté vers elle, le visage impassible mais le regard enflammé. Il lui suffisait d'un regard pour qu'elle ait les jambes en coton.

Ce n'était pas son Sam. Pas en cet instant. Il habitait trop son personnage pour ça. Mais au théâtre, elle n'était pas davantage sa Cesca. Pourtant, ça fonctionnait bien entre eux.

Lorsqu'ils étaient chez eux, ils s'appartenaient corps et âme.

– Il y a des cartes pour vous, juste là, l'informa un acteur, montrant du doigt la table dans un coin de la salle, chargée de fleurs et de cadeaux. Elle traversa la pièce et rassembla les enveloppes à son nom. Les bouquets, ce serait pour plus tard.

La première carte provenait du producteur. Il avait pris le risque de monter sa pièce, en dépit de sa première expérience. Elle lut son message amical, reposa la carte et glissa le doigt sous le rabat de l'enveloppe suivante.

Celle de la mère de Sam. À sa lecture, Cesca ne put s'empêcher de sourire. *À la jeune femme talentueuse qui illumine la vie de mon fils. Ta mère aurait été fière de toi. Je t'embrasse, Mama Lucia.*

Suite au retour de Sam dans sa vie, Cesca était rapidement devenue proche de sa mère et de ses sœurs. Même quand elle se trouvait à Londres et lui à L.A., elles l'invitaient à déjeuner, si bien qu'elle se sentait comme un membre de la famille. Lucia avait comblé un vide dont Cesca ignorait l'existence. Une mère de substitution, en quelque sorte.

– Tu as oublié ma carte, murmura Sam.

Devant elle, il lui tendit une enveloppe argentée. Toujours *son* Sam, tout bien pesé. Cesca la prit, l'ouvrit et en sortit une carte postale de Varenne. Son regard se promena sur les somptueuses résidences bâties sur la berge du lac, parmi la végétation abondante.

– Là où tout a commencé, susurra-t-elle.

– La pièce ?

Ses yeux brillaient sous l'éclairage vif du vestiaire.

Elle secoua la tête.

– Nous.

Son cœur s'emplit d'amour tandis qu'il prenait son visage entre ses mains chaudes. Au dos de la carte, elle lut : *Ta pièce a capturé mon imagination, mais tu as capturé mon cœur. À toi éternellement, Sam.*

– Merci, chuchota-t-elle. Merci d'être à moi pour toujours.

– À tout jamais. Et si je n'étais pas badigeonné de fard gras, je t'embrasserais fougueusement.

– Si tu n'étais pas badigeonné de fard gras, je te laisserais faire. Mais ma pièce et ma réputation sont en jeu. Je ne m'aventure pas à distraire le premier rôle juste avant son entrée en scène.

Sam rit.

– Alors, gardons cela pour plus tard.

– Marché conclu.

Elle se hissa sur la pointe des pieds pour lui murmurer à l'oreille.

– Merde, Sam.

Il caressa sa pommette du pouce.

– Pareil pour toi, ma beauté.

Cesca lui envoya un baiser, puis s'esquiva pour regagner les espaces publics. Ce soir, elle resterait dans la salle pour regarder la pièce d'un autre point de vue.

Elle se glissa sur le siège entre ses sœurs et leur prit la main en les serrant fermement. Un instant plus tard, les lumières se tamisèrent, et le bourdonnement des conversations s'estompa.

Elle ferma les yeux. Le grand moment était arrivé. Après tout ce temps, toute cette angoisse, sa pièce faisait ses débuts dans le West End.

Le passé n'est qu'un prologue. Un titre parfait.

– C'est très différent de jouer dans un film, pas vrai ?

Randall, l'acteur expérimenté qui tenait le rôle de son père, lui décocha un sourire avant de se démaquiller face au miroir.

– Tellement plus dans l'instant, plus intense. Cette poussée d'adrénaline, il n'y a rien de mieux.

– C'est autre chose, en effet.

Sam inspira profondément. Le rideau était retombé depuis dix minutes, mais physiquement, il était encore à bloc. Une vraie drogue licite.

– Je ne suis pas sûr de pouvoir endurer ça tous les soirs, confia Sam.

– Ça s'arrange avec le temps. Je parie que tu étais aussi nerveux pour la projection de ton premier film. Tu verras, la deuxième ou la troisième fois, c'est de l'histoire ancienne.

Sam fronça les sourcils.

– Je n'irais pas jusque-là. Lors de ma dernière avant-première, la pauvre Cesca a tellement été bousculée qu'elle a failli se faire piétiner.

– C'est pour ça qu'elle est entourée de gardes du corps.

– Je me suis dit qu'elle préférerait rester entière pour la représentation.

Une demi-heure plus tard, Sam émergea d'une Mercedes noire et traversa la foule, escorté par son garde du corps. À peine fut-il entré dans le bar à vin où l'équipe célébrait l'événement que des admirateurs l'entourèrent.

Il repéra également des visages familiers. Will Allen, son meilleur ami qui avait fait le déplacement d'Hollywood, flirtait avec une employée de la production. Izzy et Sienna, élégantes en robes longues, négociaient avec leur mère qui leur refusait une seconde coupe de champagne. Dans un coin, Hugh et le père de Cesca apportaient des verres et des assiettes de nourriture aux sœurs de Cesca qui les acclamèrent en gloussant.

– Félicitations, Sam.

Hugh lui serra la main.

– Tu as été épatant, déclara Lucy en l'embrassant sur la joue.

Kitty l'enlaça et lui fit un clin d'œil.

– Milly est avec vous ? demanda le père de Cesca. Je l'ai vue sur scène avec vous. Seriez-vous amoureux d'elle ?

– Non, papa, intervint Lucy, l'air tracassée. C'est le petit ami de Cesca, tu te souviens ? Ce n'était pas maman sur scène, mais une actrice.

Oliver parut ennuyé.

– Certainement. C'est bien ce que je dis. Bravo, Sam. Je vous ai trouvé extraordinaire.

– Merci, Monsieur.

Confus, il hocha la tête.

Seul Foster manquait à l'appel. Pour cause, il n'avait pas reçu d'invitation. Après tout, Lucia et lui s'étaient séparés et il n'était pas le bienvenu.

– Vous avez vu Cesca quelque part ? demanda Sam au producteur, en grande conversation avec des investisseurs.

– La dernière fois que je l'ai aperçue, elle se dirigeait vers les toilettes. Elle avait mauvaise mine.

Peu après, Sam entra en trombe dans les toilettes. Deux filles se tenaient devant les lavabos, jacassant avec enthousiasme. Leurs lèvres se figèrent dès qu'il apparut.

– Oh !

L'étonnement céda aussitôt la place à une lueur d'intérêt. La plus proche des deux lui sourit en battant des cils.

– Vous vous êtes trompé de porte.

– Vous pourriez nous laisser un instant ?

Sam indiqua la porte d'un mouvement de tête.

– Vous nous demandez de sortir ?

– Mon amie n'est pas dans son assiette. J'aimerais m'assurer qu'elle n'a pas besoin de moi.

La fille soupira.

– N'est-ce pas adorable ? Pourquoi tu ne t'en dégotes pas un comme lui, Marie ?

– Sûrement parce qu'ils n'existent que sur scène.

Elles s'éclipsèrent, poursuivant leur dispute pour savoir si Sam était réel ou non. Il ravala un sourire, puis se dirigea vers la cabine occupée. Il frappa à la porte.

– Cesca ? Bébé, tu es là ?

Quelques bruits agités.

– Que fais-tu ici ?

– Je te cherche partout. David m'a dit que tu n'étais pas en forme. Je peux t'aider ?

– Tu ne devrais pas être ici. Imagine que quelqu'un te photographie en douce. Tu apparaîtrais comme un pervers sexuel dans tous les journaux à scandale. Tu redeviendrais le Marteau-Piqueur.

Sam rit.

– Ce n'est pas pervers de s'enfermer aux toilettes avec sa petite amie. En particulier si elle ne se sent pas bien.

– Dans des toilettes publiques...

– Ma chérie, je me fiche de faire les gros titres. Je ne bougerai pas d'ici. Ouvre et laisse-moi prendre soin de toi.

– Je fais l'imbécile, rien de grave.

– Tu n'es pas une imbécile et tu le sais. Sors de là, que je te prenne dans mes bras.

Le verrou cliqueta et la porte s'ouvrit vers l'intérieur. Assise sur l'abattant des toilettes, les coudes en appui sur les genoux, Cesca tenait son visage entre ses mains.

– Tu imagines la colonie de microbes qu'il y a sur ce couvercle ?

Elle releva les yeux.

– J'aime vivre dangereusement.

– Viens par ici.

Il lui tendit la main. Elle la prit et se laissa entraîner entre ses bras. Tandis qu'elle s'abandonnait à son étreinte, il effleura ses épaules nues.

– Tu sais que tu es magnifique ce soir ?

– Dit l'homme en smoking.

– Cette robe ne me laisse pas indifférent, chuchota-t-il à son oreille, la faisant frissonner. Elle serait encore mieux par terre.

– Vilain garçon.

– Tu me connais bien.

– Alors, pourquoi ne viens-tu pas célébrer ce succès ? Tout s'est si bien passé ce soir. Les critiques sont bonnes, le public a adoré. Et tu as bien assisté à la standing ovation de la fin, non ? lui murmura-t-il derrière à l'oreille.

– Je m'étais déjà cachée dans le foyer.

Il s'écarta en la tenant par les épaules. L'inquiétude assombrit son visage.

– Qu'est-ce qui ne va pas ? Je croyais que tout ça, c'était ton grand rêve depuis toujours. Il t'est arrivé quelque chose à mon insu ?

Elle s'humecta les lèvres. Il suivit sa langue du regard.

– Je suis juste...

Elle prit une longue inspiration, évitant de croiser son regard.

– J'ai peur.

– De quoi ?

– Que ça tourne mal. Tu comprends, les choses positives de la sorte ne m'arrivent jamais. J'ai passé six années à rebondir de droite à gauche sans savoir où j'allais. Et désormais, je porte des robes d'un luxe obscène, je me déplace en limousine, et on me photographie partout où je vais. Qu'est-ce qui m'est arrivé ?

– Tu n'es pas heureuse ?

– Là n'est pas la question. (Elle posa les mains sur les siennes.) Au contraire, je suis trop heureuse. J'ai tout ce dont j'ai toujours rêvé. Ma pièce de théâtre, un foyer, un homme. Et si je perdais tout une seconde fois ?

Les larmes s'accumulaient dans ses yeux.

Sam partageait son anxiété. Elle lui donnait envie de la serrer très fort contre lui. Normal qu'elle ait peur, elle avait tant perdu au cours de sa vie. Tout comme lui.

–Ma douce, je ne peux pas te promettre que la vie sera un long fleuve tranquille. En revanche, je peux te promettre que, dans les moments difficiles, je serai là et je te soutiendrai. Ça m'est bien égal que nous soyons riches ou pauvres tant que nous restons ensemble.

Elle hocha la tête et le fixa de ses grands yeux écarquillés.

–Et si jamais ça tourne mal, je connais une fille formidable capable de survivre sans le sou. Il paraît même qu'elle écume les poubelles comme personne.

Était-ce un début de sourire sur ses lèvres ?

–Elle est d'enfer à ce jeu-là, murmura Cesca.

–Je ne fouillerais les poubelles avec personne d'autre que toi.

Une larme roula sur sa joue.

–Je sais que c'est dingue, mais c'est probablement la déclaration la plus romantique que tu m'aies jamais faite.

–Je m'en veux et regrette que le romantisme ne soit pas mon fort. Parce que tu mérites une vraie histoire romantique. Tu mérites tout. Y compris ce soir. Tu as travaillé tellement dur, profites-en. Si tu passes ta vie à t'inquiéter de tout perdre, tu finiras par tout louper. Ne fais pas ça.

Elle planta ses yeux dans les siens.

–Ce n'est pas ce que je souhaite, moi non plus.

–Alors viens. Bois du champagne et discute avec nos amis. Ensuite, nous rentrerons à la maison, je t'arracherai ta robe et je te rappellerai ce qu'il y a de plus important dans la vie.

Elle fronça les sourcils.

–Le sexe ?

Il éclata de rire.

–Non, l'amour. Faire l'amour, être aimé, entretenir la flamme. Je ne vois pas ce qu'il y a de mieux.

– Moi non plus.

De nouveau, elle fondit dans ses bras, la tête inclinée pour le regarder dans les yeux. Lorsqu'il déposa un baiser sur ses lèvres, le goût du champagne se mélangea à ses larmes. Un cocktail enivrant.

– Je t'aime, chuchota-t-elle contre sa bouche.

Son haleine le réchauffa autant que sa déclaration.

– Je t'aime aussi, trésor.

Rien d'autre ne comptait. Le passé était le prologue et l'avenir restait à écrire. Ils ne pouvaient rien demander de plus.

Remerciements

Je sais que c'est la partie ennuyeuse, mais tant de gens m'ont aidée à construire l'histoire de Cesca et Sam qui est racontée dans ce livre. Tout d'abord, je remercie Meire Dias, de Bookcase Agency : mon agent et amie précieuse. Sincèrement, je n'en serais pas là sans elle. À Flavia Viotti : agent, entrepreneure et femme extraordinaire. Vous m'inspirez, toutes les deux.

Merci aussi à Anna Boatman pour son soutien et ses conseils, à Dominic Wakeford pour sa patience et à toute l'équipe de Piatkus qui a toujours cru en moi.

À Ash, Ella et Oliver : vous donnez du sens à tout. Merci d'avoir arpenté l'Italie avec moi pendant que je prenais des notes et faisais semblant d'être en vacances. Je vous promets de situer mon prochain livre dans un cadre aussi charmant.

J'ai tellement d'amis formidables qu'il faudrait un livre entier pour tous les citer. J'essaierai donc d'être brève. Merci à Claire, Melanie, Gemma et Kate pour leur première relecture. Merci aussi à mes amis de RNA, à ceux d'Enchanted Publications, à mes amis d'Internet, aux filles de Rayleigh et à tous ceux qui ont cru en moi et m'ont encouragée à écrire.

Pour finir, mes lectrices : merci d'avoir choisi ce roman. J'espère qu'il vous transportera dans un monde où les rêves se réalisent et où l'amour l'emporte. C'est toujours un plaisir d'avoir de vos nouvelles. Vous me trouverez facilement sur Twitter, Facebook ou via mon site. Passez dire bonjour à l'occasion. J'ai du chocolat virtuel et je n'ai pas peur de le partager.

En attendant la prochaine fois,

Carrie x

Carrie Elks

Carrie Elks habite près de Londres et écrit des romances contemporaines relevées d'une pointe de mystère. Elle aime voyager et rencontrer des gens. Elle a vécu aux États-Unis, en Suisse ainsi qu'au Royaume-Uni. Très active sur les réseaux sociaux, elle essaie de limiter son temps sur Facebook et Twitter à des instants volés, entre deux chapitres à rédiger. Quand elle n'est pas occupée à lire et à écrire, elle aime faire de la pâtisserie, boire du vin ou chercher un moyen de combiner les deux.

N'hésitez pas à visiter son site www.carrieelks.com et à la suivre sur Twitter @CarrieElks.

DÉCOUVREZ LES AUTRES TITRES DE LA COLLECTION HUGO NEW ROMANCE®